凝煉知識品味閱讀

電視新聞感官主義

王泰俐　著

五南圖書出版公司 印行

自序

出版此書三版之際，距離我完成博士學業，回國投入新聞傳播研究與教學的工作，已經邁入第十個年頭。然而回想當初為何投入電視新聞感官主義的研究，景象卻依然歷歷在目。

一個電視新聞記者生涯中所發生的現場直播新聞事件，促成我最後出國攻讀新聞博士，也開啓日後的電視新聞研究生涯。多年前在一個暮色四起、現場直播強烈燈光籠罩下的臺北縣板橋街頭，我首度擔任新聞現場連線記者，報導當年轟動一時的板橋割喉之狼新聞。

當年割喉手法尚屬罕見，因此這個案件持續受到平面以及電子媒體大幅度的報導。一名跑過社會新聞的新聞部中級主管面授機宜，決定以類新聞模擬的鏡頭，拍攝某位事前安排的妙齡女子背影，藉以交代歹徒犯案手法，並報導警方誘捕消息。

雖然有連番新聞倫理的問號在心底，但是我仍選擇屈從主管權威，以當年算是相當聳動的視覺刺激方式進行現場連線。隔日引發平面媒體的嚴厲批判，更成為長年印刻在心底的紅字烙印。對於電視新聞引發感官刺激的深刻體驗，因此始於午夜夢迴、反反覆覆的自省過程，不斷省思的是當年為何缺乏新聞判斷智慧與道德勇氣，無法堅持自己的新聞理念。

因此，根據筆者在90年代中後期從事電視新聞工作的切身經驗，以及2002年後從事電視新聞研究的多年觀察，筆者認為過去十年間，可謂臺灣電視新聞文化轉變的關鍵時期。

90年代初期，媒體甫經解嚴，引發爭議的關鍵往往是電視新聞的娛樂傾向。90年代中期正值臺灣有線電視頻道開放，新聞頻道激增的戰國時期。新加入新聞戰場的電視新聞頻道往往以聳動的社會新聞，作為刺激新聞收視率的利器，也經常引發各界批評。

直至90年代末期有線電視新聞頻道市場飽和，高峰期甚至出現十個二十四小時新聞頻道服務臺灣兩千三百萬人口。閱聽眾對社會新聞的胃口漸失，單單憑社會新聞已無法在收視率的競爭中脫穎而出。

2001年《壹週刊》進軍臺灣，橫掃臺灣媒體，快速成為銷量第一的雜誌媒體，並成為電視新聞媒體的重要消息來源，引領每週三電視晚間新聞的頭條新聞走向。

2003年壹傳媒的《蘋果日報》乘勝追擊，也迅速攀升為臺灣的兩大報之一，在閱報量與銷售量上和《自由時報》互爭龍頭寶座。自此電視新聞刺激收視的利器，已經從社會新聞轉移到壹傳媒最擅長的八卦新聞。蘋果頭版新聞以每日為單位，更常成為電視新聞引用的消息來源，免費登上各家新聞頻道的頭條新聞。

此後數年間，臺灣電視新聞從社會新聞年代的「腥風血雨」，演變到八卦新聞年代的「窺人隱私」。攝影機鏡頭不再只是記錄真實，更多時候跟隨小報媒體的腳步，伸向名人或非名人的生活領域，上演「艾德偷窺頻道」（Ed Channel）的真實版。隨著網路與各種線上影音媒體一日千里的發展，整個臺灣社會平均一、兩個月就會上演一齣全民八卦運動的戲碼。小報雜誌或報紙在頭版宣稱「踢爆」某人隱私，電視新聞媒體當天馬上跟進，並結合網路搜索平臺，對事件主角進行鉅細靡遺的「人肉搜索」。所有的報導隨後再匯集於網路上，無遠弗屆且日夜無休地提供全球網友消費並評論，生產更多八卦的素材，回過頭來再提供電視新聞作二手報導。這樣的新聞循環文化，已經成為這個電視新聞世代顯著的標記之一。

作為一個長期以來關心且研究電視新聞的研究者，我目擊電視新聞八卦文化的誕生，也每日生活在這個文化的脈絡當中，貼近這個文化脈絡，進行日復一日的研究工作。在永無止息的八卦爆料新聞的循環下，我不斷思索「小報化」、「八卦新聞」與「感官主義」在生活當下的意義。

雖然如今處在研究者的位置，對電視新聞文化的觀察應該像個冷靜的局外人。然而植基於過去從事電視新聞未竟的夢想，我對臺灣的電視新聞始終懷抱一線希望。雖然微弱，卻從未止息。

本書初版付梓於2010年的早秋，臺灣電視新聞當時的爭議，在於壹傳媒「動新聞」引發的新聞真實性爭議。臺灣電視新聞感官主義的文化，眼見將隨著壹電視執照過關而繼續演進下去。

末料從2010年底，臺灣電視新聞媒體生態丕變。2010年旺旺中時集團向公平會提出併購中嘉有線電視系統的申請，旺中媒體集團將成為臺灣媒體史上最大的媒體集團，並掌控臺灣約四分之一的有線電視收視戶。2012年7月30日NCC有條件通過「旺中併購案」，更引發一波又一波的「反旺中」社會運動，反應出臺灣許多民眾對於媒體壟斷及言論多元市場可能消失的強烈憂慮。

而壹電視在2011年雖取得執照，卻始終無法順利上架。2012年9月壹傳媒公開出售臺灣事業版圖，而後確認買主為中信集團、旺旺集團、台塑集團、龍巖產業等，為臺灣媒體多元言論市場以及感官新聞文化的未來發展，投下一枚威力更強大的震撼彈。

本書再版於臺灣媒體發展的關鍵時刻，臺灣媒體走向集團化的憂慮已經成真。許多人心中共同的疑問是，臺灣自由的言論市場，以及臺灣電視新聞感官主義的文化，將隨著壹傳媒的易主、龐大媒體集團的成形，走入歷史嗎？

此刻，電視新聞面臨比本書初版時更加黑暗的年代。本書主軸仍為新聞感官主義，未能觸及新聞言論自由的議題，但本書再版盼能將新聞感官主義的爭議，在此關鍵時刻，從傳播學界的關懷焦點，擴大到更多公民、甚至更多新聞從業人員參與討論的議題。盼望「感官主義」的文化論戰，能夠逐漸走出過去非黑即白的二元對立價值。尤其需要思考的是，在臺灣媒體走向少數集團壟斷的年代，感官主義對新聞文化的影響層面，很可能超越過去的面向。

感官主義的爭議，不該一再是「假造」與「真實」、「情緒刺激」與「冷靜紀錄」、或「影像氾濫」與「口語詮釋」等各種二元對立概念所能釐清的議題。新媒體時代的新聞工作者，已經無法在「感官」與「非感官」的二元對立概念中，以選邊站的方式繼續產製新聞。如何在不斷的爭辯和妥協當中，產生新世代電視新聞的新聞價值與意義？感官新聞文化在媒體集團化的年代，將持續發展或者逐漸平息？而發展或平息趨勢背後深層的意義又是什麼？感官主義繼續被奉為收視率的萬靈丹？或者未來媒體集團將顧慮與媒體交好的企業主在臺灣和中國的利益，八卦報導的面向將限縮於部分社會名流，政治人物或政府施政弊案的爆料文化將無法再持續？

但盼本書的再版問世，是這一連串疑問辯論與思索的起點。

最後，本書得以完成，需要感謝2002到2008年，服務於政大新聞系期間，許多同事傑出的學術成就給予我的學術啓發，以及無數深刻對話對我學術心靈的撞擊。研究助理雅惠、依婷與之穎與我埋首於本書實證研究資料的初期整理工作。2008年秋天轉任臺大新聞所後，研究助理雅婷、筠婷、盈盈、孟蓉的持續投入，以及新聞所給予的優良研究環境、同仁的支持，讓本書終於得以在2011年完成第一版，以及2013年完成再版。2015年的三版，本書在第一章以及結論章，增加了許多篇幅，探究媒體集中化的趨勢對未來電視新聞感官文化的可能影響，同時也增加網路影音對新聞感官化的影響。

在學術之路上，我深切感謝一路走來，鼓勵我、支持我、批評我的朋友或評友。沒有這些生命中的貴人，我不會有勇氣面對這條路上必經的生命課題。

王泰俐

於臺大新聞所

目次

表次

圖次

八卦文化如何促成電視新聞感官主義的誕生

第一節　從小報化、八卦主義、資訊娛樂化到電視新聞感官主義

第二節　新聞小報化

第三節　從小報文化到全球性的資訊娛樂化

第四節　電視新聞「感官主義」的興起

第五節　電子媒體的八卦文化擴散效果：造成電視新聞文化空間的轉變

第六節　本書章節規劃

參考文獻

第一節　從小報化、八卦主義、資訊娛樂化到電視新聞感官主義

2010年8月4日上午八時許，《壹週刊》準時在各大超商上架。這一天，封面故事斗大的標題：「背著女主播嫩妻，補教天王偷吃麻辣女教師」，全頁照片呈現男女主角舌吻畫面，攝影角度由高速公路慢速行進的車前窗，正面拍攝入鏡。兩位主角渾然忘我的臉部表情與肢體動作，無一不挑動讀者的神經。

上午十點鐘，各家有線電視新聞頻道跟進報導此一緋聞事件，並以整點新聞插播、新聞跑馬燈以及現場直播等方式大幅報導。新聞事件的男女主角、元配、補教界競爭對手等角色競相召開記者會，眼淚與哭聲齊發，一場「補教人生」的新聞連續劇（陳尹宗、陳珮伶，2010）就此開演。

這個名人緋聞報導，由小報媒體率先報導，隨後由電視新聞媒體以娛樂化的戲劇手法，進行長時間而大規模的報導，在報導的各個層面與細節，盡可能挑動閱聽人的感官刺激經驗，以衝高瞬間收視率。一個過去近十年間十分典型的電視新聞感官化的報導事件，又再一次呈現於臺灣的媒體景觀中。

追本溯源，新聞小報化（Tabloidization）是18世紀以降，延續美國便士報（Penny Press）以及「黃色新聞學」（Yellow Journalism），以聳動元素訴諸讀者情緒與感受的新聞文化。根據其聳動元素進行的新聞報導題材，特別容易成爲閱聽眾茶餘飯後談論別人隱私，或道人是非的「八卦」話題，也有論者稱之爲「八卦新聞」。

無論名之爲「小報化」或「八卦新聞」文化，這個現代文化經驗日益擴散，從大眾新聞媒體、小眾媒體到網路媒體，其影響已日漸深入閱聽人的每日生活經驗，對傳播、社會、經濟乃至整體文化的層面，都產生廣泛且深入的影響。美國《浮華雜誌》評論家大衛·坎普在90年代末就已經預言，我們的年代，已經無可避免地成爲一個「八卦的年代」（The Tabloid Decade）（Kamp, 1999）。

雖然八卦新聞文化已經行之有年，然而過去質報與小報涇渭分明，質報守

住公共事務的報導主軸，小報則標記庶民品味，兩者的新聞文化界限大體清晰。近十年以來，質報與小報界線日益崩解，兩者間分野模糊，引發重大爭議。

而崩解的新聞文化界線，不只衝擊報紙媒體，更對電子新聞媒體產生深遠的影響，甚至改變了每日新聞、新聞深度報導節目以及新聞談話性節目等節目文類的媒體景觀。

至於資訊娛樂化（Infotainment）則是60年代電視新聞在以娛樂爲本質的電視媒體開播後，具有爭議性也從未間斷過的一個新聞現象，可以視爲是異質媒體（平面媒體的新聞結合電子媒體的娛樂）結合之後，產生的一種新聞文化質變。因此，資訊娛樂化可以視爲起源自電子媒體，對新聞文化的一種革命性影響。

然而，不論是起源於平面媒體的「新聞小報化」（Tabloidization），或者是起源於電子媒體的「資訊娛樂化」（Infotainment），都無法精確描繪電視新聞開播四十餘年來，因應近年媒體開放、市場全面商業化的浪潮後，在新聞形式與新聞文本的根本變化。本書認爲，新聞小報化對電視新聞媒體產生了化學作用，資訊娛樂化也對平面新聞文化產生深遠影響，再透過媒體交互議題設定的機制，又回過頭來深化電視新聞媒體的質變（參見圖1-1）。

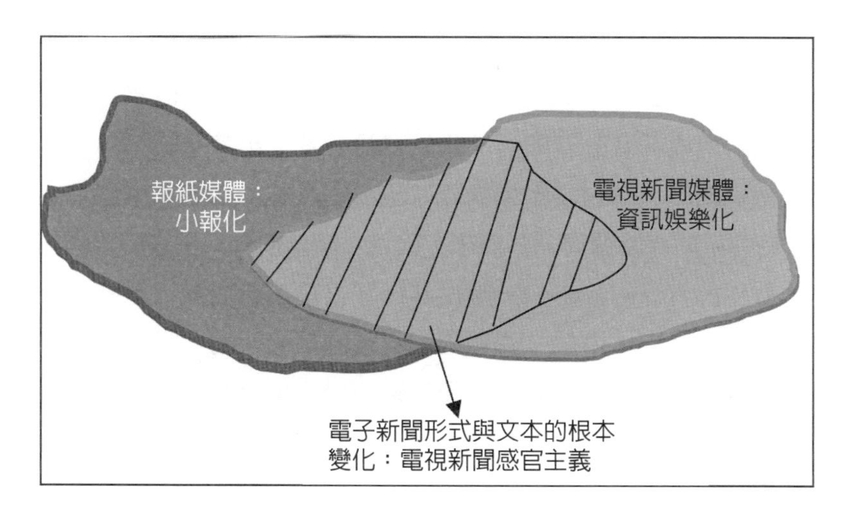

圖1-1　小報化、資訊娛樂化以及感官主義三者的關係

爲因應電子媒體獨特特性，本書認爲，「電視新聞感官主義」更能捕捉小報文化以及資訊娛樂化對電子媒體新聞的結構性影響。

以下就小報化、資訊娛樂化以及感官主義這幾個概念的流變，分作闡述，並提出本書如何分析「電視新聞感官主義」對電子媒體新聞以及新聞文化的結構性影響。

第二節　新聞小報化

英、美等地的媒介研究以「小報文化」（Tabloid Culture）一詞，來指涉非傳統新聞專業經營之報刊、雜誌媒體。所謂「非傳統新聞專業」，意指選擇新聞的判準，異於傳統新聞價值，尤其偏向名人隱私、醜聞、以及未經證實的傳聞傾斜。

「偏向名人隱私、醜聞、以及未經證實的傳聞」，其實只是小報化新聞主題的其中一個類別，但是因爲其窺探隱私的特性，特別受到關注。由於《香港方言辭典》記載：「愛打聽別人隱私，愛說是非，愛管閒事，樂此不疲，『謂之八卦』」（南方朔，1997，頁98），因此也有論者將小報化的新聞文化通稱爲「八卦新聞」。

然而，臺灣另有資深新聞工作者認爲，臺灣媒體報導政商、影藝名流或社會祕辛等所謂「八卦新聞」類別已經存在數十年，只是2001年《壹週刊》在臺灣發行後，促成「八卦新聞」文化的日益普及。出身中時報系，擔任過英文臺北時報總編輯、華視副總朱立熙就認爲，八卦一詞並非來自香港，而是從臺灣中時報系的《時報周刊》而來。因爲《時報周刊》創刊時以八開本版面發行，一些年齡資深的撿字公，因爲其鄉音很重，無法發出正確「八開」的音，就唸成「八卦」。由於《時報周刊》創刊以來新聞取材一向以感官新聞或影藝名人爲主，因而「八卦」一詞逐漸演變爲現今廣爲人知的意涵（朱立熙，2004）。

但檢視「小報文化」的原始意涵可以發現，這個名詞原本意指不同於傳統報紙（Broadsheet）的紙張大小，因爲小報的版面僅有傳統報紙的一半（Tablet）。另外也指涉的是一種「另類新聞主題」的選擇，而因爲其新聞主題選擇標準迥異於傳統新聞學的新聞價值，所以被原本標榜正統新聞文化的「主流」新聞媒體視爲異端（Tabloid字根來自Alkaloid，是一種含毒物質）。除了主題之外，新聞形式也向圖像式的「小報符徵」傾斜。例如：學者就曾以「更重視版面的符徵表現、新聞議題從硬性議題退卻到軟性議題、以及報導更多的小報化議題的汙染過程」來定義「小報文化」（蘇蘅，2000）。因此，我們可以暫時推論，「小報文化」標誌的是「異於傳統新聞價值的新聞主題」，以及「向圖像式的小報符徵傾斜」的新聞形式。

值得注意的是，「小報文化」的「小報」一詞，表面意指其對照於傳統報紙紙張的尺寸大小，但也隱含學者所提出的另類「版面符徵表現」。然而有關這個符徵表現的文化，相較於新聞主題的探討，長久以來卻很少成爲探究的重點。而後，當電視媒體也相繼出現類似小報報紙報導風格時，「小報」的概念被延伸到電子媒體，「小報電視（tabloid television）」一詞也應運而生。不過報紙與電子媒體的特性差異極大，將此一源自報紙媒體的用詞直接套用在電子媒體之上，能否釐清電子媒體新聞文化的轉變，不無疑問。

根據Sparks（2000）的定義，小報化的概念如下：

小報化的首要特徵，它很少注意政治、經濟和社會議題，而將大多數的關注集中在娛樂性主題，例如：運動、醜聞和大眾娛樂。因而，它致力於關注個人及私人的生活，包括名人和一般人。

第二個特徵在於新聞價值優先順序的轉換，從新聞和資訊的提供轉向強調娛樂的價值。

第三個特徵是可從不同的媒體形式中觀察到新聞文化的轉變，例如：電子媒體中的電視、廣播、脫口秀節目等，也出現類似小報化的風格轉變。

Atkinson（2003）則分析小報文化風行西方所形成的「小報新聞學」，將小報新聞文化更細分爲幾個面向：

首先是形式上的一致性。這個面向包括了意義的高重複性，重視形式甚於實質內容、重視圖片甚於文字、重視感性甚於理性。另外，在形式和語言上則使用大量聳動的故事結構，以及顛覆新聞文字和圖片分配的比例。小報新聞文化也去除了新聞篇幅或時間的限制，更加強調個人化的新聞焦點。對官方政治或傳統的權威形式則喜好以嘲弄的方式加以報導。同時也習於將淺碟式的樂趣帶到嚴肅或重要的內容中，像是將性、犯罪、運動、競爭、星座和名人八卦等元素，與政經議題做連結。小報新聞文化也傾向強烈的幻想、超自然、誇大和徹底的虛擬。尤其特別喜愛大標題及照片、強烈的邊框、強調字體大小。最後是沙文主義新聞議題，通常伴隨一個競選活動而來，而活動中則經常出現性別歧視、種族歧視和狹隘的愛國主義。

在新聞語言的面向上，小報化的報導語言重視人物甚於事件，重視內在狀態甚於外在事件，也偏愛簡潔、情緒性的語言。新聞內容來源則多來自八卦及談話中，大量引用新聞主角話語。命名策略特別偏重雙關和俚語，並從外表暗示內在本質，例如：金髮尤物，也特別重視視覺指標。

在故事內容的面向上，小報化的報導強調我者和他們的關係（We-them relationship），報導社會衝突則傾向將個人的不良行動與整個社會環境抽離。喜愛會引起人類興趣的內容，例如：個人悲劇、名人八卦等。

在敘事模式的面向上，小報化的報導經常富於詞藻（Epideictic Speech）；採用嘉年華式（Carnivalesque）強調熱鬧氣氛，以及喜愛聳人聽聞的戲劇敘事手法（Melodrama）。

綜合Sparks分析小報化的新聞文化，以及Atkinson的小報化特點的分析，平面新聞媒體可依據其小報化的程度（A Tabloidization News Continuum），分為五類：

1. 嚴肅報紙（The Serious Press）：新聞內容多集中在政治、經濟等硬性議題，並且關注世界結構性的轉變。這類報紙像是《華爾街日報》、《財經時報》及《紐約時報》等。

2. 半嚴肅報紙（The Semiserious Press）：內容關注的主題與嚴肅報紙的內容特徵大多相符，但逐漸增加了軟性新聞及專欄文章的量，還有開始注意視覺元素的呈現。

3. 雅俗報紙（The Serious Popular Press）：重視視覺的設計，內容包含相當比重的醜聞、運動、娛樂，但也關注並且會呈現嚴肅報紙中具有新聞價值的主題。《USA Today》就是雅俗報紙的一個好例子。

4. 新聞小報（The Newsstand Tabloid Press）：典型的小報報紙，內容強調醜聞、運動、娛樂。但仍還有一些嚴肅報紙的元素，積極的宣傳政治和選舉的議題。例如：英國的《the Sun》、《the Daily Mirror》。

5. 超市小報（The Supermarket Tabloid Press）：內容主要以醜聞、運動、娛樂爲主，並且加了很多荒誕的元素在裡頭，報紙的出發點是在於受歡迎。這類的報紙以美國最多，在美國以外的地方，通常都會將這樣的內容以雜誌呈現而不是報紙。

上述五類的新聞媒體，根據新聞主題的公眾性質或私人性質，以及新聞主題的硬性與軟性特質所組成的兩個軸線，可以區分爲四個象限的媒體領域（圖1-2）。

圖1-2的X軸代表新聞主題是偏硬性或軟性，Y軸則代表新聞是關注公眾的生活或是私人的生活。以X軸和Y軸所區分的四個象限，可分別表示不同類別的報紙媒體依其屬性所座落的位置。例如：嚴肅報紙會座落於第二象限，反之，超市小報則座落於第四象限。

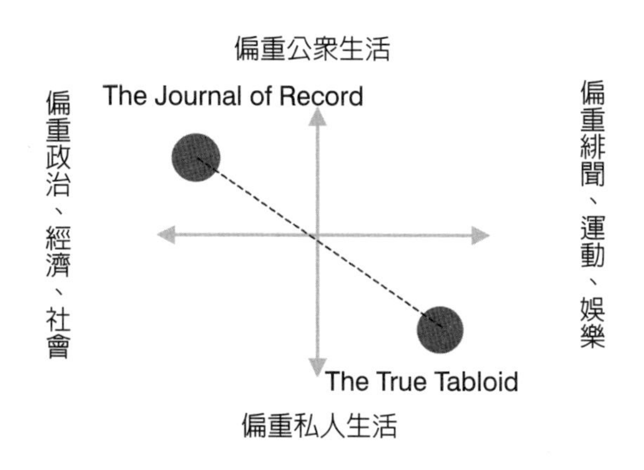

圖1-2　新聞雙軸線（轉引自Sparks, 2000）

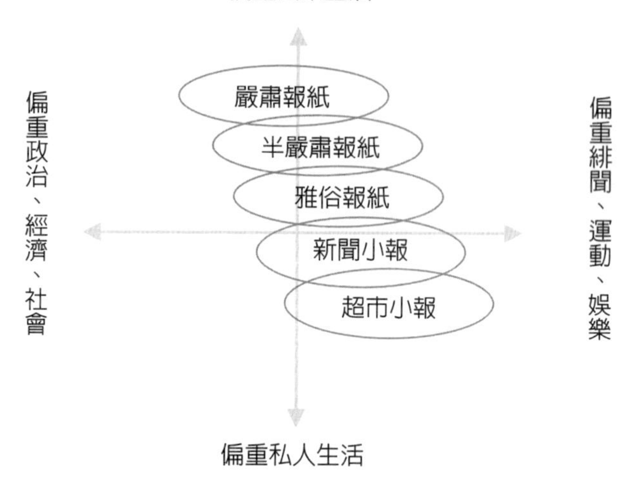

圖1-3　報紙媒體的場域（轉引自Sparks, 2000）

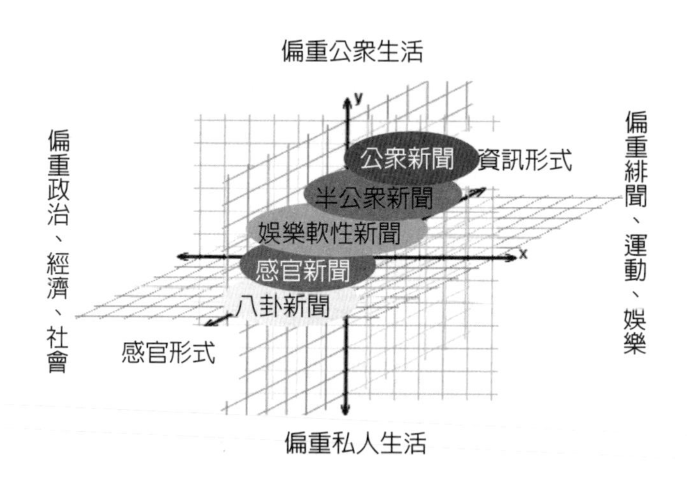

圖1-4　電視新聞媒體的場域

圖1-3則提供了小報新聞文化的分析架構，也點出小報文化的「連續性」。也就是說，對現今媒體而言，小報化已經是一個既存的新聞價值，各種類別的新聞媒體可能都具備小報文化的特性，差別僅存在於不同的程度或尺度而已。圖1-3則標示出歐、美等地的報紙媒體，如以圖1-2的小報文化分析架構

進行分析，可能位居的媒體場域。至於圖1-4則是本書希望探究的問題，也就是以臺灣的電視新聞媒體而言，這張小報文化的媒體場域分布圖，應該如何描繪？

圖1-4顯示，如將Sparks的小報文化分析架構應用於臺灣的電視新聞媒體，仍可將新聞主題區分爲趨向政治、經濟或社會等硬性議題，或趨向緋聞、運動或娛樂等軟性議題（X軸）。Y軸仍代表新聞取材是關注公眾生活或是私人生活。然而因應電子媒體的影像特性，新聞產製形式應該納入電視新聞媒體的場域分析架構。本書認爲，依照電視新聞產製形式注重感官化的趨向，應該另以Z軸分爲趨向感官化的產製形式，以及趨向新聞資訊爲主的產製形式。因此，依據X、Y、Z軸所區分的三度空間，可分爲公眾新聞、半公眾新聞、娛樂軟性新聞、感官新聞以及八卦新聞。

第三節　從小報文化到全球性的資訊娛樂化

80年代末期，「資訊娛樂化」（Infotainment）這個新複合字出現在美國，企圖描述電子媒體新聞文化的重大轉變。當時由於美國有線電視的市場逐漸成熟，鯨吞蠶食無線電視收視市場，整個媒介環境陷入一種激烈競爭的狀態。愈來愈多的新聞報導節目爲了吸引習於圖像文化的年輕族群觀眾，使用大量的炫目視覺畫面、電腦合成動畫以及快速節奏，將電視新聞製成類似「新聞麥克雞塊」（McNuggets of news）的產品，就像電腦遊戲或MTV一般輕薄短小的產品。當時「資訊娛樂化」這個複合字，就是意指一種「將新聞和時事節目中資訊和娛樂兩種成分混合而重製成的新文類」，以滿足閱聽眾閱聽資訊時的「娛樂需求」爲最主要考量（Thussu, 2003）。

因此，資訊娛樂化（或新聞娛樂化），指涉一種新聞主題由提供資訊的硬性議題退卻到提供娛樂的軟性議題的新聞趨勢，尤其以影視或生活娛樂議題爲最嚴重。

新聞議題由硬性議題退卻至軟性議題的趨勢，可溯自19世紀英國的街頭文學。從18世紀開始的印刷出版業，市場利益與傳播倫理之間的辯證，就不斷反映在新聞媒體的產製和消費上。18世紀的英國報業，目標觀眾爲知識分子和商人階級，因此報紙不但不需要向娛樂妥協，還提供公眾辯論的公共領域。然而，一般大眾的娛樂並非報紙，而是街頭文學。他們認爲：「新聞是乏味的，它『太聰明』、『太華麗』。稅金在18世紀從一倍漲到三倍半，窮人卻無法負擔。」（Shepard, 1973: 64）。

以上的媒介環境促使了「便宜、愉悅的文字」，於是感官新聞和娛樂性的主題粗陋地印刷成張，傳布給19世紀識字率升高的大眾。街頭文學利用印刷、插畫等視覺效果，被製作的更娛樂性也更吸引人。因此，普羅式的大眾媒體發展，要歸功於街頭文學。街頭文學在印刷、新聞類型上，有吸引人的插圖格式，搭配文字、強力的標題，還有生動、戲劇性的新聞主題。

19世紀因爲Pulitzer和對手William Randolph激烈競爭，引發的黃色新聞學，反映在煽情、醜聞式的報導，甚至改編新聞、刊登半眞實的新聞。這種娛樂化的新聞形式，傳回歐洲，接著傳到全世界，成爲美國大眾文化全球化浪潮的一部分。美國廣告工業的興起，更成爲普羅式媒體發展的基礎。

到了20世紀，影像因素出現。除了在平面媒體報紙成功發展插圖模式之外，20世紀電影媒介的出現也提供新聞新的視覺媒介。

然而資訊娛樂化的關鍵事件，是1995年聲名狼籍的辛普森謀殺案，其故事情節大量涉入謀殺、性、名人、種族，帶來媒體的新時代。1995年1月到9月之間，ABC、CBS、NBC的晚間新聞，花了1,392分鐘報導辛普森，遠超越對於波士尼亞戰爭的報導。「辛普森家庭奇觀」，被標誌爲新聞衰退的關鍵事件。Douglas Kellner（2003）也指出：「對電視新聞而言，1995年是辛普森奇觀，顯示新聞企業的優先次序，是資訊娛樂化以及利潤導向，也就是把新聞併入娛樂及商業之中。」

資訊娛樂化是McChesney（2004）所稱「重度商業主義的時代」的符號，傳播幾乎每一個面向都被商品化。資訊娛樂化的擴散，沒有留下未受影響的、非商業、邊緣的公共電視（PBS）。美國的公共電視（PBS），已經整合商業傳播的文化，加速地採用市場導向的商業實踐，包含品牌認同的建立、發展PBS品牌的產品線等等。整個美國，甚至全球，都在進行一場資訊娛樂化的新革命。

經濟學家Hamilton（2003）並提供模式來分析資訊娛樂化現象，他提出市場邏輯以解釋新聞的產製與消費。新聞選擇的決策過程，被Hamilton稱爲「新聞導演」（News Directors）——新聞提供什麼資訊，取決於觀眾興趣、編輯新聞的費用、觀眾的期待、記者對待新聞的方式，以及競爭者可能的行動。對此，他列出五個關鍵問題：(1)「是誰在意某些特定的資訊？」、(2)「是什麼讓他們願意花費以取得的？」、(3)「媒體商及廣告商能在哪裡接觸這些人？」、(4)「何時提供資訊會獲利？」、(5)「爲什麼這會獲利？」

一般咸認，資訊娛樂化起因於電視新聞的商業化。數位匯流、廣播內容的解禁、電波私有化等，造成了媒體生態的遽變。以美國而言，媒體商業化的浪潮促成幾個媒體集團的產生。像是ABC新聞隸屬於迪士尼版圖，CNN則是AOL-TIME WARNER中的主要成員。新聞媒體隸屬於娛樂事業集團的後果之一，就是借用娛樂節目的文類和模式，強調新聞的娛樂風格、說故事技巧、以及視覺畫面。

作爲資訊娛樂化主要推手的媒體集團大亨梅鐸就認爲，數位化將會開啓傳播的黃金時代，科技將會使我們從舊有的限制中解放，減少傳播成本，使閱聽人有更多樣化的選擇。

以實況新聞而言，實況轉播的新聞愈來愈像是24小時開設的便利商店，強調新聞服務的速度和量，新聞的品質與精確度被忽視。新聞媒體逐漸變成娛樂工業的一部分，而不再是提供公眾關心的議題。人類的興趣取代了公眾的興趣，名人的親密關係被認定比國際間的重要議題還重要（Franklin, 1997）。而去政治化的潮流也興起，即使是關於政治的電視節目也只提供了貧乏的資訊內容及極有限的議論空間，吹起一股政治娛樂化的風潮（politainment）（Meyer & Hinchman, 2002）。

Thussu（2003）認爲，Infotainment這個複合字的產生，就像一個便利的容器，能夠囊括所有當代電視文化的弊病。它代表電視新聞的形態已經戰勝其本質，呈現的方式也比內容重要。它也代表美國式的電視新聞模式，也就是以收視率爲導向的新聞產製模式，已經逐漸形成一種全球性的模式，資訊娛樂化也因此有全球化的趨勢（Global Infotainment）。

然而批評者指出，24小時提供資訊娛樂化的新聞，造成哈伯瑪斯公共領域的腐蝕，閱聽人逐漸無法分辨公共的資訊和被娛樂機器所製造出來的議題。電視機器似乎操作著眞實，製造一個虛擬的全球幸福意識，而這樣的意識由西方所定義，尤其被美國所主導。新的數位傳播機器提供了一個前所未有的媒體層次，媒體內容在全球超越時空的流動，形成了一個可移動的網絡社會（Mobile Network Society）。此外，當電視滲透、環繞住我們的日常生活，全球資訊娛樂化將會模糊新聞和廣告的分野，進一步衍生出廣告娛樂化的後果。

第四節　電視新聞「感官主義」的興起

小報化以及資訊娛樂化的新聞文化，在90年代全球電視新聞邁向全面競爭開放的年代，終於促成「電視新聞感官主義」的興起。簡言之，「電視感官主義」是一種電視媒體以能否刺激閱聽人「感官閱聽經驗」爲判準，選擇新聞主題以及新聞形式的一種新聞意識型態。

由於電子媒體獨具流動影像以及聲音表現的媒介形式，涉入閱聽眾的感官經驗較平面媒體更加豐富多樣，因此本書選擇以「感官主義」（Sensationalism）一詞，來指涉電子新聞媒體近年來偏好以辛辣的新聞主題，以及令人目眩的數位傳播科技形式刺激閱聽人，感官經驗的新聞包裹手法（packaging news），強調的不僅是異於傳統新聞價值的新聞主題或新聞敘事，也同樣重視其影像處理包裹的形式。

「感官主義」（Sensationalism）並不是傳播研究中的新概念，早在70年代美國地方電視新聞興起時，即引發過激烈論戰，當時學者通常以新聞主題來定義「感官主義」。然而，70年代另有學者，如Altheide主張電視新聞產製過程當中，包括電子媒介機構以及實務流程的特色，造就出一種特殊的「看待新聞事件的方式」，這種「特殊」的方式，正是電視新聞經常扭曲或製造眞實的主因（Altheide, 1976）。電視新聞工作者稱呼其爲「新聞角度」（news angle）。然而，電視新聞「新聞角度」的選擇，除了牽涉新聞價值的判斷之外，許多時候是迎合或遷就電視新聞製作流程的諸多特色，尤其重視視覺畫面的文化，因而易以偏概全，扭曲新聞事件原貌。至於影響電視新聞角度選擇的因素，包括：新聞呈現形式（電視新聞特有的三段式呈現模式，即主播導言、新聞主體以及新聞結尾等）、新聞任務交代模式、新聞室文化、拍攝與剪輯過程、電視新聞敘事特徵（首重口語、流暢與連續感）等（Altheide, 1976）。

80年代後期，學者進一步深入分析這種電視新聞的「角度」問題，指出電視新聞娛樂化的特殊之處，在於新聞風格與內容主題混合之後的呈現形式，可稱爲一種訴諸感覺的意識型態（an ideology of feelings）（Knight, 1989）。而90年代之後，電視新聞感官主義的形式丕變，Slattery 與 Hakanen（1994）發現，非感官新聞的主題（如政治等）也經常「內嵌」（embedded）了感官新聞的成分，他們主張應在Adams原先四大新聞主題類目外，另增加一個「內嵌感官主義成分的新聞」。此外，Grabe（2000）更以新聞製作的美學觀點切入，首重電視新聞如何以視覺文本來體現感官主義的形式。「感官主義」概念從70年代演變至今，從「感官新聞主題」的偏向，演變到「感官新聞主題與形式的混合」主張，再到「感官新聞主題的再思考」，然後是近來「感官新聞形式」的強調（詳述請見第二章）。

本文綜合過去文獻有關「感官新聞」的定義，將「新聞主題」與「新聞形式」一併納入研究架構，同時嘗試探究過去研究仍未釐清的所謂「感官主義成分」，並以「電視新聞的感官主義」來指涉電視新聞訴諸感官的主題與形式呈現風格。

本書另以小報文化的角度觀察十年來臺灣電視新聞媒體文化的轉變，認爲出現三種趨勢，包括電子媒體的八卦文化擴散效果、電子媒體感官化的魅惑效果以及高密度新聞頻道的放大效果（amplifying effects）。

第五節　電子媒體的八卦文化擴散效果：造成電視新聞文化空間的轉變

一、媒體議題設定的效果

電視媒體透過媒體議題設定的機制，擴散平面媒體（雜誌、報紙）以及網路媒體八卦文化的影響。電視新聞基於閱聽眾既有的信賴機制，以及資訊的接近性，逐漸改變閱聽大眾對新聞文化的認知與態度，也改寫了新聞的定義。而電視文化空間中，接近新聞節目文類的談話性節目、脫口秀節目或者模仿秀節目，更使得八卦新聞文化在輕鬆、娛樂、不設防的閱聽心理下，產生更潛移默化、更深遠的文化影響力（王泰俐，2003）。

二、電子媒體感官化的魅惑力：感官主義

電子媒體的感官主義，包括以新聞標題、配樂、攝影手法、後製手法、報導口氣、播報方式等刺激感官的形式，進行電視新聞的產製，是擴散平面小報文化的重要關鍵，也造成電視新聞充滿刺激閱聽人感官經驗的魅惑力（王泰俐，2004）。

三、高密度新聞頻道的擴散效果

另外，臺灣有線電視新聞頻道特有的高密度，以及新聞頻道定頻造成群聚效應，更造成感官主義的擴散效果（amplifying effects）。臺灣有2,300萬人口，有六到八個24小時新聞專業頻道，再加上四個無線電視臺的新聞時段，新聞密度可謂世界奇觀（修淑芬，2005；林育卉，2005；媒體改造學社，2005；褚瑞婷，2006）。

2005年1月1日起，新聞局依照2004年12月13日所發布的「有線電視頻道規劃與管理原則」規劃頻道，大幅度調動新聞頻道。從2005年1月1日起，所有電視頻道以區塊化為基礎，定頻為以下幾種頻道：「公益及闔家觀賞頻道區塊」、「教育新知區塊」、「綜合頻道區塊」、「戲劇頻道區塊」、「日

本頻道區塊」、「新聞頻道區塊」（50-58臺）、「電影頻道區塊」、「體育音樂頻道區塊」等（褚瑞婷，2006；陳彥琳，2005；臺灣商會聯合資訊網，2004）。新聞頻道的定頻政策，造成新聞頻道的區塊化，使得感官新聞從原先各個分散新聞頻道的密集播出，從此演變成集中頻道的密集播出，引發群聚效應而更加擴散感官新聞的影響力。

第六節　本書章節規劃

有鑑於電視新聞感官主義在全球化發展的背景之下，因爲臺灣特殊的媒體環境，衍生出在地的感官主義媒體景觀。因此本書擬分十二個章節，分析小報文化以及資訊娛樂化如何改變了電視新聞文化，在臺灣促成了電視新聞感官主義的興起。

首先，本章探討八卦文化如何促成感官主義的誕生，而造成電視文化空間的轉變；接著，第二章建構電視新聞感官主義的理論，包括感官主義的定義、如何運作、如何觀察、如何分析、感官主義對閱聽人的可能影響爲何等。第三章則分析臺灣的電視新聞文化空間在過去十年間如何遷徙演變、重新定義，並詮釋了電子媒體的新聞感官主義。

第四章以內容分析法素描出電視新聞感官主義的概況，首先分析影響力最大的每日時事新聞節目，然後再分析新聞影像策略豐富的新聞深度報導節目。第五章則以個案分析方式，以喧騰一時的一個名人偷窺事件進行文本分析，交叉驗證感官主義如何主導電視新聞媒體的新聞呈現。

第六章則呈現閱聽人觀點的研究成果，首先是實驗法研究電視新聞的感官形式與新聞敘事模式如何影響閱聽人的資訊處理模式。第七章則以電話調查方式，研究電視新聞媒體感官主義如何影響閱聽人對感官新聞的認知與閱聽感受。第八章探索哪些因素可能影響閱聽眾對新聞感官化的感受。第九章則以另一種閱聽人研究典範——接收分析模式，研究閱聽人如何以自己的詮釋來解讀電視新聞中的感官主義。

第十章實地訪問新聞從業人員，包括傳播科技專家，以瞭解實務界對感官主義的看法，釐清學界與實務界對感官主義的歧見，並討論這些歧見對感官主義理論的意義。

第十一章是電視新聞感官主義的跨國性研究，從參與研究的十四個國家的電視新聞內容分析以及後續的專家調查資料中，試圖探索新聞感官化的跨國面貌，並以實證資料釐清新聞競爭、新聞專業程度與新聞感官化之間的關係。

第十二章結論則討論邁向多媒體時代新聞感官主義的可能發展，包括網路影音發展對新聞感官化的影響，以及感官主義是否有可能成為增加電視新聞正面能量的一股力量等議題。

本書的部分章節，曾經發表在中文或英文期刊（請參考本章附記）。然而本書希望從各個面向盡可能呈現電視新聞感官主義從理論到實證的發展全貌，也考量到中文讀者以及研究生的需求，因此將部分已發表的期刊論文經過改寫與重新整理，收錄到本書當中。

雖然我們已經身處「感官主義」的年代，日復一日被迫席捲進入許許多多感官化的新聞事件的報導與談論話題的漩渦，然而在新聞傳播學理的面向，臺灣目前此類研究卻仍屬起步階段。透過對感官主義理論的建構，以及實證資料的呈現，本書希望能提供新聞傳播研究者、新聞教育工作者、新聞實務工作者以及新聞閱聽眾一個深入思索「新聞感官主義」相關議題的起點。

附　記

本書第三章（研討會論文）、第四章第二節、第六章、第七章、第九章以及第十一章為已發表之期刊論文改寫而成，其他各章均為首度發表的文字。改寫章節的來源出處如下：

第三章：王泰俐（2006）。〈電視新聞文化空間的遷徙〉。「2006中華傳播學會研討會」，臺北：臺灣大學。

第四章第二節：王泰俐（2004a）。〈電視新聞節目「感官主義」之初探研究〉。《新聞學研究》，**81**：1-41。

第六章：王泰俐（2006）。〈電視新聞「感官主義」對閱聽人接收新聞的影響〉，《新聞學研究》，**86**：91-133。

第七章：Tai-Li Wang & Akiba Cohen (2009) (June), Factors Affecting Viewers' Perceptions of Sensationalism in Television News: A Survey Study in Taiwan, *Issues and Studies*, V**45**(2): 125-157.

第九章：王泰俐（2009）。八卦電視新聞的閱聽眾接收分析，《傳播與管》理，**8**(2): 3-36。

第十一章：Tai-Li Wang (2012), "Presentations and Impacts of Market-Driven Journalism on Sensationalism in Global TV News", *International Communication Gazette*, **74**(8): 711–727.

參考文獻

一、中文部分

〈改革新聞頻道亂象重建廣電新秩序〉（2005年6月29日）。上網日期：2013年1月24日，取自新臺灣新聞週刊網http://www.newtaiwan.com.tw/bulletin-view.jsp?bulletinid=22237

〈新聞局：從1/1起全國有線電視，頻道重新劃分〉（2004年12月30日）。上網日期：2010年9月20日，取自臺灣商會聯合資訊網http://www.tcoc.org.tw/IS/Dotnet/ShowArticle.aspx?ID=7196&AspxAutoDetectCookieSupport=1

王泰俐（2003）。（當模仿秀成為「政治嗎啡」—臺灣政治模仿秀的「反」涵化效果），《廣播與電視》，**22**：1-24。

王泰俐（2004）。〈電視新聞節目感官主義的初探研究〉，《新聞學研究》，**81**： 1-42。

朱立熙（2004）。〈資訊娛樂化的概念詮釋研究〉，國科會專題計畫訪談資料報告，NSC 89-2412-H-004-031）。臺北：政治大學新聞系。

林育卉（2005年7月8日）。〈臺灣人的樣貌〉，《新臺灣新聞週刊網》。上網日期：2013年1月24日，取自http://www.newtaiwan.com.tw/bulletinview.jsp?bulletinid=22296

南方朔（1997）。〈在這個非常八卦的時代，八卦日益走紅起來〉，《新新聞》，**524**： 98-99。

修淑芬（2005年7月6日）。〈新聞臺帶壞社會〉，《中時晚報》。上網日期：2009年9月11日，取自「臺灣海外網—臺灣永續發展文摘專欄」http://www.taiwanus.net/greenclub/2005/07/07.htm

陳尹宗、陳珮伶（2010年9月8日）。〈補教人生歹戲拖棚 陳子璇哭鬧劇 于美人護航〉，《自由電子報》。上網日期：2010 年10月1日，取自http://www.libertytimes.com.tw/2010/new/sep/8/today-show5.htm

陳彥琳（2005 年1月4日）。〈電視頻道大風吹 觀眾習慣大變動〉，《華夏報導》。上網日期：2009年9月11日，取自http://epaper.pccu.edu.tw/FriendlyPrint.asp?NewsNo=6323

褚瑞婷（2006年1月10日）。〈新聞自由不可箝制，人民期待不可違背——2005年臺灣新聞傳媒議題回顧〉，《國家政策研究基金會－國政分析》。上網日期：2009年9月11日，取自http://www.npf.org.tw/post/3/3241

蘇蘅（2000）。《報紙新聞「小報化」的趨勢分析》。（國科會專題研究計畫成果報，NSC 89-2412-H-004-031。臺北：政治大學新聞系。

二、英文部分

Adams, W. C. (1978). Local public affairs content of TV news. *Journalism Quarterly*, *55*(4),690-695.

Altheide, D. L. (1976). *Creating reality: how TV news distorts event*. Beverly Hills: Sage.

Atkinson, J. (2003). Tabloid Journalism. In Donald H. Johnson, (Eds.), *Encyclopedia of International Media and Communications, 4* :317-327. Amsterdam: Academic Press, 2003.

Dominick, J. R., Wurtzel, A., & Lometti, G. (1975). Television journalism vs. show business: A content analysis of eyewitness news. *Journalism Qurarterly*, *59*(2), 213-218.

Ekstrom, M. (2000). Information, storytelling and attractions: TV journalism in three modes of communication. *Media, Culture & Society*, *22*, 465-492.

Franklin, B. (1997). *Newszak and News Media*. London: Arnold.

Grabe, M. E. (2001). Explication sensationalism in television news: Content and the bells and whistles of form. *Journal of Broadcasting and Electronic Media*, *45*(4), 635-655.

Grabe, M. E., & Zhou, S. (1998). *The effects of tabloid and standard television news on viewers evaluations, memory and arousal*. Paper presented in the Theory and Methodology Division at AEJMC, Baltimore, MD, August, 1998.

Hamilton, J. (2003). *All the News That's Fit to Sell: How the Market Transforms In-*

formation into News. Princeton: Princeton University Press.

Kamp, D. (1999, Feb). The Tabloid Decade. *Vanity Fair,* 64-75.

Kellner, D. (2003). *Media Spectacle*. London and New York: Routledge.

Knight, G. (1989). Reality effects: tabloid television news. *Queen's Quarterly, 1*, 94-105.

McChesney, R. W. (2004). *The Problem of the Media.* New York: Monthly Review Press.

Meyer, T., & Hinchman, L. (2002). Media Democracy. *How the Media Colonize Politics.* Oxford: Polity.

Shepard, L. (1973). *The History of Street Literature.* Newton Abbott: David and Charles.

Slattery, K. L., & Hakanen, E. A. (1994). Sensationalism versus public affairs content of local TV news: Pennsylvania revisited. *Journal of Broadcasting & Electronic Media*, *38*(2), 205-216.

Sparks, C. (2000). Intorduction : The panic over tabloid news. In C. Sparks & J. Tulloch (Eds.), *Tabloid tales: global debates over media standards* (pp.1-40). Maryland: Rowman & Littlefield Publishers, Inc.

Thussu, D. K. (2003). Live TV and bloodless deaths: war, infotainment and 24/7 news. In D. K. Thussu, & D. Freedman, (Eds.), *War and the media* (pp.117-132). London: Sage.

感官主義的理論

本章將分別從幾個面向，分析電視新聞感官主義的定義，以建構感官主義的理論。

首先，本章將先從新聞文本內容的面向，根據過去文獻如何分析電視新聞的感官化，探索電視新聞「感官主義」的定義。

然而，電視新聞文本並非決定感官主義定義的唯一考量，電視新聞的接收者，也就是電視新聞的閱聽眾，他們心目中感官主義的圖像，也是定義感官主義的重要考量。本章將分別從閱聽人對感官主義的感受與評價、感官新聞如何影響閱聽人對電視新聞的評價，以及如何結合說服理論中對訊息刺激感受的理論架構，綜合建構一個閱聽人如何定義電視新聞感官主義的量表，以供未來研究者以及電視新聞實務工作者參考。

第一節　新聞內容的感官主義

「感官主義」（Sensationalism）並不是傳播研究中的新概念，早在70年代美國地方電視新聞興起時，即引發過激烈論戰，當時學者通常以新聞主題來定義「感官主義」。例如：Adams以新聞主題來定義「感官新聞」（涵蓋「人情趣味」以及「災難」新聞），舉凡報導災難的、娛人的（amusing）、感人的（heartwarming）、令人震驚或好奇的新聞，均歸類於「感官新聞」範疇（Adams, 1978）。

然而，70年代另有學者認為，對電視新聞的產製而言，新聞主題的選擇不單只牽涉「主題」，還牽涉一個產製過程中十分重要的環節，也就是新聞角度的選擇（Altheide, 1976）。Altheide主張電視新聞產製過程當中，包括電子媒介機構以及實務流程的特色，造就出一種特殊的「看待新聞事件的方式」，這種「特殊」的方式，正是電視新聞經常扭曲或製造眞實的主因（Altheide, 1976），而電視新聞工作者稱呼這種特殊方式為「新聞角度」（news angle）。

電視新聞「新聞角度」的選擇，並非僅僅牽涉新聞價值的判斷，許多時候是迎合或遷就電視新聞製作流程的諸多特色，尤其重視視覺畫面的文化，因而容易以偏概全，扭曲新聞事件原貌。例如：一場其實沒有造成任何傷亡的工廠火災，只要拍攝到熊熊烈火的畫面（符合電視視覺文化特色），這則新聞就可能登上頭條，造成震懾閱聽人的感官效果。另外，只要捕捉到新聞事件的衝突畫面，不論其事件的新聞價值，電視新聞往往基於其畫面的「動作性」和「臨場感」，刻意誇張此衝突畫面在新聞中的重要性，同樣也是因爲視覺感官刺激思維，而產生的特殊「看待新聞事件的角度」。因此，一則新聞事件即使有許多不同的面向，但是電視新聞往往遷就視覺感官的需求，最後只呈現出攝影記者基於其「新聞性認知」所拍攝到的，並且被剪輯到新聞完成帶中的那小部分面向而已。至於影響電視新聞新聞角度選擇的因素，歸納計有新聞呈現形式（電視新聞特有的三段式呈現模式，包括主播導言、新聞主體以及新聞結尾等）、新聞任務交代模式、新聞室文化、拍攝與剪輯過程、電視新聞敘事特徵（首重口語、流暢與連續感）等（Altheide, 1976）。

80年代後期，學者進一步深入分析這種電視新聞的「角度」問題，指出電視新聞娛樂化的特殊之處並不僅在其新聞內容主題，也不僅在其新聞風格，而是在於新聞風格與內容主題混合之後的呈現形式，可謂之爲一種訴諸感覺的意識型態（an ideology of feelings）（Knight, 1989）。

90年代之後，電視新聞感官主義的形式丕變，因此有學者嘗試複製Adams在70年代的研究，結果發現感官主義新聞的比例已經從13%躍升爲41%（Slattery & Hakanen, 1994）。值得注意的是，Slattery與Hakanen發現，原先Adams的新聞主題分類方式，已經無法適用於90年代的電視新聞感官新聞的研究，原因是非感官新聞的主題（如政治等）也經常「內嵌」（embedded）了感官新聞的成分，因此主張應在Adams原先四大新聞主題類目外，另外增加一個「內嵌感官主義成分的新聞」類目，各類非感官新聞只要顯現出「感官主義」成分，都可能被編入這個新類目。如果按照這個新的編目方式，感官新聞的比例升高到52%。然而，Slattery與Hakanen雖然認爲「感官主義成分」其實已經滲透進入非感官新聞的領域，但是卻未清楚定義何謂「感官主義成分」。

90年代後Grabe引進電視美學角度，針對電視新聞的感官主義進行系列研究。Grabe以新聞製作的美學觀點切入，首重電視新聞如何以視覺文本來體現感官主義的形式，與90年代前大抵從聽覺文本或概略性的視覺文本途徑切入感官主義探討，迥然不同。另有學者提出現代電視記者的敘事模式，愈來愈傾向「視聽覺表演模式」（Ekstrom, 2000）。

概括論之，「感官主義」概念從70年代演變至今，大體上出現從「感官新聞主題」的偏向，演變到「感官新聞主題與形式的混合」主張，再到「感官新聞主題的再思考」，然後是近來「感官新聞形式」的強調（見表2-1）。本章綜合過去文獻有關「感官新聞」的定義，將「新聞主題」與「新聞形式」同時納入研究架構，同時嘗試探究過去研究仍未釐清的所謂「感官主義成分」，並以「電視新聞的感官主義」來指涉電視新聞訴諸感官的主題與形式呈現風格。

因此，本章參考先前文獻針對感官新聞與非感官新聞的分類（Adams, 1978; Slattery & Hakanen, 1994; Grabe, 1998, 2000, 2001），以及臺灣電視新聞內容所發現的新聞主題，將犯罪或衝突、人爲意外或天災、性與醜聞、名人或娛樂、宗教或神怪、消費弱勢族群等六類新聞歸於感官新聞，定義爲「用以促進閱聽人娛樂、感動、驚奇或好奇感覺的軟性新聞，訴諸感官刺激或情緒反應甚於理性。」相對於「感官新聞」，「非感官新聞」則定義爲「可增加閱聽人政經知識的硬性新聞或者傳遞有益的生活、文化或社會資訊，訴諸理性甚於訴諸感官刺激或情緒反應」，本章將政治、軍事或科技、經濟或財經、教育或文化、醫藥或健康、民生或生活等六類新聞歸於「非感官新聞」。

要強調的是，並非所有涉及上述感官新聞主題的電視新聞，就一定是感官主義新聞。同樣的，也並非涉及上述非感官新聞主題的電視新聞，就必爲非感官新聞。判斷感官主義或非感官新聞主題的標準，除了上述新聞分類之外，還必須考慮「新聞角度」的問題，也就是Altheide所謂的「看待新聞事件的方式」。本文認爲，只有涉及感官新聞主題，並且其新聞角度的選擇在於「促發閱聽眾的感官刺激、情緒反應或娛樂效果」的電視新聞，才符合感官新聞的定義。例如：一則有關死刑犯的新聞，如單以新聞主題而言，可能被歸類爲感官新聞（犯罪類）；然而，如果其新聞角度的選擇並非鉅細靡遺描述某死刑犯駭人之犯案過程，而是引導觀眾瞭解死刑應否存廢的司法議題，那麼本文認爲應將之歸於非感官新聞之「政治」類別（公共政策議題）。而一則有關政治競選的新聞，如果單以新聞主題而言，應被歸類於非感官新聞（政治類）；然而，如果其新聞角度的選擇並非報導其政治作爲，而是報導候選人服飾或造型特色，那麼本文認爲應歸於感官新聞之「名人類別」。

表2-1　「感官主義」概念的流變

研究者	感官主義新聞概念定義	感官主義新聞操作定義	感官新聞主題
Altheide (1976)	扭曲或製造「真實」的新聞角度	否	不限
Adams (1978)	「人情趣味」以及「災難」新聞	「人情趣味」以及「災難」新聞，在地方電視新聞中的播出長度	人情趣味以及災難新聞
Dominick, Wurtzel & Lometti (1975)	以「輕鬆對談」敘事模式報導新聞	主播和記者間以此方式報導特寫、人情趣味、暴力及幽默新聞的報導時間長度	不限
Knight (1989)	性、醜聞、犯罪、貪汙等新聞主題，並以「以氾濫的影像和文字」形式來呈現	否	性、醜聞、犯罪、貪汙等
Slattery & Hakanen (1994)	「人情趣味」與「災難」新聞，以及硬性新聞中內嵌有「感官新聞」成分者	此三類新聞在地方電視新聞中的播出長度	人情趣味以及災難新聞，加上硬性新聞中內嵌有「感官新聞」成分者
Grabe (1998)	新聞主題與電視新聞「包裹」（packaging）形式	感官新聞主題包括「犯罪」、「意外」或「災難」、「名人」、「醜聞」及「性」五類。「包裹」形式則含音樂、音效、慢動作、flash 轉場以及記者口白的突兀性等五個結構因素	犯罪、意外、災難、名人、醜聞及性

（續）

研究者	感官主義新聞概念定義	感官主義新聞操作定義	感官新聞主題
Grabe (2001)	新聞主題與電視新聞「包裹」（packaging）形式	感官新聞主題延續1998年定義，「包裹」形式則再增加攝影手法及剪接後製技巧等	犯罪、意外、災難、名人、醜聞及性
Ekstrom (2000)	特意尋求視聽覺不尋常的刺激，以吸引觀衆收視的電視新聞敘事模式	否	不限
Wang & Cohen (2009)	感官新聞的主題，角度與製作形式	六種感官新聞主題與報導角度，七種感官新聞形式	犯罪與衝突、意外與災難、性與醜聞、名人八卦、奇人異事、娛樂新聞、迷信新聞

綜合以上所述，在新聞文本中，「感官新聞」可以定義爲「用以促進閱聽人娛樂、感動、驚奇或好奇感覺的軟性新聞，訴諸感官刺激或情緒反應甚於理性。」

第二節　新聞形式的感官主義

電視媒體與平面媒體最大的差異在於，電視媒體是一個同時具備視覺與聽覺雙重文本的媒體。因此要探討電視新聞的感官主義，除了新聞內容之外，無法忽略電視新聞的形式。

本章接下來分別引用電視美學的概念以及電視敘事理論，分析如何探究電視新聞聽覺與視覺兩大文本形式的感官主義。

電視美學的觀點主張，電視作爲一種藝術的形式，藉由視覺、聽覺和動作等三大美學因素所交織創作而成。藉由這三種美感元素的交錯並置（juxtaposition），達到一種藝術和諧的境地，而能在螢光幕那一方小小的方框世界中，創造一種「時空的立即感」、「與外在世界的親密感」、「閱聽的密度感」以及「閱聽的涉入感」（Metallinos, 1996: 118）。

因此，在應用電視美學概念研究新聞視覺文本如何呈現「感官主義」時，Graber（1994）即以新聞導播的美學觀點切入，探討電視新聞製作過程的結構特色，以探討電視新聞感官化的形式問題，不過並未提出具體的研究架構。

Grabe與Zhou（1998）稍後開始具體探索電視新聞視覺文本的研究架構，以傳統的新聞雜誌節目「六十分鐘」以及有線電視臺小報新聞雜誌（tabloid news magazine）的代表性節目「Hard Copy」作爲研究起點，從後製過程中的五大結構性因素（音樂、音效、慢動作、flash轉場以及記者口白的突兀性等），來分析這兩種新聞節目的內容。其後，Grabe與Zhou進一步發展出更多研究面向，不只研究不同類型的新聞雜誌節目報導主題，更加入了攝影手法，以及剪接後製技巧等面向（Grabe, Lang, & Zhao, 2003）。

本書參考Graber（1994）以及Grabe等學者的研究（1996, 1998, 2000, 2001, 2003），發展電視新聞視覺文本的研究面向。但由於近年來電視數位科技的進步，在分析類目方面應還有細究的空間。尤其以上文獻多源自美國電視新聞的形式，並未考量臺灣本地電視新聞形式的特色。

事實上，臺灣電視新聞經常使用類戲劇的模擬鏡頭（reactment shots）。因應數位化科技所發展出的各式各樣電腦效果，尤其是字幕的電腦效果，原常見於電視娛樂節目，但是臺灣的電視新聞也經常使用。表2-2列出本章有關電視新聞視覺文本可能涉及感官主義的形式，也列出每一種形式的主要參考文獻或理論來源。

表2-2 感官主義的視覺形式

視覺形式	概念定義	操作定義	理論來源
（一）影像鏡頭	指攝影機在拍攝電視新聞時的鏡頭運作	計數各種影像鏡頭出現的次數和頻率，以表示感官主義形式出現的頻率或強度	

（續）

視覺形式	概念定義	操作定義	理論來源
鏡頭推近（zoom-in）	畫面由遠鏡頭推至近鏡頭，用以增進觀衆涉入畫面的情緒	「鏡頭推近」在整則新聞中，總出現次數與頻率	Salomon（1979） Tiemens（1978）
鏡頭推遠（zoom-out）	畫面由近鏡頭推至遠鏡頭，用以減低觀衆涉入程度，或者刻意造成一種冷眼旁觀的情緒	「鏡頭推遠」在整則新聞中，總出現次數與頻率	Keeplinger（1982）
目擊者鏡頭（action shots or point-of-view movement）	由攝影機代替觀衆去追逐新聞畫面，又稱跟拍鏡頭或觀點鏡頭，營造觀衆目擊新聞現場的感受	「目擊者鏡頭」在整則新聞中，總出現次數與頻率	Parker（1971） Hofstetter & Dozier（1986） Lombard et al.（1997）
模擬鏡頭（reactment shots）	透過「事後重建現場」的鏡頭，建構觀衆理解新聞事件的現場藍圖，營造現場感，通常以不相關第三者演出新聞當事人的方式進行	「模擬鏡頭」在整則新聞中，總出現次數與頻率	Gaines（1998）
左右搖攝鏡頭（pan）	攝影機鏡頭原地水平左右移動，如由左拍到右或由右拍到左，營造新聞場景的真實感	「左右搖攝鏡頭」在整則新聞中總出現次數與頻率	Grabe（1996）
上搖攝鏡頭（tilt up）	攝影機鏡頭向上搖高，營造張力或權威感	「上搖攝鏡頭」在整則新聞中，總出現次數與頻率	Kervin（1985）
下搖攝鏡頭（tilt down）	攝影機鏡頭向下搖低，營造渺小或卑微感	「下搖攝鏡頭」在整則新聞中，總出現次數與頻率	Kervin（1985）
特寫鏡頭	鏡頭對準人體或物體中的某一部分拍攝，以強化新聞戲劇感	「特寫鏡頭」在整則新聞中，總出現次數與頻率	Zettl（1991）

（續）

視覺形式	概念定義	操作定義	理論來源
搖晃鏡頭	鏡頭拍攝時，刻意搖晃攝影機機身，造成觀衆視覺劇烈晃動的效果	「搖晃鏡頭」在整則新聞中，總出現次數與頻率	本書前測研究
光暈鏡頭	鏡頭拍攝時，調整光圈或使用特殊鏡頭，造成拍攝物體呈現一種類似光暈效果或水光效果	「光暈鏡頭」在整則新聞中，總出現次數與頻率	本書前測研究
俯視鏡頭	高鏡頭拍攝新聞主體，以營造張力或權威感	「俯視鏡頭」在整則新聞中，總出現次數與頻率	Grabe（1996）
仰視鏡頭	低鏡頭拍攝新聞主體以營造渺小或卑微感	「仰視鏡頭」在整則新聞中，總出現次數與頻率	Grabe（1996）
失焦鏡頭	鏡頭拍攝時，刻意不對準焦距，使新聞主體失焦，造成一種模糊懸疑感	「失焦鏡頭」在整則新聞中，總出現次數與頻率	本文前測研究
（二）後製轉場效果	後製效果是指新聞畫面拍攝完畢後，在剪輯後製階段添加的效果。後製轉場效果的作用，通常用以轉場	計數以下七種後製轉場效果出現的次數和頻率，以表示感官主義形式出現的頻率或強度	
擦拭	後一個圖框，以類似擦拭的方法，將前一個圖框蓋去，暗示轉換場景與觀看情緒	「擦拭效果」在整則新聞中，總出現次數與頻率	Smith（1991）
溶接	將一個場景逐漸銜接至另一場景，類似兩個圖像相融起來的感覺，營造轉場柔和感	「溶接效果」在整則新聞中，總出現次數與頻率	Smith（1991）

（續）

視覺形式	概念定義	操作定義	理論來源
閃光效果	鏡頭與鏡頭間的剪接效果，類似照相機的閃光燈作用，增強注意	「閃光效果」在整則新聞中，總出現次數與頻率	Grabe（2001）
淡入效果	由黑暗的螢幕逐漸轉亮成為一個圖像，通常暗示一個故事或一個段落的開始	「淡入效果」在整則新聞中，總出現次數與頻率	Zettl（1991）
淡出效果	由明亮的圖像逐漸轉暗為黑暗的螢幕，通常暗示一個故事或一個段落的結束	「淡出效果」在整則新聞中，總出現次數與頻率	Zettl（1991）
翻轉效果	較複雜的擦拭效果，計有滑動、削減、輪轉和乍現等種類，同樣暗示轉換觀看情緒	「翻轉效果」在整則新聞中，總出現次數與頻率	Grabe（2001）
飛翔效果	縮小影像，同時快速地移動影像到新位置或離開螢幕的剪接效果	「飛翔效果」在整則新聞中，總出現次數與頻率	本書前測研究
（三）後製非轉場效果	後製非轉場效果通常用以增強觀衆注意力或增加視覺效果	計數以下七種後製轉場效果出現的次數和頻率，以表示感官主義形式出現的頻率或強度	
字幕	以上字幕方式強調新聞中特定資訊，強力主導觀衆如何理解其新聞角度	「字幕效果」在整則新聞中，總出現次數與頻率	本書前測研究
分割畫面	畫面被垂直分成「左右兩邊」兩部分，一邊各顯現一個不同的影像，營造對照或對比感	「分割畫面效果」在整則新聞中，總出現次數與頻率	Grabe（2001）

（續）

視覺形式	概念定義	操作定義	理論來源
快動作	畫面主體以較正常速度快的速度移動，通常是為了加速新聞節奏，振奮觀衆情緒	「快動作效果」在整則新聞中，總出現次數與頻率	Zettl（1999）
慢動作	畫面主體以較正常速度慢的速度移動，通常是為了營造感性氣氛，緩和觀衆情緒	「慢動作效果」在整則新聞中，總出現次數與頻率	Zettl（1999）
馬賽克	用以遮蔽或模糊化某些特殊畫面的鏡頭，暗示畫面「不宜觀看」	「馬賽克效果」在整則新聞中，總出現次數與頻率	Zettl（1999）
定格	畫面主體類似靜止照片「定住不動」的感覺，吸引注意	「定格效果」在整則新聞中，總出現次數與頻率	Grabe（2001）
其他效果	包括快照、鏡像、燈光聚焦、壓縮以及層疊等國內較少應用的後製效果，均用以吸引注意或增強效果	「其他效果」在整則新聞中，總出現次數與頻率	Smith（1999）

過去電視新聞視覺形式的呈現，目的在於拍攝新聞事件現場的眞實畫面，以視覺畫面來描述新聞事件，令閱聽眾有親臨現場的「臨場感」（黃新生，1994）。電視新聞視覺思考的重點，雖然在於以動態的畫面吸引閱聽眾收看，但是卻很強調所謂的「視覺清晰原則」。也就是電視新聞的畫面通常以平視角度拍攝，因爲此角度爲攝影機以一般人的視線水平高度拍攝，是「中性的表達，不牽涉特殊情感或偏見」（黃新生，1994）。而電視新聞攝影的鏡頭與角度，也有既定的視覺文法結構，重點在以視覺畫面將新聞事件盡可能地眞實呈現。

然而，訴諸感官主義的電視新聞，其視覺形式的呈現，最主要的目的在於「促進閱聽人娛樂、感動、驚奇或好奇感覺，訴諸感官刺激或情緒反應甚於理性」。因此，呈現新聞事件的眞實面，未必是考量的重點。所有視覺形式的呈現，不論是影像鏡頭，或者是後製效果，主要的考量都在於「刺激感官收視經驗」。因此，除了中性的平視鏡頭之外，理論上而言，使用愈多視覺呈現形式，愈有可能刺激閱聽眾的感官收視經驗。

第三節　新聞敘事的感官主義

前述Grabe等學者的分析架構（1996, 1998, 2000, 2001, 2003），似乎欠缺了電視新聞聽覺文本的面向。電視新聞聽覺文本的重要性，並非僅限於內容。本書認爲，在建立一套較爲完整的電視新聞內容分析架構時，電視新聞雙重文本特性，一定要同時被涵蓋進來。因爲觀眾在接收電視新聞的資訊時，是同時接收聽覺和視覺兩種文本；在電視新聞製作的過程中，兩種文本也不可能被切割開來。

在電視新聞聽覺文本的分析架構方面，Ekstrom將現代電視新聞記者與觀眾溝通的模式，分爲資訊傳遞、講述故事以及視覺吸引等三類，並且分別以三種暗喻來形容其特性：布告欄、床邊故事以及馬戲團表演。根據這三種不同溝通形式所營造的溝通情境，「資訊傳遞者」的記者角色中立客觀，涉入觀眾的策略是營造觀眾對知識的渴求或者對資訊的需求。「說故事者」的記者作爲一個說故事的高手，將新聞以故事性手法報導出來，涉入觀眾的策略是營造觀眾冒險的需求、聽故事的愉悅感以及分享懸疑、戲劇的經驗。而「表演展示者」的記者角色，以營造新聞作品的聽覺和視覺雙重吸引爲最主要目的，涉入觀眾的策略則是在聽覺之外，再特意營造視覺上不尋常的刺激、吸引觀眾的目光留駐以及造成強烈的印象。通常在一則電視新聞中，這三種模式當中的一種，會成爲主導的溝通模式（Ekstrom, 2000）。本書引用此模式，將這三種現代電視記者溝通模式定義爲「電視記者敘事模式」。

此外，本書也認爲由於電視媒體的影音雙重形式，記者報導的聲調無法排除於敘事模式的分析之外，報導聲調本身可能就是某一種感官主義的呈現。

這個部分由於是在節目後製階段進行，因此將記者的報導聲調分為「干擾性旁白」（obtrusive voice-over）和「非干擾性旁白」（unobtrusive voice-over）兩個類目，將併入後製聽覺效果的分析，以與前述「電視記者敘事模式」作出區隔。「非干擾性旁白」通常為強調客觀中立的電視新聞臺所採用的敘事模式，以客觀、冷靜、平穩的聲調，傳遞新聞資訊，較無涉於感官主義。「干擾性旁白」由於強調記者情緒的表達，能夠增加閱聽人涉入新聞的程度，刺激閱聽人的收視感受，因此與感官主義直接相關。

基於上述文獻，再參考臺灣電視新聞內容所觀察到的敘事形式，表2-3整理出有關聽覺敘事文本的形式，並列出每一形式的主要參考文獻或理論來源。

表2-3 電視新聞「感官主義」的聽覺敘事形式

聽覺研究變數	概念定義	操作定義	理論來源
新聞背景的現場自然音	即現場音，用以呈現新聞現場感	「新聞背景現場自然音」在整則新聞中，總出現次數與頻率	Grabe（2001）
新聞主角的現場自然音	新聞主角在新聞現場的言語表達，通常在其不知情的狀況下錄製	「新聞主角現場自然音」在整則新聞中，總出現次數與頻率	本書前測研究
後製人工音效	在後製階段加入的人工合成音效，用以增強注意及新聞戲劇性	「後製人工音效」在整則新聞中，總出現次數與頻率	Grabe（2001, 2003）
配樂	異於自然音的音樂效果，藉以涉入觀衆情緒或吸引觀衆的注意	「配樂」在整則新聞中，總出現次數與頻率	Grabe（2001, 2003）
記者旁白（干擾性）	旁白以戲劇性的聲調再加上主觀性語助詞，講述新聞故事	「干擾性記者旁白」在整則新聞中，總出現次數與頻率	Grabe（2001） Grabe, Lang, & Zhao（2003） Ekstrom（2000）
記者旁白（非干擾性）	旁白以客觀、冷靜、平穩的聲調，傳遞新聞資訊	「非干擾性記者旁白」在整則新聞中，總出現次數與頻率	Grabe（2001, 2003） Ekstrom（2000）

隨著感官主義文獻的增補，新的研究構面正在發展階段。一些源於歐洲的感官主義研究，點出有關「演員」構面的衡量。在感官新聞中發聲的演員，長期以來都不受研究重視（Bek, 2004; De Swert, 2008）。研究者指出，雖然新聞主題（News Topics）（即新聞中的「是什麼」）和新聞形式（News Forms）（即新聞中的「什麼樣」）在過去的感官主義研究中已經探討，然而新聞演員（News Actors）即新聞中的「什麼人」卻備受忽略。在感官新聞中，常見的「演員」是誰？類演員是名人、專家、政治人物、平民百姓？抑或是其他身分的人物？

由於演員構面的測量在電視新聞研究中，屬於嶄新的研究構面，本書的第十一章也特別納入新聞演員的研究面向，並以跨國研究的資料來探索新聞演員和電視新聞感官主義程度兩者之間的關係。

第四節　感官主義對閱聽人的可能影響：對閱聽人情緒、感受與新聞評斷的影響

感官主義一直被認爲是八卦式報導的主要成分，並能刺激觀眾收視時的情緒興奮感覺（Grabe et al., 2000）。感官主義的新聞處理手法會引發情緒反應，震驚閱聽人的道德或美感的感知能力，使之感覺興奮或激動（Tannenbaum & Lynch, 1960），導引觀賞經驗進入神入（empathy）狀態（Graber, 1994）。

總之，先前文獻大多支持感官主義的新聞，容易撩撥閱聽人更多感官和情緒反應，我們假設以感官主義手法處理的電視新聞會較易喚起閱聽人興奮、激動、震驚、入迷等情緒反應。換言之，閱聽人可能認爲以感官主義手法製作的新聞，比起以非感官主義的製作手法包裹的新聞，閱聽的興奮程度較高。

感官新聞原本就偏重易於引發觀眾生理、心理興奮的新聞題材（如名人緋聞或者醜聞事件等），再加上感官手法製作的特色，更可能強化觀眾對新聞故事的興趣（Newhagen, 1998; Newhagen & Reeves, 1992; Shoemaker, 1996）。另

外，此類新聞強調新聞的娛樂功能更勝資訊功能，其目的可說就是在建構娛樂訊息，將此實踐提升至極度感官層次（Carey, 1975），並透過各種製作模式來強調這種新聞風格（style）勝過實質內容（substance）的趨勢（Cremedas & Chew, 1994）。這些刺激感官的新聞主題和強調戲劇性的新聞製作手法，都讓觀眾對新聞更感興趣，覺得觀賞樂趣更高、新聞更好看（Graber, 1994）。

本書因此將觀眾對電視新聞感興趣的程度、認為好看的程度、觀賞的樂趣定義為電視新聞的「閱聽愉悅度」，並據以假設：以感官主義製作手法包裹的新聞，閱聽人認為閱聽愉悅度較高。

此外，為了激發觀眾的興趣和情感，感官主義的製作形式對新聞事件之特定行動與情況嚴重性（severity），經常產生渲染誇大效果。例如：在一場沒有引起任何傷亡的一般性警方攻堅行動添加大型警匪槍戰音效，或以慢動作特效處理警方攻堅動作，或添加懸疑刺激的配樂等，導致觀眾誇大對新聞事件的嚴重性以及影響性的感知與理解。本書因此也假設，以感官主義製作手法包裹的新聞，閱聽人認為其新聞議題的嚴重性較高。

如前所述，Ekstrom（2000）依照記者的口語報導模式，將現代電視新聞記者的角色分成「資訊傳遞者」、「說故事者」以及「表演展示者」三類。本書修改Ekstrom的模式，將電視新聞敘事模式分為「資訊傳遞」以及「故事講述」兩類。至於「表演展示」的敘事模式，涉及視覺吸引的成分居多，較接近新聞感官主義製作形式，因此，將「表演展示」模式列入感官主義製作形式的面向。

有關新聞敘事模式對閱聽人的影響，有研究者認為感官新聞敘事經常具有戲劇化結構，接近故事講述模式。這種充滿戲劇性的新聞敘事，容易引起閱聽人猜測、驚嘆或者細細品味等涉入性觀賞歡娛。相較之下，正統式的資訊傳遞敘事模式，強調以客觀中立的嚴謹方式報導新聞事實，則不容易讓閱聽人的生活起共鳴（Bird, 2000）。

因此，講述故事的新聞敘事模式較易引發閱聽人觀看新聞時的注意程度，也較易提高對新聞事件的辨識程度。不過由於故事傳遞模式的資訊結構較資訊傳遞模式較為複雜，容易耗損閱聽人的資訊處理資源，因此有可能降低閱聽人對新聞的回憶程度。一項研究即指出，電視新聞導言加入個人化的故事性情節，容易降低觀眾對新聞核心資訊的理解。換言之，在一個以倖存者開頭的意外新聞報導中，觀眾可能記得誰是意外事件的倖存者，卻記不起這場意外如何發生以及影響所及爲何（Davis & Robinson, 1986）。

不過，正因爲故事講述模式刻意製造新聞的懸疑感或戲劇感，影響閱聽人對其新聞報導專業程度的評價，因此以故事講述模式報導的新聞，相較於以資訊傳遞模式報導的新聞，其新聞可信度、客觀性以及資訊性很可能都較低。

至於新聞敘事對閱聽人新聞評價的影響，由於故事講述模式通常根據故事性手法經常使用的報導元素（如個人化、戲劇性、衝突性等，見MacDonald, 2000），重新排列組合新聞報導資訊，以強調新聞故事的戲劇性和衝突性。而強調新聞事件戲劇性和衝突性的敘事模式，可能會提高閱聽人閱聽新聞的興奮程度。另外，個人化敘事元素經常連結新聞事件與個人生活的生活經驗，以期增加閱聽人閱聽新聞的共鳴感；而強調戲劇性的報導模式可能增加閱聽新聞的趣味，因而引發較高的閱聽新聞愉悅程度。強調故事衝突性的故事講述模式，因其「說故事」的特性，可能容易誇大新聞事件的嚴重性，而令閱聽人認爲新聞事件的嚴重性較高。因此，採用故事講述的敘事模式，比起採用資訊傳遞方式報導的新聞，更可能會令閱聽人認爲其新聞議題的嚴重性較高。

第五節　新聞閱聽人對感官主義感受與測量量表

有關電視新聞感官主義的定義，過去文獻多集中於新聞內容的探討。然而，閱聽人是電視新聞的接收者。閱聽人自己如何定義「感官主義」，是過去研究極少探究的面向。

本書另從閱聽眾的觀點出發，針對臺灣電視新聞閱聽眾如何感受電視新聞的「感官化」，進行閱聽眾調查研究。以國外研究對報紙新聞感官化的研究作爲基礎，本書根據電視新聞特性，修正若干題項，使之成爲一適合測量電視新聞感官主義的指標量表（「感官主義指標測量量表」，Sensationalism Index,

Sendex），並進而探討閱聽眾如何認知電視新聞感官化的內容，以及電視新聞形式如何影響閱聽眾的新聞感官化感受。

一、感官主義的測量

在早期針對報紙的研究中，Tannenbaum與Lynch（1960）根據語意量尺發展出一套感官主義指標測量量表（Sensationalism Index, Sendex）。根據此量表，如果閱聽眾評估某一新聞訊息的隱含義與感官主義的定義愈接近，該則新聞的感官化傾向也愈強烈。Sendex包括三個面向，共十二組相對應的形容詞：第一個面向，所謂的評估面向，共有正確的／非正確的、好的／壞的、負責的／不負責的、聰明的／愚笨的、可接受的／不可接受的五個次面向。第二個面向，所謂的刺激面向，共有色彩的／無色彩的、有趣的／無趣的、興奮的／乏味的、熱切的／冷淡的等四個次面向。第三個面向，所謂的行動面向，即所謂的主動的／被動的、激動的／沉靜的、大膽的／膽怯的等三個次面向。

為了使Sendex的測量更為精確，Tannenbaum與Lynch（1962）隨後探究一些新聞形式的特質，以便更能區分新聞訊息中不同程度的感官化，達到更高的預測力。他們分別發展以下三種形式：故事的可讀性（readability）、訊息中的標點（punctuation）和修飾的程度（degree of modification）。他們的研究發現，報紙新聞的可讀性愈高、標點停頓愈少和修飾詞語運用愈多的新聞報導，其感官化的程度愈高。

80年代後有研究者套用Sendex量表，以研究梅鐸在併購美國地方報紙之後，其新聞報導感官化是否產生改變。70年代梅鐸在德州併購了《聖安東尼新聞報》（*San Antonio News*），學者針對《聖安東尼新聞報》以及其主要競爭對手《聖安東尼光報》（*San Antonio Light*）頭版改變的程度進行研究（Pasadeos, 1984）。結果顯示，1973至1976年間《聖安東尼新聞報》在頭版要聞上，增加大量情緒性的圖片和配置，但是從1976至1980年卻沒有太大改變。類似的轉變也發生在《聖安東尼光報》頭版編輯上。不過和《聖安東尼光報》的輕微變動比較起來，《聖安東尼新聞報》增加了大約五成以上感官新聞的比例，這代表梅鐸在買進之後確實執行新聞感官化的編輯政策。

Perry（2002）的研究則比較美國和墨西哥報紙讀者，對新聞感官化的感受有何差異。結果顯示，兩國有關Sendex十二個測量項目中，有八項出現閱聽眾感受的顯著差異。這顯示感官主義量表的測量可能出現跨文化的差異，因此在跨文化應用的時候，有必要進行修正。

本書嘗試將Sendex應用至電視新聞的研究。有鑑於報紙和電視媒體特性之差異，除了跨文化的考量之外，還須要對原Sendex量表的項目做修正。

根據演化心理學，Davis與McLeod（2003）提議加入「八卦」主題的研究，因爲他們發現，演化心理學指出的幾項影響人類在環境演化當中，影響人類發展成功與否的關鍵因素，包括天災、人禍等生理威脅，或者名譽受損、欺騙等社會因素，剛好都是八卦新聞關心的焦點。

一項針對臺灣電視新聞的研究指出，八卦消息是新聞感官化報導中極爲重要的主題（王泰俐，2006a）。焦點團體研究的結果顯示，在原始的感官主義量表中，只有正確的／非正確的、負責的／不負責的、重要的／不重要的、可信的／不可信的、專業的／不專業的、有趣的／不有趣的、刺激／不刺激的、煽動／不煽動的這八個面向，被認爲是形容「閱聽感官新聞的感受」有意義的面向。在開放性問卷的塡答部分，有七成三參加訪談的閱聽眾提出應增加兩個面向來形容「閱聽感官新聞的感受」，分別是「侵犯他人隱私」，以及「八卦閒聊奇人異事」。

因此，本書修正原Sendex量表，發展出測量電視新聞閱聽眾對新聞感官化感受的十項指標：包括正確性（accuracy）、負責任（responsibility）、重要性（importance）、公信力（credibility）、專業性（professionalism）、刺激性（excitement）、煽動性（agitation）、收視興趣激發程度（arousing viewer interest）、隱私的侵犯（invading of privacy）、八卦閒聊特性等（gossip）。

二、感官主義的閱聽感受

感受（perceptions）是指個體將以生理爲基礎的感覺經驗（sensation），轉換爲有意義的訊息，並用來解釋或反應周圍環境事物的一種心理歷程（張春興，1991： 117）。因此，感覺與感受有所差異。感覺是立即性的生理反應，感受則是綜合感覺、過去經驗、累積知識與記憶的心理結果，因此是生理反應結合原先儲存在記憶中的資料，而對事物產生意義與統合的判斷。本研究所指的「閱聽人感受」，意指閱聽人在收看電視新聞中有關感官化的新聞內容或形式後，經過感覺的歷程，並與記憶中對新聞的經驗與知識結合，形成一個對「感官主義」的統合判斷，亦即爲「新聞感官化的感受」。

至於新聞中的感官主義，Danielson等學者（1958）最早探討感官主義如何刺激人們情緒反應的面向（轉引自Tannenbaum & Lynch, 1962）。他們認爲感官主義不僅提供閱聽眾興奮感，甚至導引人進入一種「病態的迷戀」。因此，感官主義可以被定義爲一種「激發情緒和心理反應的潛力」（Grabe, Zhou, Lang, & Bolls, 2000）。

以電視新聞而言，一個長久以來備受爭論的焦點就是到底是視覺文本，還是聽覺文本，對閱聽眾新聞感受的影響較大。當電視影像經常被認爲具備讓新聞事件更顯「眞實」的魔力時，學術研究卻發現過去人們普遍認爲視覺的魔力，在引導人們認知新聞事件的過程中，效果並不如想像中那麼顯著。然而視覺影像還是被普遍認定足以帶給閱聽眾情緒的影響力，並加強形塑新聞的眞實感給閱聽大眾（Graber, 1988）。

Neuman、Just與Crigler（1992）則認爲，雖然早期的研究認爲電視新聞中的視覺元素有強大的影響力，但如果單就視覺因素來討論，並不能對閱聽眾的認知效果產生明顯作用。例如：有關大眾對於政治議題的認知和理解層面，媒體若併用視覺和聽覺兩種呈現模式，就比單單使用一種模式來的有效。Lang、Newhagen與Reeves（1996）也發現，電視新聞中負面視覺影像（negative video）的運用，的確會提升閱聽眾的注意力和處理該資訊的能力，同時也增進他們對於該資訊的提取程度和辨識程度。另外，負面影像容易使閱聽眾對新聞產生更負面和被激化（aroused）的感受。Newhagen（1998）更發現，能夠引發生氣情緒的影像，最容易被記得；其次是引發恐懼情緒的影像，最不容易被記得的是令人噁心的影像。

因此，綜合以上研究，可以合理推測的是，電視新聞中有關情緒的呈現，將會對閱聽眾對於新聞感官化的感受，有所影響。

至於電腦動畫對於收看電視新聞者的影響，Fox等學者（2004）則發現，動畫科技同時幫助年輕人和年長者儲存與回憶資訊的能力，但是只加強了年輕族群對於硬性新聞的解讀（encoding）流程。另兩篇研究（Lang, Bolls, Potter, & Kawahara, 1999; Lang, Zhou, Schwartz, Bolls, & Potter, 2000）則指出，電視新聞的快速剪接節奏，引發閱聽眾的興奮感並且促進其資訊處理的資源配置。

事實上，不論是動畫或剪接等電視新聞的形式呈現，被視爲是近幾年來電視新聞媒體小報化的重要表徵。 Grabe等人（2000）就定義小報化新聞（tabloid news）爲「重視形式更甚於內涵的新聞」，強調新聞的形式特色，例如：快步調的剪輯、戲劇性的配樂、快速與火辣的敘事方式，以及誇張的圖像效果，和傳統標準新聞（standard news）著重新聞內容實質的取向大異其趣。他們也發現，閱聽眾傾向認爲傳統標準新聞較小報化新聞，更爲可靠且富有資訊性。另一研究也指出，電視小報化的產製特色會增強閱聽眾對於非感官新聞主題的記憶，但是反而妨礙其對感官新聞主題的記憶。閱聽眾也傾向認爲小報新聞和那些沒有採取誇張手法製作的新聞比較起來，較不客觀且可信度較低（Grabe, Lang, & Zhao, 2003）。

總結來說，雖然目前已經累積不少有關電視新聞形式呈現效果的研究，但迄今還未有實證研究明確指出，電視新聞的產製形式究竟會如何影響閱聽眾對新聞感官化的認知與感受。

本書以電話訪問方式進行電視新聞閱聽眾研究，希望探究過去在電視新聞內容的感官主義研究中，經常成爲研究焦點的電視新聞產製形式，包括新聞配樂、剪接節奏、新聞標題的情緒性、畫面聳動性、畫面重複性、特殊效果以及記者報導語調等形式，將如何影響閱聽人對新聞感官化的感受。

第六節　小結

以電視新聞的內容而言，「感官主義」可以定義爲「用以促進閱聽人娛樂、感動、驚奇或好奇感覺的新聞內容，訴諸感官刺激或情緒反應甚於理性」。可能刺激閱聽人感官經驗的新聞主題，則包括犯罪或衝突、人爲意外或天災、性與醜聞、名人或娛樂、宗教或神怪、或者消費弱勢族群等。

另外，本書也提出，有關電視新聞感官主義的定義，無法不納入閱聽人的觀點。根據實證研究的結果，修正早期國外針對平面媒體所提出的感官主義量表，本書提出十項測量指標，用以探究閱聽人如何定義電視新聞的感官主義，這十項指標包括正確性（accuracy）、負責任（responsibility）、重要性（importance）、公信力（credibility）、專業性（professionalism）、刺激性（excitement）、煽動性（agitation）、收視興趣激發程度（arousing viewer interest）、隱私的侵犯（invading of privacy）、八卦閒聊特性等（gossip）。

參考文獻

一、中文部分

王泰俐（2006a）。〈電視新聞「感官主義」對閱聽人接收新聞的影響〉。《新聞學研究》，**86**，91-133。

張春興（1991）。《現代心理學》。臺北：正大印書館。

黃新生（1994）。《電視新聞》。臺北：遠流出版社。

二、英文部分

Adams, W. C. (1978). Local public affairs content of TV news. *Journalism Quarterly*, *55*(4), 690-695.

Altheide, D. L. (1976). *Creating reality: how TV news distorts events*. Beverly Hills: Sage.

Bek, M. G. (2004). Tabloidization of news media. An analysis of television news in Turkey. *European Journal of Communication, 19*(3), 371-386.

Bird, S. E. (2000). Audience demands in a murderous market: tabloidization in U.S. Television News. In C. Sparks & J. Tulloch (Eds.). *Tabloid tales: global debates over media standards* (pp. 213-228). ML: Rowman Littlefield Publishers, Inc.

Carey, J. W. (1975). A cultural approach to communication. *Communication, 2*(1), 1-22.

Cremedas, M. E., & Chew, F. (1994). *The influence of tabloid style TV news on viewers recall, interest and perception of importance.* Paper presented at the annual meeting of the Association for Education in Journalism and Mass Communication, Atlanta, GA.

Danielson, W. A. etc. (1958). *Sensationalism and the life of magazines: a preliminary Study*. Dittoed report, School of Journalism, University of Wisconsin.

Davis, D. K., & Robinson, J. P. (1986). News attributes and comprehension. In J.

P. Robinson & M. R. Levy (Eds.). *The main source: Learning from television news* (pp. 179-210). Thousands Oaks, CA: Sage Publications Inc.

Davis, H., & McLeod, S. L. (2003). Why humans value sensational news: An evolutionary perspective. *Evolution and Human Behavior*, *24*(3), 208-216.

De Swert, K. (2008, July). *Sensationalism in a television news context: toward an index for comparative research*. Paper presented at the conference of the International Association for Media and Communication Research, Sweden.

Dominick, J. R., Wurtzel, A., & Lometti, G. (1975). Television journalism vs. show business: A content analysis of eyewitness news. *Journalism Quraterly*, *59*(2), 213-218.

Ekstrom, M. (2000). Information, storytelling and attractions: TV journalism in three modes of communication. *Media, Culture & Society*, *22*, 465-492.

Fox, J. R., Lang, A., Chung, Y., Lee, S., Schwartz, N., & Potter, D. (2004). *Journal of Broadcasting & Electronic Media, 48*(4), 646-674.

Gaines, W. (1998). *Investigative reporting for print and broadcast*. Belmont, CA: Wadsworth/Thomson Learning.

Graber, D. A. (1988). *Processing the news: How people tame the information tide.* New York: Longman Inc.

Graber, D.A. (1994). The infotainment quotient in routine television news: A director's perspective. *Discourse in Society*, *5*(4), 483-508.

Grabe, M. E. (1996). The South African broadcasting corporation's coverage of the 1987 and 1989 elections: the matter of visual bias. *Journal of Broadcasting & Electronic Media*, *40,* 153-179.

Grabe, M. E. (2001). Explication sensationalism in television news: Content and the bells and whistles of form. *Journal of Broadcasting and Electronic Media*, *45*(4), 635-655.

Grabe, M. E., Lang, A., & Zhao, X. (2003). News content and form: implications for memory and audience evaluations. *Communication Research*, *30*(4), 387-413.

Grabe, M. E., & Zhou, S. (1998). *The effects of tabloid and standard television news on viewers evaluations, memory and arousal*. Paper presented in the Theory and Methodology Division at AEJMC, Baltimore, MD, August, 1998.

Grabe, M. E., Zhou, S., Lang, A., & Bolls, P. D. (2000). Packaging television news: The effects of tabloid on information processing and evaluative responses. *Journal of Broadcasting and Electronic Media, 44*(4), 581-598.

Hofstetter, C. R., & Dozier, D. M. (1986). Useful news, sensational news: Quality, sensationalism and local TV news. *Journalism Quarterly, 63*(4), 815-820.

Kervin, D. (1985). Reality according to television news: pictures from El Salvador. *Wide Angle*, *7*(4), 61-70.

Knight, G. (1989). Reality effects: tabloid television news. *Queen's Quarterly, 1*, 94-105.

Lang, A., Bolls, P., Potter, R., & Kawahara, K. (1999). The effects of production pacing and arousing content on the information processing of television messages. *Journal of Broadcasting and Electronic Media*, *20*(5), 451-475.

Lang, A., Newhagen, J. & Reeves, B. (1996). Negative video as structure: Emotion, attention, capacity, and memory. *Journal of Broadcasting and Electronic Media*, *40*(4), 460-477.

Lang, A., Zhou, S., Schwartz, N., Bolls, P., & Potter, R. (2000). The effects of edits on arousal, attention and memory for television messages: When an edit is an edit? Can an edit be too much? *Journal of Broadcasting and Electronic Media*, *44*(1), 94-109.

Lombard, M., Ditton, T. B., Grabe, M. E., & Reich, R. D. (1997). The role of screen size on viewer responses. *Communication Reports*, *10*(1), 95-106.

MacDonald, M. (2000). Retaking personalization in current affairs journalism. In C. Sparks & J. Tulloch (Eds.), *Tabloid tables: Global debates over media standers* (pp. 251-266). Oxford, ML: Rowman & Littlefield Publishers Inc.

Metallinos, N. (1996). *Television aesthetics: Perceptual, cognitive, and compositional bases*. NJ: Lawrence Erlbaum.

Parker, D. M. (1971). A psychophysical test for motion sickness susceptibility. *Journal of General Psychology*, *85*, 87-92.

Pasadeos, Y. (1984). Application of Measures of Sensationalism to a Murdoch-Owned Daily in the San Antonio Market. *Newspaper Research Journal*, *5*(2), 9-17.

Perry, D. K. (2002). Perceptions of sensationalism among U.S. and Mexican news Audiences. *Newspaper Research Journal*, *23* (1), 82-87.

Neuman, W. R., Just, M. R., & Crigler, A. N. (1992). *Common knowledge: News and the construction of political meaning.* Chicago: University of Chicago Press.

Newhagen, J. E. (1998). TV news, images that induce anger, fear, and disgust: Effects on approach-avoidance and memory. *Journal of Broadcasting and Electronic Media*, *42*(2), 265-276.

Newhagen, J. E., & Reeves, B. (1992). The evening's bad news: Effects of compellinh negative television news images on Memory. *Journal of Communication, 42*(2), 25-42.

Salomon, G. (1979). *Interaction of media, cognition, and learning.* San Francisco: Jossey-Bass Publishers.

Shoemaker, P. J. (1996). Hardwired for news: Using biological and cultural evolution to explain the surveillance function. *Journal of Communication, 46*(3), 32-47.

Slattery, K. L., & Hakanen, E. A. (1994). Sensationalism versus public affairs content of local TV news: Pennsylvania revisited. *Journal of Broadcasting & Electronic Media*, *38*(2), 205-216.

Smith, D. L. (1991). *Video communication*. Belmont, CA: Wadsworth.

Tannenbaum, P. H., & Lynch, M. D (1960). Sensationalism: The concept and its measurement. *Journalism Quarterly*, *37*(2), 381-392.

Tannenbaum, P. H., & Lynch, M. D (1962). Sensationalism: Some objective message Correlates. *Journalism Quarterly*, *39*(2), 317-323.

Tiemens, R. K. (1978). Television's portrayal of the 1976 presidential debates: An analysis of visual content. *Communication Monograph*, *45*(4), 362-370.

Wang, T. L., & Cohen, A. A. (2009). Factors Affecting Viewers' Perceptions of Sensationalism in Television News: A Survey Study in Taiwan, *Issues and Studies, 45*(2), 125-157.

Zettl, H. (1991). *Television aesthetics*. New York: Praeger.

Zettl, H. (1999). *Sight, sound, motion: Applied media aesthetics*. Belmont, CA: Wadsworth.

電視新聞文化空間的變遷

本章嘗試從1995至2005年的學術文獻以及一般論述，分析電視新聞此一文類之文化空間界線，近幾年間如何游移於資訊與娛樂兩種文類的邊緣，而「感官主義」的傳播現象即在此文化空間不斷位移的空隙之下，得以迅速滋生。

本章採用論述分析方式，探究1995-2005十年間，包括評論文章、書籍、讀者投書、平面影劇版記者的報導以及電視新聞工作者自己的評論分析文章等自然論述，如何建構電視新聞的文化空間，尤其此空間中有關「感官主義」現象的建構。作者參考Winch借自社會學的「畫界工作」研究架構（boundary work）（Winch, 1997），探究社會如何在自然論述中建構電視新聞的文化界線。

本章推論，臺灣電視新聞文化空間過去十年間所出現的界線變遷，乃源自18世紀以降歐美興起的小報新聞文化，以及60年代以娛樂爲主的電視媒體開播晚間新聞之後，日益模糊的娛樂與資訊文類界線所衍生的「資訊娛樂化」現象。近十年來，又因應電視媒體產製邏輯與獲益模式而生的「感官主義」，則成爲電視新聞文化空間界線大幅變遷的結果。

第一節　電視新聞文化界線爲何變遷？

> 「現在還會有觀眾期待從電視新聞當中獲得資訊嗎？要資訊的都去看網路，不然就看報紙了。電視新聞就是一種娛樂！」（TVBS晚間新聞主播李四端，2006）

近幾年「電視新聞」游移於資訊與娛樂文類的邊緣，電視新聞的界線不斷地往「娛樂」和「戲劇」等文類傾斜，產生所謂「電視新聞娛樂化」。而此界線遷徙的結果，即造成「感官主義」的傳播現象在電視新聞文化空間不斷位移、滋生蔓延。

感官主義在電視新聞所建構的文化空間中蔓延，導致如Winch（1997）指出，文類之間的界線並非恆久不變，而是動態地變動、撕裂與重組。

然而，如何去研究電視新聞與電視娛樂之間這條變動遷徙的界線呢？

電視新聞作爲一種文類（genre）必須和其他文類競逐，文類與文類之間形成相互區分的界線（boundary）。「界線」的概念來自80年代美國社會學者Giern研究「科學」與「非科學」兩者間界線，探究科學家如何建構並維持大眾對於科學家和非科學家的工作認知，逐漸發展出所謂的「畫界工作」途徑（boundary-work approach）。

基於「畫界工作」（boundary-work）的概念，Winch（1997）所寫的《繪製新聞的文化空間》一書中，探究新聞工作者究竟如何區別新聞文類以及娛樂文類，如何協商其中這條漸趨模糊的界線，並探究社會又是如何建構這條新聞的界線？而新聞工作者如何在本身與社會大眾的認知之間，不斷撕裂並試圖維持這條界線的存在？

本章試圖探究過去十年間，電視新聞的文化空間界線如何被社會輿論以及平面媒體的報導所建構？爾後又如何因「感官主義」的影響，而進一步滑動、崩動，乃致重新建構？

第二節　後現代的媒介地景的劇烈變動：電視新聞文化空間的位移後現代的媒介地景

林元輝（2004）從「新聞工作者與消息來源」的角度回顧臺灣本土傳播學術研究，他將1995年以降定義爲「後現代」時期，而後現代時期的電視新聞特徵就是娛樂越過界線進入電視新聞。

> 「後現代」的思潮拒斥了菁英經世濟民的偉大使命和正經論述，庶民百姓的平凡格局和日常慾求解放橫流，反抗特定的菁英規矩、思考模式和價值論述。明顯的表徵是娛樂事件的報導可以入「新聞」

（林元輝，2004，頁77）。

後現代時期的新聞充滿娛樂事件，這和大部分的人認識臺灣電視新聞雷同，認爲電視新聞充斥各式各樣的蒐奇報導、羶色腥、庸俗化，扭曲了新聞背後應該要具備的眞實。因爲娛樂化、小報化等趨勢，電視新聞腹背受敵，甚至摧毀電視新聞之所以爲電視新聞的立足點。最常被援引的是哈伯瑪斯《公共領域的結構轉型》，認爲小報化的影響，導致新聞媒體作爲公共領域功能喪失。

「娛樂化」和「小報化」被認爲是「感官主義」的病徵，而「後現代」與「娛樂」等文化現象，使得「現代性」企圖賦予電視新聞具備「公共領域」和「專業」等要求走向毀滅，同時也使得電視新聞的文化空間產生劇烈的變動。

一、畫界分析

本章將引用Winch（1997）「畫界工作修辭學」（Boundary-work rhetoric），來分析劇烈變遷的電視新聞文化空間。「畫界工作」是一種專業領域中因應生存競爭的自然反應，因爲對每一項專業的定義與控制權力已經逐漸地擴大並接近其他類似的專業，因此專業界線必須透過競爭與爭論的過程，以求精準地描繪出來。

Abbott則認爲，畫界工作是某工作與鄰近的職業之間「管轄權的爭論」（jurisdictional disputes）。以新聞專業爲例，不難想像記者組成專業組織，並且採取媒體道德或規範，是一種從事管轄權的戰爭策略，用來對抗那些「看起來是新聞」的娛樂產品。因此他認爲，類似的專業必須被視爲是一個系統來加以檢視，才能建構出區別彼此差異的一套機制（Abbott, 1988）。

Winch（1997）與Abbott（1988）從「建構論」的立場，研究新聞產品與娛樂產品的差異，相當適合用以研究近年來電視新聞與電視娛樂之間的關聯性。建構這條界線，將有助於釐清「新聞娛樂化」的理論意涵，並進一步幫助新聞工作者瞭解他們的世界，以及幫助社會大眾理解新聞在社會中的角色。

二、四個畫界面向

Gieryn、Bevin與Zehr（1985）研究如何爲「公共科學」進行畫界工作，並且從達爾文的演化論中得到靈感，將畫界工作的面向區分爲五類，分別是認識論的差異、功能論的差異、方法論的差異、本體論的差異以及社會或組織結構的差異。接著，Giern、Bevin與Zehr採用以上五個面向，分析科學家如何說服公立學校老師以教授達爾文的科學概念。

這五個分析面向，成爲之後Winch分析電視新聞文化空間的重要依據。不過Winch（1997）認爲，以此五範疇而言，本體論（ontology）分析不適用於電視新聞文化空間，因爲毫無疑問地電視新聞的確是在物理領域中存在與運作，而非形上學領域。

因此，Winch（1997）以本體論以外的四個分析面向，分析1948至1968年記者與電視新聞工作者參與畫界工作的語藝修辭、1958年美國哥倫比亞廣播公司（CBS）工作手冊《電視新聞報導》（*Television News Reporting*），以及其他學者或評論者觀察電視新聞，試圖爲電視新聞如何建立「專業」或如何畫界，梳理出以下結論（Winch, 1997）。

表3-1 電視新聞與電視娛樂的畫界

分類	解釋	子概念
認識論的差異	電視新聞與電視娛樂是不同類型的知識	新聞與電視媒體不相容：電視新聞存在於為娛樂設計的電視媒體中，因而無可避免地模糊了事實與虛構。
		電視新聞具備即刻性和不可預測性：不像娛樂節目，電視新聞是即刻的且無法預測，異於傳統新聞預先錄製、安排的形式。
		電視的親近本質：電視新聞讓觀衆有親歷現場的感覺，這個特性和電視娛樂相近。
		電視新聞像娛樂一樣，觀衆只需使用視聽感官、「被動」接受媒體設定好的訊息即可，不像傳統新聞的閱聽人，需要自行在腦中描繪圖像。

（續）

分類	解釋	子概念
組織的差異	電視新聞與電視娛樂在不同組織結構下運作	新聞部門在組織階層中所占地位比娛樂更低，不像傳統新聞部門在組織中是最上層的階級。
		廣告主影響：如同娛樂節目，電視新聞深受廣告主影響，這不符合傳統新聞學概念。新聞和娛樂對廣告商來說，是同樣的東西。
		名人：為了吸引觀眾注意，某些電視新聞工作者變成明星。
功能的差異	電視新聞與電視娛樂提供不同的功能	電視新聞僅提供標題服務給教育程度較低的觀衆，無法提供深度訊息。真正想要看新聞的那些有錢和受高等教育的階層，傾向由其他管道去取得。
		產業功能（規範性義務）：電視新聞受到公共傳播通訊委員會（FCC）的壓力，必須製作電視新聞。對電視臺營運者來說，製作電視新聞是得到執照的必要條件。
方法論的差異	電視新聞與電視娛樂使用不同方法	借自表演事業的產製形式：電視新聞從娛樂部門學會的生產技術，傾向膚淺事物的表面描述，不具爭議性、容易理解，並充滿閃爍的視覺元素。重點不在事件本身，而在於其所呈現的是怎樣一個畫面。用膚淺方式呈現意味著，不重視媒介的資訊價值。 電視新聞基於螢幕上的播報和舞臺表現僱用記者，而非其評論或寫作能力。電視新聞人員的專業性降低，非新聞出身的人填滿了工作的職位，這些人常不知道自己所做的、對自己不確定、寧願修改通訊社新聞，也不願自己蒐集新聞。
		業餘且不專業：電視新聞匆促地調查一個故事，經常是報紙接手，繼續深入報導。

（資料來源：Winch, 1997）

（一）認識論的差異：新聞和娛樂是不同的知識「種類」（kinds）

新聞記者認爲，確認的事實與推測的謠言間有認識論上的差別。這些眞實和虛構間的界線，區分了兩種不同的知識種類。

有些記者（認爲他們致力於追求客觀眞實的）認爲娛樂和知識有嚴格的分界。這些記者暗示了在歷史和娛樂之間有著認識論上的差異，是不同的知識種類（kinds）。對於判斷什麼是眞實和精確的標準，有不同的知識種類。Bird與Dardenne（1988）指出，新聞風格是主要的認識論典範的反映和增強，會和主宰歷史、社會、行爲科學的趨勢相符合。

不過，對電視新聞而言，由於電視新聞的載具爲電視媒體，而電視媒體先天的電子物理特性，讓它掌握時間的優勢，同時也在與時間賽跑的宿命中，經常無法產製接近「眞實」的知識。

（二）組織的差異：他們在不同的組織結構下運作

新聞和娛樂部門或公司在經濟上的差異，可能是表面結構上的方法去區分這兩個領域和界線。但是，這種組織上的差異對大眾媒體研究有重要的結果。例如：在大部分的美國新聞研究，研究者完全忽略小報新聞和製造它們的工作者，因爲記者的理事會和新聞機構忽略了小報新聞機構和小報記者。

（三）功能的差異：他們有不同的功能

有些小報記者認爲，主流和小報新聞的文類之間的界線是有功能上的差異。他們認爲他們的工作提供了娛樂功能，而主流新聞則提供了知識功能。大部分的主流記者似乎也同意這樣的說法。新聞倫理者通常認爲新聞應該是具有利他的進取心提供大眾所需要知道的資訊，以促進民主運作。大眾媒體研究和理論處理新聞通常關注在三個領域：新聞的效果和過程、觀眾如何使用新聞文字的資訊、對新聞文字內容的影響。這些理論通常重新討論了新聞的傳統意識型態是民主的——是一種社會機構，它們的功能是提供公正的事實，給觀眾必須知道的。而娛樂則有不同的功能，是完全的商業經濟企業，尋求最大可能的觀眾、最大的利益，給人們他們想要的。

（四）方法論的差異：他們利用不同的工具和方法

傳統的新聞文化認爲，電視記者工作有不同的專業價值和實踐的規則，而非只是在作爲電視娛樂的提供者。然而，電視新聞原生於以娛樂爲主體的電視媒體，從娛樂部門學會的產製形式與技術，無法避免偏重於事物的表面描述，並強調容易理解、充滿閃爍光芒引人注目的視覺元素。重點不在事件本身，而在於其所呈現的引人畫面。強調淺顯的呈現方式也意味著，媒介的資訊價值不受到重視。電視新聞基於螢幕上的播報表現和舞臺表現僱用記者，並非其評論或採寫新聞的能力。因此電視新聞人員的專業性降低，非新聞出身的人填滿了工作職位，許多人不見得知道自己所做的新聞意義爲何。對工作也充滿不確定，寧願修改通訊社新聞，也不願自己蒐集新聞。

以上是Winch分析美國論述電視新聞與娛樂的結果，可以約略以圖3-1來表示（參見圖3-1）。簡言之，電視新聞的文化空間有外顯理解（apparent perception of television journalism）的以下三點可分析：1. 電視新聞／電視娛樂之間的界線和傳統新聞／電視新聞之間的界線，本質上是不同的；2. 這些機構的文化空間有時候是難被歸類，有時卻又能明確定義之；3. 導致電視新聞和傳統新聞差異的因素，以及讓電視新聞有別於電視娛樂的原因也不相同。

Winch最有興趣分析的部分，不在新聞或娛樂個別文類的本質（essentials），而在兩者產生交集的灰色地帶。在此灰色地帶中，透過對新聞和娛樂本質的爭辯協商過程，逐漸浮現此灰色地帶的界線，同時較無爭議的地帶界線也連帶浮現。

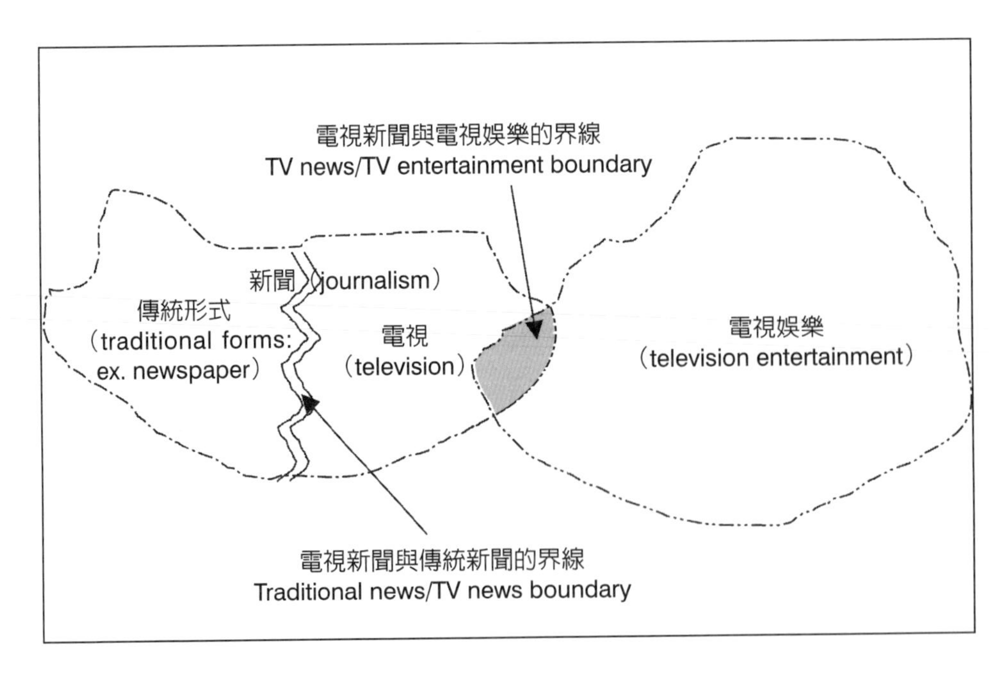

圖3-1　電視新聞文化空間界線的遷徙（轉引自Winch, 1997）

第三節　電視新聞的畫界工作分析

Winch（1997）利用職業社會學、文化人類學和語藝分析等方法，沿著新聞和娛樂的邊緣進行電視新聞的「畫界工作」分析。

Winch（1997）之所以採用「畫界工作」以檢視「自然發生」的論述（naturally-occurring rhetoric），主要是認爲，採用社會科學方法所採集的資料，諸如訪談、調查、焦點團體或參與觀察等，都不能代表自然情境下建構的論述。所謂的「自然論述」，指涉有關電視新聞的畫面或口頭評論、從業人員守則、政府部門的新聞規範、電視新聞領域的指標人物或事件記載、非正式的談話、會議紀錄、電視新聞從業人員的自傳等。

因此，Winch採用不同於社會科學的取徑，基於Burke的「戲劇五因」，他分析的論述內容包括行動（acts）、場景（scene）、人物（agent）、方法（agency）、和目的（purpose）：發生什麼事（what was done【acts】）、何時何地發生（when and where it was done【scene】）、誰做的（who did it【agent】）、怎麼做（how he did it【agency】）、爲什麼要做（why【purpose】）（Winch, 1997: 24）等。

本書參考Winch的分析模式，從1995到2005年的三大報（《中國時報》、《自由時報》與《聯合報》）以及平面雜誌的論述，包括評論者的評論文章、一般讀者的投書、平面影劇版記者的報導以及電視新聞工作者自己的評論分析文章等，分析臺灣社會如何「認識」電視新聞、如何辨識電視新聞在其企業組織結構中的地位、如何談論電視新聞提供的社會功能，以及如何認知與評價電視新聞所使用的採訪報導或製播手法。

本書並借助於質性研究軟體NVivo，閱讀新聞文本並登錄關鍵字以及子概念。Gibbs（2002）指出，NVivo受扎根理論影響甚重，而該軟體也寫成許多配合扎根理論的原則，如「扎根理論（grounded theory）」的原則：科學邏輯、登錄典範與互動思考（徐宗國，1996: 56）。徐宗國（1996）指出，扎根法要求研究者充分利用他們的理論觸覺不斷比較，歸納所蒐集到的資料，把握其中的相同且主要特質。

因此，執行步驟上，本書首先將單篇文章存成文字檔（txt檔），建立專案（project），並在專案中按照理論編碼，再利用搜尋功能（search），將搜尋結果編碼。Gibbs（2002）認為，利用NVivo軟體比起研究者逐篇閱讀，可以更加「窮盡」與「完整」。本研究依理論進行登錄分析，總共分析以下九大核心概念：

1. 消息來源的質變：【關鍵詞：蘋果日報或壹週刊】
2. 新聞內容的「蒐奇性」：【關鍵詞：奇怪、奇異或奇特】
   新聞內容的「八卦性」或「狗仔化」：【關鍵詞：八卦或狗仔】
   新聞內容的「羶色腥」或「煽情化」：【關鍵詞：羶色腥或煽情】
   新聞內容的「庸俗化」或「瑣碎化」：【關鍵詞：庸俗化或瑣碎化】
   新聞內容的「偷窺化」：【關鍵詞：偷窺】
3. 新聞角度（一）：從「窺探當事人隱私」出發，而不從「社會公益」出發：【關鍵詞：隱私】
4. 新聞角度（二）：新聞報導個人化：【關鍵詞：個人化】
5. 新聞形式的感官化（一）（濫用跑馬燈）：【關鍵詞：跑馬燈或字幕】
6. 新聞形式的感官化（二）（現場新聞的迷思：警方辦案媒體隨行）：【關鍵詞：現場新聞或SNG新聞】
7. 新聞形式的感官化（三）（影像的煽情化）（類戲劇演出或模擬畫面）：【關鍵詞：模擬畫面或類戲劇演出】
8. 新聞「眞實」的爭議：【關鍵詞：新聞眞實】
9. 新聞主播明星化：【關鍵詞：主播明星化或明星主播】

其次，研究者反覆閱讀所有文本後，依照上述九個核心概念進行編碼（code in vivo），共獲一百六十七個關鍵字。其中出現頻率最多的關鍵字有「娛樂」、「八卦」、「收視率」和「主播」。最後，研究者抽譯各關鍵字意義，利用閱覽功能（browser）分析各關鍵字於段落（view enclosing paragraph）中的意義與分類。

第四節　臺灣電視新聞文化空間的畫界分析：1995-2005

根據Winch所勾勒出的畫界分析架構，表3-2簡要呈現了從90年代進入有線電視新聞戰國時代之後的十年間，臺灣電視新聞文化空間在四個面向上（認識論、社會功能、組織部門、方法論）的變遷。

表3-2　1995-2005年臺灣電視新聞文化空間的畫界分析

分類	解釋	子概念
認識論	電視新聞的內容	蒐奇性、羶色腥、庸俗化與瑣碎化、偷窺化、扭曲、災難新聞、靈異新聞
社會功能	電視新聞社會功能與影響力的變化	社會影響、社會功能、家庭價值
組織部門	電視媒介組織如何影響電視新聞內容產製	組織權力架構、組織服膺的商業價值、收視率、市場機制、市場競爭
方法論	消息來源	《蘋果日報》與《壹週刊》、八卦與狗仔
	新聞角度	隱私、個人化
	新聞形式	跑馬燈、現場新聞、影像煽情
	新聞主播	主播明星化

一、認識論的面向：邊界的位移

電視新聞原生於以娛樂爲主的電視媒體，許多產製形式原本就源於娛樂節目。然而自60年代老三臺新聞時段開播之後，借自平面媒體的新聞專業產製標準，輔以電視普及的影響力，以及電視新聞特有的時效性，迅速賦予新聞節目一個新聞文化產品的位階，與電視綜藝節目的娛樂位階，自此產生差別。

然而電視新聞文化位階的爭論，卻也從未間斷。因爲電視新聞承襲自娛樂媒體的原生性，經常引起平面媒體與社會大眾對其新聞專業的質疑。此質疑尤其在有線電視開放，電視新聞頻道大增後，益發熾烈：

「一個偶然從社會新聞中冒出來的媽媽，能迅速變成新聞及綜藝節目的熱門人物，除了許純美個人的特殊性，也與我們的新聞和娛樂、綜藝界線愈來愈模糊有關，關鍵就在不專業。比莉訪問許純美，和張雅琴訪問如花，你覺得有什麼分別？」[1]

將電視新聞類比為娛樂節目的連續劇，已經成為許多觀眾和評論者的共識：

「看部分電視新聞就像看類似戲劇情節般精彩，充滿著懸疑和張力，記者的旁白有如外景節目主持人，守在『陳小姐』家門口：『根據門口的拖鞋顯示，有女人和小孩的，獨缺男人的拖鞋，可見是沒有男主人！』」[2]

「歐洲的電視新聞也從來不會把明星的寫真集出版當成新聞播出，而臺灣的晚間新聞卻煽情地將女性裸露的肢體予以特寫，佐以毫無新聞性的旁白，這種情形可以說是新聞嚴重的墮落，可視為社會文化危機的一大警訊。」[3]

「從過去的八股到現在的八卦，三臺的觀眾們大約從晚上七時十五分前後，即開始有十多分鐘『賞心悅目』的畫面可以看。包括養眼的寫真女郎、鋼管秀、猛男秀，宣傳性質的唱片歌手MTV、電影介紹，再加上藝人的緋聞八卦，甚至請外國合唱團報氣象，真的是做到了新聞跟綜藝節目一樣『好看』。有某臺的記者即笑說，現在是政黨新聞漏得起，娛樂新聞可漏不起。」[4]

「臺灣這麼小，為何能成為『新聞王國』、養如此多新聞臺？原來，只要將新聞包裝得比別類節目還好看就對了。現在，人們茶餘飯後閒聊的，不再是八點檔連續劇劇情，而是一齣齣情色新聞；這是流行顯學，不談就落伍了。」[5]

在電視新聞和娛樂資訊的認識論爭辯中，電視新聞產製的知識本質應該接近「眞實」記述，而娛樂戲劇則可以是「虛構」創作，然而這個界線早已經模糊難辨：

「前日看某報讀者投書，指出TVBS有兩則國際新聞（凡賽斯之死與西班牙公主婚禮）的越洋電話連線，其實是主播與臺灣國際新聞編譯中心的編輯電話連線，明明人在國內，卻冒充派記者赴海外採訪。」[6]

「什麼？好看的『馬妞報報』沒了？幸虧當今電子媒體墮落的速度超乎大眾的想像，許多主播立刻感染了『馬妞報報』的八卦精神，發揚光大。」[7]

Morse（1986）檢視了人格（personality）如何在電視新聞中成爲一種策略，以增加新聞報導的可信度，並總結電視新聞節目裡的人格特徵，徹頭徹尾地改變觀眾對新聞的感知和可信度。Morse認爲可信度是根據客觀性和完全性，過去的印刷媒體是主要的新聞媒體，但是現在電視新聞中，主播和明星記者的主觀個性，成爲關鍵影響新聞工作被感知的可信度。

「華視晚間新聞昨晚下了『猛藥』李四端坐上主播臺，在紅木、潤利兩家收視率調查公司的監看下，昨晚的收視排名有了『坐二望一』之勢，已不再敬陪末座。」[8]

原本是爲了增加可信度的主播，卻也變成連續劇演員，從內容到新聞工作人員，都已逐漸地綜藝化。

「主播代表電視新聞的權威和公信力，有如皇后的貞操不容懷疑；只是，現今電視臺基於廣告業務考量，主播的「貞操」已守不住，成爲廠商覬覦的『商品最佳代言人』。」[9]

「中視準備讓新聞主播、記者表演行動劇反映時事，昨天引來學者痛批，認爲主播綜藝化已夠汙衊專業形象了，還要讓主播去演戲，是不是已搞不清楚是非了，他們對中視爲了收視率而本末倒置的做法，期期以爲不可。女主播明星化。國內電視新聞女主播紅不紅，在臺內分量夠不夠，播報收視率是最大的因素；其次，還要不斷把自己日常私生活、懷孕生子等花邊新聞，在其他平面媒體促銷曝光，同時還要夾雜一些副業寫文章出書，還要拍一些美美的沙龍照，變成大家茶餘飯後公眾話題，女主播影劇明星化傾向，這樣的新聞主播，除了漂亮臉蛋外，毫無任何新聞權威。」[10]

「國內的新聞已經很八卦綜藝化了，現在連記者主播也要打知名度、明星化，實在很無聊，要這樣做乾脆以後都請影歌星來報新聞，像阿妹、李玟，最好是金城武，這樣收視率保證第一，所以我覺得並不妥，還是希望電視臺的主管多往新聞品質上下功夫吧。」[11]

值得注意的是，在電視新聞文化空間的界線爭奪戰中，因爲電視新聞處在新聞與娛樂文化界線的交界，具備一種二元的特性，以至於電視新聞工作者經常利用此二元的特性，爲電視新聞的文化位階進行辯護。辯護的二元策略是，如果遭受監督單位、學界或觀眾批評新聞內容過於娛樂煽情化，電視新聞工作者經常歸因於電視媒體的娛樂特性，將批評導向娛樂產製手法在電子媒體的必要性，並以觀眾喜好作爲爭辯的重要憑證。但是如果輿論批評的方向爲新聞內容不夠公正客觀、報導偏頗，電視新聞工作者即會回到新聞的界線空間之內，強調新聞內容的專業性。

「電視老被報紙罵，其實是不應該這樣逆來順受的。電視作爲一種通俗媒材，他的血液裡流著的本來就是流行與淺薄。它不是月刊、不是雜誌、它是天天都要生產內容送給觀眾的速食媒材。不是每家電視臺都該作或有能力作國家地理頻道。專家學者難道不應該給普羅觀眾的喜愛多一些包容？對電視的謾罵，其實是沒弄清楚電視媒材的特性，才產生的誤會與誤解。」[12]

二、功能論的面向

電視新聞文化界線往娛樂文化邊界傾斜，已經逐漸導致新聞本質的摧毀和民主功能的喪失。

「如果這種將所有公共事務娛樂化、八卦化的反智氣氛繼續當道，電子媒體監督政府、政治人物的功能將蕩然無存。」[14]

傳統新聞的另一社會功能在於教育大眾。電視新聞文化界線的遷移，也造成教育功能逐漸喪失：

「兒童福利基金會黃木添說，解嚴後的臺灣資訊大幅流通，但是兒童與青少年無法適應的結果，造成了許多『是非不明』的問題。淡江大學大傳系卓美玲也認為，現在的電視深入家庭，許多父母親把電視當作『電子保母』，在缺乏完善的分級制度情況下，許多不適宜兒童與青少年觀看的節目，就深深植入他們的腦海。」[15]

三、組織部門的面向

造成電視新聞文化空間的改變，究竟誰該負最大的責任？論述分析的結果，電視媒介掌握實權的「單位」（業務部或公司高層主管），難辭其咎：

「這個作法在先進民主國家的媒體中，也是絕無僅有的。負責製作的新聞工作者想表達的到底是什麼？當這些單位的主管默許這樣的新聞作法時，有沒有想過『新聞』和『綜藝』的差別在那兒？」[16]

「廣告主和公關公司又看上了主播的公信力和説服力，讓電視臺高層只得政策配合；而被『點名』到『出任務』的主播們，沒有説『不』的權利，有人苦笑道：『我們也成了電視臺旗下的藝人，只是頭銜叫主播罷了！』」[17]

其他被點名的兇手，包括記者、老闆、新聞部經理，也成爲共犯結構的一員。

「不必談什麼美國，更不必談什麼CNN，這裡是臺灣，這是臺灣的電視新聞環境！你問我爲什麼不『跑』新聞？爲什麼『跑』不出有深度的新聞？我會告訴你，因爲我們沒有肯『養』這種記者的電視媒體老闆，甚至沒有肯『看』這種新聞的足夠觀眾；在現今這種惡質環境下，曾經有這種理想的電視記者，如果不是早早退出轉行去，就是『升官』做行政職去。」

然而，電視臺裡的新聞部主管和民間團體卻形成一種緊張關係。電視臺新聞部主管一反過去逆來順受地沉默接受民間媒體監督機構所作的調查結果，出現反彈的聲音。

「無線電視臺新聞品質一直都是民間媒體監督機構監督的對象，過去不管是新聞評議委員會或媒體觀察基金會的研究調查報告，電視臺都只有默默承受的分兒，但今年自從華視新聞部經理潘祖蔭首先發難，質疑研究報告有可議之處後，每逢有不利於電視臺的調查報告出爐，陸續都會有類似的反彈動作，甚至出現刺激性的字眼，逼得這些學術研究機構不得不祭出律師來維護專業權威，搞得學術與實務之戰在電視新聞戰場上開打。」[18]

四、方法論的面向

「爲了爭取收視率，而要求記者上報增加知名度，或是用CALL IN的方式，都不是一個專業的新聞節目應有的手法。現在臺灣的新聞爲了增加收視率，都刻意將新聞娛樂化或社會血腥化，在在都破壞了正式新聞應有的立場和專業性。」[19]

「最讓人瞧不起的是電視新聞臺每天都可以看到『獨家』兩字，但所謂獨家播出後，十之八九都令人可笑，尤其沒有受過專業訓練的記者，在播報新聞時鬧笑話更是家常便飯。」[20]

「有線電視新聞中相繼模仿的是，對於沒畫面的新聞（尤其是政治人物所發生的新聞），大量使用戲謔式地電腦繪圖，將政治人物的「臉」接上後製人員畫好的下半身，爲了求節奏，還得讓這些主角的身體『動一動』。」[21]

「甚至於，社會新聞著重在感官、視覺的表現，會造成民眾對於新聞事業的期待感愈來愈低，未來，新聞只著重在表層，而不去深入研究深層的社會角度，這將是新聞從業人員的隱憂。」[22]

「針對新上任的新聞局長姚文智批電視臺新聞不僅八卦，還做『類戲劇』演出，各臺新聞部有話說。」[23]

對於電視新聞工作的方法論，電視工作者因爲對電視新聞產製知識的認知改變，也衍生出不同的論點與批評對抗：

「且自古以來，海畔早有逐臭之夫，何況民主商業社會，吃甜吃鹹個人自由，各有各的品味。」[24]

「東森主播林青蓉昨天說，她尊重不同團體的聲音，許純美、柯賜海兩位戲劇性人物上現場，身爲主持人，爲了收視壓力，她在兩人互動中，自然會提出爆炸性的問題，被指爲挑撥兩人吵架，她覺得見仁見智，觀眾應有自己的想法。」[25]

「前一陣子我看到一篇有關於當前臺灣記者的文章，文章上面引述一位資深記者的話：『在這一行工作，得把學校教的那一套新聞倫理、新聞價值全都丟掉。』」[26]

第五節　小結

總括而言，從1995到2005年間，臺灣的電視新聞文化空間當中，出現四個面向的發展，包括認識論的面向、部門組織的面向、社會功能的面向以及方法論的面向，從這四個面向的論述發展中，清楚浮現出傳統新聞、電視新聞和電視娛樂之間的異同。在認識論的面向方面，近代電視新聞內容出現「蒐奇性」、「八卦性」、「狗仔化」、「煽情化」、「庸俗化」或「瑣碎化」等傾向，與傳統新聞的文化空間界線愈來愈遙遠。在方法論的面向方面，電視新聞角度趨向從「窺探當事人隱私」的產製邏輯出發，講求新聞內容利益的極大化，很少考量從「社會公益」的角度出發；另一方面則極端重視新聞角度的個人化，以連結到一般觀眾的每日生活，增加一般觀眾的認同。在新聞形式上則大量趨向感官化的視聽刺激，例如：濫用跑馬燈、現場連線的迷思、類戲劇演出或模擬畫面等。在新聞人員的訓練方法上，以新聞主播明星化最受爭議。而新聞消息來源的質變，大量引用八卦平面媒體的報導作爲消息來源，更是造成電視新聞文化劇變的主因之一。在認識論以及方法論面向出現的感官主義現象，部分根源自電視新聞部門在媒體組織當中的地位變化，以及廣告商無孔不入的影響。以上所述的這些變化，造成了如今電視新聞的社會功能也面臨劇烈的變化，從即時重大消息的告知功能，退卻到提供生活娛樂資訊的娛樂功能。

此外，電視新聞工作者在文化空間專業界線的詮釋權上，也出現了微妙的變化。2000年前，電視新聞與娛樂的界線就開始崩解，然而電視新聞工作者似乎仍然嘗試畫出新聞工作與娛樂工作之間的界線，主張對電視新聞文化空間的畫界權力，並強調電視新聞工作者與平面新聞工作在認識論與方法論上的異同。然而2000年之後，電視新聞工作者對新聞與娛樂之間的界線快速棄守，並且出現刻意模糊這條界線的傾向，開始強調電視新聞原生於以娛樂起家的電視媒體，兩者之間的界線原本就不明，甚至也無需畫明。這種刻意模糊資訊與娛樂的意識型態，也凸顯出電視新聞工作者的文化空間認同，可能從「新聞人」往「娛樂人」大量傾斜。

如此一來，以電視新聞專業意理區分新聞與娛樂文類的主張，逐漸式微，電視新聞文化空間也因此大幅萎縮。

電視新聞文化空間大幅萎縮的後果，就是電視新聞大幅度向電視娛樂的邊界傾斜。不論是新聞主題的取捨，或新聞呈現形式的抉擇，都傾向以能否刺激閱聽人「感官閱聽經驗」爲最重要的判準，最後終於促成「電視新聞感官主義」的興起。

注解

註1. 梁玉芳（2004年2月1日）。〈「純」新聞與蠢新聞〉，《聯合報》，A15民意論壇。

註2. 陳孝凡（2000年8月20日）。〈為尋找吳家後代東奔西跑：記者出超級任務　為誰辛苦為誰忙〉，《中國時報》，第26版。

註3. 蔡秀女（1999年3月9日）。〈粗俗的臺灣媒體〉，《聯合報》，第37版聯合副刊。

註4. 陳孝凡（1999年11月17日）。〈當新聞變成了腥聞〉，《中國時報》，第26版。

註5. 陳孝凡（2002年1月13日）。〈寫真集：情色新聞連續劇〉，《中國時報》，第26版。

註6. 何穎怡（1997年1月3日）。〈新聞假象魚目混珠〉，《中國時報》，第7版。

註7. 翁健偉（2002年6月9日）。〈「馬妞報報」症候群；哇咧，報新聞全都「三個字」〉，《中國時報》，星情吉時樂版。

註8. 江聰明（1998年7月28日）。《李四端魅力依舊在》，《聯合報》，第26版影視廣場。

註9. 陳孝凡（2002年7月18日）。〈走秀、叫賣商品、跳國民健康操　主播被迫出任務　貞操守不住〉，《中國時報》，第26版。

註10. 王中民（2003年12月20日）。〈電視新聞震憾的一年〉，《中國時報》，A15時論廣場。

註11. 〈新聞大批發　促銷不打折〉（1999年8月10日）。《中國時報》，第15版言論廣場。

註12. 劉旭峰（2006）。《收視率萬歲：誰在看電視？》。臺北：印刻出版社。

註13. 江聰明（2001年12月27日）〈二〇〇一年電視新聞亂！亂！亂！〉。《聯合報》，第29版娛樂萬象。

註14. 〈不問蒼生問鬼神〉（2004年11月9日）。《中國時報》，A2焦點新聞。

註15. 曹競元（1998年5月15日）。〈民間反制　業者自律　官方把關〉，《中國時報》，第22版。

註16. 劉惠苓（2000年8月17日）。〈虛擬畫面，新聞像繼續〉，《聯合報》，第15版民意論壇。

註17. 同註9。

註18. 同註13。

註19. 〈新聞大批發　促銷不打折〉（1999年8月10日）。《中國時報》，第15版言論廣場。

註20. 〈傷口灑鹽〉（2003年9月5日）。《中國時報》，C2北縣新聞。

註21. 劉蕙苓（2000年8月17日）。〈虛擬畫面……新聞像戲劇？像綜藝？〉，《聯合報》，第15版民意論壇。

註22. 曹競元（1999年6月21日）。〈電視新聞用黑黃調色〉，《中國時報》，第26版。

註23. 朱梅芳（2005年3月31日）。〈誰八卦？TVBS批三立、東森〉，《中國時報》，D4星聞宅配。

註24. 黃慡楨（2003年11月19日）。〈監督媒體　問過庶民嗎？〉，《中國時報》，A15版時論廣場。

註25. 朱梅芳（2004年2月12日）。〈林青蓉善意回應　東森新聞將檢討改進〉，《中國時報》，D2娛樂大件事。

註26. 姚人多（2003年3月9日）。〈建構一個界線清楚的媒體與社會〉，《中國時報》，第4版政治新聞。

參考文獻

一、中文部分

林元輝（2004）。〈本土學術史的「新聞」概念流變〉，翁秀琪（編），《臺灣傳播學的想像》，頁55-81。臺北：巨流。

徐宗國（1996）。〈紮根理論研究法：淵源、原則、技術與涵義〉，胡幼慧（編），《質性研究－理論、方法及本土女性研究實例》，頁47-74。臺北：巨流。

二、英文部分

Abbott, A. (1988). *The system of professions*. Chicago: University of Chicago Press.

Bird, S. E., & Dardenne, R. W. (1988). Myth, chronicle, and story: Exploring the narrative qualities of news. In J. W. Carey (Eds.), *Media, myths, and narratives* (pp. 67-87). Beverly Hills, CA: Sage.

Gibbs, G. R. (2002). *Qualitative Data Analysis: Explorations with NVivo*. Buckingham: Open University Press.

Gieryn, T. F., Bevin, G. M., & Zehr, S. C. (1985). Professionalization of American Scientists: Public Science in the Creation/Evolution Trials. *American Sociological Review, 50*(3), 392-409.

Morse, M. (1986). The television news personality and credibility. In Tania Modleski (Eds.). *Studies in entertainment* (pp.55-79). Bloomington: Indiana University Press.

Winch, S. P. (1997). *Mapping the Cultural Space of Journalism: How Journalist Distinguish News from Entertainment*. London: Westport.

附錄

畫界工作取徑	主題	概念	關鍵字	出現頻率	出現篇數
認識論	消息來源	消息來源的質變	蘋果日報	1	1
			壹週刊	1	1
	新聞內容	蒐奇性	奇怪	10	9
			奇特	1	1
		八卦性與狗仔性	小報	18	5
			扒糞	5	4
			好萊塢新聞	1	1
			沉淪	7	7
			惡意	3	2
			惡質	12	9
			墮落	16	10
			謠言	3	2
			狗仔	13	8
			八卦	157	84
			猛藥	4	3
		羶色腥	羶色腥	20	14
			煽情	20	15
			下流	4	3
			女性	41	11
			打打殺殺	3	3
			犯罪	33	18
			色情	49	22
			血淋淋	3	3
			血腥	32	18
			男盜女娼	1	1
			性暗示	5	3
			社會新聞	46	29
			威而鋼	5	3
			春光	2	1
			美女	20	12
			情色	22	13

畫界工作取徑	主題	概念	關鍵字	出現頻率	出現篇數
			麻辣	5	4
			猥褻	4	3
			嗜血	6	6
			煽腥	1	1
			緋聞	55	26
			寫真	38	17
			暴力	75	25
			醜聞	7	6
			激情	2	1
			聳動	14	13
			變態	1	1
			刺激	23	16
			女體	3	2
			感官	7	7
			幫凶	3	2
			不倫		
		庸俗化與瑣碎化	娛樂	217	93
			庸俗	4	4
			瑣碎	1	1
			膚淺	3	3
			弱智	9	5
			亂象	23	17
			口水	16	14
			小事	4	4
			小題大作	1	1
			反智	5	4
			平庸	1	1
			一窩瘋	1	1
			千篇一律	1	1
			重複	9	8
			花絮	4	3
			表層	1	1

畫界工作取徑	主題	概念	關鍵字	出現頻率	出現篇數
			重播	11	7
			粗俗	7	3
			粗糙	1	1
			空洞	4	4
			過度報導	3	3
		偷窺化	偷窺	23	10
			內幕	10	8
			公器私用	8	8
			爆料	2	2
			好奇心	1	1
			好奇	9	8
		扭曲	扭曲	11	9
			渲染	11	9
			主觀	6	5
			謊言	2	2
			劇情	7	6
			炒作	19	15
			戲碼	3	3
		災難新聞	災難	8	8
		鬼怪	靈異	30	8
			怪力亂神	7	6
			鬼話	1	1
			鬼	42	24
方法論	新聞角度	隱私	隱私	31	21
			私領域	3	3
		個人化	個人化	1	1
	新聞形式感官化	濫用跑馬燈	跑馬燈	17	6
			字幕	9	6
			動畫	10	5
			電腦繪圖	1	1
		現場新聞	Call-in	3	2

畫界工作取徑	主題	概念	關鍵字	出現頻率	出現篇數
			叩應	23	7
			SNG	32	17
			現場報導	2	2
			隨行採訪	1	1
			直播	20	14
		影像的煽情化	情節	22	17
			設計畫面	1	1
			連續劇	27	19
			畫面	133	58
			影像	7	4
			模擬畫面	4	2
			模擬劇	7	7
			戲劇	49	28
			鎂光燈	1	1
			鏡頭	42	27
			虛擬	4	4
			行動劇	4	1
	新聞主播	明星化	主播	392	83
			明星	42	24
			藝人	51	28
			商品	27	17
			年輕	29	15
			美貌	2	2
			亮麗	8	5
			表演	16	14
			俊男	2	1
			戀情	7	5
組織部門	亂象肇因	組織服膺的市場趨力	市場	63	42
			主管	51	36
			生存	13	3
			收視率	227	84

畫界工作取徑	主題	概念	關鍵字	出現頻率	出現篇數
			收視壓力	1	1
			收視刺激	23	16
			商品化	9	7
			商業	47	30
			廣告主	17	12
			廣告收益	1	1
			獨家利益	19	14
		頻道競爭	競爭	57	39
			頻道	207	69
		組織架構	主管	51	36
			老闆	13	10
			經濟規模	1	1
社會功能	社會影響	家庭價值	小朋友	14	8
			小孩	10	8
			兒童	32	12
			青少年	13	10
			闔家觀賞	1	1
			家長	10	9
			家庭	13	9
	恢復新聞社會功能		分級	7	3
			拒看電視	2	1
			社會公器	2	2
			社會公益	3	2
			社會責任	23	17
			淨化	36	13
			改革	23	12
			社會風氣	4	4
			媒體觀察	7	7
			監督	47	28
			新聞評議	14	9
	新聞專業		本質	12	10

畫界工作取徑	主題	概念	關鍵字	出現頻率	出現篇數
			品質	28	20
			真相	41	26
			專業	175	72
			資深	26	16
			據實報導	1	1
			真實	24	13
			品味	21	11
			理念	7	6
	新聞道德		自律	42	26
			道德	30	22
			倫理	13	9
			理想	21	16
			優質	11	8

電視新聞感官主義的面貌

本章將從現象面分析電視新聞感官主義的文化，第一部分將分析收視率高且對閱聽眾影響最大的晚間新聞。晚間新聞屬於每日播出的即時新聞，在時間壓力之下，並不容許較複雜的影像或後製呈現，也因此不易探究電視新聞有關影像面向的感官主義文化。

爲了彌補這個缺憾，本章第二部分將針對通常有較充裕的時間，進行精緻剪接與後製的電視新聞深度報導節目，以觀察感官主義文化的呈現，並進行分析。

第一節　晚間新聞的感官主義

一、2005年有線電視新聞臺的換照風波

本節研究的焦點在於臺灣晚間新聞，如何呈現感官主義的文化。

2005年8月新聞局對有線電視以及衛星電視頻道進行審核換照，結果有七個頻道未通過審查，因而停播，引發了極大的爭議。七家被停播的頻道中，有六個是因爲播放色情節目、內容過於商業化或財務結構不佳，而24小時播出的東森新聞S臺則因爲「羶色腥情況特別嚴重」而被停播。

東森新聞S臺遭到停播，根據衛星電視審議委員以及新聞局的意見，主要是認爲此頻道屢次播出「鋼管辣妹」、「應召女郎」等情色新聞，甚至還發生「腳尾飯事件」的新聞造假事件，處理新聞手法嚴重不當，因此予以停播處分。

此事件引發各界不同的反應。贊同者認爲臺灣電視新聞問題沉已深，非此等嚴厲手段不足以促成改革（郭至楨、黃哲斌，2005；李鴻典，2005）。傳立媒體媒體投資部總經理郭俊良就表示，此次事件結果對於媒體生態有正面的影響（動腦雜誌，2005）。魏玓（2005）也表示臺灣新聞頻道日益增加，但新聞品質上卻沒有呈現正比，因此，新聞頻道的減半，對於臺灣媒體環境，確實有重要的意義。反對者則認爲，此事可能引發新聞界的寒蟬效應，新聞自

由受到政府干預。例如：當時親民黨立院黨團就舉行「新聞局已成爲納粹德國時代的新聞部？」論壇，橘營立委、出席學者以及被撤照業者同聲批判新聞局形同太上皇。親民黨立院黨團宣稱，行政院不必再送新聞局預算到立法院，因爲黨團決定下會期拒審新聞局預算，「要讓新聞局也嚐嚐拿不到營運執照的滋味」（施曉光、王貝林、申慧媛，2005）。無疆界記者組織也認爲，政府這項決定違反新聞自由，廣播電視的執照制度，不應屈服於政治利益，政府應該設立一個完全獨立的組織來負責執照的審核發行（Reporters Without Border, 2005）。

東森新聞S臺等被撤照的頻道，之後陸續提起行政訴願。東森新聞S臺後來更名爲Super X臺復播，2007年則陸續更名ET Today以及東森財經臺，轉型爲財經專業新聞頻道。龍祥電影臺之後也改以Mega電影臺復播。

雖然有兩家頻道改名復播，但此換照風波後來由審核執照演變爲政治事件，也直接加速立法院推動「國家通訊傳播委員會組織法」，國家通訊傳播委員會（NCC）因而在2006年成立，媒體主管機關從此由新聞局轉移至NCC。

由於此審核執照從2005年6月起，就陸續傳出多家新聞頻道列入危險名單。7月份甚至出現多達二十三個頻道被列入第一波觀察名單當中的新聞。因此當時形成一股新聞臺爭相淨化的氛圍，紛紛表示將降低社會新聞比例，以免遭到停播（張釔泠，2005）。

本章選在換照爭議事件前後，進行電視新聞感官化趨勢變化的研究，意欲探究換照前後的電視新聞，其感官化的現象是否眞的出現差異。時間點的比較即選擇換照前三個月，也就是2005年6月、7月、8月以及換照屆滿後三個月，以及2005年10月、11月以及12月，進行兩個時期的比較。

二、電視新聞臺撤照風波對於電視新聞感官化程度的影響

爲探究電視新聞臺撤照風波，對於臺灣電視新聞在新聞播報內容及形式上有何影響，本單元預計分爲幾個研究問題探討：

研究問題一：兩時期前後，新聞內容的感官化趨勢變化

研究問題二：兩時期前後，新聞報導角度的感官化趨勢變化

研究問題三：兩時期前後，頭條新聞（前段新聞）內容的變化

研究問題四：兩時期前後，新聞形式的感官化如何呈現，包括新聞配樂、音效形式以及後製效果等

研究問題五：兩時期前後，主播播報方式是否出現變化

本部分資料採立意抽樣，抽樣時間爲2005年6、7、8、10、11、12六個月，抽樣單位爲十家新聞頻道的晚間新聞，包括四家無線電視新聞以及六家有線電視新聞，抽樣時間是晚上七點至八點。分析單位是一則完整播出的新聞（Sot, Sound on tape），包含兩部分：主播導言以及新聞內容。樣本數共爲六百八十則。

本部分以內容分析法進行研究。內容分析的編碼，主要分爲新聞段落的內容分析以及形式分析兩大部分。新聞段落的內容分析，包括新聞主題與新聞角度的選擇。根據研究旨趣，將新聞主題區分爲「感官新聞」以及「非感官新聞」。根據本書第二章對感官主義理論的探討，「感官新聞」定義爲「用以促進閱聽人娛樂、感動、驚奇或好奇感覺的軟性新聞，訴諸感官刺激或情緒反應甚於理性」，感官新聞主題可分爲犯罪或衝突、人爲意外或天災、性與醜聞、名人或娛樂、宗教或神怪、弱勢族群等六類。「非感官新聞」則定義爲「可增加閱聽人政經知識的硬性新聞或者傳遞有益的生活、文化或社會資訊，訴諸理性甚於訴諸感官刺激或情緒反應」，包括政治、軍事或科技、經濟或財經、教育或文化、醫藥或健康、民生或生活等六類新聞。

此外，除了新聞主題之外，感官與非感官新聞的定義尚須考慮「新聞角度」，亦即「看待新聞事件的方式」（Altheide, 1976），當涉及電視新聞及感官新聞主題，並且其新聞角度的選擇在於「促發閱聽眾的感官刺激、情緒反應或娛樂效果」，才符合感官新聞的定義（詳見本書第二章第二節之說明）。

在新聞內容的部分，本文也特別將頭條新聞列入考量。所謂的頭條新聞，在本文中意指出現在電視晚間新聞第一節廣告破口之前的新聞，也就是被編輯在晚間新聞最重要的位置播出的新聞。頭條新聞類似報紙頭版新聞的概念，因

爲位置的優先性與顯著性，安排在前幾條播出的電視新聞，不僅顯示當天晚間新聞所凸顯的重點，也可以吸引更多閱聽眾的注意，可謂影響力最高的新聞區塊。

在新聞形式方面，本文將電視新聞的視聽覺呈現形式，分爲影像策略以及後製效果。影像策略定義爲鏡頭的運用，總共分爲十三種鏡頭策略（概念和操作定義請見第二章，表2-2）。後製效果分爲視覺文本和聽覺文本兩部分。後製視覺效果根據其在新聞中的功能，又分爲後製轉場效果（共七種）與後製非轉場效果（共七種）（請參見第二章，表2-2）。聽覺文本則包括六個研究面向（概念和操作定義，請參見第二章，表2-3）。

根據過去文獻對電視視覺及聽覺文本的研究結果，本文認爲影像策略與後製效果出現頻率愈高，其新聞內容感官化的程度愈強。例如：多位學者的研究指出，鏡頭推進的策略有助於提高閱聽人的涉入程度，也有迫使閱聽人集中注意力的效果，因此這類鏡頭出現頻率愈高，感官主義的成分也愈強（Zettl, 1991; Salomon, 1979; Kepplinger, 1982）。又如目擊者鏡頭營造閱聽眾目擊新聞現場的臨場感，因此假設此類鏡頭出現頻率愈高，其新聞的感官主義成分可能也愈強（Hofstetter & Dozier, 1986; Lombard, et al., 1997）。

在攝影棚作業的面向，過去電視新聞研究較少觸及這個面向的研究。本文認爲，主播是電視新聞的門面，報導風格一向對閱聽眾的電視新聞觀感有相當影響，尤其是新聞感官化的印象。因此，本文研究主播播報風格是否呈現感官化趨勢，包括播報的語氣呈現、演繹手勢、肢體動作，以及棚內製作在主播播報時的呈現，包括音樂配樂或音效、主播後方特效框的製作、主播播報時字幕的呈現、主播使用的新聞道具等。

本文研究電視新聞感官化程度的研究架構，可以用圖4-1來呈現：

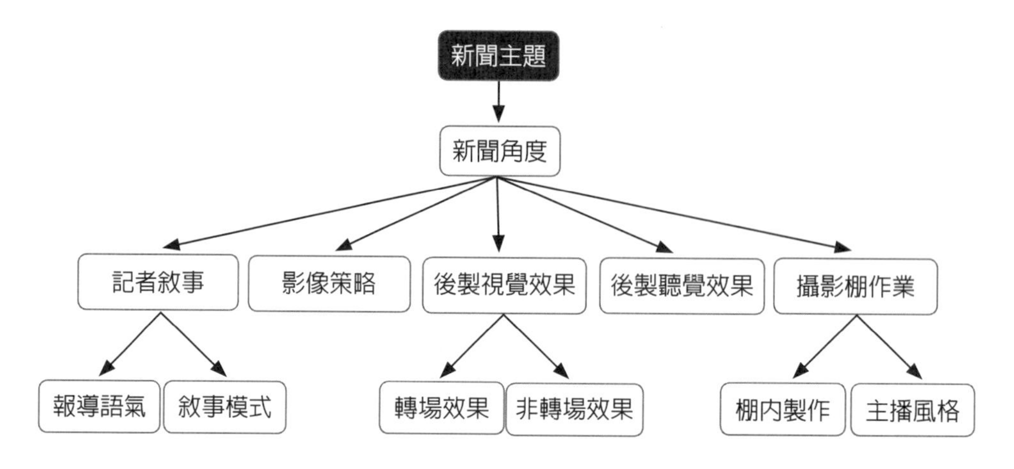

圖4-1　電視新聞感官化程度的研究架構

內容分析由兩位新聞研究所碩士生進行資料編碼工作，各類目編碼員間信度分布在75%到94%之間，平均爲84.5%。統計分析則以SPSS進行敘述性統計、以及卡方檢定、T-Test等方法進行。

三、換照風波真的降低了新聞內容感官化程度嗎？

首先，衛星電視換照風波是否眞的對電視新聞的內容造成影響？以新聞主題再加上新聞角度所組成的新聞內容而言，撤照風波之前，非感官新聞比例占有45%，感官新聞比例占有55%；撤照之後，非感官新聞比例占有49.2%，感官新聞比例占有50.8%。兩相比較之下，撤照風波之後，感官新聞內容確實較非感官新聞內容下降了約5%，$\chi^2 = 49.89$， $p < .001$（請見表4-1）。這顯示，換照風波發生後三個月內，電視新聞內容感官化的程度的確出現降低趨勢。

表4-1　2005年有線電視臺撤照風波對感官新聞主題與報導角度的影響

新聞內容	撤照前比例（%）	撤照後比例（%）
非感官新聞主題	61.5	54.6
非感官角度	45	43.4
感官角度	16.5	5.4
感官新聞主題	38.5	45.4
非感官角度	0.8	0
感官角度	37.7	45.4
整體新聞內容（主題加角度）		
非感官新聞內容	45	49.2
感官新聞內容	55	50.8

註：$\chi^2 = 49.89, p < .001$

仔細觀察新聞主題與新聞角度之間的關聯，本文發現，在撤照前的非感官新聞主題，雖然看似高達六成（61.5%），但是其中有超過一成六（16.5%）是以感官化的角度處理，尤其以政治新聞感官化的程度最高。但是撤照風波之後，非感官新聞以感官化角度處理的比例，降至5.4%，這也是感官新聞內容減少的主要原因。

在新聞主題與新聞角度之間的關聯性，本文也進一步發現，在非感官新聞的主題方面，以感官新聞角度報導的主題，也就是一成六（16.5%）的新聞主題中，依序為政治新聞、財經新聞以及民生新聞。換句話說，在電視新聞當中，有相當高比例的感官新聞，鑲嵌在非感官新聞的內容之中。如果不同時進行新聞主題與角度的分析，這個面向的新聞感官化，很容易就被忽略。

同時，政治新聞、財經新聞以及民生新聞三類新聞，都是提供民眾重大公共事務或民生事務的重要資訊。倘若這類新聞出現高度的感官化，也就是即使電視臺確實選擇了攸關民眾生活的主題，但卻是以「促進閱聽人娛樂、感動、驚奇或好奇感覺」的角度來報導，民眾從中所能獲取的有用資訊，其實相當有限。

另一方面，在感官新聞的主題方面，本文也發現以非感官新聞角度進行報導的主題，卻僅有1%的比例（0.8%）。這也就是說，感官新聞的主題，以能夠提供閱聽眾具有資訊價值的角度來進行的報導，在電視新聞中，相當少見。占感官新聞主題比例最大宗的，就是社會新聞以及災難新聞。這類新聞對民眾而言，也相當重要，但是卻極少見以「可傳遞有益的生活、文化或社會資訊」的報導角度所進行的報導，常見的是能夠刺激感官刺激或訴諸情緒反應的報導。

四、撤照風波對頭條新聞感官化的影響

另外，在電視新聞前十條，也就是本文所定義的頭條新聞播報內容中，撤照前，以政治新聞（56.6%）、社會新聞（23.1%）以及名人八卦新聞（10.8%）爲多。撤照後，以政治新聞（52.3%）、社會新聞（20.4%）、及民生新聞（9.6%）爲最多。名人八卦新聞則下降到7.3%。整體而言，政治新聞、社會新聞、名人八卦新聞在頭條新聞的比例，均有下降的趨勢，而民生新聞與消費新聞則有上升的趨勢，$\chi^2 = 15.05$， $p<.05$。

五、撤照風波對新聞形式呈現的影響

（一）電視新聞形式的感官化

本文以新聞配樂、干擾性配音、音效、快慢動作、轉場效果、字幕呈現、電腦動畫效果等面向，來探究撤照風波對電視新聞形式呈現有無影響。這些面向共分爲十二個細項，本文以這些細項是否在新聞中呈現，統計出新聞感官化形式的總積分。以「有」爲一分，以「無」爲零分，再除以十二，得出新聞形式感官化的分數。

研究結果顯示，在撤照前，電視新聞形式的感官化，各項積分如下：配樂（$M = 0.9, SD = 0.503$）、干擾性配音（$M = 0.51, SD = 0.973$）、音效（$M = 0.8, SD = 0.273$）、快慢效果（$M = 0.34, SD = 0.475$）、轉場效果（$M = 0.30, SD = 0.459$）、情緒性引導字幕（$M = 0.42, SD = .143$）、圖畫標或照片標（$M = 0.73, SD = 0.485$）、注意標（$M = 0.48, SD = 0.500$）、電腦動畫效果（$M = 0.12, SD = 0.23$）。

而在撤照後，各項積分則如下：配樂（$M = 0.6, SD = 0.243$）、干擾性配音（$M = 0.31, SD = 0.426$）、音效（$M = 0.11, SD = 0.666$）、快慢效果（$M = 0.14, SD = 0.346$）、轉場效果（$M = 0.43, SD = 0.496$）、情緒性引導字幕（$M = 0.21, SD = .719$）、圖畫標或照片標（$M = 0.26, SD = 0.438$）、注意標（$M = 0.47, SD = 0.500$）、電腦動畫效果（$M = 0.09, SD = 0.21$）。

以T檢定進行的分析結果顯示，整體而言，撤照事件對新聞形式的感官化趨勢，並無顯著影響。不過撤照事件發生後，新聞配樂的比例，似乎有下降的趨勢。圖畫標或照片標也較爲減少，情緒性引導字幕亦減少。

（二）臺灣電視新聞特殊的字幕文化

本文認爲，在電視新聞形式的分析中，特別值得一提的是臺灣的電視新聞字幕文化。臺灣電視新聞鏡面設計，因應日益競爭的媒體環境而愈來愈複雜（位明宇，2005）。光是電視新聞字幕就有天空標、地標、人名標、地名標、記者標、跑馬燈，以及記者口白等文字訊息。這些字幕還不包括由電腦繪製的各類「字卡」、「圖卡」、及動畫（2D和3D），因爲利用電腦繪製的圖像，實務界習慣稱之爲「電腦動畫」或「電腦繪圖」（Computer Graphics，簡稱CG），例如：模擬災難、統計圖表、地圖解說、各類名單、文告、及其他爲配合新聞內容，增強視覺效果所製作的繪圖或動畫等（褚瑞婷，2005）。

然而，激烈的收視率競爭下，臺灣的電視新聞在製作字幕時，已經出現電腦繪圖化的趨勢。例如：在製作天空標時，會將其中的一些文字製作成旋轉、閃爍、爆破等動畫特殊效果（呂愛麗，2008）。

臺灣電視新聞字幕數量在單則新聞的單一鏡面當中，少則一個（例如：公共電視新聞），多則八個（例如：有線電視臺），五花八門的字幕種類，是相當奇特的電視新聞文化現象（呂愛麗，2008）。

一般而言，臺灣電視新聞至少會有螢幕下方的地面標（簡稱地標），或者螢幕當中種類繁多的內容標。字幕種類繁多的原因，在於爭取閱聽眾的注意力，以強調新聞重點。但是字幕數量過多，很容易造成閱聽人資訊超載。因此字幕數量與種類繁多，也是電視新聞感官化的指標之一。

本研究顯示，撤照事件發生後，內容標字幕呈現減少的趨勢，也就是以螢幕中央的畫面而言，沒有使用字幕的比例增加了，畫面看來較爲簡單乾淨。在撤照之前，字幕顏色的使用，不僅是單一顏色，同時使用兩種顏色，甚至三種顏色以上的漸層色，數量亦不少。撤照風波前，內容標有高達40.4%的比例使用三個顏色以上的字幕，但撤照風波後比例則降爲18.4%，呈現大幅降低的趨勢（參見表4-2）。

表4-2 電視新聞形式的感官化呈現：字幕

時期	撤照前		撤照後		總體	
字標類型 / 字標顏色	內容標字幕比例（%）	地標字幕比例（%）	內容標字幕比例（%）	地標字幕比例（%）	內容標字幕比例（%）	地標字幕比例（%）
沒有字標	30	7.3	69.2	10	49.6	8.7
單色字標	13.1	0.8	5.0	2.3	9	1.4
兩色字標	16.5	0.8	7.3	0	11.9	0.4
三色以上字標（含漸層色）	40.4	91.1	18.4	87.7	29.4	89.6

註：$\chi^2 = 18, p < .001$

另外，本文認爲電視新聞中的電腦動畫，也是值得觀察的面向。在電腦動畫效果方面，本文將電腦動畫效果分爲幾種類型，分別是字卡、圖卡、平面動畫、2D動畫效果以及3D動畫效果。電腦動畫是電視新聞後製過程中，爲了增加視覺效果而增添到新聞畫面當中。使用愈多，感官化的程度也愈高。研究結果顯示，撤照風波後，電腦動畫的使用反而有增多的趨勢，而且以同時使用兩種電腦動畫效果的比例增加最多（參見表4-3）。

表4-3 電腦動畫效果數目

電腦動畫效果數目	撤照前比例（%）	撤照後比例（%）	總體比例（%）
無電腦動畫效果	20%	32.2%	27.5%
一種電腦動畫效果	15.9%	15.5%	16.6%
兩種電腦動畫效果	15.5%	27.2%	21.9%
三種電腦動畫效果	27.5%	16.7	21.5%
四種電腦動畫效果	16.2%	7%	10.6%
五種電腦動畫效果	3.1%	0.8%	1.9%

註：$\chi^2 = 9.5, p < .05$

六、撤照風波對主播播報風格的影響

主播導言呈現，是研究新聞內容開始之前，由主播播報的稿頭，也是主播風格發揮之處。

表4-4 主播風格呈現

時間點		配樂	特效框	干擾性播報	演繹手勢	肢體動作	新聞道具	音效
撤照前	無	57.6%	23.8%	60.6%	63.7%	48.9%	98.6%	74.6%
	有	42.4%	66.2%	39.4%	36.3%	51.1%	1.4%	25.4%
撤照後	無	47.0%	27.1%	67.8%	65.3%	59.0%	93.7%	76.1%
	有	53.0%	72.9%	32.2%	44.7%	41.0%	6.3%	33.9%
總體	無	52.4%	25.4%	64.1%	64.5%	53.8%	96.2%	74.6%
	有	47.6%	74.6%	36.9%	35.5%	46.2%	3.8%	24.6%

註：$\chi^2 = 17.07, p < .05$

整體而言，撤照前後相較，主播播報時，配樂從42.4%增加到53%，特效框的運用也從66.2%增加到 72.9%。主播的演繹手勢也從36.3% 增加到44.7%，但是肢體動作則由51.1% 下降至41%，$\chi^2 = 17.07$，$p < .05$（參見表4-4）。

綜合新聞形式各面向的研究結果，撤照風波對電視新聞整體形式的感官化趨勢，並無顯著影響。但在字幕、電腦動畫以及主播呈現等面向，則出現不一樣的影響。雖然字幕有減少的趨勢，新聞鏡面簡單乾淨了一些，然而在新聞鏡面中的電腦動畫複雜度卻增加了。而主播的肢體動作雖然減少，但是手勢或播報時的配樂卻有增多的趨勢。

第二節　電視新聞深度報導節目的感官主義

一、電視新聞深度報導節目的研究背景

過去國外對感官新聞的研究，經常以比較不同類型電視新聞節目或新聞報導的差異，藉以凸顯出感官化對新聞文本或文化的影響（Bird, 2000; Hallin, 2000; Grabe, 1998, 2001），尤其是聽覺文本的呈現。本節也選擇以內容分析方式來探索感官主義在電視新聞深度報導節目中的呈現，藉以比較與每日晚間新聞的差異。與過去研究不同之處在於，本節將同時考量視覺以及聽覺雙重文本。

根據學者對新聞的分類，「菁英式新聞」（elite news）被定義爲「傾向強調政治、經濟等重大議題，報導方式爲深入新聞議題與社會趨勢的探討，並著重新聞背景與解釋，手法上儘量減低花俏內容或誇張語言的新聞」。「普羅式新聞」（popular news）則強調新聞的戲劇性、動作感、娛樂性和個人化等特色，特別重視「人情趣味」的新聞角度，以引發觀眾的同情、憐憫或欣賞。至於「八卦式新聞」（tabloid news）則被定義爲「傾向強調性、犯罪、名人生活或醜聞等議題，報導方式偏好誇張的語言、視聽覺的刺激，以及重新演繹事件（re-stage event）」（Paletz, 1998）。

本節根據Paletz提出的上述概念定義，發展三種電視新聞深報導度節目的操作型定義。「菁英式新聞節目」爲「以報導硬式新聞主題爲主，報導方式力求客觀的敘事與攝影剪接風格，並深入探究新聞議題的背景和原因之電視節目」。「普羅式新聞節目」爲「以報導軟性新聞主題爲主，報導方式強調適度戲劇性的新聞敘事以及適度臨場感的攝影剪接風格，並重視觀眾收看的娛樂效

果」。「八卦式新聞節目」則爲「以報導奇聞軼事的主題爲主，報導方式強調誇張的敘事以及大量的攝影剪接風格，重視觀眾收看的心理刺激效果」。

本節計畫儘量選取風格殊異的電視新聞節目，以比較其感官主義呈現形式的差異。根據Paletz對新聞的分類，以及其提出的「新聞主題」與「報導方式」兩個觀察面向，先觀察臺灣電視媒體現有的新聞雜誌節目兩個月。同時並參考來自「廣電人」市場調查公司收視率調查的收視人口特徵、報紙對新聞節目的報導，以及各電視臺網站對各新聞節目特色的介紹，最後假設當時尚未停播的東森S臺《社會追緝令》，可能接近「八卦式」新聞雜誌節目的風格，華視的《華視新聞雜誌》可能接近「普羅式」新聞節目風格，而民視的《民視異言堂》，則可能接近「菁英式」電視新聞節目的風格。

本節仍然依循圖4-1的研究架構，探討電視新聞深度報導節目感官化的諸多面向，提出以下七個研究問題：

1. 在新聞主題以及新聞角度的面向，三個新聞節目是否出現不同的感官主義傾向？
2. 在電視記者敘事模式的面向，三個新聞節目是否出現不同程度的感官主義新聞敘事模式？
3. 在電視記者報導聲調的面向，三個新聞節目是否出現不同程度的感官主義新聞報導語調？
4. 在影像鏡頭策略的面向，三個新聞節目是否出現不同程度的感官主義影像鏡頭策略？
5. 在後製聽覺效果的面向，三個新聞節目是否出現不同程度的感官主義後製聽覺效果？
6. 在後製視覺的轉場效果的面向，三個新聞節目是否出現不同程度的感官主義後製視覺轉場效果？
7. 在後製視覺的非轉場效果的面向，三個新聞節目是否出現不同程度的感官主義後製視覺非轉場效果？

二、電視新聞雜誌節目的選擇

本節以《華視新聞雜誌》、《民視異言堂》以及《社會追緝令》[1]等三個在臺灣電子媒體頻道上，具有代表性的新聞雜誌型節目，作爲立意取樣來源。

《華視新聞雜誌》是一個綜合性的新聞深度報導節目，節目歷史已經超過十年以上，是目前持續播出的同類型節目中播出歷史最久者。《民視異言堂》則是民視開臺時的招牌節目，強調其「打破媒體壟斷」的宗旨，要報導「不落入主流媒體窠臼的新聞專題」，也就是政治異議或新聞事件的另類觀點，曾經得過2001年亞洲電視深度報導獎。至於《社會追緝令》也是東森S臺開臺時的招牌報導節目，強調對「社會百態」的深度報導。選擇新聞雜誌報導而非每日新聞的原因是，新聞雜誌報導由於製作時間較每日新聞充裕，在採訪、拍攝、剪輯與後製等各個環節上，雙重文本呈現的手法與空間都比較多元，因此可能較適合作爲本研究「感官主義」觀察的樣本來源。

抽樣的時間從2002年的10月1日進行到12月31日，總共三個月。抽樣時間的選擇考慮有二：其一，2002年底選舉將屆，無論是哪一種風格的電視新聞節目，其報導的新聞主題與傳統嚴肅新聞（如政經類議題）相關與否，應可更清楚看出媒體對感官新聞或非感官新聞主題的選擇；其二是本節研究架構涉及視覺文本部分項目繁多，而視覺鏡頭的分析通常需要影像器材的反覆操作，限於研究人力及機器設備的因素考量，因此以三個月作爲取樣時間。

就抽樣步驟而言，東森S臺《社會追緝令》每週一到週五，隨機抽取一天（重播不計），一集約有三到四個單元，總長1小時，一個月約十五個單元，三個月共四十五個單元，約720分鐘。至於民視的《民視異言堂》，由於每週僅在無線臺播出一次（重播不記），爲求比較基準之一致，採取每週側錄的方式，一集約有三到四個單元，總長1小時，三個月共約四十五個單元，約720分鐘。至於華視的《華視新聞雜誌》一周播出兩天，一集半小時，因此也採每週側錄的方式，總長1小時，共約有三到四個單元，三個月共約四十五個單元，約720分鐘。總計樣本總共有一百二十二個新聞單元，總長約2,160分鐘。

預計分析扣除廣告時間以及節目片頭、片尾之外的節目內容單元。新聞單元在此處定義為一則獨立而完整的新聞故事，也是本節分析單位。

內容分析的編碼主要分為新聞段落的內容分析以及形式分析兩大部分。與前述每日晚間新聞的分析相同，新聞節目內容的分析也包括新聞主題與新聞角度的選擇。

但是新聞節目的新聞單元呈現，除了新聞主題與角度的分析之外，由於一則深度報導的新聞篇幅通常超過10分鐘，記者比較可能使用不同的敘事模式，以增加新聞報導的可看性，吸引閱聽眾的目光。因此本文在新聞深度報導節目的分析面向上，特別加上記者敘事模式的分析。

記者敘事模式根據Ekstrom提出的三種電視記者溝通情境修改而來，分別是「資訊傳遞者」、「說故事者」、「表演展示者」（Ekstrom, 2002）。「資訊傳遞者」主要依「倒金字塔」的敘事模式報導新聞，首段講述新聞5W1H的重點，其次根據新聞細節重要性，依序報導下來。至於「說故事者」主要乃根據故事性手法報導元素（如個人化、戲劇性、衝突性等），重新排列組合新聞報導資訊。通常首段先以個人化手法，以報導個案方式呈現新聞重點（例如：新聞事件主角的個案），強調個案的戲劇性和衝突性的特性描述，最後呈現故事的結尾。至於「表演展示者」的敘事模式，報導重點並不在記者敘事的部分，而是在報導中特意營造的各種視、聽覺不尋常刺激，以造成閱聽眾強烈印象。如果一篇報導出現一種以上的記者敘事模式，則以超過報導篇幅一半以上的主導模式作為編碼依據。由於本節記者敘事分析的重點在於敘事模式的選擇，在節目前製階段就已經完成，因此未併入後製聽覺效果面向的分析。

在形式分析方面，與前述每日時事新聞的分析相同，本文也將電視新聞深度報導節目的視聽覺形式分為兩大面向，一為影像策略（即鏡頭的運用），一為後製視覺或聽覺效果（參見圖4-1）。不過基於本節研究的主要目的，在於研究記者產製的深度報導內容本身，因此本節並未將攝影棚作業的面向納入分析當中。

編碼工作由研究者以及兩位新聞傳播研究所碩士生助理共三人擔任，由研究者負責事前編碼訓練三次。最後一次的編碼訓練，其文本來自正式抽樣之前一個月（2002年9月）三個節目所播出的四十五個單元中，隨機抽出十五個單元，本文即以這十五個單元作爲前測樣本，進行編碼員內部信度分析，東森《社會追緝令》爲0.85、華視《華視新聞雜誌》爲0.90、民視《民視異言堂》爲0.92，三者平均信度爲0.89，符合內容分析信度的要求。

本節預計採用卡方檢定方法，來分析有關三個新聞節目的新聞主題與角度、新聞記者敘事模式、以及記者報導語調。至於影像鏡頭策略、後製視覺效果以及後製聽覺效果的研究面向，則以單因子變異數分析法進行分析。

三、臺灣電視新聞深度報導節目的感官化

首先，三個電視新聞雜誌型節目在抽樣期間總共有一百二十二個新聞單元，扣除廣告之後，總長1,430分鐘（85,852秒）的新聞節目內容播出。東森S臺《社會追緝令》的故事單元平均爲13.71分鐘，《民視異言堂》則爲13.55分鐘，《華視新聞雜誌》爲8.78分鐘。

在新聞主題與新聞角度方面（表4-5），統計結果發現，東森S臺的《社會追緝令》總共有超過八成（82.5%）的新聞故事單元，選擇以刺激閱聽人感官經驗的感官新聞爲主題；也就是說，促進閱聽人娛樂、驚奇、感動或好奇感覺，或者訴諸感官或情緒反應的軟性新聞角度占了絕大多數。其中，以名人及娛樂的主題角度（27.5%）最常出現，再來是性與醜聞的主題角度（25%），探討宗教或神怪的故事也占一成以上（15%）等主題。此外，《社會追緝令》有十分之一的主題，報導弱勢族群的感人故事（如孤兒院被拍賣、孤兒流離失所或者老兵無家可歸等），報導角度以訴諸觀眾同情或感動爲主，鮮少觸及這些社會問題的解決之道，總計感官新聞的主題和角度（三十三則，占82.5%），是非感官新聞的四倍以上（七則，占17.5%），顯現出極爲明顯的「八卦式」新聞節目傾向。

而《民視異言堂》的新聞主題與角度則迥然不同。有超過九成以上的故事單元（94.6%）是報導非感官新聞的主題，也就是以「增加閱聽人政經知識、或者傳遞有益之生活、社會及文化資訊」爲新聞角度的故事，占了絕大多數。其中，教育及文化類（29.7%）與民生生活類（24.3%）的主題爲數最

多，醫藥健康方面的主題也有將近五分之一（18.9%）。值得注意的是，傳統新聞學定義的硬式新聞如政治或經濟類的新聞主題，也就是傳統上認為新聞應該以告知公民公眾事務，以參與民主機制的重大新聞議題，在《民視異言堂》這樣一個原本定位在報導「政治異議的另類觀點」的節目裡，即使是在2002年選舉期間，也落後文化或民生等軟性主題相當一段距離。

至於《華視新聞雜誌》的新聞主題和角度取向，有超過八成以上（84.5%）是報導非感官新聞的主題。不過與《民視異言堂》不同的是，有超過四成五的故事單元都均與民生生活有關（46.7%），其次才是醫藥健康（17.8%）與教育／文化類的主題（15.5%）。只有一成的主題是報導感官新聞（11.1%），並且以名人及娛樂報導為主（8.9%）。以卡方檢定進行分析的結果顯示，三個深度報導節目在感官新聞與非感官新聞的主題與角度的選擇上，似乎出現顯著差異，$\chi^2 = 278.34$，$p < .001$。不過由於表4-5中次數為零的細格超過卡方檢定的25%，因此這個卡方值只能列為參考，而不能說明三個節目的新聞主題和角度取向確已達統計的顯著水準。

整體而言，號稱國內深度報導頻道的代表性新聞雜誌節目《社會追緝令》，在新聞主題與角度的選擇上的確大量偏重感官新聞，明顯體現「八卦式」新聞節目的取材風格。而另外兩個新聞雜誌節目，則明顯以非感官新聞的主題與角度為取材重點，不過卻都大量偏重文化、民生、醫藥類等主題，政經類的新聞主題則少受青睞。如以前述「菁英式」新聞節目和「普羅式」新聞節目的定義來看，目前臺灣的電子媒介環境中似乎並不存在以報導政經等硬式新聞為主的「菁英式」新聞報導節目，而出現趨同於「普羅式」新聞報導節目的傾向。

表4-5 電視新聞節目主題與新聞角度分析

新聞主題	新聞節目			
	東森S臺《社會追緝令》(n = 40)	《民視異言堂》(n = 37)	《華視新聞雜誌》(n = 45)	總計 (n = 122)
感官新聞	出現單元數／%	出現單元數／%	出現單元數／%	單元數／%
名人&娛樂	11/ 27.5	0/ 0	4/ 8.9	13/ 10.6
性&醜聞	10/ 25	0/ 0	1/2.2	11/ 9
宗教&神怪	6/15	1/ 2.7	0/	7/ 5.7
犯罪&衝突	2/ 5	0/0	0/0	2/ 1.6
弱勢族群	4/ 10	1/2.7	0/0	4/ 3.2
意外&天災	0/ 0	0/0	0/0	0/ 0
總計	33/ 82.5	2/ 5.4	5/ 11.1	40/ 32.8
非感官新聞	出現單元數／%	出現單元數／%	出現單元數／%	單元數／%
民生／生活	4/ 10	9/ 24.3	21/ 46.7	34/ 27.9
教育／文化	3/ 7. 5	11/ 29.7	7/ 15.5	21/ 17.2
醫藥／健康	0/ 0	7/ 18.9	8/ 17.8	15/ 12.3
政治	0/ 0	6/ 16.2	0/ 0	7/ 5.7
經濟或財經	0/ 0	2/ 5.4	2/ 4.4	4/ 3.2
軍事或科技	0/ 0	0/ 0	2/ 4.4	2/ 1.6
總計	7/ 17.5	35/ 94.6	40/ 84.5	82/ 67.2

註：$\chi^2 = 278.34, p < .001$

在電視記者的敘事模式方面，以卡方檢定分析的結果顯示，三個電視新聞節目的新聞敘事風格，有顯著的差異，χ^2=66.18， p<.001。東森S臺《社會追緝令》有八成的新聞記者偏好以「表演展示者」的模式報導新聞，也就是特意營造視覺上不尋常的刺激、吸引觀眾目光，以造成強烈印象的視、聽覺雙重吸引模式。《民視異言堂》的記者則超過六成以上，選擇以說故事的方式報導新聞，涉入觀眾的策略則是營造觀眾聽新聞的愉悅感，以及分享懸疑、戲劇的經驗。至於《華視新聞雜誌》的記者有超過一半以上，仍是選擇較傳統的新聞報導方式，也就是以資訊傳遞者的角色來報導新聞，營造觀眾對資訊或知識的渴求（見表4-6）。如果作新聞主題角度與新聞敘事模式的交叉分析可以發現，

感官新聞的主題角度中，以「表演展示者」的模式最常出現（24%），其次是「說故事者」（9%），「資訊傳遞者」模式極少出現（1%）。然而，非感官新聞的主題角度中，以「說故事者」模式最常出現（32%），其次是「資訊傳遞者」（29%），很少出現「表演展示者」模式（5%）。這個結果說明，感官新聞的主題角度選擇與新聞敘事模式之間，有強烈的相關性（$\chi^2 = 57.66, p < .001$）。

表4-6　電視新聞記者敘事模式分析

	東森S臺《社會追緝令》（敘事模式出現次數／%）	《民視異言堂》（敘事模式出現數／%）	《華視新聞雜誌》（敘事模式出現次數／%）
資訊傳遞者	1/ 2.5	12/ 32.4	24/ 53.3
說故事者	7/ 17.5	23/ 62.2	20/ 44.5
表演展示者	32/ 80	2/ 5.4	1/ 2.2

註：$\chi^2=66.18, df=2, p<.001$

在影像鏡頭策略方面，本節總共分析了十三項影像鏡頭策略，三個電視新聞節目在其中八個鏡頭策略運用上，出現了顯著的差異（表4-7）。

電視新聞影像鏡頭策略使用地愈頻繁，感官主義形式的強度也愈高。單因子變異數分析結果顯示，東森S臺《社會追緝令》以大量的鏡頭推近或推遠、左右搖鏡、搖晃鏡頭、光暈效果、失焦效果、以及偷拍鏡頭等影像鏡頭策略，來刺激閱聽人的感官經驗。傳統電視新聞攝影爲求呈現新聞現場「原貌」，通常力求影像鏡頭的連續性、穩定性，也就是除非必要，儘量避免在新聞現場攝影時，快速而頻繁地變換鏡頭策略，以免新聞「失眞」。然而研究發現，所謂「八卦式」的電視新聞節目已經完全跳脫傳統的電視新聞影像思維，大量採用類似MTV或電影拍攝的手法來呈現新聞。其中，國外電視新聞節目也相當罕見的搖晃鏡頭、光暈效果等，幾乎在每一個《社會追緝令》的故事單元中，都曾經出現過。

相較之下，《民視異言堂》與《華視新聞雜誌》的影像鏡頭策略，則較少出現大量感官新聞的包裹手法。不過《民視異言堂》特寫鏡頭的運用，則居三個節目之首。特寫鏡頭對準人體或物體的某一部分拍攝，使其占據電視螢幕的大部分空間，藉以迫使閱聽人的眼光只能聚焦在其特寫部位，以能強烈地涉入影像情境當中。以《民視異言堂》的新聞主題偏重文化題材而言，爲呈現文化創作的細部風貌，有可能因此採用較多的特寫鏡頭。這個發現可能意味著，即使是報導非感官主義的題材，無論是哪一類型的新聞節目，因爲題材呈現的風格考量，仍有可能以某一種感官主義的製作形式來呈現。

換句話說，影像鏡頭的感官主義製作手法與新聞的主題角度之間，出現微妙的互動關係。雖然大體上感官新聞出現非常明顯的感官主義製作手法傾向，非感官新聞則否，然而在某些節目風格的特殊考量下，非感官新聞也有可能出現部分影像鏡頭的感官主義製作手法。

表4-7 電視新聞節目的影像鏡頭策略分析

影像鏡頭策略	東森S臺《社會追緝令》		《民視異言堂》		《華視新聞雜誌》		檢定結果
	鏡頭平均次數／鏡頭平均出現頻率（以秒計）		鏡頭平均次數／鏡頭平均出現頻率（以秒計）		鏡頭平均次數／鏡頭平均出現頻率（以秒計）		
鏡頭推近	13.9	/81.8	3.4	/281.0	9.1	/91.1	$F=21.62^{***}$
鏡頭推遠	11.9	/95.2	3.2	/354.6	3.8	/157.1	$F=39.75^{***}$
跟拍鏡頭	1.0	/215.4	0.8	/289.4	1.1	/173.9	n.s.
模擬鏡頭	0.2	/428.7	0.0	/0.0	0.0	/482.0	n.s.
左右搖鏡	15.5	/83.7	13.2	/88.4	7.8	/119.2	$F=11.11^{***}$
上下搖鏡	6.3	/243.0	7.9	/147.4	6.6	/119.7	n.s.
俯視鏡頭	1.0	/561.1	2.6	/476.2	2.3	/277.7	n.s.
仰視鏡頭	1.4	/584.9	3.2	/394.2	1.8	/251.1	n.s.
搖晃鏡頭	1.2	/464.3	0.1	/779.0	0.0	/480.0	$F=9.45^{***}$
光暈效果	0.6	/618.1	0.1	/183.8	0.0	/0.0	$F=4.07^{*}$
失焦效果	2.2	/422.1	1.1	/528.9	0.2	/484.6	$F=7.97^{**}$
偷拍鏡頭	1.1	/464.2	0.0	/0.0	0.0	/0.0	$F=5.77^{**}$
特寫鏡頭	1.4	/449.3	3.5	/322.2	1.6	/292.4	$F=4.27^{**}$

$^{*}P < .05$, $^{**}P < .01$, $^{***}P < .001$

在後製聽覺效果方面，單因子變異數的分析顯示，《社會追緝令》以大量的人工音效及配樂，來營造新聞故事的感官經驗；平均一個故事單元中，會出現超過六次以上的人工音效（例如：上字幕時加入打字機的聲音，或者欲強調新聞情節的戲劇性，而加入鐵槌鎚打聲等）；相較之下，《民視異言堂》不到半次，而《華視新聞雜誌》則超過一次。在人工配樂方面的情況也有類似之處：《社會追緝令》每個單元平均會出現十次以上的人工配樂（音樂來源通常是電視臺本身音樂資料庫中蒐集之音樂帶，或者向唱片公司洽談某片段音樂的一次或多次播映權），民視只有1.4次，而華視超過七次以上。此外，三個節目都經常在新聞現場收錄現場自然音效（例如；風聲、雨聲等），或者收錄新聞主角的現場自然音（通常在新聞主角不知情的狀況下，以求其眞實感），顯見這兩種聽覺文本已經成爲電視新聞節目製作形式的常態（見表4-8）。

另外值得注意的一個重點是，電視記者選擇以哪一種聲調來報導新聞。東森S臺和華視的故事單元通常會有兩位記者負責報導，一位是負責主要過音工作的主述記者，另一位則是在新聞現場負責採訪的記者；《民視異言堂》則通常由同一個記者負責。我們因此發現，東森S臺《社會追緝令》的主述記者大量使用干擾性的聲調（高達八成以上）來報導新聞，也就是經常以戲劇性、抑揚頓挫、或聲調高低差異極大的聲調敘述故事旁白，或者以國、臺語夾雜的方式進行報導（例如：「鴨霸」、「代誌大條了」等用語），並且加入主觀性語助詞（例如：「都是你們用的『喔』、「『啊』你們這樣子不會影響別人嗎」、「行人也很痛苦『哪』等」。相形之下，民視與華視的主述記者則只有一成左右的機率，會使用干擾性的聲調報導，其他九成左右的時候都傾向使用客觀、冷靜、平穩的聲調，引導觀眾理解故事內容。

整體而言，後製聽覺的感官主義製作手法與新聞的主題角度之間，呈現強烈的相關性。「八卦式」節目出現非常明顯的後製聽覺感官製作手法傾向，其餘兩個節目則很少出現，不過現場音效與新聞主角的自然音，則似乎已成爲不管哪一類新聞雜誌型節目的製作常規。

表4-8 電視新聞節目後製聽覺效果分析

節目後製聽覺效果	東森S臺《社會追緝令》		《民視異言堂》		《華視新聞雜誌》		檢定結果
	效果平均次數／平均出現頻率（以秒計）		效果平均次數／平均出現頻率（以秒計）		效果平均次數／平均出現頻率（以秒計）		
現場音效	1.6	/265.7	2.5	/253.3	2.7	/197.6	n.s.
新聞主角現場自然音	5.1	/133.7	4.7	/289.4	7.0	/215.0	n.s.
人工音效	6.3	/172.7	0.5	/349.9	1.1	/207.3	$F=42.37^{***}$
配樂	10.7	/115.1	1.4	/414.8	7.2	/130.8	$F=21.57^{***}$
	聲調出現次數		聲調出現次數		聲調出現次數		
主述記者聲調	干擾性：33(83%) 非干擾性：7(17%)		干擾性：4 (10%) 非干擾性：33(90%)		干擾性：5(11%) 非干擾性：40(89%)		$\chi^2=47.8^{***}$
採訪記者聲調	干擾性：17(43%) 非干擾性：20(50%) 無採訪記者聲調：3(7%)		干擾性：0 非干擾性：12(32%) 無採訪記者聲調：25(68%)		干擾性：1(2%) 非干擾性：36(80%) 無採訪記者聲調：8(18%)		$\chi^2=16.57^{***}$

$^{*}p<.05$,　$^{**}p<.01$,　$^{***}p<.001$

在後製視覺效果方面，根據其在新聞視覺內容中的功能，區分為不同新聞場景間的轉場功能，或者是在同一新聞場景中另外加上的非轉場功能兩類（見表4-9）。首先，以後製視覺轉場效果而言，三個新聞節目在溶接效果、閃光效果以及飛翔效果三個項目，都出現顯著的差異。東森S臺《社會追緝令》大量使用閃光效果（平均一個單元使用將近兩次）和飛翔效果（平均一個單元使用將近六次），作為新聞場景先切換的效果。閃光效果類似照相機的閃光燈作用，在強烈的光線明滅瞬間，引導觀眾的視線轉往新聞的下一個場景；飛翔效果利用縮小影像的方式，快速移動影像到新的場景，作用也在引導觀眾的注意力。值得注意的是，《華視新聞雜誌》大量使用溶接效果作為新聞轉場（平均一個單元出現將近十三次），也就是將上一個新聞場景逐漸銜接到下一個場景，類似兩個場景相融起來的感覺，以減少新聞場景跳接的突兀感，增加電視新聞的流暢性。因此，以電視新聞場景轉換所營造的感官經驗而言，似乎《社會追緝令》的風格可謂快速而強烈，《華視新聞雜誌》則著重柔和流暢，《民視異言堂》則中規中矩，各種轉場效果的運用都頗為節制。

表4-9 電視新聞節目後製視覺轉場效果分析

後製視覺轉場效果	東森S臺《社會追緝令》效果平均次數／平均出現頻率（以秒計）		《民視異言堂》效果平均次數／平均出現頻率		《華視新聞雜誌》效果平均次數／平均出現頻率		檢定結果
擦拭效果	0.2	106.3	0.2	587.3	0.4	337.9	n.s.
溶接效果	1.9	537.5	2.7	325.9	12.6	63.0	F=29.86***
閃光效果	1.8	520.7	0.3	702.7	0.6	319.2	F=6.85**
淡入淡出效果	1.0	761.7	1.7	535.3	1.1	361.1	F=5.11**
飛翔效果	5.8	171.5	0.5	442.6	1.8	269.3	F=34.85***

* $p < .05$, ** $p < .01$, *** $p < .001$

在後製視覺非轉場效果方面，三個節目在字幕效果、慢動作以及馬賽克效果等三個項目上出現顯著差異（見表4-10）。東森S臺的《社會追緝令》傾向使用大量的字幕效果，強力主導觀眾對新聞畫面的解讀（例如：在「檳榔西施」單元中，鏡頭帶到檳榔攤老闆的胸上景，螢幕上加上疊映的字幕效果框，上字：「這個檳榔攤老闆不是普通的凶喔」），平均在一個故事單元當中使用十六次字幕效果，來引導觀眾對畫面的解讀。另外，慢動作平均在每個故事單元中出現二．七次，通常出現在名人報導或者宗教題材當中；馬賽克效果也有一．九次之多，經常在與性有關的主題單元中出現。相形之下，《民視異言堂》與《華視新聞雜誌》在後製視覺非轉場效果的運用上，則持相當保留的態度。

表4-10 電視新聞節目後製視覺非轉場效果分析

後製視覺非轉場效果	東森S臺《社會追緝令》		《民視異言堂》		《華視新聞雜誌》		檢定結果
	效果平均次數／平均出現頻率（以秒計）		效果平均次數／平均出現頻率（以秒計）		效果平均次數／平均出現頻率（以秒計）		
字幕效果	16.0	77.8	2.9	445.8	0.9	295.0	F=43.91***
分格效果	0.1	983.3	0.2	457.9	0.2	360.8	n.s.（p=.053）
慢動作	2.7	359.1	0.6	466.9	0.8	350.1	F=8.52***
快動作	0.6	711.5	0.1	811.5	0.1	395.5	n.s.
馬賽克效果	1.9	400.6	0.2	463.4	0.0	527.5	F=5.60**
定格效果	0.5	626.2	0.2	590.0	0.2	471.1	n.s.
其他效果	2.9	368.8	3.6	372.2	1.8	273.5	n.s.

* $p < .05$, ** $p < .01$, *** $p < .001$

第三節　小結

本章旨在探究數位傳播時代中，電視新聞節目如何以其雙重文本的結構特色，來呈現感官主義形式。

首先，以每日晚間新聞而言，本章的研究結果顯示，2005年的撤照風波，確實影響了電視新聞的感官化程度。因爲東森S臺新聞感官化程度嚴重，導致換照未過，短期間內，似乎對電視新聞產生了某種程度的警示作用，降低了感官新聞的內容比例。不過對電視新聞形式的感官化，則未有顯著影響。

其次，在新聞深度報導節目方面，以新聞主題以及報導角度而言，東森S臺在撤照風波之前所播出的《社會追緝令》，呈現出「八卦式」電視新聞節目的特色，大量偏重訴諸感官經驗的新聞主題及角度。而「菁英式」或「普羅式」的新聞節目（《民視異言堂》、《華視新聞雜誌》），則以報導訴諸理性經驗的新聞主題及角度爲主。

值得注意的是，臺灣電視新聞報導節目中所謂「訴諸理性」或者非感官訴求的新聞主題，並非傳統新聞學中所定義的「硬式新聞」（hard news），也就是促進公民參與民主社會運作的政治、經濟等公眾事務議題。即使本研究進行的時間是在2002年北高市長選舉前後，政治、經濟等新聞主題仍鮮少爲新聞雜誌型節目所報導。臺灣「菁英式」的深度報導節目，其主題大量集中在文化、民生生活、和醫藥健康等議題，也就是傳統新聞學中所定義的「軟式新聞」（soft news），以至於趨同於所謂「普羅式」的新聞節目。「菁英式」新聞報導的原始定義來自美國的傳播研究（Paletz, 1998），《60分鐘》即爲此文類的代表。

換句話說，臺灣電視媒體似乎不存在《60分鐘》之類的「菁英式」新聞報導節目，造成不論哪一種新聞深度報導節目，皆一致忽略政經類新聞主題的現象。

另一方面，「八卦式」的新聞報導節目則大幅集中在名人、娛樂、性、醜聞、或者宗教神怪等主題與新聞角度，並且在影像鏡頭策略、後製視覺文本以及後製聽覺文本大多數的面向上，更輔以大量的感官新聞包裹手法。傳統電視新聞攝影力求影像鏡頭的連續性、穩定性，以免新聞「失眞」（熊移山，2002）。但是「八卦式」新聞報導節目則完全跳脫這樣的新聞影像思維，採用大量類似MTV或者電影拍攝的手法來呈現新聞。後製視覺效果上也傾向運用繁複的轉場或非轉場效果，來增強觀看新聞的涉入感。聽覺效果方面，則經常運用人工音效或配樂，以及主述記者戲劇性、干擾性的聲調配音，來強調新聞情節的戲劇張力。引人爭議的是，這些感官主義的手法，被大量運用在性或醜聞等新聞題材，因此雖有引用數位傳播新科技力求創新之實，卻難以逃避侵犯個人身體隱私（尤其是女性軀體）之名。相較之下，《民視異言堂》與《華視新聞雜誌》則在影像鏡頭策略、後製視覺文本以及後製聽覺文本這三個面向上，明顯少見感官主義製作的包裹手法。

東森S臺歷經撤照風波後，《社會追緝令》也停播許久，新聞頻道上數年之內並未再出現類似的「八卦式」新聞報導節目。因此，綜合撤照事件對每日晚間新聞的影響，以及新聞深度報導節目的影響，可以推論的是，在目前臺灣新聞媒體缺乏自律機制的情況下，新聞換照的他律機制，似乎在短期間內扮演了降低新聞感官化的重要功能。

然而，本章第一部分僅針對撤照風波發生前後三個月進行研究，僅能夠推論新聞換照的他律機制對新聞感官化在有限時間之內的影響。至於新聞他律機制對電視新聞的長期效應，則仍待未來進行長期而持續性的研究才能推論。

註1. 東森S臺所播出的《社會追緝令》，主持人王育誠自導自演「腳尾飯事件」，爆料有不肖業者回收祭品，再轉售給自助餐業者。之後，其坦誠錄影帶是內幕模擬，但有偽造文書、妨害名譽的嫌疑，主持人王育誠遭移送地檢署偵辦，受害的商家也提出民事賠償告訴。因此該節目於2005年6月停播，此事件也成為隨後東森S臺撤照和關臺關鍵（牛姵葳，2008；劉曉霞，2007）。而王育誠之後不獲起訴，因檢察官認為錄影帶並非文書，雖錄影帶內容不實，但不涉及偽造文書，而錄影帶內容不為使任何人遭受到處罰，以及無人因此遭到控告，所以誣告罪也不成立。但在民事上面，法官認為此事損及殯儀館附近二十九家餐飲店商譽，判王育誠須賠償325萬元（大紀元編輯部，2006）。而2005年5月王育誠因腳尾飯事件遭親民黨無限期停權，2006年12月再獲親民黨提名連任臺北市議員，在選舉中落選（劉曉霞，2007；維基百科）。

參考文獻

一、中文部分

〈換照決審七頻道未過〉（2005年8月）。《動腦雜誌》，352。上網日期：2013年1月24日，取自 http://blog.yam.com/oshum33333/article/16677860

〈腳尾飯造假王育誠等判賠325萬〉（2006年8月11日）。《大紀元新聞》。上網日期：2009年9月16日，取自http://www.epochtimes.com/b5/6/8/11/n1417729.htm

《維基百科》（無日期）。取自http://zh.wikipedia.org/wiki/%E7%8E%8B%E8%82%B2%E8%AA%A0

牛姵葳（2008年11月20日）。〈新聞追蹤／腳尾飯事件關臺關鍵〉，《自由電子報》，上網日期：2009年9月11日，取自http://www.libertytimes.com.tw/2008/new/nov/20/today-p4-2.htm

位明宇（2005）。《臺灣電視新聞鏡面設計改變之研究1962-2005》。國立政治大學傳播學院碩士在職專班碩士論文。

呂愛麗（2008）。《電視新聞字幕對閱聽人處理新聞資訊的影響》。政治大學新聞所碩士論文。

李鴻典（2005）。〈新聞局嚴格把關改善媒體跨大步〉，《新台灣新聞周刊》，489。上網日期：2009 年9月10日，取自http://www.newtaiwan.com.tw/bulletinview.jsp?bulletinid=22439

施曉光、王貝林、申慧媛（2005年8月7日）。〈橘營放話拒審新聞局預算〉，《自由電子報》。上網日期：2009年9月10日，取自http://www.libertytimes.com.tw/2005/new/aug/7/today-p2.htm

張釔泠（2005年8月1日）。〈衛星電視換照東森新聞S臺中箭落馬〉，《自由電子報》。上網日期：2009年9月10日，取自http://www.libertytimes.com.tw/2005/new/aug/1/today-p10.htm

郭至楨、黃哲斌（2005年8月5日）。〈換照砍電視44%民眾贊成〉，《中時電子報民調中心—電視臺換照腰斬大調查》。上網日期：2009年9月10日，取自http://forums.chinatimes.com/survey/9408a/Htm/01.htm
熊移山（2002）。《電視新聞攝影—從新聞現場談攝影》。臺北：五南出版社。
褚瑞婷（2005）。《電視新聞產製數位化之研究—以新聞動畫為例》。財團法人國家政策研究基金會。
劉曉霞（2007年5月15日）。〈近年國內外媒體擺烏龍一覽〉，《聯合新聞網》。上網日期：2009年9月11日，取自http://mag.udn.com/mag/news/storypage.jsp?f_ART_ID=62576&pno=3
魏玓（2005年7月29日）。〈新聞頻道減半，電視環境復活〉，《媒體觀察電子報》。上網日期：2009年9月10日，取自 http://enews.url.com.tw/enews/34518

二、英文部分

Altheide, D. L. (1976). *Creating reality: how TV news distorts events.* Beverly Hills: Sage.
Bird, S. E. (2000). Audience demands in a murderous market: tabloidization in U.S. Television News. In C. Sparks & J. Tulloch (Eds.), *Tabloid tales: global debates over media standards* (pp. 213-228). ML: Rowman Littlefield Publishers, Inc.
Ekstrom, M. (2000). Information, storytelling and attractions: TV journalism in three modes of communication. *Media, Culture & Society*, *22*, 465-492.
Ekstrom, M. (2002). Epistemologies of TV journalism: A theoretical framework. *Journalism, 3*(3), 259-282.
Grabe, M. E. (1996). The South African broadcasting corporation's coverage of the 1987 and 1989 elections: the matter of visual bias. *Journal of Broadcasting & Electronic Media*, *40*, 153-179.
Grabe, M. E. (2000). Packaging television news: The effects of tabloid on information processing and evaluative responses. *Journal of Broadcasting and Elec-*

tronic Media, 44(4), 581-598.

Grabe, M. E. (2001). Explication sensationalism in television news: Content and the bells and whistles of form. *Journal of Broadcasting and Electronic Media, 45*(4), 635-655.

Grabe, M. E., Lang, A. & Zhao, X. (2003).News content and form: implications for memory and audience evaluations. *Communication Research*, *30*(4), 387-413.

Grabe, M. E., & Zhou, S. (1998). *The effects of tabloid and standard television news on viewers evaluations, memory and arousal*. Paper presented in the Theory and Methodology Division at AEJMC, Baltimore, MD, August, 1998.

Hallin, D. C. (2000). La Nota Roja: Popular journalism and the transition to democracy in Mexico. In C. Sparks & J. Tulloch (Eds.), *Tabloid tales: global debates over media standards* (pp.267-284). ML: Rowman Littlefield Publishers, Inc.

Hofstetter, C. R., & Dozier, D. M. (1986). Useful news, sensational news: Quality, sensationalism and local TV news. *Journalism Quarterly, 63*(4), 815-820.

Kepplinger, H. M. (1982). Visual biases in television campaign coverage. *Communication Research*, *9*(3), 432-446.

Lombard, M., Ditton, T. B., Grabe, M. E., & Reich, R. D. (1997). The role of screen size on viewer responses. *Communication Reports*, *10*(1), 95-106.

Paletz, D. L. (1998). *The media in American politics.* New York:Longman.

Reporters Without Borders (2005, August 25). *Authorities abruptly close down cable TV news station*. Retrieved September 10, 2009, from Reporters Without Borders. http://www.rsf.org/Authorities-abruptly-close-down.html

Salomon, G. (1979). *Interaction of media, cognition, and learning*. San Francisco: Jossey-Bass Publishers.

Slattery, K. L., & Hakanen, E. A. (1994). Sensationalism versus public affairs content of local TV news: Pennsylvania revisited. *Journal of Broadcasting & Electronic Media*, *38*(2), 205-216.

Smith, D. L. (1991). *Video communication*. Belmont, CA: Wadsworth.

Zettl, H. (1991). *Television aesthetics*. New York: Praeger.

電視新聞偷窺文化

第一節　研究背景

2005年3月初，已婚的TVBS主播潘彥妃和前體育主播陳勝鴻爆發緋聞，經過《壹週刊》的連續報導，並接連刊出兩人的親密照片後，引發媒體大篇幅報導。電子媒體中，除TVBS低調處理，其餘各臺都以大篇幅報導此事，根據3月31日的AGB尼爾森收視率顯示，以「左打TVBS，右掃中天」爲口號的東森新聞，是收視率第一的最大贏家[1]。

接連幾日的大幅深入報導，不論是對事件本身的來龍去脈，或是故事主角的身家背景、交往關係及過去情史皆公諸於世。報導過程中，媒體終日監視故事男、女主角的一舉一動，甚至有媒體飛車追逐強迫採訪陳勝鴻，《中國時報》記者戴志揚以「媒體團團圍住如『狼群』追逐獵物」爲標題，形容當時採訪狀況[2]。

根據閱聽人監督媒體聯盟4月4日公布的媒體觀察結果顯示，關於陳勝鴻、潘彥妃緋聞一事，各家新聞3/31晚間、4/1午間、晚間新聞的播出比例，東森新聞臺高達9.45%、43.12%、12.07%；中天則是0%、24.18%、39.87%，炒作情形嚴重[3]。閱盟發現東森新聞臺及和中天新聞臺，報導尺度偏頗、過度渲染八卦、侵害他人隱私並造成社會不安，要求兩家電視臺新聞主管於七天內公開向社會大眾說明其新聞價值[4]。

閱盟執行長暨發言人林育卉表示，這件緋聞基本上無關公共利益，竟能如此大幅報導，匪夷所思。她指出東森和中天炒作兩天這則新聞，分別獲取4千4百多萬元、2千6百多萬元廣告收益，全以他人隱私爲賣點，踩著別人的苦痛使新聞衝上收視高點的自私做法，已嚴重傷害媒體的存在價值與信譽，對臺灣媒體發展而言更是一次嚴重的倒退[5]。

臺灣大學新聞所、婦女團體、媒體觀察基金會、律師及立委等，則呼籲結合社會閱聽人的力量，推動「打爆惡質媒體，拒絕窺探隱私」活動，向無節制挖人隱私的媒體宣戰[6]。發起團體點名譴責《壹週刊》和東森、三立、TVBS、中天等電視臺追求收視率、銷售量，毫無節制報導和公共利益無關的事件，更指責TVBS罔顧員工工作權，侵害隱私權，甚至消費員工來拉抬收視率[7]。時任臺灣大學新聞研究所所長張錦華抨擊，媒體不關心公共利益，卻侵犯個人隱私，閱聽大眾收視被迫涉入成爲共犯，電子媒體占用公共頻道、平面媒體享受國家租稅優惠，都是公共財，應該爲公共領域服務，陳、潘事件完全屬於私人感情生活，卻被搬到公共空間討論，形同侵犯個人隱私[8]。她看到電視臺開車追逐陳勝鴻，逼得陳勝鴻在自己家還要從陽臺跳窗逃走。媒體還詳細報導相關照片細節，「把人逼到死路還在攝影」，她認爲媒體和全國民眾一起在謀殺這個人[9]。

臺灣媒體改造學會召集人管中祥認爲，潘、陳新聞連續攻占平面媒體大量版面，電子媒體也掀起SNG車追逐戰，顯見臺灣媒體處理新聞已經不再在乎公共利益，而以收視、閱報率掛帥，報的愈多的媒體收視率愈高，狗仔文化已非單一媒體所爲，使臺灣成爲全民皆狗仔的社會，人人自危[10]。管中祥表示：「潘彥妃是人，不是古時候遊街示眾的對象！」[11]

這起主播緋聞事件，發展成一個典型的媒體偷窺事件。自此之後，名人隱私或緋聞事件經常以此媒體偷窺的模式，被電視新聞大幅渲染炒作。

因此，本章關切的是，媒體偷窺的定義爲何？究竟是什麼樣的社會因素，以及什麼樣的媒體環境因素造成臺灣偷窺新聞的盛行？電視新聞文本如何以聽覺與視覺的雙重文本進行媒體偷窺？又如何持續刺激閱聽人的感官，激發閱聽人偷窺名人隱私生活的閱聽慾望？最後，媒體偷窺文化造成的結果，又可能爲何？

第二節　媒體偷窺文化

一、媒體偷窺的定義

媒體偷窺指的是透過大眾媒體與網路，提供大眾觀看他人無防備之眞正生活的私密影響和訊息，目的經常是爲了娛樂，而代價則往往犧牲他人的隱私與溝通討論之權益。當隱私被全部公開，而且社會重視觀看更甚於互動時，媒體的偷窺現象就愈加蔓延。而「媒體偷窺文化」是指喜愛觀看別人私生活中極隱密時刻的電子影像，尤其是那些齷齪、煽情或奇異的畫面（Calvert, 2000／林惠琪、陳雅汝譯，2003: 32-33）。

Frosh（2001）認為，偷窺顯示了公共和私人界線的崩解。偷窺將觀看者從公共領域的能見度，操作為進入私人領域窺探的正當性。偷窺的概念破壞了公與私的版圖。偷窺版圖的破壞是伴隨著以公眾觀看方式，進行私人觀看的賦權「empowerment」。攝影（photography）也是由觀看者的利益所同意的，確認了這種身歷其境的偷窺權力，藉由對影像內容的解碼，加倍地給予了觀看者權力。

Sardar（2000）指出：「假如媒介就是訊息，那麼訊息就是偷窺文化。」他認為科技的進步重新定義了偷窺，人們可以輕易的取得攝影機進行偷窺或者滿足自己的偷窺慾望。而普遍的偷窺文化，是在電視媒體到達巔峰。

電視媒體出現了許多虛擬實境的節目和脫口秀，這些節目的成功刺激了人們對於更為公然的、更多形式偷窺文化的胃口。電視來賓樂於在實境節目中公開原本是家醜不可外揚的事情，更加助長電子媒體偷窺的興致。

媒體不斷的建構許多社會事實及人們所經歷的生活意義，但並非透過與人、地方或活動的第一手直接經驗，而是透過大眾媒體二手傳播的內容（電視節目或電影）而產生。媒體替閱聽大眾建構一個社會現實，塑造我們對於眞正世界與現實的影像與想法。李普曼稱媒體環境為「偽環境」，用以區別我們直接經驗的眞實世界（Calvert, 2000／林惠琪、陳雅汝譯，2003: 32）。

二、助長媒體偷窺的因素

助長媒體偷窺的因素中，最顯著的是根植於人們對眞相的狂熱追求。由於影像的氾濫，造成人們擺盪於眞實世界與虛擬的世界，今日的新聞資訊娛樂化的結果，巧妙地包裝呈現予閱聽大眾，使大眾看不見眞相。人們因此轉而尋求紀實的媒體偷窺，讓觀眾得以窺探那些「看似眞相的事件」（Calvert, 2000／林惠琪、陳雅汝譯，2003: 77）。這種文類成為電視主要時段的節目，不只是因為人們對於窺視他人這種不滿足的胃口，並且還因為人們完全的誤信了這種節目（Sardar, 2000）。

另一個推動媒體偷窺盛行的社會因素，可能是觀眾對公平正義的追尋，渴望看到社會上的法律和道德秩序得到強化，正義得到彰顯。

還有一個社會因素是因爲印刷文本被影像文本所取代。觀眾對視覺娛樂的喜愛，把他們推向偷窺者的角色，取得影像的愉悅和娛樂。偷窺者在本質上並不需要和被觀看者進行雙向交流，或是從被觀看者處得到回饋意見。Frosh（2001）指出，攝影機帶著潛在商業利益的面具，給予大眾資訊合法化的論述，攝影就好比是公眾能見度的代理人（agent），被當作是服務最重要的觀眾（也就是偷窺者）的工具，在此，偷窺者和公民有被告知公眾資訊權利的角色被混淆了。

攝影的權力（the power of photography）不僅是一種視覺再現的技術，也是一種「再現的演出」（performance of representation）。Frosh認爲（2001: 44）：「事實是，攝影機可以創造眞實的和無限複製影像。」愈偉大的名人似乎愈無法避免攝影機的權力，攝影器材的象徵意義——如陽具般的伸縮鏡頭和像槍一樣使人固定不動，變成了名人排名特權階級的索引。

因此，名人們透過攝影機來得到需要的能見度，但攝影機當然無法保證拍攝者、觀看者和被觀看者之間的權力對等關係。拍攝者扮演公眾觀察領域的角色，使得特定的團體和個人被看見，也給予了拍攝者相當程度的權力。如Beloff（1983: 171）觀察的：「在攝影中的互動，給予了拍攝者地位一種權力。」在能見度和再現之間，權力關係被戲劇化，攝影運作構成了社會鬥爭，也成爲了社會控制的機制。這些權力運作也反映在關於攝影挪用某些具暴力意涵的字眼，例如：狩獵（hunting）、子彈上膛（laoding）、瞄準（ai-min）和射擊（shootin）（Sontag, 1977: 12-15；轉引自Frosh, 2001）。

而電視臺偷窺文化的盛行，商業因素則來自收視率的極度競爭，如林照眞（2004）指出，在臺灣上百家電視臺的激烈競爭下，電視完全任由市場供需原則操控，在收視率主導下不僅製作成本愈壓愈低，節目內容經常依附清涼養眼的檳榔西施、辣妹、名模、影視紅星等譁眾取寵。諷刺的是，炒短線的羶色腥節目不斷受到社會譴責，卻因爲收視率高反而廣告不斷。

然而在資本主義激烈競爭的環境中，新聞工作者愈來愈受到收視率操控，在頻道增加、競爭白熱化後，「每分鐘收視率」已經成爲臺灣電視新聞製作最重要的檢討依據，新聞部門便是依據該資料作爲製作新聞的參考，每分鐘收視率好的新聞就會保留，收視率不好的就不會再播。變成製作新聞只問收視率的現象，以致新聞出現過於集中，或是向社會犯罪、娛樂影劇等新聞傾斜，都是因爲在製作新聞時，僅以收視率高低作爲考量標準的結果（林照貞，2009）。

例如：以眞人實境秀爲主體的《TV搜查線》，其製作人表示若節目播出偷窺、裸露等畫面，收視率就會飆高，但收到新聞局的警告函後淨化內容，反而創造有史以來最低的收視率（葉宜欣，2003年10月24日）。型態多變但是不脫偷窺心理的歐洲《老大哥》（big brother）電視娛樂節目，一百天中有高達1億9千萬登錄人口，平均每天有520萬人「來關心」，無論是在電視網或是網頁發展史上的那一項，都是驚人的空前紀錄且列入金氏紀錄（胡蕙寧，2003年4月15日）。

近來，引發社會大眾關注的李宗瑞涉嫌下藥性侵的案件，學者陳光毅指出，這件新聞就是結合夜店派對金錢遊戲與女色等元素，的確符合聳動新聞題材，也滿足讀者偷窺慾，媒體爲爭取收視閱聽率就任意刊登照片，不只已侵犯當事人隱私，甚至會淪爲犯罪行爲共犯（郭石城，2012年8月16日）。

而偷窺式的報導之所以愈來愈受到歡迎，就是滿足人們喜歡偷窺名人的心理，《蘋果日報》會在臺灣受歡迎，「call-in」節目所以喜歡爆料，就是在滿足一般市井小民想刺探高層政治人物的事，也是一種偷窺心理的反應，直到愈來愈多同性質的節目出現之後，爲了收視率逐漸走向「蘋果化」，節目內容愈辛辣愈受歡迎，收視率愈高（凌全，2009年1月2日）。

三、電視新聞的偷窺

電視新聞經常很像資訊娛樂，混雜了新聞和娛樂，爲了迎合觀眾的「所欲」（wants），而非滿足他們的「所需」（needs）。資訊和娛樂之間的界線愈來愈模糊，事實和虛構之間的界線愈來愈模糊，而它們之間的界線日趨模糊，會衝擊到我們現有對新聞和娛樂本質的信念。電視新聞節目對新聞所設的標準逐漸腐蝕。新聞並非「靜止不動」的東西，新聞是由新聞記者和新聞編輯所建構和生產出來的。電視這個媒介不僅使我們觀賞節目，還餵飽了我們的偷窺胃口（Calvert, 2000／林惠琪、陳雅汝譯，2003: 135）。

許多新聞媒體不再看重必須向大眾批露事實的新聞使命，而新聞從業人員愈來愈不重視新聞是否符合公共利益，傾向娛樂大眾以及撫慰大眾。透過被大量提供實境新聞以及現場報導，現代閱聽眾逐漸養成了偷窺視角。電視新聞最終變成一個商品，用來招攬觀眾，藉以賣出廣告，而且這個商品「是以娛樂形式所播送」。在新聞標準退位、企業利潤抬頭的情況下，電視新聞偷窺文化藉以蓬勃發展。

Bourdieu也認爲，電視新聞題材的選擇就在於能夠創造驚世駭人效果的學問。而今的電視新聞題材以一種誇張化、劇情化及特效化的情結呈現，刺激大眾，成爲吸引大眾目光的方式。新聞成爲一種世界傳奇的大蒐集，影像和新聞結合成爲一連串傳奇事件的展示（舒嘉興，2001）。

四、媒體如何刺激閱聽人的感官，觀衆如何進行媒體偷窺

人們總是對於他人有興趣，因此偷窺文化某種程度上可說是自戀主義（narcissism）的延伸。當人們以自己的眼神去凝視那些有問題的他者時，窺探他們的私人時刻，或者望著他們平凡的一舉一動，事實上，人們也正是在看望自己。偷窺文化引誘著我們，藉著投射我們自身的困境至他人身上。我們渴望能夠看到更多那些在電視上看起來有問題的人們，甚過看見自己，這意味著我們準備要去貶低他人來讓自己感覺更好（Sardar, 2000）。

電視偷窺中的凝視和觀看，主要探討螢幕上哪些角色具有凝視他人的特權與權力，而哪些角色則是被凝視的對象。在觀看和注視中，可能存在權力與特權的關係，觀看別人時的偷窺迷戀，有部分是與觀看他人時所擁有的權力感有關。藉由偷窺所取得的知識，帶給偷窺者一種可以掌握自己和被窺者之間的權力感；偷窺者是取得資訊的人，使偷窺者對被窺者擁有掌控的力量。

Sardar（2000）認爲，偷窺者和那些看著受害者被餵養丟給獅子，看著他們流血且吠叫的野蠻人沒有兩樣。但是這種回到原始沒有分辨善惡能力的偷窺行爲，卻有兩個非常後現代的特質：第一，它歸咎於有一種新的人類權利，可以擁有15分鐘的成名機會，因爲電視，新形式的偷窺文化出現了，放送人們的自戀主義，成爲了內化和構成人們自我不可或缺的必需品。第二，個人主義的自戀支配了快樂主義（hedonism），成爲一種時尚。對於新奇事物的追尋，通常導致人們回到了歷史的景象（spectacle）。偷窺文化，在其所有多樣的形式中，使我們淪爲了客體，有著依賴去人性化、來源不眞實、且缺乏意義的娛樂的傾向。眞實和非眞實變得無法區辨，閱聽眾傾向把每件事情都當成是眞實。

而偷窺行爲是極其個人的活動，透過觀看別人而滿足，造成隱私愈來愈不受重視的風氣。觀眾的享樂傾向和喜好消遣與娛樂的欲望，促使他們想辦法打聽別人的事物，造成隱私權被侵犯和社會道德價值的傾覆。觀眾對隱私的要求愈來愈低，而對資訊的期待卻愈來愈高，對資訊的高度期待養大了偷窺胃口。媒體持續刺激閱聽眾的感官，使閱聽眾更容易忍受媒體偷窺（Calvert, 2000；林惠琪、陳雅汝譯，2003: 100-105）。

五、媒體偷窺的結果

媒體偷窺文化的盛行和偷窺價值，其實有賴於法律建構與解釋，因爲它重視保護觀眾接收言論的權利，卻無視於保護被窺探者的隱私權。採納偷窺價值的危險之一，就是無法達成保障我們觀看別人的偷窺快感和維護自身隱私權益兩者間的平衡。媒體偷窺者從來不必與訊息焦點的個體有所互動或溝通。當偷窺價值只是將政治轉化成觀看，就成爲了一種旁觀的政治，而非參與的政治。

石世豪（2002）認爲，在臺灣並無「新聞自由」的憲法明文依據，然而媒體習慣以「新聞自由」捍衛其自身權益，甚至不惜侵犯隱私權，造成種種亂象。他也指出，由於新聞媒體大量處理有關事實的報導和評論，難免會在查證和篩選過程中不當損及當事人名譽或隱私權益，尤其媒體仰賴廣告和銷售量維持營運，因此產生了部分業者以穿鑿附會、偷拍竊聽等方式製造聳動議題，以獲得讀者青睞。

最後，阻礙媒體偷窺發展的因素，包括市場責任、法律責任，以及媒體責任的倫理機制。在我們每個人內心中都存在著一個偷窺者湯姆，直到新科技的出現更暴露了人們偷窺的癖好，使偷窺更容易和安全。我們付出的代價，就像我們偷窺別人一樣，我們本身也可能被窺視，犧牲的代價是隱私權。

隱私權的概念將被重新塑造並弱化，強化媒體的管道以取得他人顯然是無防備之眞正生活的私密影像，反過來就是意味著降低「他人」的隱私權。新科技的發展降低了對隱私權的期待，也隨著科技日新月異不斷被刺激與提升的媒體偷窺興趣，改變對隱私權的期待。

第三節　「媒體偷窺」的重新定義

偷窺的概念源自於精神病理學，指人藉由性方面的窺視以獲得刺激。第一個偷窺研究始於奧托・費尼切爾（Otto Fenichel）針對一位中年男子的個案研究，因他童年曾目睹父母親性愛場景的負面經驗，這個男子藉著窺視隔壁房間的性愛畫面以獲得滿足（Metzl, 2004）。布希亞比喻偷窺（voyeurism）時，也把其與色情（porno）、淫穢（obscenity）的概念相連接（劉艾蕾，2007）。

佛洛依德依著費尼切爾的主張，進而提出窺視（scopohilia）的概念：把他者臣服在自己帶有慾望和控制意味的眼光之下，從而獲得快感的心理機制（劉立行，2005）（Freud, 1985／葉頌壽譯，1993）。

佛洛依德且認爲，侵犯是一種本能，人們會尋求刺激，甚至製造刺激，把這種行爲稱作是「嗜慾行爲」。然而侵犯本來有益於動物生存的本能，在人類裡卻變得「過分擴張」和「狂亂」。因此，侵犯本來是有利於人類生存的，後來卻變成威脅人類生存的東西（Fromm, 1994；孟祥森譯，1994）。在侵犯的概念下，幫助我們理解爲何人的窺視帶有自己的慾望與控制，也解釋了爲何今日媒體記者侵犯、消費消息來源的隱私，以獲取自己生存的空間。

現今美國的兩種討論偷窺的場域，一是大眾文化，一是精神病學。兩者對於偷窺的共同假設，一改最初奧托・費尼切爾（Otto Fenichel）的想法，不再是中年男子爲了逃避父母親性愛畫面的負面記憶。偷窺的事物不再是「我們潛意識中，想要逃避某事物」的指涉。重要的是什麼事物「被看見」。因此，現在兩個領域都認爲偷窺完全是定義於「看什麼」，而不是聚焦在探索什麼事物是當事人閃避的。

此外，偷窺的定義如今有擴大的趨勢，廣泛指偷窺任何事物來獲得刺激（Metzl, 2004）。就傳統的偷窺被定義成性異常而言，雖然現在電視上的媒體偷窺有許多並不符合這個定義，但這個「異常」的原始意義卻不容忽略，因爲它提醒我們某些形式的「觀看」或「注視」是不適當的，並不在可接受行爲舉止範圍內（Calvert, 2000／林惠琪、陳雅汝譯，2003: 66）。

近年來大眾文化擁抱眞人實境秀；網路上，甚至有人透過網路攝影機公開自己24小時的生活；就連電視新聞，偷窺名人的隱私也成爲流行的議題。換言之，虛擬電視秀（VTV Shows）、網站、電影等，證實了美國本身已經變成一個結合科技、媒體發展，和隱私權法鬆散放縱的偷窺狂國家，以至於所有美國人被允許，有權利窺視他人生活最深處的細節（Metzl, 2004）。這些深處的細節，或爲風流韻事、或爲家庭醜聞，呈現了全民偷窺之下個人與文化的認同，這種文化認同不只是惡有惡報、善有善報的價值判斷，更是一種全民偷窺文化的集體認同。

這個認同的位置（position），被Anna Quindlen描述成一群「沒有時間」的人的集合，意謂只有工作列表（to-do list），急於每天重複而忙碌的工作，卻沒有生活（life）的人（轉引自Metzl, 2004）。他們所看的節目也是同樣密集、重複而單調，沒有節目的生氣（life）可言。Mary Louise Schumacher補充：「偷窺早就釣上『我們』，把我們自己與世隔絕、按下遙控器、蹲一整個美好夜晚，在全國電視窺視別人隱私與羞辱，而我們就是這樣的觀眾」（轉引自Metzl, 2004）。

因此Calvert在《偷窺狂的國家》一書中，總結媒體偷窺的定義爲：「透過大眾媒體與網路，提供大眾觀賞那些顯然是他人無防備之眞正生活的私密影像和訊息，其目的不全然但經常是爲了娛樂，並且往往犧牲他人的隱私與溝通討論的權益。」（Calvert, 2000／林惠琪、陳雅汝譯，2003: 8-9）。而隱私權是指一個人在他私人的生活事務與領域享有獨自權（the right to be along），不受不法的干擾，這是一種免於未經同意的知悉、公開妨礙或侵犯權利。人與人共同生活的社會關係中，可以分爲公領域和私領域，人在私領域享受自我，歸屬自己，隱私權就是在保護人於私領域裡的權利。只要未經同意，以實體或其他方式，侵入他人居住地點、私人事務或私人關係等當事人合理期待爲隱私範圍者，皆屬侵犯隱私權。

因此Calvert（Calvert, 2000；林惠琪、陳雅汝譯，2003: 278）認爲，如果媒體偷窺會更加興盛，那言論自由必須包含和保護下列五種的原則和利益：

1. 蒐集有關他人生活的資訊，視覺影像或者其他。
2. 蒐集他人生活的視覺影像和資訊。
3. 對他人無義務情況下，能夠觀看他人。
4. 人們眞實生活的影像，被轉換成他人的娛樂。
5. 公司的獲益來自傳播眞實的影像。

這五項條件不只是構成言論自由的偷窺價值理論之要件，這些要件同時也點出什麼是「媒體偷窺」，勾勒出當今媒體偷窺的現實情況。以「鴻妃戀」爲例，此事件牽涉記者對於陳勝鴻和潘彥妃私領域的報導，而八卦聳動的新聞處理讓他們眞實生活的影像，轉換成他人的娛樂。此外爲了公司的獲益，以煽情、長時間的大幅報導來提升收視率。

因此本章對於偷窺的定義，綜合以上理論，將「窺視」定義爲：「把他者臣服在自己帶有慾望和控制意味的眼光之下，從而獲得快感的心理機制。這樣的快感甚至藉著以痛苦和刑罰加諸對方，使對方服從、屈順來獲得。」而這樣的慾望來自於人性「毀滅」與「侵犯」的本能，在人的天性裡，人們會尋求刺激，甚至主動製造刺激。此外，也採用Calvert對於「媒體偷窺」的進一步解釋：「透過大眾媒體與網路，提供大眾觀賞那些顯然是他人無防備之眞正生活的私密影像和訊息，其目的不全然但經常是爲了娛樂，並且往往犧牲他人的隱私與溝通討論的權益」（Calvert, 2000；林惠琪、陳雅汝譯，2003: 8-9）。本章特別以「鴻妃戀」爲個案，因爲在此新聞事件的處理上，可以明顯洞見這種媒體窺視的心理機制的運作，產生電視新聞與全民在「鴻妃戀」報導上的共同偷窺。

因此，本章綜合上述理論，整理出媒體偷窺的定義大略分爲以下十種：

1. 控制的眼光。
2. 侵犯論。
3. 尋求刺激。
4. 別人眞實生活轉爲娛樂消遣。
5. 密集、重複、單調，沒有節目的生氣。
6. 無防備之眞正生活的暴露。
7. 犧牲他人的隱私。
8. 犧牲溝通討論的權益。
9. 在媒體上播放。
10. 來自傳播眞實影像的獲利。

第四節　媒體偷窺的文本分析

一、文本來源

本章以文本分析法進行研究媒體偷窺的實際案例研究，選擇的新聞分析事件是發生在2005年3月的「鴻妃戀」緋聞案，採用2005年3到4月中天、東森、年代與民視等新聞臺的電視新聞對於「鴻妃戀」的報導，並以偷窺在媒體及心理學上的定義，來檢視電視新聞如何利用聲音以及影像，對「鴻妃戀」的新聞主角進行窺視。

從表5-1可見，「鴻妃戀」新聞發生十天之內的新聞密集度。短短十天內，民視播報15則相關新聞、中天播報10則、臺視6則、東森更是高達71則。

兩大報的《聯合報》撰寫了25則相關新聞，《中國時報》寫了10則。

表5-1　「鴻妃戀」電視與報紙報導3/23～4/04頻率

	3/23	3/24	3/25	3/26	3/28	3/30	3/31	4/1	4/2	4/3	總計
民視	7	2				4	2				15
東森	12	6	5	2	2	19	9	11	3	2	71
中天	3	7									10
臺視	2						2	2			6
華視											0
中視	1										1
TVBS	4										4
總計	29	15	5	2	2	23	13	13	3	2	
	3/23	3/24	3/25	3/26	3/28	3/30	3/31	4/1	4/2	4/3	總計
聯合報系	8	13	4								25
中國時報	4	6									10

若以一天爲單位來看，事情發生當天（3/23），相關新聞共有29則，其中東森更是高達12則，民視7則，就連TVBS也對自己本臺主播的緋聞做了4則報導。以新聞一集大約28則新聞片段來看，東森當天將近一半都是「鴻妃戀」的緋聞，民視的相關報導也占了四分之一，TVBS占了七分之 。從密集度可見，新聞媒體高度關注「鴻妃戀」緋聞事件。並且繼第一天新聞爆發後，隔天3月24日，可能是媒體間相互議題設定（inter-media agenda setting）的影響，中天也追加了7則「鴻妃戀」相關新聞，占當天新聞比重約四分之一。

若以持續的幅度來看，東森對於「鴻妃戀」的報導，整整持續了十天未間斷。而且每日都以2則以上的篇幅來報導此新聞。更在3月30號報導了19次，表示當天新聞中，超過三分之二都在討論「鴻妃戀」的緋聞。

二、鴻妃戀事件的媒體偷窺文本分析結果

按照以上偷窺的定義來檢視「鴻妃戀」的新聞處理，發現新聞報導可以分成四種類型，包括煽情化的報導、審判心態、湊熱鬧的圍觀心態，以及落井下

石的扒糞式報導。分成以下四點說明之：

（一）煽情化的報導

煽情化的新聞始於「黃色新聞」和「小報」的運作。維基百科（zh.wikipedia.org/wiki）對於黃色新聞學的解釋為：「以煽情主義新聞為基礎；在操作層面上，注重犯罪、醜聞、流言蜚語、災異、性等問題的報導，採取種種手段以達到迅速吸引讀者注意的目的。」煽情新聞所捕捉的新聞內容屬性，正是偷窺的內涵，一種對於注視親密與奇特行為的渴望，也是一般媒體偷窺行為所窺視的內容（劉艾蕾，2007）。煽情化的新聞報導，以犯罪或性等社會禁忌為主題，並以娛樂、八卦、聳動的方式呈現。煽情化新聞報導在本質上滿足了偷窺，並如Calvert所言：「觀賞他人無防備之私密訊息，目的是為了娛樂，並且犧牲他人的隱私與溝通討論的權益。」

依照上述的解釋，煽情新聞若以犯罪、性等禁忌話題為主軸，那「鴻妃戀」事件在新聞結構上已經不可避免地淪陷。當報導焦點鎖定在「鴻妃戀」這個框架，此框架已經帶有不倫戀、感情隱私、主播的名人身分等涵義。當媒體守門人把「鴻妃戀」設定為頭條，並把新聞重心放在感情醜聞內幕的追蹤時，無論是以何種方式呈現新聞，名人的醜聞暴露、複雜感情牽連等事件特質，都早已讓此新聞事件成為煽情化的報導，並在報導同時對此事件進行偷窺。

佛洛依德認為偷窺是「把他者臣服在自己帶有慾望和控制意味的眼光之下，從而獲得快感的心理機制。」東森電視臺對「鴻妃戀」的處理，先在主播背板放上煽情的親密照片，並加上一個「愛心大框」，接著左上方「情聖愛偷拍……」的字幕之後，背景被換成裂開的心，兩人的親密戲碼，以出糗的方式上演在觀眾之間。媒體如同導演，把這一幕加上了配樂。藉著音樂、後製與2D動畫等操弄，駕馭兩位新聞主角故事的鋪排與發展動向，滿足觀看者的心理快感，記者對於新聞事件的偷窺心態一覽無遺。「愛心框」的使用，不僅表示東森把「鴻妃戀」看成一則娛樂性質的訊息，把「愛心」這個可愛、愉快、浪漫的符號，框在一則名人醜聞的親密照上，因羞辱、掌控而獲得快感。

彼得・卡夫認爲偷窺是：「人們渴望注視奇特或親密行爲的衝動」（Calvert, 2000；林惠琪、陳雅汝譯，2003）。因爲人們會尋求刺激，甚至製造刺激，婁侖茲甚至稱這種行爲是一種「嗜慾」。除了上述新聞編輯的部分，東森對於另一則「鴻妃戀」的新聞處理，更顯露窺視親密、探人隱私以尋求刺激的本質。東森先是在視覺上，選擇以陳勝鴻與前女友林小姐的大頭圖畫成爲主播背板的畫面，並加上「獨家標示」。不只把人們「眞實生活的影像轉換成他人的娛樂」，在內容上，左上方標題「我是主菜，其他是點心。」下方標題則是「爲他洗衣煮飯，有特殊性癖好。」新聞中名人眞實的生活，好像是色情片中的特寫鏡頭（劉艾蕾，2007），名人的多角關係內幕變成是獨家報導，而整則新聞彷彿是女友對陳勝鴻的主權宣告，男女關係的發展成爲整則新聞的重點。

（二）等著看洋相的審判心態

新聞報導的審判心態更加體現在佛洛依德窺視（scopohilia）的專制概念，「把他者臣服在自己帶有慾望和控制意味的眼光之下，從而獲得快感的心理機制。」（佛洛依德，1985；葉頌壽譯，1993）

以「鴻妃戀」事件記者所選擇訪問、追查的相關當事人來觀察，所有被認爲是「相關」當事人的人選，不是陳勝鴻歷屆前女友、現任女友，就是潘彥妃的老公。並且在陳勝鴻性格的呈現上，以各種來源強調他的花心以及性癖好。並比照潘彥妃的家庭敘述，刻劃潘彥妃老公的老實性格。利用這樣的對比，媒體對於「鴻妃戀」事件不著痕跡地加入了道德判斷。中天的記者甚至在新聞中表示：「說一次謊，必須說更多次謊來圓謊，當謊言被揭穿，男歡女愛成了茶餘飯後的八卦。」

以民視的報導爲例，民視在鴻妃戀的處理角度更是完全扮演社會審判官的角色。先是翻拍TVBS在5月23日親密自拍照曝光之前，陳勝鴻和潘彥妃對於緋聞的回應。特寫鏡頭、獨白解釋的取鏡，好似對犯人的審問。播放完畢，再對當時的謊言，下諷刺的標題和評論。新聞主角完全沒有反駁的餘地，只能臣服於鏡頭的審判之下。

電視中陳勝鴻解釋說：「因為手機鏡頭比較小，彥妃個子也比較小，所以有時候拍起來可能要靠得蠻近的，然後也只能拍到肩膀以上的。」而潘彥妃回應：「跟勝鴻就是多年的老同事、好朋友，大家討論很多工作上的事情，也會討論朋友之間很多的話題，包括生活啦！」接下來，馬上播放《壹週刊》所登出的兩人親密自拍照，而小標是：「十指緊扣玩親親，『妃』聞藏不住。」記者跟著評論：「你說一句，我說一句，先解釋互相的關係，在說被拍當天到底是在做什麼事情。」在這個過程中，記者予以評論、審判，新聞剪輯者也彷彿掌控故事的導演，層層爬梳兩人緋聞，破解他們的謊言。但是這樣還沒有結束，民視再次翻拍他們另一個謊言，對於「拿鑰匙出入陳家，租房子？」陳勝鴻的解釋：「那二樓需要出租，還蠻久一段時間都空著，所以前陣子我跟幾個好朋友就介紹看有沒有誰有興趣來看看的，那彥妃很好就幫我找了她國中同學到我家二樓來看看。」而潘彥妃回應：「我確實到他家去拜訪過，可是現在被解讀成這樣，我覺得很困擾，壓力也很大。」這些說謊畫面的回顧，拍攝過程已經帶有幸災樂禍、審判的價值判斷，並且藉由窺視名人扯謊的過程，達到娛樂的效果。當事人沒有隱私，也沒有溝通的權利。然而民視藉由提供觀眾這些刺激的影像，獲得公司利潤。

在標題方面，新聞進入全黑底的畫面，聳動的白字寫著：「拿鑰匙出入陳家，租房子？」接著打出標題：「踢爆妃聞『性・謊言・拿鑰匙』。」帶出整則報導的審判立場，對「鴻妃戀」進行道德批判，同時讓名人的「性與謊言」曝光在媒體上，滿足全民偷窺的慾望。媒體對於潘彥妃使用的審判篇幅，已經大大超過潘彥妃本來的知名度，而到達一種偷窺的瘋狂程度，性與謊言成為她的罪刑，被全體公然討論著。

新聞最後的收尾，記者幸災樂禍地評論：「他們說的都是別人的感情問題，但是這次男女主角就是他們自己。」如同Calvert對於偷窺的解釋，人們沉迷於觀看別人的難堪和痛苦。這種審判式的報導，扮演了社會公審的角色，藉影像的真實性、說服力，透過對新聞當事人的仲裁，「把他者臣服在自己帶有慾望和控制意味的眼光之下，從而獲得快感。」

（三）湊熱鬧的圍觀心態

湊熱鬧圍觀心態的報導，也是滿足掌控、凌駕的觀看慾望，達到偷窺的快感。在「鴻妃戀」事件上，許多報導是抱著看熱鬧的八卦態度，訪問了眾多不相干的名人對這件事情的想法。因此，記者不僅偷窺潘彥妃和陳勝鴻兩人而已，更偷窺政治名人對於鴻、妃兩人的八卦心態。

例如：東森新聞訪問民進黨的立委蔡啓芳的片段，蔡啓芳表示：「一夫一妻是違反人性，只是強調一個道德觀念，陳老弟可能是想突破這一點，所以交一堆（女朋友）。」主播補充：「他今天稱呼陳勝鴻爲陳老弟啊，他認爲這位陳老弟左擁右抱、艷福不淺。」並且在此片段加上配樂。

接著東森新聞又訪問了周錫瑋，周錫瑋表示：「我有一個理論叫『人非聖人論』，你千萬不要去碰觸、接觸，以爲自己聖人可以擋得住；第二個就是『出家作和尚』，出了家門一切行爲要像和尚。」此外，東森還訪問了林重謨。東森新聞接二連三訪問不同的政治人物，受訪者皆談笑風生的各別對此事發表自己的意見，或爲羨慕、或爲建議，但是「品頭論足一番」的心態，已經建立於凌駕、控制的眼光，透過記者不同的訪問，每個人都有評論這件事情的主控權，只有潘彥妃和陳勝鴻是沉默的，沒有說話的權力。

年代新聞則以歡樂氣氛呈現「鴻妃戀」緋聞事件。李慶安、李永萍、黃義交輪流發言，揶揄的口吻，一邊欣賞新聞，一邊撇清和他們無關。李慶安就表示：「立法院工作太枯燥了，看到這種新聞，助理把報紙都霸住，不讓我們看。」李永萍則開玩笑地叫黃義交做親民黨桃花黨的代言人，李慶安加入討論，說黃義交已經被比下去了。黃義交一邊說很高興被比下去，一面回應說：「對對對，沒我的事，no comment。」當事者的窘態被湊熱鬧的心態二度消費，觀眾藉著偷窺政治名人的窺視行爲，獲得更大的愉悅。

中天新聞也是聚焦在曾經鬧過相似緋聞——黃義交的回應上，鏡頭特寫黃義交，傳達「兩人都劈腿許多女人」，並有遠鏡頭在一旁窺視黃義交如何看報紙（也就是如何看待這則新聞）。新聞標題是：「陳勝鴻的緋聞，立委也好奇。」主播跟著說：「陳勝鴻的這起緋聞鬧的沸沸揚揚，連立法院也變成了關注的焦點，像是立委黃義交以前的緋聞就被拿出來揶揄，在立法院的親民黨團召開大會的時候，他們討論的話題都是這次的緋聞事件，黃義交一出現就被大家糗，直說這種事讓給別人。」主播的口白彷彿告訴大眾，這個緋聞在立法院也很受注目，大家都在討論它。

整則新聞的畫面架構是，立委們手上拿著報紙，再拍到立委拿報紙討論，然後鏡頭帶到李永萍、再轉到對面的黃義交、然後是李慶安，最後再拍攝周錫瑋看報紙的畫面。其中還特寫黃義交，針對他作訪問，並配合標題：「同事開玩笑，黃義交不介意。」連續四個與「鴻妃戀」事件無關的政治名人，讓新聞畫面很熱鬧，卻沒有新聞對於當事者的同理心。最後新聞的總結，記者評論：「名人緋聞大家都愛看，連立委都不例外。」表達「鴻妃戀」不僅在市井小民中沸沸揚揚的燒著，同樣也在政治名人中成爲熱門的話題，表現出全民一起偷窺的共同參與感。

（四）落井下石的扒糞式報導

扒糞式新聞屬於調查性報導，源於1904到1912年的「扒糞運動」（muck-raking），美國記者自命爲監督政府、實踐社會正義的先鋒。至1920年扒糞式新聞逐漸興起，專門以扒糞，調查政府的貪汙等新聞，做深入性的報導。但是這種調查性報導不只擔負社會責任，它在60、70 年代盛行的原因，還包括爲了迎合讀者的慾望，因爲這種報導的寫作方式像是一部偵探小說，但卻是眞實的故事（周慶祥、方怡文，2003）。

新聞小報化的現今，扒糞式新聞已經完全演變成一種偷窺式的新聞模式。若以先前Calvert認爲言論自由中對於媒體偷窺防範的標準，現今的扒糞式新聞即是把人們眞實生活的影像轉換成他人的娛樂，被拍攝的人在無預警的情況下，把自己的眞實生活暴露於鏡頭，傳播到無數人眼前。也就是Metzl所說的偷窺文化：「所有美國人被允許，有權利窺視他人生活最深處的細節（Metzl, 2004）。」扒糞的目標是眞實生活的細節，這些深處的細節，或爲風流韻事，或爲家庭醜聞，呈現了全民偷窺之下個人與文化的認同，這種文化認同不只是惡有惡報、善有善報的價值判斷，更是一種全民偷窺文化的集體認同。

在「鴻妃戀」報導中，記者狗仔式的追蹤，甚至對陳勝鴻攔車以致發生車禍，陳勝鴻最後有家回不得，受不了大批媒體侵入式的包圍，陳勝鴻甚至從自家窗戶跳出去，以逃脫被記者的逼迫（謝蕙蓮，2005b）。中天新聞臺記者報導：「陳勝鴻今天從凌晨一直到天亮，要突破在他家的媒體包圍或封鎖反被拍或反偷拍的經驗，他今天有一場互動的戰爭。」

此外，媒體對於陳勝鴻歷任戀情的曝光，找來前女友爆料陳勝鴻的私人習癖，或是公開潘彥妃丈夫的身分，過度的挖掘與追查，陳彥鴻和潘彥妃不只是失去隱私權，並且連基本的人權，基本的生活安全感都已蕩然無存。

60、70年代後的扒糞精神，是迎合讀者的慾望，報導如同偵探小說一般，而且是眞實故事（周慶祥、方怡文，2003）。扒糞的偵探精神，在東森記者的口白可以看出來：「到底陳勝鴻是怎樣的男人，讓那麼多的女性甘願爲他掏心掏肺，緋聞案一件件被掀出來。」接著新聞針對「陳勝鴻是怎樣的男人」爲主軸，討論陳勝鴻各類女友，有的是名人，有的身材姣好，也討論陳勝鴻愛去酒店尋歡，他怎樣花錢，怎樣體貼。而東森新聞的主播對於鴻妃戀這則「眞實故事」，在新聞開場做了這樣的解說：「好，這起事件也讓人知道陳勝鴻酷愛自拍，像是他的前女友林小姐說了，陳勝鴻不但拍下他和潘彥妃的性愛光碟，甚至還偷拍其他女朋友之間的親密鏡頭，林小姐就說了，假如這些錄影帶的內容曝光，可以肯定將會有好幾個家庭將會毀在陳勝鴻的手裡。」在陳勝鴻無預備的情況下，他的情史、性癖好的細節，透過前女友暴露在眾人眼前。而掌控發言權的不只是媒體，也是林小姐，陳勝鴻沒有解釋的餘地。全民一起偷窺陳勝鴻的私人生活，帶有控制的眼光，只有一種強勢的解讀方式。

第五節　小結

本章以2005年喧騰一時的「鴻妃戀」作爲分析電視新聞媒體進行媒體偷窺的個案，分析電視新聞文本如何以聽覺與視覺的雙重文本進行媒體偷窺，又如何持續刺激閱聽人的感官經驗，以進一步激發閱聽人偷窺名人隱私生活的閱聽慾望。我們可以發現，從「鴻妃戀」事件之後，這類型的新聞，明顯浮現出一套媒體窺視的心理機制的運作，可能是爾後社會集體透過電視新聞媒體進行偷窺的文化現象的轉捩點之一。

注解

註1. 朱梅芳（2005年4月1日）。〈強打鴻妃戀　東森新聞收視衝第一〉，《中國時報》，D2版。

註2. 戴志揚（2005年4月1日）。〈陳家門前　媒體團團圍住〉，《中時晚報》，第三版。

註3. 尚孝芬（2005年4月5日）。〈東森中天猛播『妃』聞閱盟痛批〉，《民生報》，C2版。

註4. 來源同上。

註5. 來源同上。

註6. 林麗雪（2005年4月2日）。〈學界發起反制狗仔媒體　發動社會力量推動3策略　1以抗議電話癱瘓通訊　2站崗勸阻民眾購買　3公布廣告商名單 促撤廣告〉，《民生報》，A1版。

註7. 謝蕙蓮（2005年4月2日）。〈鴻妃緋聞學界：打爆惡質媒體〉，《聯合報》，第4版。

註8. 林倖妃（2005年3月31日）。〈學者：媒體侵犯隱私　負面教材〉，《中國時報》，A7版。

註9. 謝蕙蓮（2005年4月2日）。〈鴻妃緋聞學界：打爆惡質媒體〉，《聯合報》，第4版。

註10. 同註6。

註11. 張錦弘（2005年4月3日）。〈潘彥妃不是遊街示眾的對象〉，《聯合報》，A6版。

註12. 轉引自政治大學研究方法研習營，耿曙，個案研究 ppt。

參考文獻

一、中文部分

石世豪（2002）。〈偷拍性愛光碟案有如雪球愈滾愈大－媒體競爭下的隱私權保障及其漏洞〉，《月旦法學雜誌》，**81**: 167-177。

周慶祥、方怡文（2003）。《新聞採訪寫作》。臺北：風雲論壇。

孟祥森譯（1994）。《人類破壞性的剖析》。臺北：水牛圖書出版事業有限公司。

林惠琪、陳雅汝譯（2003）。《偷窺狂的國家》。臺北：商周。（原書Calvert C.[2000] .*Voyeur Nation: media, privacy, and peering in modern culture*. NY: Westview Press.）

林照眞（2004）。〈調查的迷思II：解讀市場機制誰在扼殺電視品質？〉，《天下》，**309**：100-104。

林照眞（2009）。〈電視新聞就是收視率商品—對「每分鐘收視率」的批判性解讀〉，《新聞學研究》，**99**：79-117。

胡蕙寧（2003年4月15日）。〈偷窺Live秀 風行歐洲〉，《自由電子報》。上網日期：2013年1月21日，取自http://www.libertytimes.com.tw/2003/new/apr/15/today-world1.htm

凌全（2009年1月2日）。〈政論性節目愈「蘋果化」收視率愈高〉，《今日導報》。上網日期：2013年1月21日，取自http://www.herald-today.com/content.php?sn=178

郭石城（2012年8月16日）。〈腥羶媒體殃及無辜學者：新聞暴力〉。《中時電子報》。上網日期：2013年1月21日，取自http://showbiz.chinatimes.com/showbiz/100102/112012081600002.html

舒嘉興（2001）。《新聞卸妝－布爾迪厄新聞場域理論》。臺北：桂冠。

葉宜欣（2003年10月24日）。〈搜查線=金雞蛋 華視不想喊卡〉，《聯合報》，頁D2。

葉頌壽譯（1993）。《精神分析引論，精神分析新論》。臺北：志文出版社。

劉立行（2005）。《影視理論與批評》。臺北：五南。

劉艾蕾（2007）。《蘋果日報》讀者閱報動機與人格特質之研究－以臺北市為例。世新大學新聞學研究所碩士論文。

謝蕙蓮（2005年4月2日b）。〈大社會〉，《聯合晚報》，第4版。

二、英文部分

Beloff, H. (1983). Social Interaction in Photographing. *Leonardo*, *16*(3), 165–171.

Frosh, P. (2001). The public eye and the citizen-voyeur: photography as a performance of power. *Social Semiotics, 11*(1), 43-59.

Sardar, Z. (2000). The rise of the voyeur. *News Stateman*, *13*(630), 25-27.

Metzl, J. M. (2004). From scopophilia to Survivor, A brief history of voyeurism. *Textual Practice*, *18*(3), 415-434.

附錄　「鴻妃戀」個案分析的新聞文本

一、中天新聞

視覺文本分析		聽覺文本分析	
畫面	鏡頭／後製	記者旁白	現場音
子母畫面： 子畫面－主播畫面於左上方。 母畫面－陳勝鴻接受大批媒體包圍採訪追逐	右標：《壹週刊》登親密照　陳勝鴻按鈴控告 子畫面下方標：陳勝鴻告狗仔 小標：前女友爆料陳勝鴻一起告 右標：前女右頻爆料　陳勝鴻一起告 地標：陳勝鴻主動發簡訊突圍「反偷拍」陣仗 子畫面下方標：陳勝鴻告狗仔 小標：自拍親密照陳：潘彥妃都知情 右標：上午陳勝鴻駕車與狗仔車相撞 子畫面下方標：陳勝鴻告狗仔 小標：陳：角架架得遠潘彥妃應知情	主播稿： 拍攝、被拍，誰偷拍，誰反被偷拍制裁，呂秀蓮副總統他從陳勝鴻的角度出發，提到了一個觀點，就是媒體拍攝和追逐新聞焦點人物的距離應該拉的多近、頻率應該多頻繁；但是換一個角度，在這個風暴裡面形成另一個話題，就是今天很多新聞媒體追著陳勝鴻不放的是牽涉到司法的刑責，他就是作為一個曾經是新聞圈中人，有沒有偷拍呢？那麼拍與被偷拍，陳勝鴻今天從凌晨一直到天亮，要突破在他家的媒體包圍或封鎖反被拍或反偷拍的經驗，他今天有一場互動的戰爭。	

（續）

視覺文本分析		聽覺文本分析	
畫面	鏡頭／後製	記者旁白	現場音
	右標：陳勝鴻：角架架得遠　潘彥妃應知情 子畫面下方標：陳勝鴻告狗仔 小標：陳勝鴻上午駕車與狗仔撞車 右標：自拍親密照陳：潘彥妃都知情 子畫面下方標：陳勝鴻告狗仔 小標：陳勝鴻指狗仔當街攔車相撞 右標：不能拒絕採訪？陳勝鴻：這個國家瘋了 子畫面下方標：陳勝鴻告狗仔 小標：車禍事故陳勝鴻警局筆錄 右標：陳勝鴻車禍事故赴警局筆錄 子畫面下方標：陳勝鴻告狗仔 小標：出國避風頭昨天回國躲媒體 右標：陳勝鴻：保有隱私都不行？ 子畫面下方標：陳勝鴻告狗仔 小標：鄰居指陳勝鴻跳樓騎車逃跑		

（續）

視覺文本分析		聽覺文本分析	
畫面	鏡頭／後製	記者旁白	現場音
	右標：《壹週刊》登親密照　陳勝鴻按鈴控告 子畫面下方標：陳勝鴻告狗仔 小標：陳勝鴻現任女友被爆曾是酒女 轉場效果：方框		
長鏡頭拍攝陳勝鴻住家畫面，拍攝陳家三樓門鈴及記者蹲點在陳家門口畫面	地標：陳勝鴻主動發簡訊　突圍「反偷拍」陣仗	記者：陳勝鴻住在二樓，黑漆漆的沒開燈，傍晚六點鄰居看到他拖著兩大箱行李一個人回家，鄰居說陳勝鴻帶著鴨舌帽、神情輕鬆，陪他出國避風頭的女朋友並沒有一起回家，晚間十點，陳勝鴻的大哥回到住處，情緒激動。	
拍攝陳家大門，鏡頭搖晃，閃光燈不斷	同上		陳大哥：幹什麼？我告你喔！你是哪一家的？……ㄟ……幹什麼……。
拍攝陳家大門，鏡頭搖晃。 拍攝隔壁教會門牌，鏡頭帶到陳家二樓窗戶畫面 ZOOM IN	同上	記者：家人不願多說，陳勝鴻更低調，十一點多隔壁教會的人說陳勝鴻從住家二樓跳出窗戶穿越教堂，騎機車跑了。	

（續）

視覺文本分析		聽覺文本分析	
畫面	鏡頭／後製	記者旁白	現場音
訪問不明人士（教會的人？）	同上		不明人士：他跳了窗戶，從我們的窗戶走進去……。 記者：哈……哈
陳勝鴻之前接受訪問畫面，翻拍TVBS潘彥妃畫面，再回到陳勝鴻之前接受訪問畫面，翻拍《壹週刊》親密合照	同上	記者：說一次謊，必須說更多次謊來圓謊，當謊言被揭穿，男歡女愛成了茶餘飯後的八卦	

二、東森新聞

視覺文本分析		聽覺文本分析	
畫面	鏡頭／後製	記者旁白	現場音
主播背板： 粉紅帶紫色的背景內有一個愛心大框內有翻拍《壹週刊》的畫面和陳接受訪問畫面。 左上方：情勝愛偷拍觸法檢方追查。 中間一個愛心框裂開：框內為鴻妃《壹週刊》親密照。 框下方：妨礙祕密和妨礙家庭交替出現	有配樂	主播稿： 那麼這幾天的主播偷拍風波也成為了政壇上的熱門話題，當然許多立委是不會放過這個話題的，比如民進黨三寶之一的立委蔡啓芳，他今天稱呼陳勝鴻為陳老弟啊，他認為這位陳老弟左擁右抱、豔福不淺。	
陳勝鴻日前接受訪問畫面，訪問立委蔡啓芳畫面	地標：三寶羨慕陳勝鴻「陳老弟」豔福不淺	記者：因為偷拍女伴影片，讓前主播陳勝鴻成為過街老鼠，立委蔡啓芳倒是出面替陳勝鴻說話	

（續）

視覺文本分析		聽覺文本分析	
畫面	鏡頭／後製	記者旁白	現場音
訪問蔡啓芳	同上		蔡啓芳：大家被拍到了，都說不知道，可能是大家心甘情願我們怎麼曉得，不能憑單方面講什麼就什麼
		記者：蔡啓芳也坦誠羡慕陳勝鴻豔福不淺	蔡啓芳：一夫一妻是違反人性，只是強調一個道德觀念，陳老弟可能是想突破這一點，所以交一堆（女朋友）
	地標：主播緋聞多蔡啓芳坦承幻想破滅 快動作訪問畫面	記者：不過看到電視主播接連鬧出緋聞，也讓蔡啓芳的幻想破滅。	
立院記者會畫面，訪問林重謨	地標：前苦主林重謨：耐受度要高一點	至於曾經也是偷拍對象的立委林重謨，也以前輩身分給陳勝鴻建議	
			林重謨：（臺語）（緋聞）這有什麼，你就不要理他就好了。（國語）說實在，他從頭一路過來，滿足大家的好奇心以外，我覺得也沒有傷害到什麼人，呵呵……

（續）

視覺文本分析		聽覺文本分析	
畫面	鏡頭／後製	記者旁白	現場音
訪問周錫瑋	地標：前苦主林重謨：耐受度要高一點	記者：難道政治圈壞男人當道嗎？那可不一定，立委周錫瑋就是一枝獨秀	
			周錫瑋：我有一個理論叫「人非聖人論」，你千萬不要去碰觸、接觸，以為自己聖人可以擋得住；第二個就是「出家作和尚」，出了家門一切行為要像和尚
林重謨跳舞畫面	地標：前苦主林重謨：耐受度要高一點	記者：緋聞風波延燒到政治圈，公眾人物啊！腰帶還是綁緊一點！	

三、民視新聞

視覺文本分析		聽覺文本分析	
畫面	鏡頭／後製	記者旁白	現場音
翻拍TVBS（2005. 3. 23）	地標：畫面攝自TVBS（2005. 3. 23）		電視中的陳勝鴻聲音：因為手機鏡頭比較小，彥妃個子也比較小，所以有時候拍起來可能要靠得蠻近的，然後也只能拍到肩膀以上的。

（續）

視覺文本分析		聽覺文本分析	
畫面	鏡頭／後製	記者旁白	現場音
	地標：前TVBS主播潘彥妃		潘彥妃：跟勝鴻就是多年的老同事、好朋友，大家討論很多工作上的事情，也會討論朋友之間很多的話題，包括生活啦！
翻拍TVBS和《壹週刊》	地標：畫面攝自TVBS（2005. 3. 23） 小標：畫面攝自《壹週刊》 地標：十指緊扣玩親親「妃」聞藏不住	記者：你說一句，我說一句，先解釋互相的關係，再說被拍當天到底是在做什麼事情？	
全黑底白字畫面：拿鑰匙出入陳家租房子？	地標：踢爆妃聞「性.謊言.拿鑰匙」		
翻拍TVBS畫面	地標：畫面攝自TVBS（2005. 3. 23） 地標：前TVBS主播潘彥妃		電視中的陳勝鴻：那二樓需要出租，還蠻久一段時間都空著，所以前陣子我跟幾個好朋友就介紹看有沒有誰有興趣來看看的，那彥妃很好就幫我找了她國中同學到我家二樓來看看…… 潘彥妃：我確實到他家去拜訪過，可是現在被解讀成這樣，我覺得很困擾，壓力也很大……

（續）

視覺文本分析		聽覺文本分析	
畫面	鏡頭／後製	記者旁白	現場音
翻拍《壹週刊》	地標：踢爆妃聞「性.謊言.拿鑰匙」	記者：為了要幫他把房子租出去，兩個人在車上談了40分鐘	
畫面全黑白字	車上多待40分鐘請教？打情罵俏？	記者：男的是說有感情的問題請教女方	
翻拍TVBS	地標：畫面攝自TVBS（2005. 3. 23）		陳勝鴻：有些自己感情上的問題私下請教，比如說女孩子可能看到一些緋聞的事情會生氣啊，要怎樣安撫女孩子…… 潘彥妃：比如他跟女朋友相處的狀況等，我就一個女性提供他建議都有……
翻拍《壹週刊》及陳勝鴻畫面	地標：踢爆妃聞「性.謊言.拿鑰匙」	記者：他們說的都是別人的感情問題，但是這次男女主角就是他們自己。	

四、東森新聞

視覺文本分析		聽覺文本分析	
畫面	鏡頭／後製	記者旁白	現場音
主播背板： 左上方標： 獨【林小姐頭圖畫】：【陳勝鴻人頭圖畫】劈腿 「我是主菜，其他是點心」 中間方框：陳勝鴻畫面 下方：為他洗衣煮飯有特殊性癖好 下方：陳勝鴻談【潘彥妃人頭圖像】：一巴掌打不響 翻拍陳勝鴻與潘彥妃的偷拍照片、《壹週刊》、TVBS專訪兩人畫面	 馬賽克處理照片女子和用黑框處理男了眼睛 地標：陳勝鴻偷拍性愛錄影帶潘彥妃也入鏡 地標：性愛影帶若曝光數個家庭恐全毀 地標：陳勝鴻性愛影帶若曝光恐毀數個家庭	主播稿：好，這起事件也讓人知道陳勝鴻酷愛自拍，像是他的前女友林小姐說了，陳勝鴻不但拍下他和潘彥妃的性愛光碟，甚至還偷拍其他女朋友之間的親密鏡頭，林小姐就說了，假如這些錄影帶的內容曝光，可以肯定將會有好幾個家庭將會毀在陳勝鴻的手裡。	
		主播稿： 我們看到有前女友出了面來爆料、來報復陳勝鴻，不過現	

（續）

視覺文本分析		聽覺文本分析	
畫面	鏡頭／後製	記者旁白	現場音
同上		在陳勝鴻也展開了反擊。	
翻拍《壹週刊》相片 相片多張在畫面中移動 一名女子下半臉的畫面。從背後拍攝一名女子坐著拿著《壹週刊》的畫面，zoom in 拍攝女子手拿雜誌。 陳勝鴻在家門口接受訪問畫面。	馬賽克處理照片女子和用黑框處理男子眼睛 地標：若散布相片將觸犯刑法 地標：陳勝鴻照片外流將提法律追訴	陳勝鴻發布了聲明，認為媒體非法竊取了他的生活照，並且對外公布影響到他的肖像權，提出法律追溯，而律師也指出了陳勝鴻的前女友如果是非法在向媒體發布的話，有可能犯法了，已經觸犯了刑法竊盜罪及妨害祕密罪。	

五、東森新聞

視覺文本分析		聽覺文本分析	
畫面	鏡頭／後製	記者旁白	現場音
主播背板： 雙特效框 大方框內：《蘋果日報》畫面陳勝鴻左上方大大的獨家二字 框內：TVBS畫面、《壹週刊》畫面	地標：不甘寂寞？傳陳勝鴻每兩周上酒店尋歡	主播稿：有許多陳勝鴻的朋友出來爆料，指稱說他傳聞中的女友揑咪是個酒店小姐，不過這點揑咪是否認的，她說，不能因為自己穿的像辣妹，就說她是酒店的。不過，陳勝鴻的朋友卻也說，這陳勝鴻明明有女朋友，卻常	

（續）

視覺文本分析		聽覺文本分析	
畫面	鏡頭／後製	記者旁白	現場音
		常兩個禮拜上一次酒店，來享受紙醉金迷的酒店生活。	
緩慢拉近拍攝兩人親密合照、多張照片、翻拍《蘋果日報》陳與女友出國畫面、TVBS畫面、網站畫面	馬賽克處理照片女子和用黑框處理男子眼睛 天空標：獨家 追蹤陳勝鴻與「捏咪」 地標：外傳曾在酒店上班？「捏咪」鄭重否認 配樂	記者：到底陳勝鴻是怎樣的男人，讓那麼多的女性甘願為他掏心掏肺，緋聞案一件件被掀出來。陳勝鴻現任女友捏咪不但不離不棄，反而還和他一起出國避風頭，不過現在卻又傳出這名曾經被媒體拍到，跟陳勝鴻出雙入對的捏咪曾經在酒店上班，而非婚紗公司，對於這項傳言，捏咪鄭重否認。然而這項傳言並非空穴來風，外傳陳勝鴻每兩個禮拜就會和唸書時的好友一起上酒店，雖然都是各付各的，儘管陳勝鴻出手不闊綽，但是溫柔紳士的態度仍然迷倒不少酒店小姐。從名女人到辣妹，陳勝鴻身邊雖然圍繞著許多條件不錯的女性，但是還是免不了上酒店尋歡作樂找刺激，	

（續）

視覺文本分析		聽覺文本分析	
畫面	鏡頭／後製	記者旁白	現場音
		至於這名身材姣好的現任女友揑咪，到底要說陳勝鴻有什麼異於常人的魅力，說穿了，他其實就是個普通男人而已。	

六、年代新聞

視覺文本分析		聽覺文本分析	
畫面	鏡頭／後製	記者旁白	現場音
主播播報	地標：陳勝鴻的緋聞立委也好奇	主播稿： 陳勝鴻的這起緋聞鬧的沸沸揚揚，連立法院也變成了關注的焦點，像是立委黃義交以前的緋聞就被拿出來揶揄，在立法院的親民黨團召開大會的時候，他們討論的話題都是這次的緋聞事件，黃義交一出現就被大家糗，直說這種事讓給別人。	
立委黨團會議畫面，立委們手上拿著報紙	地標：不開會議橘營立委只要看八卦	黨部黨團會議的召開，親民黨的立委們個個拿著報紙，眼睛就是盯著陳勝鴻的緋聞看。	立委們喧鬧的聲音

（續）

視覺文本分析		聽覺文本分析	
畫面	鏡頭／後製	記者旁白	現場音
訪問立委			李慶安：立法院工作太枯燥了，看到這種新聞，助理把報紙都霸住，不讓我們看。
拍攝立委拿報紙討論的畫面		記者：親民黨立委看得很專心，一見到因為寶寶事件也鬧出過緋聞的同僚黃義交，當場虧了起來。	
鏡頭先拍李永萍、再轉到對面的黃義交、再帶到李慶安			李永萍：你要做親民黨桃花黨的代言人。 黃義交：已經不夠看了，世代交替但事過境遷了。 女子大笑聲音。 李慶安：ㄟ黃義交黃義交，你的八卦已經完全被比下去了，略顯失色。 黃義交：很高興有人取代。
黃義交畫面、從背後拍攝立委看報紙畫面，zoom in報紙內容	地標：同事開玩笑黃義交不介意	記者：在這樣評論陳勝鴻的事，黃義交反而尷尬。	
訪問黃義交			黃義交：同事大家開玩笑，沒有什麼（大家感情好，才會開玩笑）。 黃義交：對對對，這事情，沒我的事。No comment！

（續）

視覺文本分析		聽覺文本分析	
畫面	鏡頭／後製	記者旁白	現場音
拍攝周錫瑋、隔壁立委專心在看報紙、鏡頭拉遠拍攝立委看報	地標：名人八卦緋聞大家都愛看	記者：名人緋聞大家都愛看，連立委都不例外。	立委討論和笑聲

七、東森新聞

視覺文本分析		聽覺文本分析	
畫面	鏡頭／後製	記者旁白	現場音
主播背板： 粉紅帶紫色的背景內有一個愛心大框內有翻拍《壹週刊》的畫面和陳接受訪問畫面。 左上方：情勝愛偷拍觸法檢方追查。 中間一個愛心框裂開：框內為鴻妃《壹週刊》親密照。 框下方：妨礙祕密和妨礙家庭交替出現	有配樂	主播稿： 好，陳勝鴻另外一個被控偷拍性愛影帶的案件，現在警方不會放過，因為現在案情愈滾愈大，如果說將來持續發展的話，有可能演變成他有妨礙家庭，還有妨礙祕密等相關罪嫌，也由於緋聞女主播潘彥妃發表聲明表示，她在不知情的情況下被偷拍了親密照片，因此針對這點，檢方相當重視。	
女子半臉近照訪問	天空標：【陳勝鴻人頭畫像】偷拍事件【潘彥妃人頭畫像】出手反擊		林小姐：那個帶子裡頭有很多段，不只一天，而且不同天，都同一個人，都我啊……

（續）

視覺文本分析		聽覺文本分析	
畫面	鏡頭／後製	記者旁白	現場音
鏡頭遠拍女子側身坐著。 鏡頭突然拉遠陳潘兩人《壹週刊》親密合照、拍攝聲明稿	臉上打上馬賽克 地標：潘彥妃被偷拍？檢不排除分他案調查 小標：資料畫面	記者：林小姐控告陳勝鴻偷拍案還沒有結束，另一名緋聞女主角潘彥妃在親密照曝光之後，也發表聲明表示，說她一切都不知情，但是暫時沉澱，在思考是否提告。	
拍攝聲明稿	天空標：【陳勝鴻人頭畫像】偷拍事件【潘彥妃人頭畫像】出手反擊		潘彥妃友人：目前的情況，就是沒有要對任何人提出告訴。
翻拍tvbs 資料畫面訪問陳勝鴻畫面 資料畫面：林小姐畫面 陳勝鴻與女子出遊照片	天空標：【陳勝鴻人頭畫像】偷拍事件【潘彥妃人頭畫像】出手反擊 地標：陳恐涉妨礙祕密案情愈滾愈大 畫面右方出現表格：妨礙祕密 告訴乃論 需潘彥妃出面　提告三年以下有期徒刑	記者：其實這麼受社會關注的案件，就算暫時不告，檢方也不排除分他案進行調查，但是由於偷拍涉及的妨礙祕密罪是告訴乃論，既然要調查就可能傳喚陳勝鴻和錄影帶中所有女性出面作證，如果偵查終結，罪刑確定，陳勝鴻將面臨三年以下的有期徒刑，而目前潘彥妃和林小姐都已經表明立場，未來還有多少女性會跳出來共同告陳勝鴻，也將影響他是否會被起訴，或是未來可能會有的刑責，因	

（續）

視覺文本分析		聽覺文本分析	
畫面	鏡頭／後製	記者旁白	現場音
		為目前法律規定如果犯有多案，刑期將會合併執行。	
訪問律師			律師：如果是分別起意的話，法院會分開判決，但是合併執行。那如果偷拍一個人法院是判兩年，偷拍五個女生，合併執行刑期就可能超過十年。
資料畫面：陳勝鴻受訪、雅虎網站畫面	天空標：如前 地標：指控愈多，陳起訴機率愈大，刑責愈重 右方出現表格： 妨礙家庭 告訴乃論罪 需潘彥妃丈夫提告 一年以下有期徒刑 天空標：同前 地標：介入潘婚姻？陳勝鴻恐還涉妨礙家庭	記者：另外劈腿有夫之婦潘彥妃，如果潘彥妃老公提出告訴，陳勝鴻還可能吃上妨礙家庭的官司，案子一件又一件，對交往後常留下痕跡的陳勝鴻來說，一定沒想到當初的甜蜜，現在成了呈堂的證據。	

電視新聞感官主義對閱聽人的影響：資訊處理模式

國外針對新聞感官化的研究，迄今多將研究焦點置於新聞內容或文本，極少從閱聽人的角度，來探究新聞感官主義的議題。

然而，閱聽人研究是傳播研究當中十分重要的課題。既然新聞感官化是近年來備受關注的傳播文化現象，探究新聞感官化如何影響閱聽人的新聞閱聽經驗，自然也成為無可忽視的研究焦點之一。

歷來的閱聽人研究約可簡略分為兩大類別：行為主義的效果研究以及文化研究。行為主義取向的效果研究，著重以量化變項的方式，瞭解特定媒介訊息是否改變閱聽人的認知、態度或行為。以感官主義的研究而言，量化測量的優點在於提供系統性或全面性的資料，藉以探究新聞感官化對閱聽眾的廣泛影響。然而無可諱言的缺點之一，也在於量化變項測量的方式，無法關注到閱聽眾個人在社會情境脈絡下，究竟如何與新聞媒體感官化的趨勢互動，也無法解釋個別閱聽人為何消費或者不消費感官新聞的情境與背景。

為了深入探究新聞感官化對閱聽眾的影響，本書一方面以實驗與電話調查的行為主義實證研究，瞭解新聞感官化如何影響閱聽人對新聞認知、態度與行為，另一方面則以接收分析的實證研究，嘗試進一步理解個別閱聽人解讀感官新聞的社會情境脈絡。

第六章首先呈現的是以一般閱聽人作為研究對象，以實驗法進行新聞感官化影響的閱聽人研究

第一節　研究源起

21世紀的電視新聞可說是「感官主義的年代」，無論國內、外的電視新聞文化，都偏好以辛辣聳動主題及令人目眩神移、訴諸感官刺激的數位製作形式，來刺激閱聽人的閱聽經驗（王泰俐，2004a）。

以刺激感官經驗的新聞主題或形式（news forms），來刺激閱聽人的閱聽經驗，已然成為這個年代的新聞文化現象，然而本章要問的是，這個現象對閱聽人的閱聽新聞經驗究竟產生什麼具體影響？

麥克魯漢曾說，媒體內容「就像塊鮮嫩多汁的肉，純粹是強盜拿來引開看管大腦看門狗的東西」（McLuhan, 1964: 32）。電視新聞的感官主義眞的像是鮮嫩多汁的肉，容易「引誘」閱聽人嗎？引開了大腦的看門狗，大腦門戶洞開後，媒介內容就得以長驅而入了嗎？換句話說，只要有感官新聞播出就一定能吸引目光駐足？吸引住閱聽人的目光之後又如何呢？新聞內容因此更容易停駐在閱聽人的腦海？閱聽人的口味眞如眾家電視臺所宣稱的，「就是喜歡這些重口味製作的新聞」？

針對電視新聞感官主義對閱聽人的影響，國外研究早期偏重探索電視新聞主題對閱聽人資訊處理的影響，認爲犯罪衝突、人爲意外或天災、性與醜聞、名人或娛樂等爲報導範疇的感官新聞主題，確實較易讓閱聽人感覺興奮，也較易提高閱聽人注意力、新聞辨識度及回憶度（Gunter, 1987; Mundorf, Drew, Zillmann, & Weaver, 1990），但是閱聽人對感官新聞主題，在新聞專業程度方面的評價，仍然不及以政經軍事、教育文化或醫藥生活等爲報導範疇的非感官新聞（Newhagen & Nass, 1989）。國內研究也發現，感官新聞主題確實較易吸引閱聽人注意，也易讓閱聽人感覺興奮，並提高對新聞事件的辨識程度。但與國外研究相左的是，閱聽人對感官新聞主題的專業性評價似乎偏高，認爲其較爲有趣、比較好看、閱聽愉悅度較高、較易瞭解，甚至連新聞客觀度都與非感官新聞題材的評價都沒有顯著差別（王泰俐，2004b）。

近期研究則逐漸重視視覺製作形式，對閱聽人資訊處理的影響。如Grabe等學者研究五種刺激感官經驗的新聞製作形式，對閱聽人資訊處理會產生什麼影響（Grabe, Zhou, Lang, & Bolls, 2000），Lang等人則探究單一電視新聞製作形式，如單一場景剪接效果（Lang, Zhou, Schwartz, Bolls, & Potter, 2000），或是剪接速度（Lang, Bolls, Potter, & Kawahara, 1999）對新聞資訊處理的影響。

値得注意的是，過去相關研究往往或偏重記者報導內容（聽覺文本），或偏重視覺製作形式（視覺文本），極少同時探討視、聽覺兩種文本對閱聽人資訊處理的影響，及其對閱聽人如何評價或感受新聞有何差異。

本文旨在同時探討電視新聞感官主義製作形式的視覺文本及聽覺文本，對閱聽人接收電視新聞的影響。考量目前國內電視新聞同質頻道過多，新聞排序往往不是依據新聞重要性而是考量其對閱聽人感官經驗的刺激程度，愈能刺激閱聽人感官收視經驗的新聞（也就是感官主義成分愈高的新聞），往往以最優先順序播出，而攸關公民權益的新聞反而被擠壓到後段；本文因此也關心感官新聞的排序影響。

換言之，本文將同時探討感官主義製作形式、電視新聞敘事、新聞排序這三個因素對閱聽人資訊處理、新聞評價及新聞感受的影響，並探討這三個因素可能產生的交互影響；這也是電視新聞感官主義相關研究，首度同時檢驗這三個因素對接收電視新聞之影響。

第二節　感官主義對閱聽人資訊處理的影響

一、資訊處理理論

從60年代開始，認知心理學即以資訊處理途徑來理解人們的認知過程，也迅速為電視新聞閱聽人研究指引了新方向（Woodall, 1986; Gunter, 1987）。

根據資訊處理理論，電視新聞的閱聽人可被定義為資訊的處理者。雖然電視媒體的影像、聲音資訊不斷源源進入閱聽人腦海，但是文獻另指出閱聽人只有有限的資訊處理系統資源來處理這些電視資訊，這個研究途徑也稱為「有限容量途徑」（a limited approach to television viewing）（Lang, Dhillon, & Dong, 1995; Lang et al., 1999; Lang et al., 2000）。

資訊處理過程通常包括解讀（encode）、儲存（storage）、提取（retrieval）資訊等（Gunter, 1987）。以電視新聞之訊息處理為例，閱聽人須能「解讀」新聞中的資訊，「提取」過去儲存在長期記憶之相關知識來理解這些新聞資訊，並將新的訊息「儲存」在長期記憶中。

不過，在訊息進入長期記憶前，還須經過三道關卡。首先訊息必須進入短期感知儲存的關卡（short-term sensory store, STSS），然後才能進入短期記憶的關卡（short-term memory, STM）。而訊息是否能由STSS進入STM，注意力就是把關機制。訊息一旦進入STM階段，才會發生訊息解讀、訊息儲存，最後進入長期記憶（long-term memory, LTM），提供未來處理資訊時之提取作用（Craik & Lockhart, 1972; Gunter, 1987）。

有限容量途徑主張，當資訊處理中的某個過程（如解讀）消耗掉過多資源時，其他過程的運作（如儲存）將會受到負面影響（Lang et al.,1995; Lang, Newhagen, & Reeves, 1996）。而當以上三個步驟都有足夠資源可以執行任務時，觀看電視的資訊處理過程將達到最佳成果。但如果資源不足，整個資訊處理成果都會受到影響。

例如：內容困難或是結構複雜的訊息會增加解讀階段所需的資源，相對而言，就可能導致儲存這個步驟資源之不足。換句話說，一個複雜訊息有可能引起高度注意（也就是閱聽人花費相當多的心力提取先前已習得的資訊，並費心解讀），但因沒有分配足夠資源好好儲存此訊息，閱聽人事後不見得能回憶起這個資訊（Grabe et al., 2000; Grabe, Lang, & Zhao, 2003）。

有關腦中有限資源究竟如何分配，有限容量途徑也提出了兩種看法，一是自願性的資源分配，意指閱聽人在分配資源處理電視新聞資訊時，會根據新聞內容特性（如新聞主題的有趣程度、閱聽人的需求、閱聽的動機、或與閱聽人的相關性）以及閱聽的專心程度。二則是自動性的資源分配，意指閱聽訊息的某決定是否閱聽、如何閱聽特性（如電視新聞訴諸感官經驗的製作方式，或是強調中規中矩、不講究花俏包裝的標準製作方式）會根據閱聽過程的指向反應（orienting responses），來決定如何分配資訊處理的資源。指向反應通常是針對周遭環境發生變化而產生的自動性的、反射性的反應。指向反應在生理上的表現，包括會將眼睛、耳朵或鼻子等感覺接收部位轉向環境變化的刺激來源，心跳速度變慢、皮膚溫度升高，以及流向腦部的血液流量增加等（Lang, 1994）。以收看電視新聞爲例，電視新聞製作過程諸如剪接、鏡頭運動、配音等特性，均有可能引起閱聽人收看新聞時的指向反應（Grabe et al., 2003）。也有研究指出，電視新聞題材的聳動性也會引發這種自動的資訊處理時的資源分配（Lang et al., 1995）。

二、電視新聞感官製作形式對閱聽人資訊處理可能影響

注意力是決定訊息是否進入短期回憶（STM）的把關機制，意指意識的指向性和集中性（彭冉齡、張必隱，2000）。在電視新聞的閱聽經驗中，指向性是指閱聽人的意識指向新聞之某一對象或活動，而離開另一對象或活動，因而能選擇對其個人有意義的訊息進行資訊處理。集中性則指閱聽人的注意力對其所指向的對象保持高度緊張性；注意的集中程度不同，消耗的心理資源也不一樣。

根據前述資訊處理理論，電視新聞訊息製作過程所增加之各種訴諸感官經驗方式（包括鏡頭剪接、電腦動畫或者音效添加等），都有可能引發自動性的資訊處理資源分配方式，因而啓動包括視覺、聽覺以及嗅覺等感官的機制，而引發更多指向反應。本文因此假設，以感官主義手法製作的電視新聞會引發閱聽人較多注意力（假設1a）。

電視新聞訊息製作過程增加的各種訴諸感官經驗的製作方式，有可能引發自動性的資訊處理資訊分配方式，因而引發更多指向反應。因爲自動性的指向反應通常發生在短時間，也就是進入短期回憶階段但還未進入長期回憶階段所需的解讀及儲存過程，有研究者稱此自動性指向反應爲新聞辨識（news recognition; Grabe et al., 2003），另有學者稱其爲新聞知曉（news awareness; Gunter, 1987）。本文採前者定義，也假設以感官主義手法製作的電視新聞可能會提高閱聽人對新聞辨識的程度（假設1b）。

然而以感官手法包裝新聞或可短暫引發閱聽人的注意程度或新聞辨識程度，但由於訴諸感官經驗的製作手法相對複雜，資訊結構也相對較爲困難，如果閱聽人賴以處理資訊的資源因而過度負荷，則未必有利於閱聽新聞的記憶程度（Lang et al., 2000）。尤當感官新聞題材再加上感官主義的新聞製作手法，更容易在儲存及提取資訊兩個階段導致閱聽人資訊處理超載（information processing overloaded），而引發最糟的長期記憶效果（Lang et. al., 1999）。

過去許多資訊處理文獻均曾指出，注意力與回憶常呈正比關係。值得注意的是，這些文獻所討論之資訊並非影像資訊，也非影像與口語報導兼有之雙

重文本資訊，而是以聽覺文本的口語報導居多。然而針對影像研究的文獻卻指出，感官主義製作手法經常使用的刺激性新聞畫面，也許會讓閱聽人記得久一點，但對刺激性新聞畫面以外的新聞事實或者細節，回憶程度反而會較差（Brosius, 1993; Newhagen & Reeves, 1992）。

電視新聞製作文獻也指出，將新聞內容聚焦易於引發最佳的回憶效果，但是刺激感官的新聞製作手法將閱聽人的注意焦點，轉移到新聞表面的一些花俏手法，使其留下強烈情緒印象，卻有害於回憶新聞內容的深層意涵或是新聞發生之因（Schwarts, 1975; Gunter, 1987）。本文因此提出另一相關研究假設：以感官主義手法製作的電視新聞，將減低閱聽人對新聞的回憶程度（假設1c）。

三、電視新聞感官製作形式對閱聽人評價新聞的影響

除了電視新聞感官製作形式影響閱聽人資訊處理外，閱聽人如何感受或評價新聞，也是影響閱聽人接收電視新聞的關鍵（Woodall, 1986）。研究顯示，兒童觀眾對電視新聞的感受與評價，甚至比電視新聞製作形式因素更能影響其如何接收電視新聞，對觀眾如何處理資訊也有決定性影響（Drew & Reeves, 1980）。其他研究者也指出，閱聽人對電視新聞感官製作形式的感受和評價，也是閱聽電視新聞經驗的重要指標（Grabe et al., 2000; Grabe et al., 2003）。本文因此同時探究閱聽人如何感受和評價電視新聞所呈現的感官主義。在評價方面，我們將以閱聽人對電視新聞可信度、資訊性、新聞議題嚴重性等指標，來探究閱聽人如何評價感官主義的電視新聞。

另一項研究閱聽人如何評價嚴肅報紙和八卦小報的研究指出，閱聽人有能力區分正統新聞或硬式新聞（standard news or hard news）及小報新聞（tabloid news）之別，判斷前者較具備資訊性而予八卦報紙較低資訊性評價，並對其給予「不正確」、「不客觀」等負面評價。該文結論指出，讀者對報紙的信任度與該報名聲與新聞產製形式有關，走小報報導風格的新聞內容因此被認爲是比較偏頗、比較不正確、缺乏資訊性以及可信度（Austin & Dong, 1994）。

上述研究結果原是針對報紙等平面媒體討論，本文有意測試類似結論是否適用電視新聞媒體。本文認爲，感官主義的電視新聞由於使用訴諸感官的新聞

畫面、製作手法、敘事手法等，或許容易滿足閱聽人觀看新聞的愉悅程度，但是閱聽人可能會對其新聞可信度與資訊性打折扣。一項在日本進行的電視新聞閱聽人研究顯示，日本電視新聞採用綜藝節目的手法（如打上斗大的、動畫的、戲謔的新聞標題），雖然增加了收視興趣，但卻折損了新聞可信度和客觀性（Kawabata, 2005）。

以後製技巧而言，本文認爲，過去電視新聞宣稱所謂的「眼見爲憑」，強調只要攝入新聞鏡頭的影像就是「眞實」或「事實」，自然也是新聞可信度的憑證。然而傳播科技的進展下，家用數位攝影機變得普及，也具備影像鏡頭變化功能，更多閱聽人因而具備掌握基礎影像的能力，能輕易製作出不同視覺效果的影像鏡頭，甚至也有能力對原有影像進行加工。因此「眼見爲憑」這樣的宣稱，現在可能已經無法完全取信於閱聽人。

另外，電視新聞的製作形式還包括了平面媒體所沒有的聲音部分。研究指出，當電視記者使用抑揚頓挫的戲劇性聲調報導新聞時，容易顯示其情感與新聞的扣連，雖可因此提高觀眾對新聞內容的涉入感，但也可能影響觀眾對其新聞客觀性的評價。如果使用正式、嚴肅、非個人化、聲調變化較少曲折變化的語調報導新聞，涉入感雖較低，但觀眾對其新聞客觀性的評價可能較高（Knight, 1989; Burgoon, 1978）。

本文因此提出第二個研究假設，包括：閱聽人認爲以感官主義製作手法包裹的新聞可信度較低（假設2a）、閱聽人認爲以感官主義製作手法包裹的新聞之客觀性較低（假設2b）；閱聽人認爲以感官主義製作手法包裹的新聞之資訊性較低（假設2c）。

四、電視新聞感官製作形式對閱聽感受的影響

感官主義一直被認爲是八卦式報導的主要成分，並能刺激觀眾收視時的情緒興奮感覺（Grabe et al., 2000）。感官主義的新聞處理手法會引發情緒反應，震驚閱聽人的道德或美感的感知能力，使之感覺興奮或激動（Tannenbaum & Lynch, 1960），導引觀賞經驗進入入神（empathy）狀態（Graber, 1994）。

總之，先前文獻大多支持感官主義的新聞容易撩撥閱聽人更多感官和情緒反應，我們假設以感官主義手法處理的電視新聞會較易喚起閱聽人興奮、激動、震驚、入迷等情緒反應。換言之，閱聽人可能認爲以感官主義手法製作的新聞，比起以非感官主義的製作手法包裹的新聞，閱聽的興奮程度比較高（假設3a）。

感官新聞原本就偏重易於引發觀眾生理、心理興奮的新聞題材（如名人緋聞或者醜聞事件等），再加上感官手法製作的特色，更可能強化觀眾對新聞故事的興趣（Newhagen, 1998; Newhagen & Reeves, 1992; Shoemaker, 1996）。另外，此類新聞強調新聞的娛樂功能更勝資訊功能，其目的可說就是在建構娛樂訊息，將此實踐提升至極度感官層次（Carey, 1975），並透過各種製作模式來強調這種風格勝過實質的趨勢（Cremedas & Chew, 1994）。這些刺激感官的新聞主題和強調戲劇性的新聞製作手法都讓觀眾對新聞更感興趣，覺得觀賞樂趣更高、新聞更好看（Graber, 1994）。

本文因此將觀眾對電視新聞感興趣的程度、認爲好看的程度、觀賞的樂趣，定義爲電視新聞的「閱聽愉悅度」，並據以假設：以感官主義製作手法包裹的新聞，閱聽人認爲閱聽愉悅度較高（假設3b）。

此外，爲了激發觀眾的興趣和情感，感官主義的製作形式對新聞事件之特定行動與情況嚴重性（severity），經常產生渲染誇大效果。例如：在一場沒有引起任何傷亡的一般性警方攻堅行動添加大型警匪槍戰音效，或以慢動作特效處理警方攻堅動作，或添加懸疑刺激的配樂等，導致觀眾誇大對新聞事件的嚴重性與影響性的感知與理解。本文因此也假設，以感官主義製作手法包裹的新聞，閱聽人認爲其新聞議題的嚴重性較高（假設3c）。

五、電視新聞敘事模式的影響

電視新聞閱聽人研究過去很少同時考量聽覺敘事模式及視覺製作形式對觀看新聞的影響，本研究將其（聽覺文本敘事模式）同列爲研究的自變數，並認爲加進此因素考量，當有助於釐清感官主義製作形式對閱聽電視新聞的影響。

如前章所述，Ekstrom（2000）曾將現代電視新聞記者的口語報導模式，分為資訊傳遞、講述故事、視聽覺吸引（表演展示）等三類。

本文修改Ekstrom的模式，將電視新聞敘事模式分為「資訊傳遞」以及「故事講述」兩類。至於「表演展示」的敘事模式，本文認為涉及視覺吸引的成分居多，較接近本文所定義的新聞感官主義製作形式，因此將「表演展示」模式列入感官主義製作形式的面向。

有關新聞敘事模式對閱聽人的影響，有研究者認為感官新聞敘事經常具有戲劇化結構，接近故事講述模式。這種充滿戲劇性的新聞敘事，容易引起閱聽人猜測、驚嘆或者細細品味等涉入性觀賞歡娛。相較之下，正統式的資訊傳遞敘事模式，強調以客觀中立的嚴謹方式報導新聞事實，則不容易讓閱聽人的生活起共鳴（Bird, 2000）。

本文因此假設，講述故事的新聞敘事模式較易引發閱聽人觀看新聞時的注意程度（假設4a），也較易提高對新聞事件的辨識程度（假設4b）。不過由於故事傳遞模式的資訊結構較資訊傳遞模式較為複雜，容易耗損閱聽人的資訊處理資源，因此有可能降低閱聽人對新聞的回憶程度（假設4c）。一項研究即指出，電視新聞導言加入個人化的故事性情節，容易降低觀眾對新聞核心資訊的理解。換言之，在一個以倖存者開頭的意外新聞報導中，觀眾可能記得誰是意外事件的倖存者，卻記不起這場意外如何發生以及影響所及為何（Davis & Robinson, 1986）。

不過，正因為故事講述模式刻意製造新聞的懸疑感或戲劇感，影響閱聽人對其新聞報導專業程度的評價，本文因此假設：以故事講述模式報導的新聞，相較於以資訊傳遞模式報導的新聞，其新聞可信度可能較低（假設5a）、客觀性可能較低（假設5b），資訊性也可能較低（假設5c）。

至於新聞敘事對閱聽人新聞評價的影響，本文認為，由於故事講述模式通常根據故事性手法經常使用的報導元素，如個人化、戲劇性、衝突性等（MacDonald, 2000），重新排列組合新聞報導資訊，以強調新聞故事的戲劇性和衝突性。而強調新聞事件戲劇性和衝突性的敘事模式，可能會提高閱聽人閱聽新聞的興奮程度（假設6a）。另外，個人化敘事元素經常連結新聞事件與個人生活的生活經驗，以期增加閱聽人閱聽新聞的共鳴感；而強調戲劇性的報導模式可能增加閱聽新聞的趣味，因而引發較高的閱聽新聞愉悅程度（假設6b）。強調故事衝突性的故事講述模式，因其「說故事」的特性，可能容易誇大新聞事件的嚴重性，而令閱聽人認為新聞事件的嚴重性較高。因此本文也假設，採用故事講述的敘事模式，比起採用資訊傳遞方式報導的新聞，會令閱聽人認為其新聞議題的嚴重性較高（假設6c）。

六、新聞排序的影響

過去電視新聞感官主義的研究，幾乎不曾將感官新聞排序列為研究自變數加以檢驗。事實上，電視新聞的排序反應了編輯臺所認定的新聞重要程度，最重要的新聞往往安排在頭條或是前面幾則，以引起閱聽人注意。

從認知心理學觀點而言，閱聽人收聽廣播或觀看電視新聞或有所謂的「最初效應」或「臨近效應」，前者指閱聽人對放在前面幾則播出的新聞易有記憶，後者指閱聽人對放在最後幾則播出的新聞易有記憶，至於排序居中間的新聞則不易留下印象（Gunter, 1987）。不過究竟是最初效應的效果強抑或臨近效應的影響大，文獻並無定論。

既然廣電新聞的排序對閱聽人的回憶有顯著影響，本文因此認為在探討新聞感官主義對閱聽人的資訊處理影響時，應將新聞排序同列為研究變數，始能釐清感官主義形式的影響性。但又因相關文獻均集中在一般新聞排序的最初效應或臨近效應，從未針對不同新聞類別或是不同新聞性質的排序進行研究。本文首度將感官新聞與非感官新聞的排序列為自變數，尚缺乏足夠證據推論研究假設，因此，改以研究問題方式探究感官新聞排序，如何影響閱聽人接收電視新聞。

因此，本文依據前述文獻，分別提出六組假設：

假設1a：以感官主義手法製作的電視新聞會引發閱聽人較多注意力。

假設1b：以感官主義手法製作的電視新聞，可能會提高閱聽人對新聞辨識的程度。

假設1c：以感官主義手法製作的電視新聞，將減低閱聽人對新聞的回憶程度。

假設2a：閱聽人認爲以感官主義製作手法包裹的新聞可信度較低。

假設2b：閱聽人認爲以感官主義製作手法包裹的新聞之客觀性較低。

假設2c：閱聽人認爲以感官主義製作手法包裹的新聞之資訊性較低。

假設3a：閱聽人可能認爲以感官主義手法製作的新聞，比起以非感官主義的製作手法包裹的新聞，閱聽的興奮程度較高。

假設3b：以感官主義製作手法包裹的新聞，閱聽人認爲閱聽愉悅度較高。

假設3c：以感官主義製作手法包裹的新聞，閱聽人認爲其新聞議題的嚴重性較高。

假設4a：講述故事的新聞敘事模式較易引發閱聽人觀看新聞時的注意程度，也較易提高對新聞事件的辨識程度（假設4b）。但是故事講述模式有可能降低閱聽人對新聞的回憶程度（假設4c）。

假設5a：以故事講述模式報導的新聞，相較於以資訊傳遞模式報導的新聞，其新聞可信度、客觀性（假設5b），以及資訊性（假設5c）都比較低。

假設6a：強調新聞事件戲劇性和衝突性的敘事模式，可能會提高閱聽人閱聽新聞的興奮程度，也可能增加閱聽新聞的趣味，因而引發較高的閱聽新聞愉悅程度（假設6b）。而強調故事衝突性的故事講述模式，因其「說故事」的特性，可能容易誇大新聞事件的嚴重性，而令閱聽人認爲新聞事件的嚴重性較高。因此本文也假設，採用故事講述的敘事模式，比起採用資訊傳遞方式報導的新聞，會令閱聽人認爲其新聞議題的嚴重性較高（假設6c）。

最後，本文將探討感官新聞的排序，是否會對閱聽人閱聽新聞的資訊處理、新聞評價、新聞感受產生影響。

圖6-1以圖表簡述本章如何以資訊處理理論，進行感官主義閱聽人研究的研究架構。

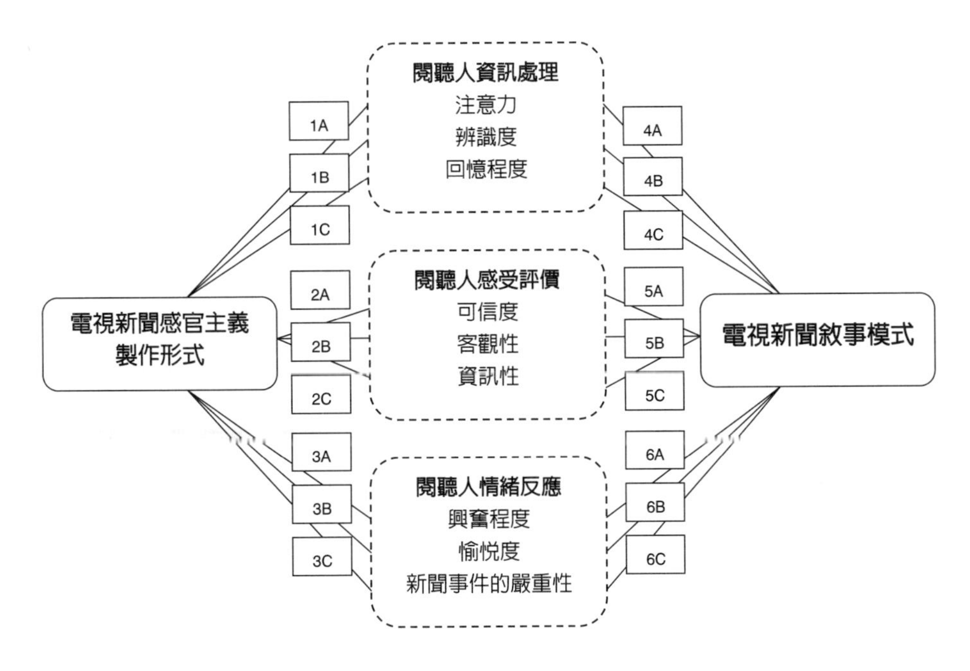

圖6-1　感官主義閱聽人研究的研究架構

第三節　研究方法

本文探討電視新聞感官製作形式、敘事模式、新聞排序如何影響閱聽人資訊處理及評價感受，採實驗方法進行。研究於2004年6至7月進行正式實驗，透過報紙廣告、入口網站廣告、教堂人際網路、社區中心、多家私人企業網路等管道，招募200位18歲以上一般民眾參加實驗。扣除部分受試者中途退出研究或問卷回答不完整等情況，總計樣本數爲192人。

作者選擇六則電視新聞文本爲實驗素材，其中三則爲感官新聞主題，三則爲非感官新聞主題。實驗中所操縱的自變數，爲新聞製作形式、新聞敘事模式、以及新聞排序。實驗設計將新聞製作形式，分爲感官製作形式及非感官製作形式兩個層次；新聞敘事模式，分爲故事講述及資訊傳遞兩個層次；新聞播放順序分爲感官新聞先播以及非感官新聞先播兩種情況。

在實驗素材方面，將六則電視新聞故事各分別製作兩個版本，也就是感官主義手法版本以及非感官主義手法版本。再透過新聞敘事模式的操弄，分爲故事講述和資訊傳遞兩種版本。最後，再根據感官主題新聞先播或者是後播順序區分爲八組，有一半受試者觀看感官新聞先播版本，另外一半則是感官新聞後播版本。

所有參與實驗者均收看這六則新聞故事，並根據實驗組別觀看不同版本。參加者每看完一則故事隨即填寫以七點語意量表製成的問卷，以測量資訊處理、情緒反應或對新聞內容的評量。六則故事播放完畢後，參加者填寫平時的媒體使用行爲、個人資訊，最後完成新聞辨識部分問卷，聽取研究目的的解說。實驗過後兩天，再請所有參加實驗者經由電子郵件的方式，填寫一份測量新聞回憶的問卷。

第四節　電視新聞感官形式與新聞敘事模式如何影響閱聽人的新聞注意力、新聞辨識程度、以及新聞回憶？

研究結果發現，電視新聞的感官製作手法的確影響閱聽人對新聞注意力、新聞的辨識程度、以及新聞回憶的高低程度。以新聞注意力的影響而言，三因子變異數分析結果顯示，感官主義手法製作的電視新聞（M = 5.20, SD = .07）確較以非感官手法製成的電視新聞（M = 4.97, SD = .06）引發較高注意力（$F = 5.92$, $df = 1$, $p < .05$）；研究假設1a成立。在新聞辨識程度上，感官主義手法製作的電視新聞（M = 5.86, SD = .06），確較以非感官手法製成的電視新聞（M = 5.66, SD = .05）引發較高辨識程度（$F = 6.20$, $df = 1$, $p < .05$）；研究假設1b成立。就新聞回憶程度而言，以感官主義手法製作的電視新聞（M = 0.87, SD = .009），確較以非感官手法製作的電視新聞（M = 0.90, SD = .008）引發較低回憶程度（$F = 3.62$, $df = 1$, $p < .05$）；研究假設1c成立。

在新聞敘事的面向上，分析結果顯示，以故事講述模式的電視新聞（M = 5.25, SD = .07），確較以資訊傳遞模式所報導的電視新聞（M = 5.01, SD =

.06）引發較高注意力（$F = 3.57$, $df = 1$, $p < .05$）；研究假設4a成立。但是，故事講述模式的電視新聞（M = 5.79, SD = .05），並未較以資訊傳遞模式所報導的電視新聞（M = 5.72, SD = .05）引發較高辨識程度（$F = 1.06$, $df = 1$, $p > .05$）；研究假設4b不成立。以新聞回憶程度而言，故事講述模式所報導的電視新聞（M = 0.84, SD = .009），確實較以資訊傳遞模式所報導的電視新聞（M = 0.89, SD = .008）引發較低的回憶程度（$F = 10.33$, $df = 1$, $p < .01$）；研究假設4c成立。（相關ANOVA分析表格，請參見附錄表6-1與6-2）

第五節　電視新聞感官形式與新聞敘事如何影響閱聽人的新聞評價？

至於電視感官形式如何影響閱聽人的新聞評價，分析結果顯示，感官主義手法製作的電視新聞（M = 5.54, SD = .05），並未較以非感官手法製作的電視新聞（M = 5.56, SD = .05）降低新聞可信度（$F = 0.60$, $df = 1$, $p > .05$）；研究假設2a不成立。而感官主義手法製作的電視新聞（M = 3.57, SD = .07），也降低新聞的客觀性（$F = 0.30$, $df = 1$, $p > .05$）；研究假設2b不成立。此外，感官主義手法製作的電視新聞（M = 4.41, SD = .07），反而較以非感官手法製作的電視新聞（M = 4.09, SD = .07）提高了新聞的資訊性（$F = 9.41$, $df = 1$, $p < .01$）；研究假設2c不成立。

在新聞敘事模式如何影響閱聽眾新聞評價的面向，故事講述模式的電視新聞（M = 5.54, SD = .05），與資訊傳遞模式所報導的電視新聞相較（M = 5.55, SD = .05），並未降低新聞的可信度（$F = 0.30$, $df = 1$, $p > .05$）；研究假設5a不成立。但就新聞客觀性而言，故事講述模式的電視新聞（M = 3.48, SD = .07）則確實較資訊傳遞模式（M = 3.70, SD = .08）引發較低新聞客觀性（$F = 4.35$, $df = 1$, $p < .05$）；研究假設5b成立。不過，故事講述模式所報導的電視新聞（M = 4.21, SD = .07），並未較資訊傳遞模式（M = 4.29, SD = .07）引發較低新聞資訊性（$F = 0.69$, $df = 1$, $p > .05$）；研究假設5c不成立。（相關ANOVA分析表格，請參見附錄表6-1與6-2）

第六節　電視新聞感官形式與新聞敘事對閱聽眾新聞感受的影響

新聞的感官形式也影響閱聽人對新聞的感受。以閱聽眾的興奮程度而言，感官主義手法製作的電視新聞（M = 4.47, SD = .08），確較以非感官手法製成的電視新聞（M = 4.05, SD = .06）引發較高閱聽興奮度（$F = 7.90$, $df = 1$, $p < .01$）；研究假設3a成立。以閱聽愉悅度而言，感官主義手法製作的電視新聞（M = 5.00, SD = .06），也較非感官手法製作的電視新聞（M = 4.88, SD = .06）引發較高閱聽愉悅度（$F = 3.76$, $df = 1$, $p < .05$）；研究假設3b成立。而以新聞議題嚴重性而言，感官主義手法製作的電視新聞（M = 4.65, SD = .06），確實較非感官手法製作的電視新聞（M = 4.36, SD = .06）引發較高新聞議題嚴重性（$F = 3.72$, $df = 1$, $p < .05$）；研究假設3c成立。

同樣地，在新聞敘事模式對閱聽眾閱聽感受的影響面向上，故事講述模式的電視新聞（M = 4.38, SD = .08），確實較資訊傳遞模式（M = 4.14, SD = .07）引發較高閱聽興奮程度（$F = 3.84$, $df = 1$, $p < .05$）；研究假設6a也成立。以閱聽愉悅程度而言，故事講述模式的電視新聞（M = 5.05, SD = .05），確實較資訊傳遞模式（M = 4.83, SD = .05）引發較高閱聽愉悅程度（$F = 5.90$, $df = 1$, $p < .05$）；研究假設6b也成立。以新聞議題嚴重性而言，故事講述模式所報導的電視新聞（M = 4.52, SD = .06），確實較資訊傳遞模式（M = 4.35, SD = .06）容易讓閱聽人感受較高的新聞議題嚴重性（$F = 3.58$, $df = 1$, $p < .05$）；研究假設6c也成立。（相關ANOVA分析表格，請參見附錄表6-1與6-2）

第七節　感官新聞排序對閱聽眾資訊處理、新聞評價、以及閱聽感受的影響

那麼，感官新聞出現的先後順序是否影響閱聽人對新聞的資訊處理、評價以及感受呢？研究發現先播感官主題新聞（M = 5.55, SD = .07），較後播感官主題新聞（M = 5.16, SD = .07）引發較高注意力（$F = 12.62$, $df = 1$, $p < .01$）。

但在新聞辨識程度方面，先播感官主題新聞（M = 5.81, SD = .43）比起後播感官主題新聞（M = 5.73, SD = .81），並未引發較高辨識程度（F = .98, *df* = 1, n.s.）。在新聞回憶程度方面，先播感官主題新聞（M = 0.89, SD = .009），也未較後播感官主題新聞（M = 0.87, SD = .008）引發較高回憶程度（F = 0.84, *df* = 1, *p* > . 05）。

另外，在感官新聞排序對電視新聞的影響上，先播感官主題新聞（M = 5.51, SD = .60），未較後播感官主題新聞（M = 5.57, SD = .73）引發較低新聞可信度（F = 0.36, *df* = 1, *p* > .05）。在新聞客觀性方面，先播感官主題新聞（M = 3.58, SD = .91），也未較後播感官主題新聞（M = 3.60, SD = .82）降低新聞客觀性（F = .20, *df* = 1, *p* > .05）。在感官新聞排序對電視新聞評價影響方面，僅有新聞資訊性出現統計顯著效果，亦即先播感官主題新聞（M = 4.04, SD = .88），確較後播感官主題新聞（M = 4.42, SD = .78）引發較低新聞資訊性（F = 13.53, *df* = 1, *p* < . 001）。

至於閱聽人的電視新聞感受，先播感官主題新聞（M = 4.47, SD = .08），確較後播感官主題新聞（M = 4.05, SD = .06）引發閱聽人較高閱聽興奮度（F = 7.90, *p* < .01）。在閱聽愉悅度方面，先播感官主題新聞（M = 5.00, SD = .06），也較後播感官主題新聞（M = 4.88, SD = .06）引發較高新聞閱聽愉悅度（F = 3.76, *df* = 1, *p* < . 05）。而在新聞議題的嚴重性方面，先播感官主題新聞（M = 4.65, SD = .06），確較後播感官主題新聞（M = 4.36, SD = .06）令閱聽人感受到較高新聞議題嚴重性（F = 3.72, *df* = 1, *p* < .05）。（相關ANOVA分析表格，請參見附錄表6-1與6-2）

第八節　感官主義製作形式、敘事模式以及感官新聞排序三者如何交互作用？

除了感官主義製作形式、敘事模式以及感官新聞排序如何對閱聽眾產生影響之外，也需要考量此三者交互作用的影響。研究結果顯示，只有新聞辨識程度及新聞資訊性同時受到感官主義製作形式、敘事模式、感官新聞排序的交互作用顯著影響。以新聞辨識度而言（$F = 4.12$, $df = 1$, $p < .05$），感官手法製作的新聞如以故事講述模式進行且在新聞前段播出，新聞辨識程度最高（M = 5.94, SD = .23）。反之，以非感官手法製作的新聞，以資訊傳遞模式進行且又在新聞後段播出，新聞辨識程度最低（M = 5.31, SD = .62）。以新聞資訊性而言（$F = 16.39$, $df = 1$, $p < .001$），以感官手法製作的新聞以故事講述模式進行且在新聞前段播出，新聞資訊性的評價最高（M = 4.97, SD = .15）。反之，以非感官手法製作的新聞，以資訊傳遞模式進行且又在新聞後段播出，新聞資訊性評價最低（M = 3.78, SD = .13）。

在二階交互作用方面，感官製作形式與新聞敘事之間的交互作用對閱聽人影響較大，對閱聽人的新聞注意力、新聞評價層面的可信度、資訊性，以及新聞感受層面的興奮度、愉悅度、議題嚴重性均有顯著影響。但是，感官製作形式與新聞排序的交互作用只對注意力及新聞辨識程度有顯著影響。至於新聞敘事與新聞排序的交互作用，並未發現對任何變數有顯著影響。

以感官製作形式與新聞敘事對注意力的交互作用而言，閱聽人對故事講述模式進行的感官形式製作的新聞注意程度最高（M = 5.30, SD = .16）。而以非感官手法製作並以故事講述模式進行（M = 5.08, SD = .15）的閱聽人新聞注意程度，也高於資訊傳遞模式（M = 4.07, SD = .17）。以新聞可信度而言（$F = 10.35$, $df = 1$, $p < .01$），以資訊講述模式進行非感官主義手法製作的電視新聞（M = 5.69, SD = .16），閱聽人對其評價的新聞可信度高於以故事講述模式報導的新聞（M = 5.65, SD = .15）。以故事講述模式報導感官手法製作的電視新聞，閱聽人的新聞可信度評價最低（M = 5.41, SD = .14）。以新聞資訊性來看（$F = 10.40$, $df = 1$, $p < .01$），無論是以感官主義或是非感官主義手法製作的電視新聞，閱聽人對於以故事講述模式的電視新聞（M = 4.56, SD = .11）（M = 4.27, SD = .10）的新聞資訊評價，都要比資訊傳遞模式來得高（M = 4.28, SD = .09）（M = 3.88, SD = .09）。

以閱聽新聞興奮度而言（$F = 10.82$, $df = 1$, $p < .01$），閱聽人對於以故事講述模式報導感官主義手法製作的電視新聞（M = 4.63, SD = .12），以及非

感官手法製作的電視新聞（M = 4.17, SD = .11），其興奮程度都比資訊傳遞模式來得高（M = 3.94, SD = .11）（M = 4.12, SD = .11）。同樣地，以故事講述模式進行的感官主義新聞（F = 6.28, df = 1, p < . 05）與非感官主義新聞（M = 4.86, SD = .13），閱聽人的閱聽新聞愉悅度都分別高於以資訊傳遞模式進行的感官新聞（M = 5.23, SD = .12）與非感官新聞（M = 4.76, SD = .11）。

就新聞議題嚴重性而言（F = 9.87, df = 1, p < .01），以感官主義手法製作並以故事講述模式進行（M = 4.73, SD = .14）的電視新聞，閱聽人其評價的議題嚴重性最高。以非感官手法製作的電視新聞如以故事講述模式進行（M = 4.30, SD = .11），閱聽人對新聞議題嚴重性的評價仍略高於資訊傳遞模式（M = 4.26, SD = .12）。

此外，研究結果顯示感官製作形式與新聞排序，對新聞注意力也有顯著影響（F = 3.96, d = 1, p < .05）。以先播感官主義手法製作的感官主題新聞，閱聽人注意力最高（M = 4.69, SD = .18）；其次爲感官主題後播且以感官手法製作新聞（M = 4.59, SD = .18）。後播感官新聞主題但以感官手法製作新聞，閱聽人注意力降低（M = 4.44, SD = .18）；以後播非感官手法製作的感官主題新聞注意力最低（M = 4.41, SD = .20）。對新聞辨識度的顯著影響則是（F = 7.59, df = 1, p < .05），先播感官新聞主題且以感官手法製作，閱聽人的新聞辨識度最高（M = 5.87, SD = .07）；後播感官新聞主題且以非感官手法製作新聞，其辨識程度最低（M = 5.44, SD = .08）。

第九節　小結

本文探究電視新聞感官製作形式、新聞敘事、新聞排序等三個因素對新聞資訊處理、新聞評價及新聞感受的影響。研究結果發現，針對資訊處理及新聞感受的假設大抵成立，但對新聞評價的假設卻多不成立。

以感官製作形式對資訊處理的影響而言，新聞配樂、播報的干擾性旁白、引導性字幕、音效、快慢動作、轉場效果等常見刺激閱聽感官經驗的製作手法，確實引發較高新聞注意力且提高新聞辨識程度；但新聞過度包裝的代價，便是閱聽人對新聞正確回憶程度隨之降低。

至於新聞敘事模式對資訊處理的影響，研究證實目前電視新聞媒體偏好採用的故事講述模式較資訊傳遞模式複雜，因此降低了閱聽人對新聞的回憶程度。不過，不同敘事模式對閱聽人新聞注意力與新聞辨識程度並未產生顯著影響，是否意味著閱聽人處理電視新聞資訊的方式愈來愈重視影像元素，導致敘事模式的重要性相對減弱，值得未來進一步檢驗。

新聞排序的影響也出現類似結果。將感官主題新聞提前在新聞前段播出，確實提高閱聽人的新聞注意力，但對新聞辨識程度或回憶程度則沒有幫助。

值得注意的是，本研究雖發現感官製作形式結合新聞敘事相對複雜的文本結構可能降低閱聽人的新聞回憶程度，不過本研究採用的回憶測量方式係針對新聞細節的回憶，且是在新聞播出後48小時才測量。未來研究如改為測量對新聞重點的回憶，或是播出新聞後立刻測量，結果或許不同。

以感官主義製作形式對新聞評價或感受的影響而言，本研究結果可用「出乎意外」形容。概括而論，閱聽人對於以感官形式製作而成的電視新聞感受十分正面，甚至連評價都出乎意料地好，反應了感官製作形式並未影響閱聽人對新聞可信度及客觀性的評價，甚至反而還提高對新聞資訊性的肯定。這些發現與國外研究顯然有所差異。如美國地區研究顯示，觀眾對於以中規中矩的非感官製作手法製成的電視新聞評價高於以感官主義手法製作的新聞（Grabe et al., 2000; Grabe et al., 2003）。由本研究結果來看，臺灣地區的閱聽人對於向好萊塢式電影手法看齊的新聞製作手法，似有相當程度的肯定。

那麼，為何臺灣閱聽人會對此種「重口味」的新聞產生正面評價呢？這可從閱聽人的「情緒」面向來做探討。打破過往心理學的定義，有學者認為情緒其實創造一種閱聽人在新聞中的「參與經驗」（experience of involvement）（Peters, 2011）。例如：當閱聽人觀看重口味的新聞事件時，情緒可能隨之高漲而開始出現認知或行為上的反應。感官新聞的情緒激發讓閱聽人不自覺地「參與」新聞事件。此種「情緒參與」新聞事件的高低程度，事實上與新聞事件提供的「距離」有關，相較於傳統新聞，感官新聞透過激發情緒的參與經驗，縮減與閱聽人的距離。此外，情緒性的參與經驗也可視爲是「個人化」（personalization）的延伸，數位媒體的發展讓個人化成爲一種渴望（a desire to personalize），讓閱聽人在被媒體隔絕的情況下，透過不同方式仍想複製「眞實」的情緒互動（Peters, 2011）。在新聞領域中，「個人化新聞」被視爲可讓閱聽人涉入程度變高的方式，而「情緒」成爲個人涉入程度的重要因素。

由於參與本文實驗的受測者年齡偏低（平均年齡31.9），如果其收視電視新聞的焦點原本就在「軟性新聞」，那麼能夠增加此類新聞收視興趣的各種感官製作手法，或許因此而特別受到青睞。當然，這個結果本身也暗示，較本研究樣本年齡爲長的閱聽族群，則未必會對感官主義的製作形式有如此正面的評價，這也是本研究可能的限制之一。

新聞敘事模式對於新聞評價或感受的影響，也有類似結果。強調戲劇性的故事講述手法似乎未影響閱聽人對可信度及資訊性的評價。閱聽人只在新聞客觀性部分認爲，資訊傳遞模式之新聞客觀性高於故事講述手法，卻也同時認爲以故事講述手法報導的新聞之新聞興奮度、愉悅度、新聞議題嚴重性較高。

至於新聞排序的影響，以資訊處理的面向而言，感官新聞排序對閱聽人的影響，主要在新聞興奮程度及新聞注意力。感官新聞放在前段播出，閱聽人的注意力提高，但對新聞辨識度或新聞回憶度則無顯著影響。至於新聞評價或感受的面向，感官新聞放在前段播出對閱聽人對新聞評價並無顯著影響，但是卻讓閱聽人感覺新聞議題較爲嚴重，並且提高了閱聽新聞的愉悅度。

本文認爲，電視新聞將重要新聞編輯在前段播出的既定模式已經行之有年，容易令閱聽人認爲前段播出的新聞議題嚴重性理應較高。至於感官新聞放在前段播出可能提高閱聽興奮度或愉悅度的原因，則可能與注意力有關，因爲認知心理學的期待理論即指出，一般人對於某些信號的持續性注意會隨著時間延長而減低（彭冉齡、張必隱，2000）。換言之，新鮮或奇異刺激所能引起的興奮反應，都有可能隨著時間延長而遞減，放在後段播出的感官新聞或許因爲閱聽人的持續注意力不足，引發的閱聽興奮程度也降低，因此閱聽愉悅度也隨之降低。

總括而言，感官形式、敘事模式與新聞排序三個因子的交互作用對新聞感受的影響最大，對新聞評價和資訊處理也有部分影響，顯示未來電視新聞的閱聽人研究，愈來愈無法將視覺與聽覺兩個層面的製作因素切割開來個別探究，而須通盤考量。

在研究限制方面，本研究預設閱聽人有能力根據自我的意志與能力，在傳播過程中接收、處理以及理解訊息，這也就等於預設閱聽人具有辨別感官新聞與非感官新聞的能力。然而本文並未考量閱聽人的媒介素養差異，這個預設觀點有可能成爲本文的研究限制之一。

在變項測量上，由於同時探究雙重文本的電視新聞研究極爲有限，尤其資訊處理理論也欠缺電視新聞雙重文本對資訊處理影響的面向，本研究因之在三個因子的變項測量上僅能沿用有限文獻，未能力求同一變數的多項題項設計，而可能影響信度和效度。這是本研究的限制之一，也是未來研究可以多加著力之處。

在研究方法的限制方面，過去以實驗法進行的閱聽人研究往往招募大學生爲受試者，其外在效度容易遭受質疑。本研究原有意招募一般民眾參與實驗以克服這個限制，但最後樣本仍以年輕族群爲主，即18到20歲的大學生族群仍然占最大多數（36%）。雖然實驗法一般並非以隨機樣本，而是以實驗過程中的隨機分配作爲提高研究效度的考量，但是本研究的研究結果如要擴大解釋到一般的電視新聞閱聽人，受限於此次便利樣本的侷限，仍需謹慎。

最後，這樣的研究結果對感官新聞當道能夠提供什麼建議？本文證實目前電視新聞媒體慣於以感官製作或敘事形式刺激閱聽人，不但成功吸引了觀眾的注意力，也符合媒體的收視率考量。然而新聞精緻包裝卻無法換算成閱聽人對新聞的正確回憶；如果閱聽人對新聞內容無法產生正確回憶，對公民參與民主社會運作所需要的政治、經濟事務等議題因而缺乏正確理解，媒體又如何奢言能夠善盡社會責任？

第十節　對新聞實務工作的啓示

媒體如果將閱聽人對電視新聞感官製作或敘事形式的偏好，刻意解釋爲「觀眾就是偏好重口味的新聞」，然後依此邏輯，大量以感官主義製作手法，去包裝更多的感官新聞主題，自然會造成攸關公眾利益的新聞報導被嚴重排擠的結果。換個角度看，新聞工作者若善用閱聽人對感官製作或敘事形式的偏好，以此形式從事較不易被閱聽人注意的、攸關公眾利益的報導，無論是對新聞媒體或是閱聽人，都可創造雙贏局面。

觀察2008至2012年卓越新聞獎的新聞作品可發現，許多商業電視臺已嘗試將感官主義的製作運用至公眾事務上的報導。例如：由三立電視臺製作，獲得2009年第八屆卓越新聞國際新聞報導獎的節目「消失的國界：臺商拚第一。巴西篇、捷克斯洛伐克篇」，透過介紹巴西與捷克新金磚文化與經濟發展過程與政策，訪問當地臺商，並報導臺商如何運用巴西當地產業的不足，舉辦大型商展並搶進紙製業與農產品，而臺灣科技產業如何設廠捷克，作爲進入歐盟市場的跳板。

此案例雖然報導硬性主題，但是從主播用字遣詞充滿故事講述的戲劇性，讓硬性主題變得生動，並以第一人稱說故事者的方式，引領觀眾瞭解各國經濟體系的發展與特色。這種軟性的敘事方式，讓國際新聞報導變得輕鬆活潑而具可看性高的新聞節目。畫面的部分大量使用動畫圖表，主播則以肢體動作跟這些動畫圖表進行互動，增加觀眾的參與感。而新聞片段也使用大量後製的轉場效果，型態多爲翻轉與溶接，增加畫面的豐富性與流暢感。主播播報同時，也配有背景音樂，調性多爲快節奏、激昂、動感的類型。也會運用現場音，若遇到轉折點，則搭配後製音效。畫面效果經常使用分割畫面，鏡頭多運用拉近、上下移動，搭配視覺敘事。

如同「消失的國界」得獎評語提及，此報導將生硬的財經議題以親切口語，化解民眾的理解障礙，且記者深入各國，瞭解其風土民情與經貿特色，透過後製的包裝增加其可看性與提高理解度。

另外，2012年第十一屆卓越新聞獎的即時新聞獎爲由中天電視臺製作的

「Stop！夜市」。此報導師大夜市的住商爭議，以連續五天的即時新聞呈現此爭議的各面向。在結構上從歷史發展、法令依據、以及政策變遷著手，並用深度訪談呈現各觀點，再以臺南案例作對照。此案例一開始從觀光角度切入，拍攝外國人對師大夜市的認知，並介紹師大夜市的歷史；接著描述師大夜市如何透過作家以及政府的推廣，逐漸蓬勃發展。而當住商衝突爆發時，政府是如何推卸責任，對比今昔的態度。最後則描述，師大夜市受罰的商家受訪者心情。隨著不同的敘事階段，音樂與音效做適時的轉換，從新聞一開始，遊客觀光愉悅的心情，到中段開始質疑政府的說法，到後面受罰商家的悲憤心情，音樂與音效都隨著轉換，同時，也配合視覺敘事特別加強音效部分。在鏡頭部分，主要使用特寫、俯視、拉近、拉遠等鏡頭；在後製部分，則交叉使用分割畫面、定格、色彩轉換等，轉場特效則以溶接、淡入、淡出為主。因此，此報導雖然為即時新聞，但在製作形式上卻有專題新聞的層次與細膩，也是運用感官新聞形式報導公眾事務，成功引發公眾關注的案例。

同為第十一屆卓越新聞獎得主，由壹電視所製作的「國際下午茶」獲得每日新聞節目獎。不同於「Stop！夜市」，「國際下午茶」雖以每日新聞為主題，但是其節目透過後製，以虛擬景棚播報國際頭條，並設計看新聞學英語、每日驚喜一瞬間等單元，將國際新聞用不同面貌呈現。「國際下午」茶在片頭的部分，採用特效片頭，以綠色場景、飛機等意象，搭配輕鬆的音樂節奏，給閱聽人較為放鬆的感覺。壹電視使用的虛擬攝影棚也較過去傳統背板活潑。在新聞的視覺畫面上，搖晃與特寫鏡頭為多，有許多刻意放慢、加快的鏡頭，同時使用動畫將線性事件做確切說明，分割畫面也被運用來作為事件主角的前後對比。轉場多以溶接為主，為了增加事件本身的戲劇感，許多畫面直接連接下一個。無論是旁白或是主播稿，有時會運用較為誇張的描述字眼，例如：神情相當憔悴、被折磨得焦頭爛額等。音效的部分大多會配合畫面，以現場音為主。在同質性高的每日新聞形式中，「國際下午茶」在以國際新聞為主、國內即時新聞為輔下，呈現英、美及阿拉伯世界國家觀點，並運用適當的動畫鏡頭作畫面補充語描述，將資訊正確傳遞，成為其得獎原因。

上述三個得獎作品採用故事講述的資訊傳遞模式，以各種感官製作形式包裝政治社經等硬性的公眾議題。感官形式的包裝最主要的作用在於，吸引閱聽眾關注非感官的新聞主題。在引發觀眾較高的注意力、辨識度以及較強的情緒感受時，對於硬性新聞主題也能提高其回憶程度。上述三則報導是成功將感官製作形式，運用在硬性新聞主題的案例。

電視新聞中的感官主義就如同兩面刃，如果新聞工作者願意多花心思把非感官新聞處理成吸引閱聽人的「鮮嫩多汁的肉」，那麼攸關公益的非感官新聞主題，至少有可能引發年輕觀眾較高的注意力以及辨識程度、較強的情緒感受，同時也避免過度包裝以減低其回憶程度，這或許是突破目前感官新聞充斥電視媒體的一個另類思考途徑。

參考文獻

一、中文部分

王泰俐（2004a）。〈電視新聞節目「感官主義」之初探研究〉，《新聞學研究》，**81**: 1-41。

王泰俐（2004b）。《電視新聞「感官主義」之初探研究》。（國科會專題研究計畫成果報告，NSC92-2412-H-004-024）。臺北：政治大學新聞系。

彭冉齡、張必隱（2000）。《認知心理學》。臺北：東華書局。

二、英文部分

Austin, W. E., & Dong, Q. (1994). Source vs. content effects on judgments of news believability. *Journalism & Mass Communication Quarterly*, *71*(4), 973-983.

Bird, S. E. (2000). Audience demands in a murderous market: Tabloidization in U.S. television news. In C. Sparks & J. Tulloch (Eds.), *Tabloid tales: global debates over media standards* (pp.213-228). Oxford, ML: Rowman & Littlefield Publishers, Inc.

Burgoon, J. K. (1978). Attributes of the newscaster's voice as predictors of his credibility. *Journalism Quarterly*, *55*(2), 276-281.

Brosius, H. B. (1993). The effects of emotional pictures in television news, *Communication Research*, *20*, 105-124.

Carey, J. W. (1975). A cultural approach to communication. *Communication, 2*(1), 1-22.

Craik, F. I. M., & Lockart, R. S. (1972). Levels of processing: A framework for memory research. *Journal of Verbal Learning and Verbal Behaviour*, *11*, 671-684.

Cremedas, M. E., & Chew, F. (1994). *The influence of tabloid style TV news on viewers recall, interest and perception of importance.* Paper presented at the annual meeting of the Association for Education in Journalism and Mass Communication, Atlanta, GA.

Davis, D. K., & Robinson, J. P. (1986). News attributes and comprehension. In Robinson, J. P. & Levy, M. R. (Eds.), *The main source: Learning from television news* (pp.179-210). Thousands Oaks, CA: SAGE Publications, Inc.

Drew, D., & Reeves, B. (1980). Learning from a television news story. *Communication Research*, *7*, 121-135.

Ekstrom, M. (2000). Information, storytelling and attractions: TV journalism in three modes of communication. *Media, Culture & Society*, *22*, 465-492.

Gunter, B. (1987). *Poor reception: misunderstanding and forgetting broadcast news*. Hillsdale, NJ: Lawrence Erlbaum Associates.

Grabe, M. E. (2001). Explication sensationalism in television news: Content and the bells and whistles of form. *Journal of Broadcasting and Electronic Media*, *45*(4), 635-655.

Grabe, M. E., Lang, A., & Zhao, X. (2003). News content and form: Implication for memory and audience evaluations. *Communication Research*, *30*(4), 387-413.

Grabe, M. E., Zhou, S., Lang, A., & Bolls, P. D. (2000). Packaging television news: The effects of tabloid information processing and evaluative responses. *Journal of Broadcasting & Electronic Media*, *44* (4), 581-598.

Graber, D. A. (1994). The infotainment quotient in routine television news: A director's perspective. *Discourse in Society*, *5*(4), 483-808.

Kawabata, M. (2005). *Audience reception and visual presentations of TV news programs in Japan.* Paper presented at the 2005 conference of International Association for Media and Communication Research, Taipei.

Knight, G. (1989). Reality effects: Tabloid television news. *Queen's Quarterly*, *96*(1), 94-108.

Lang, A. (1994). *Measuring psychological responses to media*. Hillsdale, NJ: Lawrence Erlbaum.

Lang, A., Dhillon, K., & Dong, Q. (1995). The effects of emotional arousal and valence on television viewers' cognitive capacity and memory. *Journal of Broad-*

casting and Electronic Media, *39*(3), 313-327.

Lang, A., Bolls, P., Potter, R., & Kawahara, K. (1999). The effects of production pacing and arousing content on the information processing of television messages. *Journal of Broadcasting and Electronic Media*, *20*(5), 451-475.

Lang, A., Newhagen, J., & Reeves, B. (1996). Negative video as structure: Emotion, attention, capacity, and memory. *Journal of Broadcasting and Electronic Media*, *40*(4), 460-477.

Lang, A., Zhou, S., Schwartz, N., Bolls, P., & Potter, R. (2000). The effects of edits on arousal, attention and memory for television messages: When an edit is an edit? Can an edit be too much? *Journal of Broadcasting and Electronic Media*, *44*(1), 94-109.

MacDonald, M. (2000). Rethinking personalization in current affairs journalism. In C. Sparks & J. Tulloch (Eds.), *Tabloid tales: Global debates over media standards* (pp.251-266). Oxford, ML: Rowman & Littlefield Publishers, Inc.

McLuhan, M. (1964). *Understanding media: The extensions of man*. NY: McGraw-Hill Book.

Mundorf, N., Drew, D., Zillmann, D., & Weaver, J. (1990). Effects of disturbing news on recall of subsequently presented news. *Communication Research*, *17*(5), 601-615.

Newhagen, J. E. (1998). TV news images that induce anger, fear, and disgust: Effects on approach-avoidance and memory. *Journal of Broadcasting & Electronic Media*, *2*(2), 265-276.

Newhagen, J. E., & Nass, C. (1989). Differential criteria for evaluating credibility of newspapers and TV news. *Journalism Quarterly*, *66*(2), 277-284.

Newhagen, J. E., & Reeves, B. (1992). The evening's bad news: Effects of compelling negative television news images on memory. *Journal of Communication*, *42*(2), 25-42.

Peters, C. (2011). Emotion aside or emotional side? Crafting an 'experience of involvement' in the news. *Journalism* 12(3): 297-316.

Schwartz, S. (1975). Individual differences in cognition: Some relationships between personality and memory. *Journal of Research in Personality*, *9,* 217-225.

Shoemaker, P. J. (1996). Hardwired for news: Using biological and cultural evolution to explain the surveillance function. *Journal of Communication*, *46* (3), 32-47.

Tannenbaum, P. H., & Lynch, M. D. (1960). Sensationalism: The concept and its measurement. *Journalism Quarterly*, *37*(2), 381-392.

Woodall, W. G. (1986). Information-processing theory and television news. In J. P. Robinson, & M. R. Levy (Eds.), *The main source: Learning from television news* (pp.133-158). Thousands Oaks, CA: SAGE Publications, Inc.

附錄

表6-1 電視新聞感官主義製作形式、新聞敘事、以及新聞排序的影響

電視新聞感官主義製作形式的影響（假設一到三）				
變數	感官形式	非感官形式	*df*	檢定結果
1.資訊處理				
注意力	M=5.20 SD =.07	M=4.97 SD =.06	1	5.92*
新聞辨識程度	M=5.86 SD=.06	M=5.66 SD=.05	1	6.20*
新聞回憶程度	M=0.87 SD=.009	M=0.90 SD=.008	1	3.62*
2.新聞評價				
可信度	M=5.54 SD=.05	M=5.56 SD=.05	1	0.60
客觀性	M=3.57 SD=.07	M=3.62 SD=.07	1	0.30
資訊性	M=4.41 SD=.07	M=4.09 SD=.07	1	9.41**
3.新聞閱聽感受				
興奮度	M=4.47 SD=.08	M=4.05 SD=.06	1	7.90**
愉悅度	M=5.00 SD=.06	M=4.88 SD=.06	1	3.76*
議題嚴重性	M=4.65 SD=.06	M=4.36 SD=.06	1	3.72*
電視新聞敘事的影響（假設四到六）				
變數	感官形式	非感官形式	自由度	檢定結果
1.資訊處理				
注意力	M=5.25 SD=.07	M=5.01 SD=.06	1	3.57*
新聞辨識程度	M=5.79 SD=.05	M=5.72 SD=.05	1	1.06
新聞回憶程度	M=0.84 SD=.009	M=0.89 SD=.008	1	10.33**

（續）

電視新聞感官主義製作形式的影響（假設一到三）				
變數	感官形式	非感官形式	*df*	檢定結果
2.新聞評價				
可信度	M=5.54 SD=.05	M=5.55 SD=.05	1	0.30
客觀性	M=3.48 SD=.07	M=3.70 SD=.08	1	4.35*
資訊性	M = 4.21 SD =.07	M=4.29 SD=.07	1	0.69
3.新聞閱聽感受				
興奮度	M=1.38 SD=.08	M=1.14 SD=.07	1	3.84*
愉悅度	M=5.05 SD=.05	M=4.83 SD=.05	1	5.90*

* $p < .05$, ** $p < .01$, *** $p < .001$

表6-2　電視新聞排序對閱聽眾資訊處理、新聞評價以及閱聽感受的影響

感官新聞排序的影響（研究問題一）				
變數	感官形式先播	非感官形式先播	*df*	檢定結果
1.資訊處理				
注意力	M=5.55 SD =.07	M=5.16 SD =.07	1	12.62**
新聞辨識程度	M = 5.81 SD =.43	M=5.73 SD =.81	1	0.98
新聞回憶程度	M = 0.89 SD =.009	M = 0.87 SD =.008	1	0.84
2.新聞評價				
可信度	M=5.51 SD =.60	M=5.57 SD =.73	1	0.36
客觀性	M=3.58 SD =.91	M=3.60 SD =.82	1	0.20
資訊性	M=4.04 SD =.88	M = 4.42 SD =.78	1	13.53***

（續）

感官新聞排序的影響（研究問題一）				
變數	感官形式先播	非感官形式先播	*df*	檢定結果
3.新聞閱聽感受				
興奮度	M=4.44 SD =.60	M=3.97 SD =.73	1	7.82**
愉悅度	M=5.05 SD =.52	M=4.84 SD =.89	1	5.42*
議題嚴重性	M=3.47 SD =.80	M=2.91 SD =.63	1	11.65**

* $p < .05$,　** $p < .01$,　*** $p < .001$

電視新聞「感官主義」的閱聽人研究：閱聽人對新聞感官化的認知與感受

本章繼續從行爲主義的觀點出發，修訂國外平面媒體感官主義量表（Sensationalism Index, Sendex），並根據在臺灣進行的質性電視新聞閱聽眾訪談資料，修正原量表題項，使之成爲一適合測量電視新聞感官主義的指標量表（Sendex for TV News），然後針對臺灣電視新聞閱聽眾如何感受「新聞感官化」，進行全國閱聽眾調查研究。

研究結果發現，臺灣閱聽眾認爲，感官新聞的主題以「八卦新聞」的感官化程度最強烈，且電視新聞形式的「聽覺形式」比「視覺形式」更能影響閱聽眾的新聞感官化感受。

第一節　研究源起

臺灣電視新聞觀眾收看電視新聞的日常經驗，經常出現以下的場景：報導颱風新聞時，電視記者不是置身湍急流動的混濁大水，只露出脖子的驚險狀態來報導新聞，就是站在搖搖欲墜的電線杆邊，或即將坍塌的岩石之側，以顫抖的聲音報導風災，再不然就是強調記者如何機警地閃過猛烈土石流所挾帶的碎石塊，冒「生命危險」進行現場報導。如果是搶案新聞，背景音樂經常配上好萊塢電影銀行搶案的配樂，同時目睹犯罪過程的細節以栩栩如生的電腦動畫一一呈現。

爲何這種戲劇性、驚悚的新聞報導近年來如此頻繁？因爲此類的新聞主題容易吸引閱聽眾注意，並能夠激發他們的情緒，使得新聞表象的呈現手法較實質內容更顯得重要。這種產製過程稱之爲「市場導向新聞學」（market-driven journalism）（McManus, 1994），最主要的影響在於新聞朝向感官主義（sensationalism）或新聞感官化（news sensationalization）的方向發展。

根據研究，臺灣電視晚間新聞有超過五成的比例報導感官新聞的主題（Wang, 2006）。而在新聞形式方面，更有高達66%的新聞報導呈現記者誇張且戲劇口吻的報導聲調，有80%的新聞報導包含情緒性的標題，其中更有超過三分之一以彩色和動畫的形式呈現。

媒體評論家指出競逐商業利益，是電視新聞之所以出現上述新聞感官化現象的最主要原因（Chang, 2005）。根據廣電基金會的統計（林育卉、莊伯仲，2004a, 2004b, 2005），臺灣電視新聞報導自從2002年起就開始出現過度感官化報導。一些評論家甚至形容其新聞收看經驗出現強烈的「疏離感」，因爲新聞內容充滿「光怪陸離的感官主義」（bizarre sensationalism），例如：名人私生活鉅細靡遺的細節報導與一般民眾的生活實無相關（Chang, 2005）。

而事實上，新聞感官化的趨勢也同時出現在許多其他的國家。舉例來說，以美國而言，美國自從Carl Bernstein 用「白痴文化」（idiot culture）（Grabe, 2001）來批評這類新聞後，感官新聞學（sensational journalism）也立即在輿論界引發猛烈戰火。Hallin（2000）認爲電視新聞最大的壓力，來自於商業市場機制，而平面媒體也同樣無法逃過商業機制對新聞的操控與干預。

電視新聞因爲商業競爭而出現的新聞感官化現象，也引發閱聽眾的廣泛關注。在美國，電視新聞閱聽眾從90年代末期就表達對新聞媒體的極度不滿，認爲新聞報導充滿「偏見」（bias）以及「感官化」（sensational）（Pew Research Center, 1998）。到了2007年，更有將近九成的閱聽眾表示電視新聞中的名人醜聞新聞實在太多，其中有線電視新聞網被認爲是這一波名人醜聞報導風潮的罪魁禍首（Pew Research Center, 2007）。而在臺灣，廣電基金會自1999年針對廣播與電視進行閱聽人收聽收視行爲大調查。2005年廣電基金會進行的「觀眾對新聞臺滿意度調查」顯示，高達73%的閱聽眾認爲電視新聞臺對社會造成負面影響。而閱聽眾最不想看到的新聞，分別是政治人物做秀（54.8%）、暴力凶殺新聞（52.9%）以及緋聞八卦（33%）。而最不受歡迎排行榜的前三名，第二名暴力凶殺與第三名緋聞八卦都是感官化新聞（大紀元，2005年7月7日）。這些數字透露出觀眾事實上對電視新聞相當不滿，而且不滿的主因之一，可能就在於新聞感官化的程度。不過截至目前爲止，閱聽眾縱使不滿，但對於這個新聞現象該要如何解決的看法，以及其看法與新聞感官化感受之間的關聯性，都缺乏相關研究進行探討。

過去有關新聞感官化的研究，較偏重新聞內容或文本的分析（Grabe, 2001），或者以實驗法來研究感官新聞的產製特性如何影響閱聽眾接收電視新聞的資訊處理效果（Grabe et al., 2000; Grabe et al., 2003）。然而，或許由於缺乏對於「感官主義」概念完整的測量方式，因此尚未出現針對閱聽眾進行大規模調查的研究。

本文是臺灣第一個針對閱聽眾有關電視新聞感官化的認知與感受，進行大規模電話調查的研究。我們根據過去的文獻，修正且發展出適合測量電視新聞感官主義的量表，並以隨機抽樣方式選取全國性樣本，希望能深入探究閱聽眾認知的電視感官新聞樣貌、電視新聞形式如何影響閱聽眾新聞感官化的感受、以及閱聽眾對此新聞現象解決之道的看法。

第二節　感官主義的定義：閱聽人的觀點

如前述，如以電視新聞內容與文本爲主要考量，「感官主義」可定義爲「電子媒體以辛辣的新聞主題以及令人目眩的傳播形式，以刺激閱聽人感官經驗的新聞包裹手法」。

然而，Vettehen（2005）等學者則考慮「感官主義」定義與閱聽眾相關性，並探究是否有較爲全球化的普世意涵，將感官新聞定義爲「訴諸人們基本需求以及直覺的新聞」，而感官化的新聞包裝形式則定義爲「以形式上的新奇或改變，自動引發閱聽眾反應的新聞」。他們認爲，以上這兩種定義，應該是放諸四海皆準。

與Grabe（2001）等學者不同的是，Vettehen等人另外提出兩個對電視新聞感官化定義的新面向，包括「生動化」（vividness）以及「接近性」（promixity）。「生動化」是指「電視新聞足以刺激閱聽人想像、吸引並保持其注意力，以至於有助於後續回憶的手法」，而「接近性」是指新聞事件的「地理接近性」以及「感受接近性」，例如：國內新聞較國際新聞的地理接近性高，而影像資訊較口語資訊的感受接近性高。Vettehen等人認爲，後面這兩個面向的定義，比較具有地區性以及文化侷限性。

本文則認爲，「生動化」可以視之爲新聞形式之一，而「接近性」則與新聞主題有關，如以理論定義應化繁爲簡，並具備普遍性的原則而言，此二者的定義應可略去。

綜合上述文獻，本研究認爲，如以閱聽人感受爲主要考量，感官主義的定義應修正爲「足以吸引閱聽人注意以及激起情緒反應的新聞主題與新聞形式」。

根據第二章第五節閱聽人對新聞感官化的感受以及量表設計的架構，本研究修正原Sendex量表，發展出適合測量電視新聞閱聽眾對新聞感官化感受的十項指標：包括正確性（accuracy）、負責任（responsibility）、重要性（importance）、公信力（credibility）、專業性（professionalism）、刺激性（excitement）、煽動性（agitation）、收視興趣激發程度（arousing viewer interest）、隱私的侵犯（invading of privacy）、八卦閒聊特性等（gossip）。

綜合以上，本研究提出以下的研究問題：

研究問題一：臺灣閱聽眾如何認知電視新聞感官化的主題？

研究問題一之一：閱聽眾的性別是否影響其對感官新聞主題的認知？

研究問題一之二：閱聽眾的教育程度是否影響其對感官新聞主題的認知？

研究問題二：電視新聞形式如何影響閱聽眾對新聞感官化的感受？

第三節　研究方法

研究樣本

本研究採取電話調查法，進行全國閱聽眾的隨機抽樣調查。電話調查由臺北市某市調研究中心在2006年3-4月間執行，事先進行三次前測以修訂題目。在刪除商業號碼、空號和無人接聽狀況後，從1,868通撥號中獲得1,235份有效問卷。本研究依戶中抽樣原則，針對臺灣地區18歲以上（含18歲），且一個星期至少收看2小時電視新聞的觀眾進行研究，最後共計有894位受訪者成爲本研究最後的研究樣本。受訪者平均電訪時間爲12分鐘。

至於採行電訪的原因，主要的考量是樣本的代表性，以及需支付的人力與時間成本。過去國外調查閱聽眾對新聞感官主義的感受或情緒反應，多以實驗法進行，樣本代表性不足。國內過去針對新聞感官主義的閱聽人研究，則以實驗法及焦點團體訪問進行，同樣面臨樣本代表性不足的問題。然而若是採行全省閱聽眾隨機抽樣的大規模面訪，所需之人力及時間成本相當高昂。而郵寄問卷或網路調查方式，也同樣面臨樣本代表性不足的問題。因此本研究計畫以電話訪問進行研究。

第四節　臺灣電視新聞閱聽眾的感官主義圖像

一、電視新聞感官主義的閱聽感受

本研究發展出的感官新聞量表，總共測量電視新聞感官化的十項指標，包括正確性（accuracy）、負責任（responsibility）、重要性（importance）、可信度（credibility）、專業性（professionalism）、是否刺激收視閱聽眾興趣（arousing viewer interest）、是否侵犯隱私（invading of privacy）、是否具刺激性（arousing viewer excitement）、是否具煽動性（arousing viewer agitataion）、是否八卦名人軼事（gossip about celebrities and bizarre events）。受訪者要回答對於電視新聞報導是否具備上述感官化特性的陳述句的同意程度。選項的範圍從1（完全沒有該特性）到5（包括所有該特性）。舉例來說，受訪者會回答以下問題：當您在收看電視新聞時，您認為有多少則報導是正確的？(5)幾乎全部報導；(4)大部分報導；(3)約一半的報導；(2)少部分報導；(1)幾乎沒有任何報導。本研究認定在正確性、負責任、重要性、可信度、以及專業性等項目上獲得愈低分數，表示閱聽眾認為該新聞報導的感官化程度愈高。另一方面，若在刺激收視興趣、侵犯隱私和八卦名人軼事等項目獲得分數愈高，則表示閱聽眾認為該新聞報導的感官化程度愈高。為了達到測量上的一致性，後面五個變項（刺激收視興趣、刺激性、煽動性、侵犯隱私、八卦特性）需要反向編碼來進行之後的統計分析。

信度檢測的結果發現，如將十個項目都納入量表，Cronbach Alpha值結果偏低（α = .43）。如以主成分分析進行探索性因素分析，配合最大變異法轉軸，選取Kaiser大於1的因素，剔除因素負荷量低於0.5的題項。若剔除刺激性和煽動性兩個變項，則Alpha值提高到可以接受的水準（α = .75）。

而剩下的八個變項再進行主成分因素分析，結果發現這八個題項呈現合為一個因素，每個題項的因素負荷量均在.55以上，此因素的愛根值（eigen-value）為2.93，共可解釋44.47%的變異量。基於以上的結果，研究者把受訪者在此各題項的得分加起來除以八，構成「閱聽眾對電視新聞感官化感受」的指標。受訪者在這個指標上得分愈高，表示其對電視新聞感官化的感受愈強烈。

二、電視新聞形式

針對影響閱聽眾對新聞感官化的閱聽感受，本研究探討的電視新聞形式有以下七項：背景音樂（background music）、新聞字幕（news subtitles）、影像的生動性（graphic pictures）、特殊剪輯技巧（special editing effects）、剪接速度（editing pace）、影像的重複（repetition of pictures）和報導聲調（re-porting tone）。受訪者同樣也要針對這些出現在電視新聞中的產製形式的相關陳述，以五分量表做出回答。

例如：以新聞背景音樂為例，本研究詢問受訪者，「在你平常觀看電視新聞的經驗當中，通常是否會出現新聞背景音樂？如果有一個從5到1的量表，5表示出現太多新聞背景音樂，1表示很少出現，請問你會如何描述你的經驗？」如以新聞報導語調為例，本研究詢問受訪者，「在你平常觀看電視新聞的經驗當中，通常是否會出現戲劇性的記者報導聲調？如果有一個從5到1的量表，5表示出現太多戲劇性報導聲調，1表示很少出現，請問你會如何描述你的經驗？」如以剪接速度為例，本研究詢問受訪者，「在你平常觀看電視新聞的經驗當中，通常其畫面剪接速度會讓你覺得太快或太慢？如果有一個從5到1的量表，5表示太快了，1表示太慢，請問你會如何描述你的經驗？」如以影像重複性為例，本研究詢問受訪者，「在你平常觀看電視新聞的經驗當中，通常是否會出現畫面重複的狀況？如果有一個從5到1的量表，5表示出現太多重複的畫面，1表示很少出現，請問你會如何描述你的經驗？」

第五節　電視新聞閱聽衆如何認知「感官新聞」？

首先描述本研究閱聽眾的樣本特徵。本次研究的樣本中男性占52%（464位），女性則占48%（430位）。受訪者的平均年齡為44歲。教育程度方面，大學或研究所程度約占40%（41.4%）；高中程度超過30%（33.9%）；國中程度占10%（10.3%）；小學程度稍微超過一成（11.1%）；完全沒受過教育者則有3%（3.1%）。有三成受訪者的家庭平均所得比100萬低很多（30.5%），約兩成比100萬低一點（21.5%），約一成八大約100萬（17.6%），也有一成八比100萬超過一些（18.5%），超過很多的只有4%（4.3%），有7.7%的受訪者不願意回答收入問題。

在媒體使用方面，四成左右的受訪者每週收看新聞2到4小時（40.3%），超過兩成收看5到7小時（23.5%），一成五的受訪者收看新聞的時間為8到10小時（15.2%），每週收看新聞超過10小時的受訪者也超過兩成（21.0%）。

有關本文的研究問題，首先，臺灣電視新聞閱聽眾如何認知電視感官新聞的主題？研究結果發現，有超過四分之一的受訪者認為談論名人是非的八卦新聞是最感官化的電視新聞（28.3%），其次依序為犯罪新聞（24.6%）、災難和天災新聞（18.3%）、醜聞（15.4%）、神怪新聞（9.0%）和娛樂新聞（4.4%）（參見表7-1）。

表7-1 電視新聞閱聽衆如何認知感官新聞主題

感官新聞類別	總樣本認知比例	性別差異（男性vs.女性）	教育程度差異（大學以下vs.以上）
八卦新聞	28.3%	13.6% vs.14.7%	17.9% vs.10.4%
犯罪新聞	24.6%	13.5% vs.11.2%	11.2% vs.13.4%
災難或天災新聞	18.3%	9.5% vs.8.8%	9.3% vs. 9.0%
醜聞	15.4%	6.8% vs. 8.6%	8.7% vs. 6.7%
神怪新聞	9.0%	5.5% vs. 3.5%	5.3% vs. 3.7%
娛樂新聞	4.4%	2.4% vs. 2.0%	3.2% vs. 1.2%
總計／卡方值	100%	$\chi^2 = 7.48, p > .05$	$\chi^2 = 22.07, p < .05$

以閱聽眾的性別對電視感官新聞主題認知的差別而言，卡方分析結果顯示，男性閱聽眾與女性閱聽眾對感官新聞主題的認知，並沒有顯著的差異（$\chi^2 = 7.48$, df = 5, $p > .05$），男性與女性閱聽眾均同樣認爲八卦新聞是最感官化的電視感官新聞。

以閱聽眾的教育程度對電視感官新聞主題認知的差別而言，卡方分析結果顯示，較高教育程度的閱聽眾與較低教育程度的閱聽眾對感官新聞主題的認知，出現顯著的差異（$\chi^2 = 22.07$, $df = 5$, $p < .05$）。較多大學程度以上的閱聽眾認爲犯罪或衝突新聞的感官化程度最嚴重，而大學程度以下的閱聽眾則普遍認爲八卦新聞的感官化程度最嚴重。

第六節　電視新聞閱聽衆對新聞感官化的感受

本文接下來探討電視新聞的形式，如何影響閱聽眾對新聞感官化的感受。表7-2呈現的簡單迴歸進行統計分析結果顯示，電視新聞產製形式確實對閱聽眾的新聞感官化感受有影響（Adjusted $R^2 = 0.16$, F = 17.14, $p < .001$）（參見表7-2）。

分析結果顯示，七種電視新聞產製形式當中，有四種形式對閱聽人的新聞感官化感受產生顯著影響，分別是記者報導的語氣（$\beta = .250$, $p < .001$）、

新聞畫面重複播出（$\beta = .173, p < .001$）、新聞剪輯速度的快慢（$\beta = .072, p < .05$）以及新聞背景音樂（$\beta = .072, p < .05$）。而新聞字幕、影像的聳動性、特殊剪輯技巧等三種形式，則沒有顯著影響。

換句話說，當記者愈傾向以誇張或戲劇聲調報導一則電視新聞時，閱聽眾容易認為這則新聞的感官化程度愈高。記者報導的聲調是屬於電視新聞的「聽覺形式」，因此「聽覺形式」似乎比新聞畫面等「視覺形式」，更容易影響閱聽眾對新聞感官化的感受。

表7-2 電視新聞形式如何影響閱聽人新聞感官化感受

電視新聞形式	依變項：閱聽人的新聞感官化感受		
	R	ΔR^2	β
記者報導語氣的戲劇性	.394	.155	.250***
新聞畫面的重複性			.173**
新聞剪輯速度的快慢			.072*
新聞背景音樂			.072*
新聞字幕的情緒化			.004
影像的聳動性			.054
特殊剪輯技巧			.065

* $p < .05$, ** $p < .01$, *** $p < .001$

第七節 小結

過去有關新聞感官化的研究，多偏重新聞內容。本文探討閱聽眾對電視新聞感官化的認知與感受。研究結果顯示，在認知方面，臺灣的電視新聞觀眾多認為八卦主題的新聞感官化程度最深，其次依序為犯罪、災難和醜聞報導。國外相關研究指出，犯罪新聞向來被視為感官新聞最主要的主題與內容，而本研究則出現閱聽眾不同的認知結果。

本文認為，過去幾年以來臺灣閱聽眾對於犯罪新聞的刺激，幾乎已經習以爲常，因而對其誇張報導某種程度上或許「免疫」了，而轉向認爲近年來興起的名人八卦事件，才是感官化程度最高的新聞主題。

90年代中期當有線電視臺首次加入臺灣電視新聞的競爭市場時，犯罪新聞確實是當時刺激收視率的最佳利器。然而到了90年代末期，激烈的競爭情勢演變成爲六個新聞頻道24小時不間斷地播報新聞，而且同樣都不斷強調血淋淋的犯罪報導，觀眾也似乎開始厭倦這類的犯罪新聞。2000年之後，全新的八卦式故事講述形式被運用在名人八卦事件的報導上，迅速成爲吸引閱聽眾注意和贏得收視率的新武器。尤其在2002年香港八卦雜誌《壹週刊》進軍臺灣後，更加速了有線電視新聞內容的小報化現象。臺灣電視新聞向來被詬病其內容大量抄襲自平面媒體。隨著《壹週刊》在臺灣經營模式的成功，其封面故事頻繁地被電視新聞引用作爲主要時段頭條報導的消息來源。此種過量報導八卦故事的現象，或許可以解釋爲何臺灣閱聽眾認知電視新聞此類主題報導，是感官化程度最高的新聞主題。

在閱聽眾對電視新聞感官化的感受方面，電視新聞製作形式對閱聽眾的新聞感官化感受確實產生影響。迴歸統計分析顯示，似乎聽覺特性（如戲劇性的播報語調、新聞配樂）較諸視覺特性（畫面的重複性、新聞剪接節奏等）更容易影響閱聽眾對新聞感官化的感受。此一結果可能呼應了部分電視新聞研究學者的主張，認爲視覺影像在激發閱聽眾情緒性反應效果上，可能沒有想像中顯著（Crigler et al., 1994）。但此結果或許也和本研究所採用的電視新聞聽覺（記者報導聲調、新聞配樂）、視覺（畫面重複性、畫面聳動性、標題）和後製剪輯特性（剪接節奏、後製特效）的概念化定義有關。未來的研究如果採用對電視製作形式不同的定義，有可能會得到不同的結果，對閱聽眾心中新聞感官主義的描繪或許也會出現差異。

有關本研究的限制，在感官新聞的主題探討方面，本文探究有關閱聽眾如何認知感官新聞，是列出已在過去研究被證實爲感官新聞的六項主題，請閱聽人依其吸引其注意力與刺激情緒的程度、排列順序。當初考量電話訪問題項問題的長度與複雜性，可能會影響受訪者作答，本研究因之並未同時將非感官新聞的主題一同列入考量。未來如以面訪形式或書面填答方式進行訪問，可以考慮將感官新聞與非感官新聞並列，或許閱聽眾認知的感官新聞樣貌將會有所不同。

而在新聞形式的研究限制方面，本研究分別採取記者報導聲調以及新聞配樂來定義電視新聞聽覺，以畫面重複性、畫面聳動性以及情緒性標題來定義電視新聞視覺，以剪接節奏與後製特殊效果來定義電視新聞的後製特性。這些定義主要根據過去文獻的建議。事實上，在數位傳播科技的演進下，電視新聞的製作形式更形豐富，並不限於本文的七種定義。然而本研究由於考量電話訪問的方式以及時間限制，選擇比較容易讓閱聽眾理解的概念化定義。未來研究如果採用對電視製作形式更詳盡的定義，有可能會得到不同的結果，對閱聽眾心中新聞感官主義的描繪或許也會出現差異。

換言之，未來研究如何繼續發展更具解釋力的電視新聞感官主義量表，本研究建議應同時納入主題內容與新聞形式兩個部分，但可以考慮將兩者的測量分開，如此可能得以發展更完整的指標量表，以能描繪閱聽眾心中感官主義感受更完整的圖像。

參考文獻

一、中文部分

〈七成三民眾指新聞臺有負面影響〉（2005年7月7日）。《大紀元新聞》。上網日期：2009年9月14日，取自http://hk.epochtimes.com/5/7/7/4461.htm

王泰俐（2006a）。〈電視新聞「感官主義」對閱聽人接收新聞的影響〉，《新聞學研究》，**86**：91-133。

林育卉、莊伯仲（2004a）。《2003電視新聞關鍵報告》。臺北：廣電基金。

林育卉、莊伯仲（2004b）。《2004電視新聞關鍵報告（一）》。臺北：廣電基金。

林育卉、莊伯仲（2005）。《2004電視新聞關鍵報告（二）》。臺北：廣電基金。

二、英文部分

Chang, B. (2005, July 18). Poor quality news media is isolating the country. *Taipei Times,* p.8.

Crigler, A. N., Just, M., & Neumann, W. R. (1994). Interpreting visual versus audio messages in television news. *Journal of Communication*, *44*(4), 132-150.

Grabe, M. E., Zhou, S., Lang, A., & Bolls, P. D. (2000). Packaging television news: The effects of tabloid information processing and evaluative responses. *Journal of Broadcasting & Electronic Media*, *44* (4), 581-598.

Grabe, M. E. (2001). Explication sensationalism in television news: Content and the bells and whistles of form. *Journal of Broadcasting and Electronic Media*, *45*(4), 635-655.

Grabe, M. E., Lang, A., & Zhao, X. (2003). News content and form: Implication for memory and audience evaluations. *Communication Research*, *30*(4), 387-413.

Graber, D. A. (1988). *Processing the news: How people tame the information tide.* New York: Longman Inc.

Hallin, D. C. (2000). Commercialism and professionalism in the American news Media. In James Curran & Michael Gurevitch (Eds), *Mass Media and Society* (pp.218-237). London: Hodder Arnold Publisher.

McManus, J. H. (1994). *Market-driven journalism: Let the citizen be aware*. California: Sage.

Pew Research Center (1998). Internet news take off, Retrieved January 24, 2013, from Pew Research Center. http://www.people-press.org/1998/06/08/internet-news-takes-off/

Pew Research Center (2007). Public blames media for too much celebrity coverage, Retrieved September 14, 2009, from Pew Research Center. http://people-press.org/report/346/public-blames-media-for-too-much-celebrity-coverage

Vettehen, P. H., Nuijten, K. & Beentjes, J. (2005). News in an age of competition: The case of sensationalism in Dutch television news, 1995-2001. *Journal of Broadcasting and Electronic Media*, *49*(3), 282-295.

Wang, T. (2006). *The shifting cultural space of television news*. Paper presented in the annual conference of Chinese Communication Association, Taipei, National Taiwan University.

影響電視新聞「感官主義」閱聽眾感受的因素研究

第一節　研究源起

感官新聞主題因爲容易吸引閱聽眾注意並激發閱聽情緒，使得新聞表象的呈現手法較實質內容更顯得重要。這種產製過程形成「市場導向新聞學」（market-driven journalism），並影響新聞朝向感官主義（sensationalism）的方向發展。

Postman（1985）在80年代即提出，感官新聞得以發展的最主要因素在於，新聞產製機構對於收視率的瘋狂競逐。Esposito（1996）則認爲，電視新聞文本結構中的主題和格式開始模仿娛樂性節目，採用戲劇化、表面化和過分簡單的呈現手法，這類簡化陳述強調個人人格特質、私人人際關係、身體外觀和異常特性，藉以吸引廣大閱聽眾的注意力。

然而，除了新聞的市場導向與新聞內容的因素之外，本章嘗試分析究竟還有哪些因素影響了閱聽眾對新聞感官化的感受。

第二節　影響閱聽眾新聞感官化感受的因素

一、新聞內容

如第二章所述，在90年代之前，新聞感官化主要體現在新聞的主題或內容。例如Adams（1978）認爲，新聞感官化就是有關犯罪、暴力、天災、事故和火災等主題，也就是「感官主義」和「人性趣味故事」，都是用有趣的、引人同情的、引發驚嚇或好奇心之類的形式來呈現。換言之，Adams並沒有特別區分感官化和人情趣味報導的不同，一併視爲一種地方性新聞的報導策略，訴求新聞的情緒層面勝過論理層面。

十六年後，Slattery與Hakaene（1994）採用Adams對於感官主義的定義，針對地方電視臺新聞重新再作一次內容分析的研究。結果顯示賓州地區電視臺除了投注更多的新聞播出時間，在感官化與人情趣味的新聞報導之外，更發現連硬性新聞報導也開始用感官角度或感官手法呈現，並將此現象稱之為「內嵌的感官主義」（embedding sensationalism）。

這個研究結果對感官主義研究最大的影響，在於提醒研究者，新聞內容的分析，無法純粹以新聞的單一主題進行考量，需要同時考量新聞角度或者新聞呈現手法。由於本研究以電話調查方式進行閱聽人研究，考量到電話調查的題目限制，例如：題目長度或者容易理解的程度，作者認為新聞角度的考量，較為不宜，因此本研究僅選擇以一般閱聽人所能理解的新聞主題，進行調查。

因此，本文提出的第一個研究問題就是：新聞主題與閱聽人認知的新聞感官化有什關聯？過去國內外文獻所探討的感官新聞主題，與存在閱聽人心目中的感官新聞圖像，存在什麼樣的差異嗎？

二、新聞形式

而在新聞形式方面，隨著市場導向新聞學快速的發展和傳播科技的推陳出新，感官主義的概念也加入了新的思考面向：令人目眩神移的電腦技術製作出形形色色的新聞後製效果，以期吸引閱聽眾更加投入收視的過程。Grabe（2001）因此認為，對於感官化的定義應該同時包括新聞內容和新聞形式兩者。內容部分著重在有關犯罪、意外事故、災害、名人八卦、性醜聞等來刺激或娛樂大眾的新聞主題。至於產製形式則包含攝影的動作（例如：鏡頭的運動）以及後製的效果（例如：在後製過程中加入的配音和剪接等操作）。

本書第四章與第五章分別以內容分析以及案例探討的方式，探究新聞影像、後製形式以及聽覺文本等各種新聞形式如何呈現在電視新聞當中。然而，截至目前為止，過去研究仍未明確指出電視新聞產製特色和閱聽眾對感官主義的認知與感受之間的關係。雖然新聞產製特色和閱聽人收看後的興奮反應程度之間，似乎應有正向關係。也就是說，當電視新聞以愈多戲劇化的產製手法呈現時，閱聽眾應愈容易傾向認為新聞是感官化的，但這種推測仍未得到實證研究的證實。

本章探討的主要問題是，哪些因素會影響閱聽眾對電視新聞感官化的感受。因此本文提出的第二個問題就是：電視新聞的形式，和閱聽眾認知的感官化程度之間，究竟存在什麼樣的關係？新聞中含有愈多聽覺文本的產製手法，或者是新聞中含有愈多視覺文本的產製手法，抑或是新聞中含有愈多後製的產製手法，閱聽眾眞的就會認爲其新聞的感官化程度愈高嗎？

三、新聞頻道的選擇：無線新聞vs.有線新聞

90年代左右，臺灣電視新聞市場經歷了極大的轉變。1988年報禁解除，媒體管制隨之放寬，有線電視臺因此在93年合法化，臺灣電視新聞市場正式進入了一個競爭激烈的時代。目前臺灣總共有八家有線電視臺，24小時不斷播報新聞；再加上五家無線電視臺，在主要時段播放新聞節目。相對於2,300萬有限的收視人口，臺灣過分密集的電視新聞避免不了收視率的競逐大戰。

當面臨競爭時，產品區辨性和價格導向是企業慣用的因應策略（Porter, 1980）。在臺灣眾多頻道的媒體環境中，價格的競爭較少，重點在於各頻道如何凸顯異於他臺的特色。新聞感官化因此成爲新聞產製者在區辨其產品上最有效的方法。自從有線電視的管制解除後，感官化的報導內容以及影像呈現形式確實成爲有線電視新聞節目的賣點（Yiu, 2004）。

在美國，有線電視與無線電視相較，通常被視爲較有新聞可信度的媒體，這是90年代CNN奠定全球新聞專業頻道的影響（Ibelema & Powell, 2001）。然而美國的地方電視新聞則是感官新聞的大本營，經常充斥八卦閒聊消息、名人新聞以及各式未經證實的消息（Barkin, 2002）。

而在臺灣，有線電視在80年代進入媒體市場的情況，則較爲近似美國地方新聞的型態。感官新聞被新近加入媒體競爭的有線電視新聞頻道用來作爲市場競爭的利器，以與進入市場已久的無線電視新聞競爭。此情形與90年代中期荷蘭的頻道競爭有類似之處，新近開播的商業電視臺其新聞內容，相較於既有的兩家電視臺新聞，感官新聞的內容與形式比例偏高（Vettehen, Nuijten, & Beenntjes, 2005）。

臺灣既有的法令政策可能也會對不同頻道的感官新聞產生影響。無線電視臺受廣電法的規範，而有線電視臺則受衛星廣播電視法或有線電視法的規範。廣電法對無線電視臺的新聞規範較有線電視臺嚴格，也有可能造成新聞感

官化程度的差別。

然而，對閱聽眾的收視感受而言，兩種頻道新聞感官化的程度真的有差別嗎？這也是本文提出的第三個研究問題：在臺灣的電視新聞閱聽眾心目中，究竟是有線電視新聞的感官化程度比較高？還是無線臺的電視新聞？

四、新聞的收視動機

根據使用與滿足理論，大眾會因為本身不同的動機和需求，而會有不同媒體的媒體曝露。從70年代以來，使用與滿足理論的研究傳統不斷就媒體如何滿足閱聽眾社會以及心理需求進行研究。閱聽眾使用媒體的動機與獲取的滿足經常被劃分為不同的類別，包括資訊需求、人際關係需求以及娛樂逃避需求等等（Vincent & Basil, 1997）。

使用與滿足理論對感官新聞研究的啓示在於，電視新聞可能會以傳統形式或者小報八卦形式，而分別吸引不同動機的閱聽眾，前者提供資訊動機的滿足，後者則提供娛樂動機的滿足。Grabe等人（2003）的研究便指出，運用娛樂性充足、刺激感官的新聞產製技巧，會讓新聞內容更有趣且替閱聽眾帶來歡愉。但是在評量新聞品質時，閱聽眾卻又會傾向認為以傳統形式報導的新聞，較小報化新聞來得更可信且資訊性較高。

因此，本文認為，收看電視新聞的動機將是影響閱聽眾對於感官主義感受的另一因素，因此提出第四個研究問題：究竟電視新聞閱聽眾收視新聞的動機，與其對電視新聞感官化的感受之間的關係為何？也就是說，相較於以資訊動機為主而收視新聞的閱聽眾而言，以娛樂動機為主的閱聽眾之間，這兩種閱聽族群的新聞感官化感受有何差異？

五、人口變項的影響

過去文獻很少研究新聞人口基本變項，對新聞感官化的感受程度的影響。不過，媒介可信度的研究曾指出年齡、教育程度與新聞可信度之間的關聯（Bucy, 2003）。一般而言，較年長與教育程度較高的閱聽眾對媒體具有較高的批判能力；較年輕和教育程度較低者則傾向接受新聞報導且相信媒體。世故歷練、人生經驗和傳媒知識的結合，也會導致閱聽眾在收看電視新聞時，採取較爲懷疑的態度（Robinson & Kohut, 1988）。

相較於較年輕的閱聽眾，較年長的閱聽眾傾向於在新聞中獲取資訊，而不期待獲取娛樂。但是年輕族群則深受好萊塢式新式電視新聞的吸引，喜愛新聞以花俏多變的形式呈現，對於娛樂或軟性新聞內容的接受度也更高（McClellan & Kerschbaumer, 2001）。

而在教育程度的影響方面，教育程度較高的閱聽眾對媒體具有較高的批判能力；教育程度較低者，則傾向接受新聞報導且相信媒體（Robinson & Kohut, 1988）。

不過，以上的研究都是在美國地區進行的研究。以臺灣地區而言，閱聽眾年紀與教育程度對收看電視新聞的影響，尤其是對新聞感官化感受的影響，過去研究很少觸及。本文因此提出的第五個研究問題就是：相較於較年長的電視新聞閱聽眾，年輕的閱聽眾，對電視新聞感官化的感受，是否會有不同？第六個研究問題則是，教育程度較高的電視新聞閱聽眾，比教育程度較低的閱聽眾，對電視新聞感官化的感受，是否也會有所不同？

另外，本文認爲性別對於閱聽眾新聞感官化的感受，可能也有潛在的影響，主因是不同性別對感官刺激尋求可能產生的差異。感官刺激尋求（sensation seeking）此概念，被視爲一種自我暴露於新奇多變的、複雜感官體驗，同時個人也自願承擔涉入此種經驗中，可能會遭遇的身體或社會上的風險（Zuckerman, 1979）。Scourfield、Stevens與Merikangas（1996）也發現，性別是預測人們願意從事感官刺激尋求的重要因素，男性比女性更傾向從事此種體驗。

許多有關性別影響媒介使用的研究均顯示，女性傾向認爲與性有關的媒體訊息是負面的，而男性則較持正面觀點。本文則認爲，電視新聞中的感官化現象也可以視爲一種感官刺激尋求的收視經驗，其中部分內容也直接與性有關。一般而言，由於男性較女性涉入較多與性描述相關的媒介使用，因此男性對於新聞主題或形式的感官化呈現，或許較不容易被刺激。因此，本文提出的第七個研究問題就是，女性閱聽眾與男性閱聽眾對電視新聞感官化的感受，是否有所不同？

前述七個研究問題皆在探討，影響閱聽眾對電視新聞感官化程度感受的因素。綜合所有因素來考量，本文也將提出第八個研究問題，也就是綜合探究個別變項對於預測閱聽眾對新聞感官化感受的相對強度爲何。哪一個變項是最能夠預測閱聽眾新聞感官化感受的因素？

綜合上述，本研究提出八個研究問題方向，陳述如下：

本文提出的第一個研究問題是：新聞主題與閱聽人認知的新聞感官化有什麼關聯？過去國內外文獻所探討的感官新聞主題，與存在閱聽人心目中的感官新聞圖像，存在什麼樣的差異嗎？那麼，哪些因素會影響閱聽眾對電視新聞感官化的感受？本文提出的第二個問題是：電視新聞的形式，和閱聽眾認知的感官化程度之間，究竟存在什麼樣的關係？新聞中含有愈多聽覺文本的產製手法，或者是新聞中含有愈多視覺文本的產製手法，抑或是新聞中含有愈多後製的產製手法，閱聽眾眞的就會認爲其新聞的感官化程度愈高嗎？

就閱聽眾的收視感受而言，不同電視臺的新聞感官化程度眞的有差別嗎？這是本文提出的第三個研究問題：在臺灣的電視新聞閱聽眾心目中，究竟是有線電視新聞的感官化程度比較高？還是無線臺的電視新聞？

收看電視新聞的動機將是影響閱聽眾對於感官主義感受的另一因素，因此提出第四個研究問題：究竟電視新聞閱聽眾收視新聞的動機，與其對電視新聞感官化的感受之間的關係爲何？也就是說，相較於以資訊動機爲主而收視新聞的閱聽眾而言，以娛樂動機爲主的閱聽眾之間，這兩種閱聽族群的新聞感官化感受有何差異？

以臺灣而言，閱聽眾年紀與教育程度對收看電視新聞的影響，尤其是對新聞感官化感受的影響，過去研究很少觸及。本文因此提出的第五個研究問題就是：相較於較年長的電視新聞閱聽眾，年輕的閱聽眾，對電視新聞感官化的感受，是否會有所不同？第六個研究問題則是，教育程度較高的電視新聞閱聽眾，比教育程度較低的閱聽眾，對電視新聞感官化的感受，是否也會有不同？第七個研究問題則是，女性閱聽眾與男性閱聽眾對電視新聞感官化的感受，是否有所不同？

最後，本文提出第八個研究問題，也就是綜合探究個別變項對於預測閱聽眾對新聞感官化感受的相對強度爲何？哪一個變項是最能夠預測閱聽眾新聞感官化感受的因素？

第三節　研究方法

本文以電話調查法對臺灣地區超過18歲以上的閱聽眾進行電話調查。在刪除商業號碼、空號和無人接聽狀況後，從1,868通撥號中獲得1,235份有效問卷。再根據調查前一個禮拜曾收看電視新聞至少2個小時的篩選標準，最後總計有894位受訪者成爲本文的研究樣本。平均電訪時間爲12分鐘。

電訪的執行單位是臺北市某個市調研究中心，電訪的時間在2006年3-4月間，事先並進行多次的前測以修正問卷題項。

第四節　研究結果

新聞主題與閱聽人認知的新聞感官化的關係，有接近四分之一的受訪者認爲八卦閒聊主題的新聞感官化情形最爲嚴重（24.7%），其次依序爲犯罪新聞（21.5%）、災難和天災新聞（16%）、醜聞（13.4%）、神怪新聞（7.8%）和娛樂新聞（3.8%）。値得關注的是，約有一成的受訪者（12.7%）對於感官化新聞內容「沒有意見」或者拒絕回答。雖然閱聽眾對這六個新聞主題有相當程度的認知，但是這與他們對於新聞感官化的感受並無關聯（$r = .03, p > .05$）。

第二個問題探究的是：電視產製形式和閱聽眾對新聞感官化感受的關係。Pearson相關檢驗結果顯示，電視新聞中聽覺產製特性的數量確實和閱聽眾對新聞感官化的感受呈現正相關（$r = .33, p < .01$）；剪輯產製特性的數量也和閱聽眾新聞感官化感受有明顯正相關（$r = .26, p < .01$）；視覺產製特性部分也有相同結果（$r = .08, p < .05$）。這也就是說，電視新聞製作形式的特色，和閱聽

眾對電視新聞感官化程度的感受之間，存在正向關係。新聞中含有愈多聽覺文本的產製手法，閱聽眾愈會認為該新聞的感官化程度愈高；新聞中含有愈多視覺文本的產製手法，閱聽眾愈會認為該新聞的感官化程度愈高；新聞中含有愈多後製的產製手法，閱聽眾愈會認為該新聞的感官化程度愈高。

第三個問題探討：新聞頻道與閱聽眾新聞感官化感受的關係。獨立樣本 t 檢定的結果顯示〔t(1, 893) = 2.36, p < .05〕，閱聽眾對於有線電視臺新聞感官化的認知（M = 3.32, SD = 0.64），明顯高過無線電視臺製播的新聞（M = 3.22, SD = 0.59）。這也就是說，臺灣閱聽眾認為有線電視臺新聞感官化程度，高於無線電視臺的新聞。

第四個研究問題探討：閱聽眾收視新聞動機與其新聞感官化感受之間的關係。Pearson相關檢定的結果顯示，閱聽眾娛樂或社會化收視動機與其感受的新聞感官化程度呈現負相關（r = −.17, p < .01）；資訊尋求動機也和其認知電視新聞感官化程度呈現正相關（r = .13, p < .01）。這也就是說，當閱聽眾愈以資訊尋求為動機收看電視新聞時，愈會認為新聞感官化程度高；當閱聽眾愈以娛樂性或社會化需求收看電視新聞時，愈會認為新聞感官化程度低。

第五個研究問題探究：閱聽眾的年紀與其新聞感官化感受的關係。為了呈現不同年齡層之間各豐富的資料差異，作者將閱聽眾的年紀分為三群：年輕族群為18至39歲者（308位）；中年族群為40至60歲者（448位）；年長族群為60歲以上者（138位）。

ANOVA分析的結果顯示，三組平均數呈現顯著的差異（F = 8.92, p < .001）。年輕閱聽眾（M = 3.10, SD = 0.60）和中年閱聽眾（M = 3.36, SD = 0.62）或年長閱聽眾（M = 3.38, SD = 0.55）相較之下，傾向認為電視新聞感官化程度較不嚴重。Tukey's 檢定的結果也指出，年輕族群的平均數明顯低於年長族群。但中年族群和年長族群間則沒有顯著差異。整體而言，較年長的閱聽眾確實較年輕的閱聽眾，傾向認為電視新聞的感官化程度高。

第六個研究問題研究閱聽眾教育程度與新聞感官化感受的關係。受訪者根據教育水準分為三群：高教育水準為擁有大學或以上學歷者（365位）；中等教育水準為擁有高中學歷者（283位）；較低教育水準則為完成國中或國小學歷者（246位）。

ANOVA檢驗結果顯示，三組平均數之間出現顯著差異（$F = 8.28, p < .001$）。高教育水準的閱聽眾（$M = 3.43, SD = 0.65$）無論是和中等教育水準（$M = 3.26, SD = 0.60$）或低教育水準閱聽眾（$M = 3.16, SD = 0.70$）比較起來，都傾向認爲電視新聞感官化程度較嚴重。Tukey's檢驗也指出，受高教育族群的平均數顯著大於受中等教育或較低教育族群的平均數。因此，教育程度較高的閱聽眾，會比教育程度較低的閱聽眾，更傾向認爲電視新聞感官化的程度高。

第七個研究問題探討性別的影響。獨立樣本 t 檢定的結果顯示〔$t(1,893) = 0.81, p > 05$〕，女性（$M = 3.35, SD = 0.61$）對於電視新聞感官化認知和男性（$M = 3.31, SD = 0.67$）並無顯著差異。因此女性閱聽眾和男性閱聽眾相較，對於電視新聞感官化的感受，並未有明顯差異。

最後一個研究問題探究，在所有影響變數中，何者是預測閱聽眾認知電視新聞感官化程度的最有力變數？爲了解答此問題，本文採用階層迴歸分析法，依序輸入三大類變項，首先爲電視製作形式、電視新聞收視動機，再來爲人口變項，最後則是媒介使用習慣。結果顯示，電視新聞中聽覺產製特性爲最有力的預測變項（$beta = .22, p < .001$），其次爲後製產製特性（$beta = .17, p < .001$）。閱聽眾娛樂或社會化需求，同樣也是重要的影響變項（$beta = -.13, p < .001$）（參見附錄表8-2）。

因此，目前可以推論的是，有關影響閱聽眾電視新聞感官化認知的製作形式部分，聽覺特性（例如：背景音樂、誇張的播報聲調等）要比視覺特性（例如：情緒化的字幕、生動的圖像、特效等）或後製特性（例如：剪輯速度、畫面的重複等）更有解釋力。在收視動機方面，閱聽眾若從資訊尋求的動機出發，愈會傾向認爲電視感官化的程度較高；閱聽眾若多抱持娛樂或社會需求動機來收看電視新聞，愈會認爲電視感官化的程度並不嚴重。

（研究結果請參見附錄表8-1、8-2）

第五節　小結

自2013年起，臺灣社會出現許多具爭議性且戲劇化的案件，如媽媽嘴命案、醃頭命案、廣大與28號事件等，將臺灣的新聞感官主義發揮至極致。在此時刻，本章在感官主義理論上最主要的貢獻在於，系統性探究影響閱聽眾對電視新聞感官化感受的影響因素。

研究結果顯示，臺灣的電視新聞觀眾認爲八卦主題是感官化程度最高的新聞主題。然而由於本章僅研究感官新聞主題，並未同時比較非感官新聞主題，因此閱聽眾對六個感官新聞主題的認知，並未顯著影響其對新聞感官化的感受。這也是本文的研究限制之一。

本文其他幾個研究問題則分別檢驗哪些因素可能影響閱聽眾對電視新聞感官化程度的感受，包括電視製作形式、新聞頻道的選擇、收看電視新聞的動機和基本人口變項等。

在電視製作形式方面，我們發現閱聽眾對於感官主義的感受，與電視新聞製作形式間存在正向關係。如果電視新聞中包含愈多的聽覺、視覺和後製製作特性，閱聽眾愈傾向認爲該則新聞的感官化程度較高。進一步的迴歸統計分析可以發現，聽覺特性較視覺和後製剪輯特性具有更強的解釋力。此結果和先前的文獻探討相呼應，即視覺影像在激發閱聽眾情緒性反應效果上，可能沒有想像中顯著（Crigler, Just, & Russell, 1994）。但此結果或許也和本研究所採用的電視新聞聽覺、視覺和後製剪輯特性的概念化定義有關。未來的研究如果採用對電視製作形式不同的定義，有可能會得到不同的結果，對閱聽眾心中的感官主義描繪或許也會出現差異。

雖然臺灣閱聽眾對八卦新聞產製、八卦新聞的數量以及強迫性導讀的標題會產生負向的抗拒性解讀，且認爲製作形式過於刺激感官經驗，但對於新聞內容呈現的意識型態卻無法作出逆性解讀。也就是說，臺灣新聞閱聽眾在觀看「重口味」新聞時，會出現「不認同」感官新聞的作法，但認同其呈現的價值觀。這個現象可解釋近來臺灣社會出現各類型的感官新聞，雖然民眾可能不認同於電視媒體過度操作，甚至「模擬辦案」的作法，但可能會普遍認同由電視媒體操作的觀點，進而一味譴責犯罪者。

從此現象可知，目前臺灣閱聽眾普遍仍有「眼見爲憑」的視覺迷思。在與生活安全經驗有關的報導中，他們在乎的是新聞的警惕作用。當記者將新聞議題框架爲善惡兩元的對立框架時，閱聽眾比較容易被說服接受，同時也強化閱聽眾對文本的順從。

有關於新聞頻道的差異，閱聽眾傾向認爲有線電視新聞比無線電視新聞的感官化程度更高。這可以歸因於臺灣有線電視臺的發展，基本上與美國地方電視臺的發展情況類似。和無線電視新聞網相比，有線電視臺新聞產製者被「市場導向新聞學」牽著鼻子走的情況更爲嚴重，爲的就是要擴張事業和提高營收。或許替公眾服務的概念沒有完全消失，但是有線電視臺在此方面的著墨的確比無線電視臺少許多。

至於新聞收視動機方面，如同前述，以資訊尋求爲新聞收視動機、較年長者和教育程度較高的閱聽眾，都傾向認爲電視新聞感官化程度較高。先前相關研究指出，年輕閱聽眾較喜愛新聞節目中的娛樂性資訊，這有可能是因爲年輕世代對於電視新聞中專業要求較欠缺批判能力，因此對於報導益趨感官化的趨勢較不在意。在轉臺行爲研究中，學者也指出雖然年輕閱聽眾是成長於節奏較快的社會、較傾向認同八卦新聞的產製形式，對於高度情緒激發的情境較容易放鬆。而年長的閱聽眾因爲有較高的情緒激發，而較容易出現轉臺以及抗拒的動作（Vettehen, Nuijten, & Peeters, 2008）。

雖然國外研究指出，多樣的戲劇化新聞故事可能會使得閱聽眾對新聞產生負面態度，且高度的感官新聞也可能引發觀眾轉臺的行爲（Vettehen, Nuijten, & Peeters, 2008）。但這樣的研究結果是否適用於臺灣觀眾呢？即使產生負面態度，臺灣觀眾是否會有轉臺的動作，還是邊看邊罵呢？這可從混合型協商解讀的模式來探討。臺灣閱聽眾對新聞是採取新聞內容與新聞形式「雙軌分離」的解讀方式，雖不滿意新聞呈現形式，但認爲內容提供觀賞愉悅；雖不滿意八卦傳播內容，但認爲形式能夠帶來閱聽愉悅；或者不管八卦新聞內容如何，新聞產製形式確實能感受到閱聽新聞時的愉悅。

此外，本文並未發現女性和男性閱聽眾在新聞感官化感受上有顯著不同。

相關研究曾指出性別對於處理電視新聞資訊的差異，男性觀眾和新聞中的負面偏差較相關，而女性對於負面框架的報導則多採取迴避的態度（Grabe & Kamhawi, 2006）。

但本文並沒有從新聞框架角度來探究感官化新聞如何被呈現，因此也難以論斷是否因爲感官新聞框架多傾向負面，而使得男性與女性閱聽眾對新聞感官化感受有趨同的趨勢出現。建議未來的研究或許可以嘗試用不同的框架，來分析感官化新聞內容，甚至檢視同一議題當中報導的性別認知差異。

總結來說，在所有的變數當中聽覺產製特性是預測閱聽眾對電視新聞感官化程度的最有力因素，其他依次爲娛樂性／社會化收視動機、年齡和資訊尋求動機。值得注意的是所有的變項加總起來，也約只有44%的解釋力。未來研究或可嘗試更具前瞻性的新聞感官化構念，以發展出更完整的、更能捕捉閱聽眾心中感官主義感受的全面圖像。

而從本章延伸的重要問題是，臺灣電視新聞閱聽眾喜愛「重口味新聞」的心理因素爲何。此現象可從觀眾與受害者文本間的「認同（Identification）」概念來理解。一則精彩的感官形式受害者故事，不僅提供閱聽眾一個觀者的位置，還提供可涉入的空間。藉著新聞播出的短時間內，觀眾與受害者可進入一種同情或同理心的關係之中，新聞記者透過安排新聞故事情節的順序與重點，建構受害者故事，也建立觀眾對新聞故事的認同。

此外，從社會學的角度來解釋「情緒」，其實就是創造一種閱聽眾在新聞中的「參與經驗」（experience of involvement）（Peters, 2011）。例如：當閱聽眾觀看重口味的新聞事件時，其情緒可能隨之高漲，閱聽眾也可能開始出現認知上或是行爲上的反應，感官新聞的情緒激發使閱聽眾在不自覺中「參與經驗」新聞事件。若我們仔細觀看情緒的影響會發現，情緒只會作用在特定的脈絡與意義下，尤其是當我們將其置放在與自身相關聯的人、事、物上時（Peters, 2011），情緒起伏自然會比較大。例如：羞愧感只有在我們認可社會行爲規範時產生；而憤怒是沒有意義的，除非我們有一個需要憤怒的對象或事件。同樣地，感官新聞中的情緒表現也需要一個「目標」，而這個目標就是閱聽眾的參與經驗。從這個角度來看，臺灣電視新聞閱聽眾喜愛重口味新聞的現象顯示，臺灣閱聽眾較偏好與自身距離感較近、較能引發參與情緒的新聞節目。

從臺灣閱聽眾喜愛重口味新聞的趨勢來看，新聞似已成爲一種娛樂，成爲滿足慾望或是煽動情緒的工具。在「重口味新聞」的使用與產製迴圈中，新聞工作者需要正視的是，這個現象對社會大眾長遠的影響以及社會效應。

參考文獻

Adams, W. C. (1978). Local public affairs content of TV news. *Journalism Quarterly*, *55*(4), 690-695.

Barkin, S. M. (2002). *American Television News: The Media Marketplace and the Public Interest*. Armonk, N.Y.: M. E. Sharpe.

Bucy, E. P. (2003). Media credibility reconsidered: Synergy effects between on-air and online news. *Journalism and Mass Communication Quarterly, 80* (2), 247.

Crigler, A. N., Just, M., & Russell, N. W. (1994). Interpreting visual versus audio messages in television news. *Journal of Communication*, *44*(4), 132-150.

Esposito, S. A. (1996). Presumed innocent? A comparative analysis of network news', prime-time news magazines', and tabloid TV's pretrial coverage of the O. J. Simpson criminal case. *Communication and Law*, *73*, 48-72.

Ibelema, M., & Powell L. (2001). Cable Television News Viewed as Most Credible. *Newspaper Research Journal, 22* (1), 41-52.

Grabe, M. E. (2001). Explication sensationalism in television news: Content and the bells and whistles of form. *Journal of Broadcasting and Electronic Media*, *45*(4), 635-655.

Grabe, M. E., & Kamhawi, R. (2006). Hard wired for negative news? Gender differences in processing broadcast news. *Communication Research*, *33*(5), 346-369.

Grabe, M. E., Lang, A., & Zhao, X. (2003). News content and form: Implication for memory and audience evaluations. *Communication Research*, *30*(4), 387-413.

McClellan, S., & Kerschbaumer K. (2001). Tickers and Bugs: Has TV Gotten Way Too Graphic? *Broadcasting & Cable, 131*(50), 16-20.

Peters, C. (2011). Emotion aside or emotional side? Crafting an 'experience of involvement' in the news. *Journalism,* 12(3): 297-316.

Postman, N. (1985). *Amusing ourselves to death.* New York: Viking.

Porter, M. E. (1980). *Competitive Strategy: Techniques for Analyzing Industries and Competitors.* New York: Free Press.

Robinson, M. J., & Kohut, A. (1988). Believability and the Press. *Public Opinion Quarterly, 52* (summer), 174-89.

Scourfield, J., Stevens, D. E., & Merikangas, K. R. (1996). Substance abuse, comorbility, and sensation seeking: Gender differences. *Comprehensive Psychiatry, 37*, 384-392.

Slattery, K. L., & Hakanen, E. A. (1994). Sensationalism versus public affairs content of local TV news: Pennsylvania revisited. *Journal of Broadcasting & Electronic Media*, *38*(2), 205-216.

Vettehen, P. H., Nuijten, K. & Beentjes, W. J. (2005). News in an age of competition: The case of sensationalism in Dutch television news, 1995-2001. *Journal of Broadcasting and Electronic Media, 49*(3), 282-295.

Vettehen, P. H., Nuijten, K. & Peeters, A. (2008). Explaining effects of sensationalism on liking of television news stories the role of emotional arousal.*Communication Research*, *35*(3), 319-338.

Vincent, R. C., & Basil, M. D. (1997). College students' news gratifications, media use and current events knowledge. *Journal of Broadcasting & Electronic Media*, *41* (3), 380-393.

Yiu, C. (2004, September 29). CTV redefines what it considers "news". *Taipei Times,* p. 4.

Zuckerman, M. (1979). *Sensation seeking: Beyond the optimal level of arousal.* NJ: Lawrence Erlbaum Associates.

附錄

表8-1 影響閱聽眾對於電視新聞感官化認知的因素

自變項	平均數	標準差	統計分析
電視製作形式			
聽覺文本特性	2.88	0.74	β = .33**
後製剪輯特性	2.83	0.90	β = .26**
視覺文本特性	2.71	0.76	β = .08*
有線電視vs.無線電視			
有線	3.32	0.59	t(1,893) = 2.36*
無線	0.[illegible]	0.04	
收看電視新聞的動機			
資訊性	3.19	0.77	β = .13**
娛樂性／社會性	2.04	0.96	β = -.17**
年齡			
年輕族群	3.10	0.60	F = 8.92**
中年族群	3.36	0.62	
年長族群	3.38	0.55	
教育程度			
較高教育程度	3.43	0.65	F = 8.28**
中等教育程度	3.26	0.60	
較低教育程度	3.16	0.70	
性別			
男性	3.31	0.67	t(1,893) = 0.81, p > .05
女性	3.35	0.61	

表8-2 電視新聞感官化之階層迴歸分析

自變項	迴歸			
	1	2	3	4
Block 1：電視產製形式				
聽覺	.27***	.27***	.23***	.22***
視覺	.01	.02	.01	.01
剪輯	.17***	.17***	.17***	.17***
Multiple R	.36			
Adjusted R square	.13			
Increased R square	.13			
Block 2：電視新聞收視動機				
資訊性		.10**	09**	.09**
娛樂性／個人化需求		-.15**	-.13***	-.13***
Multiple R	.40			
Adjusted R square	.16			
Increased R square	.03			
Block 3：人口變項				
年齡			.12**	.11**
性別			-.03	-.03
教育程度			.03	.03
家庭收入			.05	.04
Multiple R	.43			
Adjusted R square	.18			
Increased R square	.03			
Block 4：媒介使用				
收看電視新聞時間				.01
喜愛的新聞頻道				.10**
Multiple R	.44			
Adjusted R square	.19			
Increased R square	.008			

Note: Beta weights are from the final regression equation with all the blocks of variables in the model. N = 894. Perception of sensationalism in TV news ranged from 1 (strongly disagree) to 5 (strongly agree).

* $p < .05$, ** $p < .01$, *** $p < .001$

電視新聞感官主義對閱聽人的影響：閱聽人研究成果—接收分析模式

第一節　研究源起：相對主動的閱聽人的概念

根據Jensen 和 Rosengren（1990）以及林芳玫（1996）的看法，閱聽人研究可以分為五大傳統：效果研究、使用與滿足、文學批評之讀者反應理論、文化研究以及接收分析。以電視新聞閱聽眾研究而言，過去多偏重效果研究，很少出現從閱聽眾本身的觀點出發，讓閱聽眾以自己的語言來詮釋電視新聞對其每日生活的意義。

尤其是90年代之後電視新聞日益趨向「感官主義」，其中八卦新聞的素材雖然廣受傳播學界的批判，但是從收視率的結果來看，電視八卦新聞確實對部分閱聽眾充滿吸引力。究竟閱聽眾如何詮釋螢光幕上這些八卦新聞，又如何連結這些新聞與其每日生活的意義？接收分析提供我們一個相當適切的研究途徑，讓我們先跳脫批判觀點，從閱聽人實際的接收經驗來重新檢視電視八卦新聞的意義。

第二節　電視八卦新聞與閱聽人

當代媒體有五大趨勢，分別是改變中的電視新聞價值判斷、電視脫口秀節目、地方新聞方興未艾的犯罪與暴力報導、廣播脫口秀以及超市八卦小報（Broholm, 1995），而這五大趨勢與新聞資訊的八卦化均有密切關聯。

Bird在新聞八卦風氣初盛的90年代初期，作了一個小規模的閱聽人研究，研究在批評者眼中「瑣碎的」（trivia）、「閒聊的」（gossip）八卦新聞，如何成為閱聽人生活當中思索和談論的主題，甚至如何幫助閱聽人面對生活中所遭遇的道德或法律爭議（Bird, 1992）。90年代以降，雖然八卦新聞風氣日熾，但是有關此主題的閱聽人研究卻未見增加。八卦新聞搬上電視螢光幕後，新聞敘事形式也多所變化。究竟閱聽人如何閱聽電視八卦新聞？如何詮釋電視八卦新聞？閱聽人的每日生活與電視八卦新聞有什麼關係？本章即嘗試從接收分析的途徑，試圖解答以上這些問號。

第三節　八卦電視新聞的定義

所謂「八卦新聞」，據說來自香港新方言，意指「愛打聽別人隱私，愛說是非，愛管閒事，樂此不疲，『謂之八卦』」（南方朔，1997）。以新聞範疇的定義而言，八卦新聞通常泛指性醜聞、名人八卦、人情趣味（尤指令人吃驚的事件）、迷信神怪或犯罪衝突等題材的新聞報導（Ehrlich, 1996; Bird, 2000；王泰俐，2004）。而電視媒體八卦新聞的定義，因應電子媒體的特性，另具有三種特性。首先是電視新聞敘事特別著重於個人化的新聞題材，因爲個人化的新聞敘事架構連結觀眾與新聞事件，具體化新聞事件，讓觀眾容易在短時間內理解事件脈絡（Sparks, 1992）。其次是視覺影像主宰新聞敘事的走向，分析式或理性的新聞敘事已經式微（Ewen, 1988）。最後，戲劇化的敘事手法，例如：模擬演出，似乎已經成爲八卦新聞敘事的常規（Bird, 2000）。

第四節　接收分析的研究途徑

接收分析研究的前身，應爲赫爾在1973年提出的一個製碼／解碼模式（encoding/decoding model）（Hall, 1980），然而赫爾並未將此模式付諸實證研究。一直到摩利的「全國」研究計畫才算實踐。因此，接收分析的研究傳統大致可以摩利於1980年所發表的「全國觀眾」研究爲起點，結合社會科學以及人文學科的研究傳統，設計出閱聽眾電視新聞接收研究的研究模式，是爲80年代以來新閱聽眾研究興起的重要里程碑（Morley, 1980）。

「全國」研究計畫分兩階段進行，第一階段爲文本論述分析，研究標題爲「每日電視：『全國』（Everyday Television: "Nationwide"）」，針對英國BBC電視新聞節目「全國」分析其文本中所建構的意識型態。第二階段應用田野研究的深度訪談法，探討先前分析的新聞文本如何被不同社會經濟地位的觀眾所接收及解讀。摩利試著根據赫爾提出的解讀型態，將受訪者分成不同的解讀群體，嘗試探索社會人口因素、文化因素與解讀間的關係，以及受訪者談論的主題與其生活的關聯性。

研究的主要發現是，電視新聞文本的偏好意義並不一定爲每一組觀眾所接受；接受電視新聞文本的意識型態者，稱之爲「優勢解讀」。觀眾受到電視文本優勢意義的操控，主要以文本製碼的意義予以解碼。「協商解讀」則是混雜了順從與反對文本製碼的意義兩種因素，基本上接受文本基礎的優勢定義，但保留「在地」（local condition）的協商權力，以採取特殊（particular）或情境（situated）的解讀。完全反對者稱之爲「對立解讀」，將優勢意義的訊息加以拆解，另以替代性的參考框架。摩利的研究結果顯示，政黨傾向保守黨的閱聽人其解讀型態傾向優勢，政黨傾向爲工黨或社會主義者，傾向協商或對立式解讀（Morley, 1980）。

80年代後期，Jensen也在丹麥進行電視新聞閱聽眾的接收分析研究。他以1985年秋天某個公共電視頻道的新聞節目作爲研究對象，挑選不同地區、不同年齡、性別以及社經地位的33位觀眾，進行深度訪談。受訪者先在家中看過這些節目，然後就在家中接受訪談。訪談是以半結構的方式進行，集中於電視節目中的十個新聞故事。針對每一個新聞案例，研究者先給一個簡單提示，請受訪者重新說明故事主題，接著才回答他們對每個故事的意念、偏見或呈現方式有什麼意見，對整個節目的呈現方式有什麼意見等。這些訪談稿經過逐字整理後，成爲之後論述分析的素材。研究結果發現，在一則既定的新聞報導中，新聞記者所設定的新聞主題，與閱聽眾解讀的新聞主題，可能出現重大的差異。例如：一則薩爾瓦多境內的人質交換報導，記者所設定的主題是「政治事件」，但是閱聽眾卻可能根據個人的社經背景，而解讀爲「家人團聚」事件或者是「社會特權」事件（Jensen, 1988）。

綜合80年代的接收分析研究的取向，本文也計畫採行兩階段的分析方式。第一階段先分析電視新聞八卦文本建構的主題與意識型態。由於電視新聞文本中具有一種記錄社會眞實的思想系統，但是此系統可能只是所謂的「虛假意識」（false consciousness）。也就是說，它並非眞正的社會眞實，只是由電視新聞的聽覺文本以及視覺文本所建構出來的，對外在世界的「誤知」（mis-recognition），卻漸成爲閱聽人所認爲的「眞實」。

事實上，意識型態本就是一種將原始事實「符號化」的過程，是一種「架構」（frame），在人們已經習慣因而不覺察的情況下，具有自然化（naturlaizaition）的效果（張錦華，1994）。因此，意識型態是一組「結構」，或一套「將事實符碼化的系統或語義規則」，也是一種組織意見、分類問題的結構法則（張錦華，1994：42）。而在傳播研究中，媒體向來被視爲意識型態的代理人（agency），尤其是電視新聞，不僅是訊息的傳遞者，更重要的是「意義的建構者」（Adoni & Mane, 1984）。因此，本文的第一階段計畫分析是經由電視八卦新聞的機制所建構的意識型態。

本文第二階段則計畫以深度訪談法，探討第一階段所分析的電視新聞八卦文本，如何被來自不同社經地位的觀眾所接收及解讀。除了社經地位之外，本文也將關注年齡或性別差異是否影響閱聽眾對八卦新聞的解讀型態。

然而接收分析研究中有關閱聽眾的解讀型態，歷來引發廣泛討論，一直是此研究途徑的爭議焦點之一。例如：林芳玫研究觀眾對日劇「阿信」的解讀，就直指赫爾的分析預設了文本製碼皆符合外在社會的主流意識，因此對立解讀就是對主流意識的反抗。但文本製碼與社會意識型態未必有一對一的對應關係，因此認爲赫爾的三種解讀策略並不適用於不涉及意識型態的研究問題。因此在其對日劇阿信的觀眾研究當中，將此三種解讀策略修正爲規範性詮釋（根據社會主價值觀規範來解讀）、個別情境性解讀（從人物個別處境來詮釋其行動）以及結構性詮釋（以全面性的社會結構來淡化負面角色令人厭惡之處）（林芳玫，1996）。

黃光玉等（2001）也認爲，分析電視收視方式，重點並不一定非在詮釋訊息內容或者詮釋的種類，閱聽眾進行詮釋之前的收視角度（從何種角度賞析）或許是一更基本的問題。她以此觀點進行電視劇「太陽花」的接收分析（從電視網站留言），並採用厲伯茲與凱茲等學者的觀點，將閱聽眾的收視形態分爲參考型收視（referential reading）與批判型收視（critical reading）兩種類型（Liebes & Katz, 1996）。參考型收視是屬於情感的涉入，閱聽眾依據生活經驗與社會規範來理解、詮釋電視劇情。而批判型收視屬於認知涉入，閱聽眾能夠洞悉製作群產製文本的動機與企圖，也能讀出文本背後的意識型態，並從電視美學等製作層面審思批判電視劇。

因此，90年代後臺灣地區進行的電視新聞接收分析研究，研究者對閱聽眾解讀型態的分類，抉擇的主因似乎就來自研究問題或研究主軸的本質是否與意識型態有關。例如：梁欣如（1993）引用蘇聯作家普洛普（Prop）的神話敘事體，企圖瞭解電視新聞的神話性對觀眾解讀電視新聞究竟會產生什麼影響。由於研究主軸引用神話敘事理論觀點，假設當人必須生存於某一文化中時，即使具有主動的訊息解讀能力，卻很少會去挑戰優勢的神話系統，因爲電視神話的敘事體本身就是維繫某些意識型態與社會幻覺的重要分享工具。因此梁欣如延續霍爾的三種解讀型態，發現12到22歲的學生閱聽眾中，有二分之一的學生採取優勢解讀，二分之一的學生屬於協商型解讀，僅有5%左右的學生採取對立型解讀。

然而朱全斌在臺灣有線電視新聞走向群雄爭霸之際，以接收分析途徑進行的閱聽眾研究（朱全斌，1999），就未把研究焦點放在新聞文本的意識型態，而是特別注重閱聽眾的收視情境與行爲因素。因爲朱全斌認爲，閱聽行爲中的「專注度」與「主動性」，可能影響電視新聞的訊息接收，因此以閱聽眾收看新聞的「專注度」與表達意見的「主動性」爲主軸，將閱聽人的解讀形態區分爲三種收視類型，分別爲被動型、互動型、意見型。

本章將焦點放在電視媒體中出現的八卦新聞。電視新聞本身就是一種宣稱能夠記錄或者建構社會「眞實」的系統，而如何界定眞實就是一場意識型態爭霸的戰爭。出現在電視新聞中的八卦新聞，由於彰顯「正統新聞標準」的大幅轉變，牽涉到誰有資格界定「正統新聞」，自然更是一場意識型態之爭。爲八卦新聞的文化位階辯護最力者之一John Fiske就曾宣稱，即使是最爲荒誕不經的八卦新聞都提供了一種「另類眞實」（alternative reality），以對抗既有的權力結構所強力主導的「正統眞實」（official reality）（Fiske, 1992）。在這種觀點下，所謂嚴肅新聞的新聞價値，只不過是爲了強化社會菁英階級對一切社會事務賦予意義或解釋的權力而已。而八卦新聞顚覆了既有的意義詮釋結構，賦予人民百姓對社會事務自我詮釋的資源和權力。換言之，八卦新聞直接挑戰嚴肅新聞的文化位階，認爲軟性的、人情趣味的、關心私人層面甚於公共事務層面的八卦新聞，比起高階知識分子才能瞭解的嚴肅新聞而言，更能貼近大眾口味的的新聞（Sparks, 1992）。

綜上所述，八卦新聞的接收問題可謂直接涉及意識型態的建構，因此應可參考Hall的三種製碼／解碼解讀型態，以分析電視新聞八卦文本中所建構的意識型態，以及這些意識型態如何被閱聽眾所接收解讀。

因此，本章將分析的研究問題如下：

（一）電視新聞如何建構八卦事件？

（二）電視新聞觀眾如何解讀電視新聞報導之八卦事件？解讀型態可能有哪些類型？

（三）社經地位、年齡或性別如何影響閱聽眾對八卦新聞的解讀型態？這些解讀反映了怎樣的價值判斷與立場？

第五節　以接收分析途徑研究電視八卦新聞

根據電視八卦新聞的主題範疇，總共挑選性醜聞、名人八卦、人情趣味、迷信神怪或犯罪衝突等新聞主題的電視新聞文本。這六類八卦新聞主題範疇，係參考Sparks & Tulloch（2000）對八卦新聞的分類，指出新聞八卦化的一大指標，就是新聞主題由硬性議題退卻到軟性議題，尤其以影視娛樂議題、名人隱私以及醜聞爲最。Ehrlich（1996）則指出，在新聞八卦化的文化席捲下，電視新聞主題多朝性、罪犯、暴力及名人小道消息等主題靠攏。另外人情趣味之類訴諸人性的新聞，例如：發明無人除草機、法院下令要求某人減肥、新婚妻子得癌症快死掉、貓咪繼承主人的產業等主題也大行其道。本章選擇自2005年1到6月的國內八家有線電視頻道所播出的晚間新聞，且主題符合八卦新聞範疇的新聞總共四十則，進行文本分析。這四十則新聞的選擇標準，是以符合八卦新聞主題範疇的「蒐奇性」、「八卦性」、「煽情化」、「瑣碎化」以及「偷窺化」等特性。

新聞媒體原本就具備呈現某種「有限且重複出現的新聞影像與意見」的傾

向，並據此建構特定眞實（special versions of reality）（McQuail, 1977）；尤其電視新聞因其電子媒體新聞內容的影音結構模式，更容易以「一致」的方式，提供新聞事件特定的解釋，以形塑特定的新聞眞實（Barkin & Gurevitch, 1982）。

因此，敘事分析研究即主張，無論是文學、電視、電影或新聞，敘事分析的架構彷彿提供了一組鏡頭，以供研究者詳細檢視文本中的結構因素如何建構眞實（Collins & Clark, 1992）。電視新聞敘事分析研究即沿用敘事分析的主張，認爲電視新聞是一種有特定目的的故事講述，其功能就在呈現一個特定的符號世界，出現在此世界的符號相當穩定而且容易辨認，其呈現的意義也相當一致（Kavoori, 1999）。

參考電視新聞敘事分析研究的架構（Kavoori, 1999; Colins & Clark, 1992; Barkin & Gurevitch, 1982），本章將文本分析分爲口語及視覺兩部分。口語部分包括記者口白、受訪者話語、新聞現場自然音以及新聞標題。視覺部分包括新聞畫面、拍攝手法、後製手法等。

閱聽眾訪談部分，本章於2005年7到10月這段時間，總共進行二十六場，總計52人次的訪談，其中一部分在受訪者家中進行，一部分在受訪者工作場所的休憩空間進行，一部分則尊重受訪者意願，選擇其住家附近適合交談的茶藝館或咖啡屋進行。受訪者是由不同職業類別、不同收入的閱聽眾所組成（Kavoori, 1999），計有國中老師、家庭主婦、公務員、會計人員、工程師、業務員、服務生、廚師、工廠作業員、傳統製造業主管、高科技業主管、外商公司法務人員、銀行行員、銀行主管、保險員、大學生、研究生等。研究者以滾雪球抽樣法招募受訪者，每一次進行訪談約有2到3位受訪者，多數受訪者在受訪前認識彼此。研究者支付每一位受訪者的訪談費爲1小時300元。多數訪談的時間爲1個半小時。所有訪談開始之前都先播放本研究從上階段文本分析的四十則新聞中，所篩選出的六則典型的電視八卦新聞，參考接收分析的研究傳統，爲了讓受訪者自己說故事，因此在訪談前先放一段文本。看完錄影帶之後，可以訪問受訪者對類似文本或情境的反應，以促進訪談討論的進行（受訪者名單請參見本章附錄）。

第六節 電視八卦新聞的意識型態

根據文本分析的結果，電視八卦新聞經常以三種意識型態來建構其新聞報導，包括：形塑「二手報導等同眞相」的價值觀、強調「社會正義與規範」的泛道德訴求，以及塑造「觀看就是力量」的權力感。

一、形塑「二手報導等同真相」的價值觀

八卦電視新聞的消息來源通常來自其他媒體，例如：平面雜誌、報紙或者網路媒體。它利用新聞業對所謂「眞相」的定義標準，也就是認爲記者必須以相對應一組眞實的方式，來描繪我們所處的世界，所謂「一種素樸形式的實在論」（realism），根據其他媒體的報導，將八卦新聞描繪成一個「確實發生過的事件」，以達成實在論定義下的眞相，具有一對一式的符應關係（報導對應於眞正發生過的事情）。在這個觀點下，眞相就等同於「準確報導」；即使記者僅僅是「準確地二手報導」了消息來源的說法，卻未加進一步求證，一則新聞卻仍然被視同於「眞實」（Iggers, 1998）。

例如：「101大樓偷拍天堂」（年代新聞）的新聞，消息來源其實僅爲一則未經證實的網路謠言。但是記者敘事卻將新聞的聽覺文本和視覺文本皆包裝成無需懷疑的「眞相」或「眞實」。例如：攝影記者僅以跟拍或走動式攝影鏡頭（action shots），拍攝文字記者在101大樓的商場中穿梭走動，並未拍攝到任何在網路謠言中所流傳的偷拍「事實」，然而在聽覺敘事上卻逕以「獨家『直擊』」、「『現場』走訪」、「針孔簡直如入無人之境」、「針孔攝影機暢行無阻」等語彙，暗示此傳言不容懷疑的眞實性。在視覺畫面上，攝影記者根據網路謠傳中出現的幾個偷拍地點，在女廁的門縫下方，以貼地式鏡頭往上拍攝女體如廁完畢的整裝畫面，或在女性試鞋間、商場的手扶梯以低角度攝影往上拍攝女性的腿部特寫等，皆是以新聞攝影符號的巧妙包裝，暗示偷拍謠言的可能性，讓觀眾得以一窺「看似眞相的事件」（Calvert, 2000／林惠琪、陳雅汝譯，2003）。甚至還進一步「建構眞實」，以超現實的過度曝光或搖晃式鏡頭，營造新聞觀看的懸疑感，使閱聽眾擺盪於眞實世界與虛擬世界的界

線，而終至眞實與虛假世界的界線彷彿不再重要，只要拍攝進新聞鏡頭的畫面，皆自動成爲「眞實」。

在許多的電視八卦新聞文本中，攝影機就如同「101大樓偷拍天堂」中，被包裝得彷彿是客觀的觀察者，彷彿不受人爲控制，完全服膺於「眞實紀錄事件」的新聞傳統，是新聞畫面在報導，而不是新聞記者在報導，好讓閱聽眾得以好整以暇地在電視機前面窺探那些「看起來就像是眞相」的八卦新聞事件（Calvert, 2000／林惠琪、陳雅汝譯，2003）。在這個原則下，電視八卦新聞的新聞架構，呈現一種「眼見／爲實」、「二手／眞實」的二元概念。

二、強調「社會正義與規範」的泛道德訴求

諾曼（Norman）曾經提出「影像正義」的概念，指出八卦電視新聞文本經常將記者描繪成勇猛頑強的形象，利用隱藏式攝影機或者無所不用其極的跟拍方式「逮住壞人」，然後在螢光幕上把影帶曝光，大大羞辱壞人一番（Norman, 1995）。

例如：在陳勝鴻與潘彥妃的新聞當中（東森新聞），電視記者就將狗仔隊跟拍新聞主角之一的陳勝鴻而引發的爭端，描繪爲一場「陳勝鴻大戰狗仔」的戰爭，記者口白則是直接點出「躲了一天一夜，陳勝鴻還是躲不過狗仔隊的緊迫盯人」。記者似乎假設觀眾很樂意在螢光幕上，看到「專門獵取女人芳心的壞人」被攝影鏡頭修理，因此強調狗仔隊爲伸張正義，不惜24小時跟拍、甚至不惜在公路追撞新聞主角的車輛，只是爲了要拍攝到一個一百八十度的、從背面拍到正面的完全曝光鏡頭，以便爲觀眾全力「逮住」陳勝鴻，並且讓他在盛怒下說出「這個國家瘋了嗎」這樣的話。但是當事人想要保有隱私的控訴，立刻被握有攝影權力的電視記者予以否決。記者隨後以「陳勝鴻處境堪慮」的結論，來塑造社會的法律和道德秩序得以在螢光幕上強化，正義也似乎能立刻得到彰顯的形象（Sardar, 2000）。

在「檳榔西施」（三立新聞）的新聞中，電視記者更是跟隨執法者的腳步，侵入私人營業場所——檳榔攤內，目的是爲了要將包裹在薄紗內衣下的檳榔西施「繩之以法」。首先，畫面上的天空標題「內幕特『搜』」（「搜」以

特效紅色圓弧圈圈框出），暗示記者此行任務，就是要「搜出」有違社會道德尺度的不法之徒。這個爲觀者「伸張社會正義」的目的，合理化了攝影機的任何手段。因此攝影鏡頭被特許以用近距離跟拍、快速拉近、特寫鏡頭等手段，肆意拍攝檳榔西施的女體。當被攝者企圖提出反抗，記者立刻在標題中斷言：「露點西施情緒失控，攻擊記者警察！」檳榔西施是否違反社維法，與攝影鏡頭有無權力強迫人近乎赤裸地進入鏡頭，被迫觀看，是兩回事。但是記者在結語處提出泛道德訴求，以想像的罪名立刻將檳榔西施定罪：「公然露兩點，已經違法，而且春光無限，讓駕駛分心，甚至撞車撞人，更影響到交通安全。受害的可不只是少數人，其他民眾經過，都得要小心！」

正如Frosh所言，「在攝影中的互動，給予了拍攝者地位一種權力。」這是一種極爲戲劇化的權力關係，讓新聞攝影的運作除了構成社會鬥爭的場所外，也同時成爲了社會控制的機制（Frosh, 2001）。依循這個原則，電視八卦新聞的新聞架構，呈現一種「善／惡」、「道德／反道德」、「正義／不義」的二元概念。

三、塑造「觀看就是力量」的權力感

電視八卦新聞也企圖形塑「觀看他人生活，可以帶來一種掌握生活的權力感」的氛圍。電視新聞利用隱藏式攝影機偷拍人們的造假欺騙（包括公務人員上班摸魚、停車位遭路霸霸占等），閱聽眾透過攝影機的鏡頭看到這些口是心非、行爲不檢的人，但是他們卻不知道自己正在被監視。「他們」正對著鏡頭做些壞勾當，而「我們」對「他們」的行爲卻是瞭若指掌。似乎在有了隱藏式攝影機後，電視記者就代替閱聽眾，站在監視「他們」的有利地位，讓閱聽眾對「他們」握有掌控的權力（Calvert, 2000／林惠琪、陳雅汝譯，2003）。

例如：「同志公園做愛作的事」新聞中（東森新聞），用隱藏式的攝影鏡頭將同志描繪成「經常利用公共場合進行性愛的壞人」。攝影鏡頭其實只拍攝到一名身分不明的男子背對鏡頭梳理長髮、公園地面上出現了用過的衛生紙、以及廁所內一個「35-70歲的同志，張同志：096008909X」的塗鴉，但是記者口白卻斬釘截鐵，代替觀眾作了判決：「實際到了這處公園，確實發現有不少男性民眾在當地徘徊，甚至還出現男扮女裝者，悠閒的梳著假髮。而地上還殘留著一張張用過的衛生紙。廁所內還有溜滑梯上，到處都被寫上淫亂的言詞。里長說，有的男同志還把保險套亂丟，甚至還破壞公廁的設施。」

電視八卦新聞提供畫面，讓觀眾從觀看他人的生活所得到的知識以取得掌控他們的權力。在「同志公園」新聞中，攝影鏡頭從一開場就企圖塑造一種觀看和被觀看的權力失衡關係。公園一角拍攝到的祖孫二人，象徵觀看者的「我們」，也是原本「應該享用公園資源」的「我們」。緊接著鏡頭轉向公園另一角大樹後面背對鏡頭的兩名男子，象徵被觀看者的「他們」，而此時記者口白的敘事將「他們」定罪爲「一群會騷擾人的男同志」，因爲「他們」的出現，公園因此顯得冷清。新聞畫面此時甚至出現具有動物意象的侮辱性標題：「同志『盤據』公園，騷擾民眾，破壞設施」。其實畫面何曾拍攝到任何足以證明同志朋友在此公園中「爲非作歹」的鏡頭？然而打著「公眾代理人」、「服務公眾」的名號，新聞攝影鏡頭得以毫無忌憚地伸進任何角落，藉由觀看一些「想當然耳」的影像，觀看者彷彿取得了有關被窺者的知識，而得以決定被窺者的命運。記者因而在新聞結論處代理觀看者、代理公眾，對「他者」作出判決：「同性戀並沒有罪，但是如果像這樣過分的騷擾情況持續下去，將會讓大家對同志的印象大打折扣，而警察機關是不是也要想想辦法了。」

新聞攝影記者有什麼樣的權力，聲稱這些「想當然耳」的影像，就是一種知識呢？他們似乎假設，這個攝影的權力，是由觀看者的利益所同意的。藉由這種「觀看權力」的塑造，將一些捕風捉影的影像內容，譯碼爲所謂「知識」，然後藉著強化拍攝者與被拍者和拍攝者間的權力關係，也同時加倍地強化觀看者權力（Frosh, 2001）。依循這個原則，電視八卦新聞的新聞架構，呈現一種「我者／他者」、「觀看權／被制裁」的二元概念。

第七節　閱聽衆對電視八卦新聞的詮釋

在閱聽眾的訪談結果部分，電視新聞閱聽眾對八卦新聞的解讀，除了考量內容意識型態的解讀之外，電視新聞的產製形式，是另一個不能忽略的主軸。因為電視新聞兼具影像和聲音的獨特產製形式本身，就是閱聽經驗極重要的一環。而閱聽眾解讀內容意識型態模式，許多時候與解讀電視新聞產製形式的模式並不相同，甚至有出現相左的時刻。

因此，電視新聞閱聽眾對八卦新聞的解讀，應該根據內容的意識型態（順從、協商、抗拒）以及新聞產製形式（順從、協商、抗拒）兩個主軸，來進行分析工作。換言之，閱聽人對電視八卦新聞可能會出現多達九種的解讀型態（3×3＝9）。不過實際上研究結果顯示，閱聽人對電視八卦新聞的抗拒性解讀，主要是針對新聞產製形式的抗拒，僅有極少部分的閱聽眾能夠對八卦新聞文本的意識型態採取對立性解讀。

最多數的閱聽眾雖然抗拒八卦新聞的產製形式，但是卻優勢解讀新聞內容的意識型態。也有部分閱聽眾對新聞產製形式採取抗拒性解讀，但是對新聞內容的意識型態則有協商空間；或者對呈現形式採取協商式解讀，但是順從新聞內容的意識型態。只有極為少數的閱聽眾既抗拒八卦新聞內容的意識型態，同時也抗拒八卦新聞的呈現形式。本章沒有發現任何閱聽人是抗拒八卦新聞的意識型態，卻對八卦新聞產製形式採取順從性解讀。

一、閱聽眾對電視八卦新聞產製形式的抗拒性解讀

首先，我們發現，閱聽眾對八卦電視新聞的抗拒解讀，抗拒的主要似乎是八卦新聞產製的形式，包括八卦新聞數量過度氾濫、過度重複、標題強迫導讀、以及製作形式過於刺激感官經驗等。

（一）對八卦新聞報導數量的抗拒

閱聽眾對於八卦新聞開始大量傳播之後，往往對其報導數量的氾濫，出現強烈抗拒：

> 電視新聞報八卦的話，都是抄《壹週刊》的啦，連照片也是從雜誌上翻拍過來的，然後再開始接著炒作……你問我有沒有從電視新聞

裡面看到新的訊息喔，那我可以告訴你，幾乎沒有，很少很少啦！每臺都是一樣的內容啊！（編號17b，男，33歲，銀行高級專員）

我不否認我很愛看八卦，可是我可以去買《壹週刊》或蘋果啊【按：《蘋果日報》】，要不然奇摩News也一堆。我愛看八卦，可是我並沒有希望在每個禮拜三晚上以後，就在年代電視臺看到《壹週刊》封面的八卦新聞，然後一直報，一直報，把重要的產經新聞、經濟新聞通通都給擠掉……我一看，哇拷，國際要聞、國內的政經新聞，通通都不見了，要不然就是擠到新聞很後面才有，這根本就是欺騙消費者嘛！（編號6c，男，28歲，財經所博士班學生）

如果妳每天有看過報紙以後再看電視就會覺得，咦，啊怎麼都是看過的新聞？他有的頭條或是跑馬燈，好像都是從報紙上面直接抄下來的。（編號7b，女，44歲，家庭主婦）

（二）新聞模擬

除了對八卦新聞報導數量的氾濫，閱聽眾也表達對特定刺激感官經驗的新聞產製形式的反感。我們發現，許多閱聽眾能夠判斷新聞現場拍攝畫面與新聞模擬畫面的差異。其中，中年以上的女性閱聽眾似乎特別容易抗拒新聞模擬畫面：

類似剛才那個（按：101大樓偷拍新聞）明明是很簡單的新聞，就是要把他拍得像連續劇一樣。還有譬如說警察每次去突破一個什麼什麼的集團，從一開門開始就一直拍一直拍拍到後面，我覺得挺無聊的。（編號7a，47歲，家庭主婦）

對啊！像他們有時候可能說是，壞人做了什麼事情，可能當場去拍照啦，可能當場去模擬他們犯案的現場，還找記者來模擬當那個角色…（編號7b，44歲，家庭主婦）把他拍成劇情片了！（編號7b，44歲，家庭主婦）

就是覺得不眞實。譬如說，歹徒去誘姦那個女孩子啦，他就用那種假的人有沒有，就去演……我覺得那種感覺很怪哩，我不能接受，因爲他是在講這樣的事情嘛，可是他又用假人，用假的人去做……。像剛才那個同志的新聞（按：同志公園做愛作的事）這種東西光是看新聞就受不了，我們想說能不能趕快帶過去，你還要用眞實的東西去演……（編號1c，53歲，家庭主婦）

就是把它變成劇情片，用那種寫實的手法來讓你瞭解。觀眾有那麼笨嗎？需要用這種方法來瞭解？觀眾有那麼笨嗎？（編號2c，女，47歲，公務員）

對於八卦新聞模擬的閱聽經驗，已經令部分閱聽眾難以忍受。許多閱聽眾甚至主動聯想到出現在生活新聞中的模擬畫面，因爲與其生活經驗相關，抗拒更是強烈。

其實像這類名人八卦，OK，我是想知道發生什麼事，但是細節我都不想知道，因爲那個可信度都很低。然後反倒是那種報導颱風的我都覺得很好笑，你何必再穿那個雨衣站在水裡，告訴你有多深哪。然後更好笑我想起那一天，也眞是一則很誇張的就是，他鏡頭就是拍，就是前一陣子那個新莊淹水的案子，然後明明看到所有的人、水只到這裡（按：右手指腳踝），他卻說現在水及大腿……那我跟我先生還有其他看到的人都說，明明就只到這邊，他就說到大腿，我就想說這是怎麼樣？所以後來就是對於這一類型的報導，他們（按：指記者）都緊張得要命，我就是聽聽就好。（編號18，

女，40歲，保險公司主管）

我想起尤其是現場採訪颱風的記者更誇張。（編號4a，女，30歲外貿公司專員）

（插話）對對對，那很誇張。（編號4b，男，35歲，外貿公司專員）

尤其是在颱風的時候……（開始模仿記者）各位觀眾請看我，啊啊啊啊（模仿學被風吹走的樣子），就被吹走了。（編號4a，30歲，外貿公司專員）

大家都有看過記者被吹走的那一則新聞嗎？（全部異口同聲：有）你們覺得畫面怎麼樣？你會認爲風已經大到……（編號4b，35歲，外貿公司專員）

（插話）沒有呀，怎麼可能？!（編號4c，男，35歲，外貿公司資深專員）

而且那天的主播還說：「我們還特地出動了一百多公斤的重量級記者……，到現場爲您採訪。您看我們的記者都承受不了這麼的風大雨急……」什麼什麼的。（編號2a，男，39，歲公務員）

（插話）他們難道不怕那個記者發生了什麼問題，然後到最後再來哀悼這個記者嗎？我覺得這個很誇張，他們應該是要說：「各位，你們應該要躲在房間裡面。外面風這麼大，不要出門哦。千萬不要出門哦，會怎麼樣怎麼樣。」應該是要這樣子吧，而不是出去被風吹。（編號2b，男，36歲，公務員）

（三）對強迫性導讀標題的抗拒

另外一個容易令閱聽眾不認同的產製形式，是電視新聞的標題。許多的閱聽眾認為，新聞標題經常過於聳動、主觀，充滿「強迫導讀」的意味。對於標題之繁多雜亂，也充滿反感：

「電視新聞學《蘋果日報》一樣，非常的極端化，就是大家一起看圖文嘛。然後就看你怎麼下標題，像我剛剛看到那個潘彥妃「性，謊言」，「性謊言什麼」？對對對，就是「性，謊言，拿鑰匙」，就會覺得……這，這標題下的有夠爛。然後又是寫什麼「又是『妃』聞」什麼什麼，鬧『妃』聞啦，潘彥妃的妃，他們現在都很奇怪就是用一個字然後取代等。臺灣人一開始一定會覺得，嗯，不錯呀。可是我覺得，遲早有一天一定會回到原來的軌道上，因為我覺得這種東西……每個月有那麼多的刺激……除非你更強，要不然你會覺得疲乏掉。」（編號25a，男，45歲，國中老師）

「新聞標題都是加油添醋，都是媒體在處理新聞的時候加油添醋。你今天告訴我這條新聞報導出來，是說真話就好，何必去添油加醋去加一些情緒的字眼在上頭，你可能就是拍，然後讓他們去講出來就好，你有必要去用標題評論嗎？」（編號8，女，40歲，服務業主管）

「可是現在的畫面，我們買來的Monitor也不過那麼大一個而已，然後呢，我發現那個銀幕好複雜哦。上下左右統統都有東西。跑馬燈也就算了，以前是跑上面沒有跑旁邊啦，可是各家電視臺為了那個畫面的效果，都會加一些聳動的字幕。這就算了，還加那個底圖，反正就是整個畫面呀，你能看的就只有這樣子（以雙手比畫一個小小的框框）。而且還有動畫喔！」（編號25c，女，27歲，國中老師）

（四）製作形式過於刺激感官經驗

部分閱聽眾並非針對特定的產製形式表達抗議，而是對八卦新聞報導形式的整體印象，認為過於重複、煽情，並且也過於以娛樂方式刺激新聞收視：

> 「比如說剛才那個同志的新聞，這個社會好像是，蠻糟糕的，蠻負面的。我是覺得說，那種負面的報導不用作那麼詳細啦，帶過就好了。尤其是一些作案的方法阿，不用報導那麼詳細。」（編號13a，男，40歲，製造業經理）

> 「我想到我常常看到就是說一些自殺的鏡頭，太多了。比如說瓦斯啦，用那個汽車廢氣啊，還有跳樓啊，就是那種很多，上吊啦，就是那些都有造成一種，就是連鎖效應。好像是，都會有一種感染，然後就作重複那種動作，好像是現在社會上，這種好像太多了。」（13b，男，46歲，製造業主管）

> 「現在去到國外，國外的人都說，哇，你們臺灣的新聞好好看哦。我之前出國就被人家笑到……」（編號7a，47歲，家庭主婦）

> 「那是一種讚美還是……？」（訪員）

> 「當然是諷刺呀。他們就從王筱嬋的新聞一直笑，笑笑笑，笑到許純美。我的朋友來臺灣的時候就一直笑說，臺灣是不是沒有主播了，連上流美都可以播那麼久……」（編號7a，47歲，家庭主婦）

需進一步釐清的是，我們發現閱聽眾對八卦新聞產製形式的抗拒性解讀，有其出現的時間週期。當八卦電視新聞開始傳播第一階段，閱聽眾基於好奇心理，大多數閱聽眾都表示會收看這類新聞，也沒有出現對特定某一種新聞產製形式的抗拒。等到電視媒體開始大量傳播八卦新聞，各臺每一節整點新聞重複播出，形成一種類似「全國聯播」的模式，並且開始傳播一些新聞事件周邊的細微末節之際，此種針對八卦新聞產製形式的抗拒性解讀才會開始出現。

一、新聞內容的順從性解讀

相較於許多閱聽眾對八卦新聞產製形式採取抗拒性解讀，閱聽眾免於受電視新聞優勢文本支配的能力，則明顯弱化很多。不同年齡、不同性別、不同背景的閱聽眾，對八卦新聞有關眞相迷思以及觀看力量的意識型態，都似乎傾向於順從性解讀。

例如：在新聞眞相和眞實的迷思方面，閱聽人似乎普遍仍有「眼見爲憑」的視覺迷思。雖然閱聽眾通常瞭解電視八卦新聞的消息來源是其他媒體，但是受到「畫面眞實」迷思的主導，容易認爲新聞畫面再現的眞實即是客觀眞實。例如：「101大樓偷拍謠言」的新聞中，即使記者在報導時說明該則新聞來自網路上的傳言，謠傳101大樓內有偷拍女性裙底風光的偷拍賊，而且出現在新聞中的受訪者均否認了這項「傳言」（受訪者包括101大樓發言人、顧客以及百貨業者），然而許多閱聽人還是選擇相信此報導的眞實性：

> 「記者說的那麼肯定，應該是眞的吧……我覺得一般除了政治方面的（按：新聞），我認爲其他的都算有客觀報導。」（編號14a，女，43歲，工廠資深作業員）

> 「畫面都拍出來了，怎麼會有假的？對不對？無風不起浪嘛！我有看到廁所還有XX名店的畫面，就是在這些地方被偷拍。」（編號14b，女，40歲，工廠作業員）

> 「這則新聞是與我切身相關的，因爲我經常去逛101啊，我寧願相信是眞的，多多防範總不會錯嘛！」（編號15，女，22歲，總機小姐）

受訪者14a說，文字記者在新聞現場作了一段現場報導（stand-up reporting），記者由101大樓的升降梯緩步而下，以肯定的語氣報導這則新聞，因此她也肯定這則新聞是客觀的、可信的。受訪者14b提到的「畫面都拍出來了，怎會有假？」其實是由女性文字記者模擬被偷拍的女性顧客，在賣場手扶梯、女廁以及皮鞋名店，攝影記者以低角度仰拍的方式，一路拍攝記者的小腿到短裙，用來暗示網路謠傳的偷拍手法。記者不只以模擬畫面來演繹新聞，也以後製效果製造出新聞畫面快速卡接的視覺效果（類似一張一張的新聞照片圖框），然後再配上類似照相機拍攝聲響的後製音效。然而這些模擬的媒介眞實，對受訪者而言，都是眞實的新聞畫面，都是「眼見爲憑」的證據。因爲它們被捕捉到新聞畫面中，所以就具有被宣稱爲「眞實」的正當性。

編號15的受訪者的回答透露出，與生活安全經驗有關的報導中，他們在乎的是這種新聞的「警惕作用」，是不是「眞實」，相形而言並不那麼重要了。而持這種看法的閱聽人不在少數：

> 「我覺得它101那一個會讓我相信的原因，是因爲那個記者眞的很聰明啊，我覺得她站的立場就是她爲人民伸張正義阿，就是大家都可能被偷拍，所以我幫大家看一看你們有沒有可能被偷拍。所以眞不眞實我反而不那麼在意，搞不好電視臺眞的提不出證據來說人家沒有反偷拍的裝置，可是電視臺的立場就是站在幫大家去找出事實的感覺。」（編號22b，女，22歲，大學日文系學生）

> 「因爲他（按：記者）其實已經用他前面的那些行爲（按：記者模擬畫面），去否定101發言人後面所講的那些話。而不是反過來說，101講了哪些話，然後，我去看是不是眞的那樣子。因爲現在臺灣確實，這種狀況（按：偷拍氾濫）是存在的，或許也可以讓人提高警覺說，他有這樣子的犯罪手法。就算是一個警惕的作用，我覺得也沒有什麼不好。」（編號6a，男，28歲，工程師）

除了犯罪新聞之外，八卦新聞中很大比例是名人緋聞。而平面媒體所拍攝的所謂「獨家」照片，經常被攝入電視新聞，成爲另一個電視新聞八卦報導宣稱其「眞實性」的證據。

「當初一開始報導這件事（按：陳潘緋聞事件）的時候，當天晚上我跟我老婆一看電視新聞，連兩個人頭靠著頭，那麼親熱的照片都出來了，我們兩個就打賭，這絕對是眞的啦，兩個人還在那邊否認，照片都照那麼清楚了……後來我們還持續看這個新聞，就是在看它怎麼發展，看看我們的推測是不是眞的。啊果然後來每天一直爆料，像連續劇一樣，沒多久就證實我們一開始的推測是完全正確的嘛。所以說，這種事，有就是有，倒楣被人家抓到，就認嘛！」（編號17a，男，34歲，銀行經理）

電視新聞對八卦事件的報導，經常傳遞一種「追求社會正義與強化社會規範」的迷思，而部分閱聽眾對新聞內容的解讀，也落入此種迷思之中：

「我覺得比如說我就舉同志那一則來講好了，我覺得那個記者講的話還蠻客觀的，他會說雖然同志沒有錯，可是他們這樣的行爲就會讓別人覺得他們是很差的，有點汙名化的感覺。可是我覺得他這樣講話是代表，他並沒有否定掉可能是這個族群，對，他有把他的立場放進去，可是他沒有否定掉，我覺得還不錯。」（編號21a，男，28歲，政治所學生）

「我對同志的那個新聞感到很不舒服。他說那個衛生紙『丟整堆』（臺語）」（編號1a，53歲，家庭主婦）

（插話）「喔，你是說保險套喔……」（編號1b，57歲，家庭主婦）

（插話）「還有那個脫衣服，擱拿那個假髮的（臺語），反正我就看到那個廁所就覺得很噁心，聯想吧，就覺得心裡還是蠻噁心的。」（編號1a，家庭主婦）

（插話）「就是啊，那保險套這樣丟。」（編號1b，家庭主婦）

仔細檢視「同志公園做愛作的事」這則新聞的內容會發現，記者雖然號稱「現場目擊」，實際上並未採訪或拍攝到任何足以證實同志朋友確實在公園中妨害風化的證據。然而，記者使用相當主觀、甚至是侮辱性的語彙（如標題出現同志『盤據』公園，騷擾民眾，破壞設施等字眼）以及影射性的攝影鏡頭（如以用過的衛生紙影射用過的保險套），將同志描繪成「經常利用公共場合進行性愛的壞人」，塑造記者正在幫助社會、強化法律和道德秩序的形象。這種泛道德的訴求，似乎讓多數閱聽眾難以抗拒，甚至還能認可記者的「客觀性」。這顯示當記者將新聞議題框架為善惡兩元的對立，也就是「我們＝好人，他們＝惡人」的框架時，閱聽眾比較容易被說服接受，同時也強化了閱聽眾對文本的順從。

這種「追求社會正義、強化社會規範」框架，經常被使用來進行名人緋聞的報導，以強化報導名人緋聞的「正當性」。而這個「正當性」似乎也令閱聽眾難以推翻：

「我是覺得要名人報緋聞也要報得有教育意義。那比如說是陳勝鴻這個新聞，他（按：記者）如果帶一個結論是說，不要一開始你做的事情就不真，這個不好的事就不會到你身上，這個結論出來的話，我覺得我再去看過程，就覺得OK，證明事實證明他先種惡果，才得到今天的惡果。」（編號20b，女，29歲，保險公司專員）

在這類八卦新聞中，閱聽人藉由觀看他人私生活所得的知識，似乎確實能夠取得媒體所塑造一種「掌控權力」的快感，也就是能夠對新聞當事人（而且一般通常是社會地位頗高的當事人）行使某一種「審判」的權力：

「那個主播的新聞（按：陳妃戀）裡面，他（按：新聞報導中出現的當事人之一陳勝鴻）提到這個「國家」，「這國家瘋了」這樣子。可是我是覺得，這關國家什麼事啊？好像丟出一個好像很大的題目，要國家來處理這件事情，我認爲說他憑什麼把這件事情丟給國家？那在那則新聞裡面還有其他的記者評論他說，他（按：陳勝鴻）在批評狗仔隊追新聞的時候，也要思考說自己怎麼會爆發出這個問題，其實是自己犯了這個問題在先嘛！所以我是覺得這件事值得當事人去反省反省，只是我不知道當事人有沒有去反省那件事就是了。」（編號7a，女，47歲，家庭主婦）

「然後這個新聞讓我想到（按：陳妃戀）最近不是法國還是什麼，什麼祖父三人什麼東西的，戀童癖的什麼東西，那我就會比較有興趣。因爲我想要看到這些人得到什麼下場呀？！」（編號7b，女，44歲，家庭主婦）

此外，閱聽眾的看法，也透露出電視新聞的攝影機，確實賦予閱聽眾一種觀看的權力，讓觀眾樂於透過攝影機，觀看「不如他們」的名人們，也就是透過攝影機鏡頭進行一種「社會比較」：

「我只是覺得，跟老婆聊天，老婆喜歡這個（名人八卦），那我跟她聊一聊，也不錯呀。好事不會傳。傳的都是壞事啦，凸顯別人的不幸福，然後來讓自己覺得說，自己還不錯。所以說這種讓我們夫妻可以聊天，我是覺得蠻好的。所以你開車的時候，走路聊天的時候，會覺得還不錯呀，也算有話題可以講。像剛才主播那個新聞，（按：陳潘戀），還有王靜瑩那件事（按：王靜瑩家暴事件）我從飛機上面看到的。我到韓國五天之後，在飛機上才看到原來王靜瑩被打成這樣子。我還跟我老婆說：「欸，妳看妳看，王靜瑩怎麼被打成這樣子？」然後她就說對呀，當初看她這麼光鮮亮麗，現在……嗯，好險沒有嫁給一個名人。嫁給一個公務員也不錯！」（編號2a，男，39歲，公務員）

二、混合型協商解讀

我們也發現，閱聽眾在解讀電視八卦新聞的過程中，出現一種特殊的混合形式，也就是採取新聞內容與新聞形式「雙軌分離」的解讀方式。有些閱聽眾雖不滿意八卦新聞呈現的形式，但卻同時認爲八卦新聞的內容本身提供觀賞愉悅，並且供給每日生活思索與討論的主題。或者是反過來，有些閱聽眾雖不滿意八卦新聞所傳播的內容，但是認可其產製形式能夠帶來閱聽的娛悅。

許多年輕的閱聽眾在訪談中表示，八卦新聞雖然氾濫，但是卻是他們每日與友人言談討論主題的重要來源，某種程度上甚至能夠提供思索日常情愛問題的方向：

「現在年輕人比較色阿！我同學他們現在看到什麼有講愛心的，就轉臺，他都覺得看那個很無聊，像剛才那個打來打去啊，脱啊，露幾點的（按：檳榔西施的新聞）他們就看……」（編號26a，技職學校夜間部學生）

（插話）「男生都喜歡看那種打來打去的新聞，然後黃義交那種（按：名人緋聞）看了就哈哈哈一直笑，好玩嘛，很屌嘛！還有哪種飆車新聞，汽車後面加裝那個音響，很貴的，有沒有？那種男生……」（標號26b，男，23歲技職學校夜間部學生）

（插話）「對對對！」（標號26a，男，24歲，技職學校夜間部學生）

（插話）「然後汽車還會甩尾那種，男生最愛看！」（標號26c，男，25歲，技職學校夜間部學生）

「我對黃義交那個緋聞最有印象。因爲我們都是比較普通的人，突然看到比我們「高」的人，有發生那種事情，就覺得新鮮，多少帶點好奇這樣。那不是我的世界會發生的事情。看到一些有名的、有錢的女人在新聞上，她們的服裝打扮，她們交的男朋友，讓我上班比較有話題可以講。」（標題15，女，22歲，總機小姐）

「主要是看內容有沒有趣。如果是看誰跟誰戀的話，像比如說周侯戀比剛才那個有趣（按：陳潘戀），我有跟我媽討論過，因爲如果周杰倫追我的話，她會怎麼樣？然後我媽就一直說那是不可能的事。然後我就叫她想像嘛……。我媽覺得侯佩岑跟連勝文比較好。她說如果我要跟周杰倫在一起，她會覺得我要去跟連勝文在一起會比較好。是這樣，之類的。我媽說「神豬」比較有家教，我媽不喜歡沒家教的小孩。」（標號25d，女，27歲，國中老師）

也有閱聽眾表示，不管八卦新聞的內容如何，其新聞產製的形式，確實能讓他們感受到閱聽新聞的樂趣：

「我想到一個例子，上次有一對青年男女，他們一起出去玩，然後出車禍死掉以後，他（電視臺記者）就用「約定」，然後就把它拍出來嘛，就是冥婚，雙方家長給他們冥婚，然後放「約定」那首歌。我覺得那個畫面一直在我的記憶中，就是說這世界上怎麼會有人那麼的相愛？愛到這種程度，完了以後，葬在一起，雙方家長還讓他們冥婚。我覺得配上音樂之後，你知道嗎？然後那種感覺又是……什麼蕙呀，周蕙。然後又在那邊「你我約定……」（唱），然後唱出來後，那個畫面就一直在我的……。所以我覺得，配上音樂後，當然一定要適可而止啦。你不能每一個都這樣弄的話，只是

配上那個音樂後眞的是讓我覺得這段感情眞是刻苦銘心。」（標號3b，女，28歲，外貿公司會計）

「我是沒有特別喜歡那個報導的內容（按：同志公園做愛作的事），但是覺得這樣子做新聞其實眞的不錯。像剛才看到那個男同志梳假髮的畫面，我可以想像一定是他問那個公園管理員，他可能看到怎樣怎樣，那如果記者只是說管理員看到怎樣怎樣，那我看的人就覺得很無聊，那還不如演出來給我看。說不定那是眞的啊！」（編號21b，女，20歲，大學生）

（插話）「對對對！我也覺得是增加趣味性，有時候覺得蠻可笑的（編號21a，男，研究生）我常常覺得記者很像警察一樣。」（編號21a，男，28歲，研究生）

「其實我眞的覺得張雅琴在報社會新聞的時候，她每次都很愛就是做兩個追蹤比較，兩個不同的畫面比較，一定會有配樂。而且那個音樂有時候會一樣，所以我對那個音樂很熟，可是我覺得你會跟著那個音樂的節奏去看那個報導，會有這種感覺……但是我覺得沒有音樂的時候，你好像少些什麼，就是已經習慣了有音樂的新聞了。」（編號22a，男，20歲，大學生）

「我覺得TVBS的播報方式啊，就是它的畫面感覺很生動，還有它後面的音樂。可能有一點誇張，也可能畫面不是眞的，可是綜合起來你還是覺得說，它的畫面很值得去看，或是你覺得就像在看電影一樣。對，不像在看新聞，像在看電影。」（編號22b，女，22歲，大學生）

第八節　小結

本章以接收分析途徑探究電視新聞如何建構八卦事件，以及閱聽眾如何解讀八卦新聞。

電視新聞經常以三種意識型態來建構八卦報導，包括「二手報導等同眞相」、「訴諸社會正義與規範」以及「塑造觀看權力」等。

至於赫爾所提出的優勢解讀、協商解讀、對立解讀等三種解讀型態，則無法完全適用於閱聽眾對八卦新聞的解讀。原因是閱聽眾對電視新聞的解讀，因爲電視新聞產製的獨特形式，帶給閱聽眾的閱聽經驗本身就足以創造出許多解讀的可能性，因而浮現一種「雙軌性」的解讀狀態。

簡單而言，電視新聞閱聽眾對八卦新聞內容的解讀，未必與解讀八卦新聞的產製形式，存在一致性。許多閱聽人能夠批判八卦文本的產製形式，但是卻受其文本意識型態的支配。研究訪談的結果顯示，雖然最多數的閱聽眾抗拒八卦新聞產製的形式，例如：認爲新聞模擬的形式令人難以接受，或者抗拒電視新聞強迫式的導引標題，但是對其新聞內容所再現的意識型態，例如：強調社會正義與規範、塑造觀看就是力量的權威感等，卻顯現出高度的認同。換句話說，許多閱聽人能夠倒讀或逆讀電視八卦新聞的產製形式，但卻很少閱聽人能夠倒讀或逆讀八卦新聞文本的意識型態。

至於閱聽人社會位置對八卦新聞解讀型態的影響，年齡層較輕的閱聽眾傾向認同八卦新聞的產製形式，也就是相當認可電視新聞以「好萊塢式」的電影手法再現八卦新聞事件，並肯定這樣的形式讓他們更容易涉入新聞情境，與新聞事件產生個人連結。然而較年長的閱聽人卻傾向容易抗拒八卦新聞的產製形式，認爲這樣的形式強力主導他們閱聽新聞的情緒，降低新聞的可信度並且令他們「感覺疲乏」。

不過，年齡的差異，或是社經地位的差異，似乎並未影響閱聽眾對八卦新聞內容意識型態的解讀，因爲不同年齡或職業的閱聽眾都傾向順從解讀電視八卦新聞中所再現的意識型態，也就是深受「眼見爲憑」的迷思，將攝入新聞畫面中、二手傳播的八卦事件，詮釋成一個「確實發生過的事件」，以達成實在論定義下的眞相。尤其認同報導中強調的「道德秩序必須強化」、「社會正義必得彰顯」的意識型態，並特別樂於透過攝影機，觀看「不如他們」的人們，以進行一種心理上的「社會比較」。

摩利曾經對赫爾解碼的概念提出批評，認爲過於強調一致性會再製主流的意識型態，並主張把「愉悅」（pleasure）的概念視爲解讀新聞時的一個面向（Morley, 1980）。本研究也驗證了這個觀點，發現年紀較輕，並且社經地位較低的閱聽人，對電視八卦新聞的接收，無論在新聞內容或在新聞產製的形式上，都容易產生更多的愉悅。

至於性別因素也確實影響閱聽眾對八卦新聞題材，尤其是名人八卦的解讀。女性閱聽眾對名人八卦新聞的接收，似乎比男性閱聽眾容易產生愉悅。相較於男性，女性閱聽眾似乎更樂於、並且能夠使用豐富細緻的語言，來描述閱聽八卦新聞的經驗。八卦新聞的本質與個人私密性高度相關，或許男性閱聽眾受限於社會期待，不樂於、也不習於公開談論私密性質的話題，因而出現女性閱聽眾似乎擁有更多閱聽八卦新聞的愉悅。

至於在限制方面，由於此次訪談研究發現，閱聽人的主動性主要展現在對八卦新聞產製形式的批判，但是很少展現在對新聞內容主流意識作出不同的詮釋。究其原因，或許與此次受訪的閱聽族群間可能存在的同質性有關。接收分析研究假設，社會位置的不同是閱聽人對媒體文本解讀產生差異的主因之一。但是從摩利以降的實證研究，事實上缺乏對「社會位置」的精確定義。本章在實際執行閱聽人訪談的過程中發現，性別和年齡的考量不難達成，但是如何劃分不同的職業類別，使其具備最大程度的差異性，同時又能夠在每一類別中都能取得受訪者樣本，相當困難。這也是未來電視新聞接收分析研究，需要突破的地方。

參考文獻

一、中文部分

王泰俐（2004）。〈電視新聞節目感官主義的初探研究〉，《新聞學研究》，**81**：1-42。

朱全斌（1999）。（有線電視新聞頻道觀眾接收分析），《廣播與電視》，13: 41-61。

林芳玫（1996）。〈閱聽人研究：不同研究典範的比較〉，《女性與媒體再現》。臺北：巨流。

南方朔（1997）。〈在這個非常八卦的時代，八卦日益走紅起來〉，《新新聞》，**524**：98-99。

林惠琪、陳雅汝譯（2003）。《偷窺狂的國家》。臺北：商周。（原書Calvert C.[2000] .*Voyeur Nation: media, privacy, and peering in modern culture*. NY: Westview Press.）

張錦華（1994）。《媒介文化、意識型態與女性—理論與實例》。臺北：正中書局。

梁欣如（1993）。《電視新聞神話的解讀》。臺北：三民書局。

黃光玉、陳佳蓓、何瑞芳（2001）。〈「太陽花」網站留言裡的收視回應：收視分析的觀點〉，「2001年中華傳播學會年會論文」，香港：中文大學。

二、英文部分

Adoni, H., & Mane, S. (1984). Media and the social construction of reality: Toward an integration of theory and research. *Communication Research*, *11*, 323-340.

Barkin, M., & Gurevitch, M. (1982). Out of work and on the air: Television news of unemployment. *Critical Studies in Mass Communication*, *4*, 1-20.

Bird, S. E. (1992). *For enquiring minds: A cultural study of supermarket tabloids.* Knoxville: University of Tennessee Press.

Bird, S. E. (2000). Audience demands in a murderous market: Tabloidization in U.S. Television News. In C. Sparks & J. Tulloch (Eds.), *Tabloid Tales: Global Debates Over Media Standards* (pp.213-228). NY: Rowman & Littlefield Publishers, Inc.

Broholm, J. B. (1995). Electronic media reviewers: Media Circus. *Journalism History, 21*(4), 179-193.

Collins, C., & Clark, J. (1992). A structural narrative analysis of Nightline's 'This week in the Holy Land. *Critical Studies in Mass Communication, 9,* 25-43.

Ehrlich, M. C. (1996). The journalism of outrageousness: Tabloid television news vs. investigative new. *Journalism and Mass Communication Monographs, 155*, 1-26.

Ewen, S. (1988). *All Consuming Images: The Politics of Style in Contemporary Culture*. NY: Basic Books.

Fiske, J. (1992). *Popularity and the Politics of Information. In Journalism and Popular Culture, edited by Peter Dahlgren and Colin Sparks*. London: Sage.

Frosh, P. (2001). The public eye and the citizen-voyeur: photography as a performance of power. *Social Semiotics, 11* (1), 43-59.

Hall, S. (1980). Encoding/decoding. In Hall, S. et al. (Eds.), *Culture, media, and language* (pp128-139). London: Sage.

Iggers, J. (1998). *Good News, Bad News: Journalism Ethics and the Public Interest* (pp.46-47). Boulder: Westview Press.

Jensen, K. B., & Rosengren, K. E. (1990). Five traditions in search of the audience. *European Journal of Communication, 5,* 187-206.

Jensen, K. B. (1988). News as social resource: a qualitative empirical study of the reception of Danish television news. *European Journal of Communication, 3*, 275-301.

Kavoori, A. P. (1999). Discursive texts, reflexive audiences: global trends in television news texts and audience reception. *Journal of Broadcasting & Electronic Media*, *43*(3), 386-398.

Liebes, T., & Katz, E. (1996). Notes on the struggle to define involvement in television viewing, In J. Hay, L. Grossberg & E. Wartella (Eds.), *The Audience and Its Landscape* (pp.177-186). Boulder, CO:Westview.

McQuail, D. (1977). The influence and effects of mass media. In J. Curran, M. Gurevitch & J. Woollacott (Eds.), *Mass communication and society* (pp.70-94). London: Edward Arnold.

Morley, D. (1980). *The 'Nationwide' Audience*. London: British Film Institute.

Norman, K. D. (1995). *The Cinematic Society*. London: Sage Publications.

Sardar, Z. (2000). The rise of the voyeur. *News Stateman*, *13*, 25-27.

Sparks, C. (1992). Popular journalism: Theories and practice. In P. Dahlgren & C. Sparks (Eds), *Journalism and Popular Culture* (pp. 24-44). CA: Sage.

Sparks, C. & Tulloch, J. (2000). *Tabloid tales: Global debates over media standards*. New York: Rowman & Littlefield.

附錄：受訪者資料

編號	性別	年齡	職業	教育程度	八卦新聞解讀形式偏好	
					意識型態	新聞形式
1(a)	女	53	家庭主婦	國中	順從	順從
1(b)	女	57	家庭主婦	國中	順從	順從
1(c)	女	53	家庭主婦	國中	順從	抗拒
2(a)	男	39	公務員	大學	順從	協商
2(b)	男	36	公務員	大學	順從	抗拒
2(c)	女	47	公務員	大學	順從	抗拒
3(a)	女	30	外貿公司會計	高職	順從	抗拒
3(b)	女	28	外貿公司會計	技術學院	協商	順從
4(a)	女	30	外貿公司專員	技術學院	順從	抗拒
4(b)	男	35	外貿公司專員	專科	順從	抗拒
4(c)	男	35	外貿公司資深專員	大學	順從	抗拒
5(a)	男	22	大學生（財經系）	大學	協商	抗拒
5(b)	女	22	大學生（法律系）	大學	順從	協商
5(c)	男	23	大學生（傳播系）	大學延畢	抗拒	抗拒
6(a)	男	28	工程師	研究所	順從	順從
6(b)	男	26	工程師	大學	順從	順從
6(c)	男	28	財經研究所博士班	研究所	抗拒	抗拒
7(a)	女	47	家庭主婦	高中	順從	抗拒
7(b)	女	44	家庭主婦	高中	順從	抗拒
7(c)	女	47	家庭主婦	高中	順從	協商
8	女	40	服務業主管	大學	協商	抗拒
9	男	49	服務業主管	大學	協商	協商
10(a)	男	40	西餐廳廚師	高工	協商	協商
10(b)	男	34	西餐廳領班經理	大學	協商	協商
11	男	33	銀行專員	大學	順從	抗拒
12(a)	女	34	銀行襄理	大專	順從	抗拒
12(b)	男	35	銀行襄理	大學	順從	抗拒
13(a)	男	40	傳統製造業總經理	研究所	順從	抗拒
13(b)	男	46	傳統製造業主管	大學	順從	抗拒

（續）

編號	性別	年齡	職業	教育程度	八卦新聞解讀形式偏好	
14(a)	女	43	工廠資深作業員	高中	順從	協商
14(b)	女	40	工廠作業員	國中	順從	順從
14(c)	女	44	工廠作業員	國中	順從	順從
15	女	22	總機小姐	二技	順從	協商
16	女	33	銀行襄理	大專	順從	抗拒
17(a)	男	34	銀行經理	大學	順從	協商
17(b)	男	33	銀行專員	大學	順從	抗拒
18	女	40	保險公司主管	大學	協商	抗拒
19(a)	女	38	保險專員	高職	順從	抗拒
20(b)	女	20	保險專員	專科	順從	抗拒
21(a)	男	28	政治研究所博士生	研究所	順從	協商
21(b)	女	20	大學生（中文系）	大學	協商	順從
22(a)	男	20	大學生（法律）	大學	順從	協商
22(b)	女	22	大學生（日文）	大學	順從	協商
23(a)	女	22	大學生（農經）	大學	順從	抗拒
24(b)	女	22	大學生（教育）	大學	順從	抗拒
25(a)	男	45	國中老師	大學	抗拒	抗拒
25(b)	男	30	國中老師	大學	協商	抗拒
25(c)	女	27	國中老師	大學	順從	抗拒
25(d)	女	27	國中老師	大學	順從	抗拒
26(a)	男	24	技職學院夜間部學生	專科	順從	協商
26(b)	男	23	技職學院夜間部學生	專科	順從	協商
26(c)	男	25	技職學院夜間部學生	專科	順從	協商

電視新聞工作者如何定義「感官主義」

第一節　研究源起

本章由電視新聞工作者的角度出發，探討第一線上的新聞工作者如何定義感官主義。

藉由深度訪談10位電視新聞工作者，本章嘗試探索第一線的電視新聞工作者如何定義感官主義，如何定義產製感官新聞的工作邏輯，也嘗試分析這個定義與傳播學界的定義差異何在，並探索這個差異對「感官主義」理論的意義。

第二節　小報媒體的工作邏輯

小報報紙的編輯和記者們，常被人們視為「利益追求者」。社會輿論對於小報新聞工作者的批判，也大多聚焦於「信念的誠實」（professions of faith）。小報新聞編輯和記者的行為經常被認為「虛假」、「不合法」，而「激進」被視為是小報新聞學的特質（Rhoufari, 2000）。

相對於反映菁英觀點的質報，小報記者們強調自己是具爭議性、違反規則（illegal）且獨特的激進媒體（radical press）。小報記者認為唯有當一個造反者，才能夠在小報順利勝任，他們主要的關懷在於報紙就是要帶有立場和價值觀，才能夠引發讀者共鳴。此外，Rhoufari也指出小報傾向挑戰既有權威（Engel, 1996）。

小報記者創造了獨特的新聞價值：在新聞工作者與讀者之間沒有任何階級存在。Rhoufari（2000）指出，小報混合著階級意識、反對體制、俗民的消費主義認知、相對論者的宣傳及笨拙散漫階級的移情策略等。而質報新聞記者的標準，則被中產階級性格及價值所決定，他們自詡為正統的新聞工作者。

Rhoufari（2000）也藉用Bourdieu、Wacquant兩位學者所提出的場域和習癖的概念，而指出研究新聞工作者與工作場域（field），以進一步分析新聞工作者的習癖（habitus）。他提出了新聞的「客觀性」其實是一種意識型態，是早期報業為了履行其高標準而做的承諾。新聞記者給予所謂的「知識」，而不是單純的資訊。而中立客觀的意識型態也同時鞏固著新聞專業，對抗著政治、市場及公眾等外力影響。

然而，小報新聞記者經常被形容爲「故事的挖掘者」，而不像一般的記者一樣，在新聞專業上能毫無困難的連接自己的工作和傳統的公共論述。對小報記者而言，似乎只有一種詮釋可以解釋他們每天的工作——那就是他們厭惡傳統的新聞學意識型態（Rhoufari, 2000）。

Rhoufari（2000）認爲，以鉅觀層次而論，在報業市場中的新聞從業人員是被結構所決定的傀儡，在市場規範及組織結構下，個人的見解絲毫無所助益。英國的報業近年來的發展趨勢受「結構決定論」所強化，也證明了報紙編輯與記者的快速可替換性，小報因而能從市場的底層一躍而上，由倉卒、輕率的日報演化成長期的、具指標性的報紙。

然而，若以微觀層次分析，新聞從業人員是獨立的社會行動者，他們本身如同一個自治的媒介，可藉由報導及論述的方式來影響及控制著社會眞實。個人會影響報業的演化，以香港壹傳媒創辦者黎智英爲例，他就是以個人影響傳媒走向的最佳案例。對此，布迪厄曾提出「結構」與「個人」間所存在的微妙辯證關係，彼此間無法截然二分而相互影響。

從小報記者自己的觀點來看，Rhoufari歸結出數點結論：一、記者皆會將自己與小報區隔開來。二、他們的論述是自相矛盾的。三、地位較高者較不易發現這些矛盾。四、似乎有兩部分衝突且可替換的論述，存在於新聞工作者間。五、論述是否流行開來，並不被特定的標準、種類及特性所決定。

Rhoufari（2000）也提出小報工作者的雙重評估。一、外成的（exogenous）評估：就整體架構而言，是否存在著支撐八卦報業價值的意識型態，並且是否受到新聞論述的頌揚。二、內生的（endogenous）與暗示的（cryptographic）的評估。由此其實可見，在八卦新聞報業激烈競爭中最容易受到攻擊及動搖的其實是記者本身。另外，小報工作者會做出雙重區隔。一、與質報作區隔：刻意不碰觸嚴肅新聞議題，轉而以內幕新聞的形式呈現。二、與現有的八卦小報作區隔：排他性——在八卦小報中做出明顯不同的取向，例如：明星醜聞、政治內幕等；新聞追求更八卦、更內幕的線索。

在臺灣，繼2001年《壹週刊》以及2003年《蘋果日報》陸續進入臺灣媒介市場後，小報新聞記者如何定義他們的工作邏輯也成爲研究的焦點。陸燕玲（2003）指出，《壹週刊》新聞理念與新聞處理手法，是以市場導向爲準則，將新聞當成商品來處理。《壹週刊》顛覆傳統新聞規範，要求記者在新聞中表現出感覺與立場，挑戰記者的道德底限，以挖人隱私、扒糞爲主。

《壹周刊》的記者面臨來自新聞同業、報導對象、家人、朋友及社會大眾的壓力。因爲相較於主流媒體，《壹週刊》的聲譽顯然較不利於記者進行採訪工作，記者被拒訪的機率也較高。另外，這些記者也面臨了工時長、壓力大、勞動強度高的挑戰。然而，這些特質也在新聞專業中有著正面及負面的結果，《壹週刊》記者促使臺灣記者改變被動心態，主動追查新聞並且做足查證的功夫。但另一方面也促進製造假新聞情況，記者更不惜以身試法來搶取獨家新聞（陸燕玲，2003）。

陸燕玲（2003）的研究結論指出，臺灣主流媒體學習了《壹週刊》的「邪氣」，卻沒有抓到「正義正氣」，成爲了亦正亦邪的「明教」特質 。

2003年之後，壹集團的《壹週刊》與《蘋果日報》在臺灣媒體市場的閱讀率與影響力日益增加，有關壹集團的媒體研究也引發關注。何旭初（2007）研究《蘋果日報》的新聞產製流程，發現《蘋果日報》主管要求記者處理新聞要有「立場」，這個立場是「看到不公不義，要幫讀者出一口氣」，要比當事人更激動，才能寫出帶有感情的稿子。對於評論稿，黎智英要求，一定要有立場，「事」要區分出對、錯，「人」要區分好人、壞人。因此，新聞的產製邏輯以「激發讀者共鳴」爲依歸，「報導新聞有立場」、「比當事人更激動」的工作邏輯，成爲壹集團的新聞常規。

除了鼓勵記者報導時要有立場之外，《蘋果日報》另一個著名的新聞特色，是所謂「爆料新聞」，指由民眾提供新聞線索，經新聞工作者採訪產製而成的新聞。

根據王怡文的研究（2007），蘋果爆料新聞的產製常規異於傳統新聞。傳統新聞主張的寫作方式爲平衡報導、正反並陳，而爆料新聞強調的是「說故事」，要把爆料案件以說故事的方式報導出來，滿足讀者的興趣，以貼近讀者，追求市場價值，提高報紙銷售量。採訪的方式也非傳統新聞強調的事件紀錄，而是「偵探式調查」，由記者扮演偵探角色，調查民眾投訴爆料的內容，以取得民眾信任。簡言之，爆料新聞的工作邏輯，就是賣「內幕」、作「服務」、求「利潤」，符合《蘋果日報》一貫的市場導向的新聞產製邏輯。

綜觀國內外新聞工作者如何看待小報文化的研究，目前仍偏重於平面媒體，也就是小報報紙與雜誌的研究，仍缺乏電視新聞媒體工作者的觀點。尤其平面小報新聞文化的工作場域與工作邏輯，未必能適合電視新聞媒體工作者。因此，本章仍延續電視新聞感官主義的概念，訪談了10位電視新聞從業人員，從他們的角度來看電視新聞工作者的新聞產製邏輯，以探討電視新聞中的感官主義。

第三節　深度訪談題綱

本章以開放式訪談進行，但根據電視新聞工作者工作性質的不同，事前準備不同的訪談題綱。在新聞主播以及記者的部分，準備的題綱如下：

1. 請問受訪者所屬媒體是否區分電視新聞的資訊性與娛樂性？如果有區分，如何區分？如果沒有，爲什麼？
2. 不同種類的新聞應該有不同的呈現形式嗎？爲什麼？
3. 通常如何呈現主跑路線的新聞？這個呈現形式的選擇是如何形成的？請各舉自己的例子與同事的例子說明（如果訪問對象目前主要工作內容爲主播，則問通常如何呈現自己主播的那一節新聞）。
4. 在受訪者所處的新聞室中，通常哪一種新聞呈現方式會得到長官的稱許？爲什麼？
5. 近年來許多閱聽眾經常透過報社讀者投書或者網路言論，指出電視新聞媒體似乎特別偏好強調新聞的某些部分，以刺激讀者或觀眾的感官經驗。請問受訪者對於這個說法的個人看法爲何？

6. 就受訪者個人的看法而言，「新聞小報化」、「新聞娛樂化」與「新聞感官化」是相同的事情嗎？
7. 請問受訪者認爲「新聞專業」的定義是什麼？這個定義與所工作的媒體對新聞專業的定義，有無不同？

在主編或編輯的部分，訪談題綱則修改如下：

1. 請問受訪者主編哪一節電視新聞？編輯這一節電視新聞的主要考量爲何？
2. 總括而言，受訪者電視臺主編晚間新聞的考量原則爲何？新聞編輯的節奏考量如何？以新聞各節廣告破口爲切點，各段新聞編輯的考量是什麼？
3. 受訪者所服務的電視臺爲每一則新聞下標的原則爲何？有幾種標題的種類？當初設計出這些不同標題種類的考量是什麼？（請舉例說明）哪一種標題的爭議性會比較大？受訪者個人對目前電視新聞各種標題的品質看法如何？
4. 就受訪者個人看法而言，什麼是「新聞小報化」？受訪者所屬的電視臺，有沒有所謂「新聞小報化」的傾向？
5. 就受訪者個人的看法而言，「新聞小報化」、「新聞娛樂化」與「新聞感官化」是相同的事情嗎？
6. 請問受訪者，一節新聞如果會令觀眾留下「新聞小報化」或「新聞娛樂化」或「新聞感官化」的印象，新聞標題的影響可能有多少？爲什麼？

第四節　訪談結果

一、電視新聞的資訊與娛樂成分難以區分

電視新聞工作者普遍認為，新聞的資訊與娛樂成分難以區分。電視的資訊娛樂化可說是把資訊裡面，抽出十個可能重要的點，抽出一兩個可以有畫面的，可以找個人來演，就找個例子親身來試驗，或者是跟生活有相關的一個例子，可以挑一、兩點拿出來，讓大眾可以接受。不管是經濟成長，還是在文化的進程，或是我們社會生活的層面，其實都已經慢慢被娛樂滲透了。這中間的界線，現在已經愈來愈模糊，一則資訊類的新聞，可能都會穿插娛樂性質的新聞在其中，使得一則新聞因此帶有娛樂性質。訪談者K就表示，因為「娛樂經濟無所不在」，電視新聞的資訊與娛樂界限當然也難以區分：

> 「原來的政治新聞這個區塊裡頭，或是財經新聞的區塊裡頭，或是生活資訊的區塊裡頭，都把entertainment的因素加進去了。體育新聞也是，每一塊都是，對。因為娛樂經濟的東西侵入了新聞的領域裡面。它無所不在了。就是每一類的新聞都會有這樣的趨勢。因為娛樂經濟，娛樂的這個因素已經無所不在地侵入我們的每天生活。」（訪談者E）

許多電視新聞工作者更主張，「新聞娛樂化」，如果是為了讓新聞資訊更容易被閱聽眾消化接受，這個趨勢也無可厚非。例如：一則新聞裡面開始一定是個故事，後面可能會有較短篇幅或是一半的篇幅在敘述如何解決；前面那個故事可能為了增加故事可看性，而增添娛樂性，但後面那個部分就可能對生活有幫助。甚至娛樂新聞，也是一種資訊。娛樂新聞本來就是在電視新聞裡面的一條路線，涵蓋影視娛樂這種明星動向這一類的東西。

> 「我們的確把資訊變得比較容易被親近、可以接受。這沒有違反新

聞的原意，也沒有違反我們取材的角度跟報導的方式，可是它的確也是可以被放在廣義的『新聞娛樂化』這個定義裡面。」（訪談者K）

「娛樂化只是單純的要去刺激大家的感官，或是說怎麼樣的話，而且會有不良後果的，我覺得是不好的。但是如果你這個娛樂化就是爲了讓大家對你的新聞有更多的關注，那本身有資訊性。那這個東西你傳達給他，透過這個包裝，讓他更樂於接收，更容易接受的話，Why not？」（訪談者G）

在電視新聞的資訊與娛樂的界線難以劃分的邏輯之下，電視新聞工作者對「資訊娛樂化」的論述，也根據「娛樂化」的主體不同，而區分爲「新聞題材的娛樂化」、「新聞形式的娛樂化」或「新聞敘事的娛樂化」。

例如：訪談者A認爲，娛樂可分爲實質娛樂和形式娛樂。實質娛樂指的是藝人的新聞，動態這個新聞是娛樂。形式娛樂是指所表現的手法是娛樂的，如透過一個比較有趣的畫面、花俏的鏡面處理、特效、動畫等。「主題」、「配樂」、「風格」、「播報方式」等都和新聞娛樂化相關，新聞不會單純只是告知而已。把新聞包裝、控制、重製，還會設計，做適當的處理。無論是一個單純的告知，教育的東西，新聞都偏重包裝，不只是單純報導一則新聞，而是會加入配樂、特效等，使新聞看起來是有趣的。

而訪談者E認爲，因老闆或者編輯臺要求，新聞娛樂化之後，反映在收視率上，同時鼓勵從業人員繼續沿用此種方式換取收視率。新聞娛樂化，不只是讓新聞變得輕鬆有趣，而是用一種手法吸引閱聽眾的注意，根本上違背基本新聞採訪的規範。新聞娛樂化情形日益嚴重，閱聽大眾也要負一半的責任，也不光是記者的責任，記者們受指派需要那樣子做，以至於他們得到一個正向且繼續下去的動機。

（一）新聞題材娛樂化

訪談者K認爲，新聞人物的名譽和權力已經成爲支配新聞很重要的一個支配性因素，是新聞來源。現在的閱聽眾，如果電視新聞沒有賦予娛樂性時，在市場上會變得不受觀眾歡迎。然而抓到閱聽眾感興趣的話題，再變成要去切割出來的一些故事，這些故事就會變成愈來愈淺，然後愈來愈具娛樂化。因此在每一個新聞當中，似乎都少不了那樣的一個因子，少了這樣因子新聞似乎就讓一般閱聽眾覺得無趣。

而受訪者F認爲，受到《蘋果日報》或《壹週刊》的影響，電視新聞變得喜歡將新聞事件表格化，或者類比化，貼標籤來判斷誰優誰劣、勝出與否。特別是生活新聞，經常處理得像娛樂新聞；政治新聞也可能從娛樂角度切入，例如：哪個立委年紀比較輕、哪個立委比較漂亮等。這是新聞從業人員的取捨，再加上各家電視臺競爭激烈，所以舊有的電視新聞寫稿方式，一直不斷地被挑戰，因此推陳出新，透過攝影記者的拍攝手法去下功夫，也有可能在後製工作上下功夫，甚至更可能在最後一段主播唸稿的時候，用花俏的語氣去敘述。新聞經過層層包裝，反而模糊了焦點。例如：像三立的嚴選，當閱聽眾習慣每次看到嚴選裡面的新聞都很有興趣的時候，之後就會在這個時段注意某個新聞；或是當某個新聞打上那兩個字時，就會覺得這條新聞可能是很精彩、很好看的，有娛樂性的，使閱聽眾養成一種收視習慣。

（二）新聞形式娛樂化

因此，受訪者 I 認爲，娛樂化也可能只是一些包裝手法，單純只是爲了要刺激閱聽眾的感官感覺。如果電腦動畫（Computer Graphic, CG）的運用出發點是爲了讓觀眾更清楚那則訊息的話，那不是娛樂化。但是如果CG的運用，只是爲了加強凸顯它的娛樂效果，就是一種娛樂化。工具運用出發點的不同，才是重點，並非工具本身。例如：男友復仇，會看到一段動畫（做拿刀手勢），他會怎麼樣，然後加上動作，算是清楚的告知觀眾過程呢？還是，只是爲了加強這種視覺上的刺激，讓觀眾捨不得轉臺，出發點是有差別的。過分強調那個肢體動作，刀子進進出出好幾回，就可說是娛樂化處理。另外主播播報方式、導播用的特效，例如：子母畫面、框，或是BAR。有些電視臺的主管或是編採會要求記者把新聞裡的感官效果放大，聲音、影像，或是刺激程度，例如：家屬的哀嚎、衝突聲音，或者是火光四射的爆炸，製作音效容易吸引閱聽眾的注意力，但應注意程度和時間以及必要性。

受訪者E則認爲，新聞臺的風格在決定新聞形式的娛樂化上，具有關鍵影響。新聞形式娛樂化各家電視臺有所差異。例如：中天新聞偏向保守型的，它會在文字上面的運用，或是在訊息的取材上面，屬於保守而中間的。但在三立的話可能偏社會新聞的製作取向，他們在處理這個資訊上面，會帶有比較多的社會角度，不管是多一點血、多一點黑、多一點什麼，藉以刺激他們的收視率。東森也有一種戲劇化的取材傾向，在這些新聞上面用很特別的角度來吸引觀眾。

而天空標、側標、跑馬燈等，都是各電視臺競爭的結果。如果某一臺電視新聞設計的鏡面活潑，吸引閱聽眾觀看，比方顏色的更改，或提供最新的訊息跑馬燈，或增加新聞鏡面變化，例如：腳框、開雙框、開三個框、動態底標等，就可能引發各臺跟進。甚至在畫面上，增加一個與新聞無關的趣味元素（例如：雪人），這可能讓閱聽眾加深印象，覺得有趣，也使閱聽眾有印象雪人是某新聞臺的。這些形式上的娛樂化，對新聞本身來說並無太大幫助，但卻能加深閱聽眾印象、吸引注意力。

二、「新聞感官化」是新聞娛樂化的一個環節

至於「新聞感官化」，不少電視新聞工作者認爲，這是新聞娛樂化趨勢中的一個效果。受訪者E認爲，現在社會每一個人的不只是媒體經驗，很多人的生活經驗其實都很強調、很追求一種感官化。因此在資訊的吸收上，大家更會去追求說可以滿足自己好奇心的，或較感官性的訊息，而不是那種較知性上、智識上的滿足。很華麗的資訊，例如：最近流行什麼包包，或者說像美食新聞，其實也是一個新聞感官化的潮流。爲了刺激某一感官，那種感官可能

是視覺上的，也有可能是知覺上的。影像是電視新聞的本質。現在有新聞過度娛樂化，感官過頭的現象，更甚至有些電視臺會要求新聞小組或是記者去做一些羶色腥的新聞、沒有求證過的、跟大眾利益沒有關係的，也不是大家必須要知道的。它可能是迷信的，可能是靈異的，也可能是很暴力的。沒有經過求證的，就只是道聽塗說的，很八卦的，愈來愈多。例如：許純美、如花、周侯戀等，這些在過去的電視新聞不會看到的，不過最近這幾年都發生了。

因此，如今電視新聞產製的環節，因應「新聞感官化」的趨勢，而出現了幾種產製公式：「畫面優先」、「情緒就是最好的素材」、「形式重於實質」、以及「新聞模擬與動畫」等。

（一）畫面優先

所謂的「畫面永遠優先」的考量，就是「最好看的永遠擺在最前面」，這是個不變的公式，「照做就對了」：

> 「觀眾如果比較想看政治的資訊的話，就去看報紙。因爲資訊這種東西沒有畫面，電視新聞不喜歡。它要有畫面的東西。最好看的畫面，一定放在最前面。」（受訪者H）

> 「電視新聞它其實就是畫面，就是其實是有人說阿，那電視新聞攝影記者跟文字記者，文字記者根本就可以不用的，就是你只要畫面拍得好，訪問做得好，就算那新聞沒有什麼體，就沒有什麼記者在那邊講話，他都會讓你看得懂。」（受訪者F）

因爲「沒有畫面就不是新聞」的邏輯，許多資訊性的新聞第一時間在電視新聞媒體上被扼殺掉。擔任新聞主管職務多年，經驗橫跨平面媒體與電子媒體的受訪者B就認爲，第一個被犧牲掉的，就是財經新聞。因此畫面迷思衍生的結果，就是犧牲電視新聞的資訊性。

（二）有「情緒」的畫面就是好新聞素材

「他一哭觀眾就知道發生什麼事，譬如說那OS說，媽媽肝腸寸斷，因爲看到孩子什麼什麼這樣，你不會再去解釋，那東西，它出來了眞實的情緒阿！」（受訪者F）

「打架的、丟便當的，或破口大罵，或起衝突的，這種東西是電視新聞的素材，是最好的素材，所以自然而然我們會大量放這種東西。」（受訪者F）

對電視新聞工作者而言，電視新聞經常因爲新聞畫面本身的情緒性或衝突性，而非因爲新聞內容是否提供任何訊息，而幾乎每一位有過採訪經驗的電視新聞工作者都認同這個「情緒＝好新聞」的邏輯。

「大家都會罵說，ㄟ，這記者是白癡啊，例如問父母：「ㄟ你小朋友，你兒子撞車了，你會不會很難過之類」，記者其實知道這是很白癡的事，但記者今天去拍這個事件，家屬的那個情緒是這樣的。那其實就是閱聽眾想看的幾秒鐘，而記者們做的事情也就是，拍到那幾秒鐘。那則新聞可說是有生命的。它是在記錄當時那一刻的那些事情。這不是感官化，而是眞實的東西。」（受訪者I）

受訪者Ｉ描述的新聞情境，說明電視新聞工作者其實很清楚地認知，質問受害者家屬或當事人對事件的感受，可能造成二度傷害，是「白癡」的行徑。但是因爲這個直接的質問，經常能夠拍到新聞事件當事人的「情緒」，讓觀眾看到「關鍵幾秒鐘」。因此，這不在記者定義的「新聞感官化」的範疇內，只是捕捉事件的「眞實記錄」而已。

（三）形式勝過實質

電視新聞工作者定義下的「新聞感官化」，比較接近「新聞形式」勝過

「新聞內容」的產製邏輯：

「不但不只是單純報導一則新聞，你還想辦法去設計去包裝，加配樂，加一些特效，這些都是有趣的。」（受訪者G）

「人家看我的，我跟人家有什麼不同點，除了記者的觀察、記者的準備的功課、研究之外，他有可能在稿子裡面下功夫，透過攝影記者的拍攝手法去下功夫，也有可能回來以後在後製工作下功夫，甚至更可能最後一段主播在唸稿的時候用花俏的語氣去說，再下的功夫。所以說層層包裝了以後，你本來的事件它再現的過程以後就不是原本你所想要的、原味的那個東西啦。」（受訪者A）

「輔助標的部分啊，其實沒什麼眞正意義，只是會讓觀眾覺得好玩、好笑，如此而已。」（受訪者I）

許多電視新聞工作者認同，電視新聞的「包裝」，增添新聞的「趣味」，即使沒有什麼意義，無法增加新聞內容的資訊，甚至已經不是原本的新聞，但仍有其價値。即使記者本身不認同，但是長官會「硬要你做這樣子的新聞，會去設定你，應該要這個方向，不論如何都要做出來，就算沒有那麼嚴重也要做成那個樣子。」（受訪者H）。因此可以說，電視新聞形式包裝的「感官化」，是新聞產製的「共識」，也是新聞室的主流文化，基層記者難以違逆或抗拒這個趨勢。

在此邏輯下，電視新聞包裝依照不同的新聞類別，包裝形式也有所差異。受訪者D以多年擔任電視新聞臺製作部主管的經驗，認爲政治新聞的包裝，不外乎在民調呈現方式、或即時開票的鏡面等細節下功夫，再詼諧也有其限度：「影劇的東西可能就可以比較輕鬆。比方講一個殺人案，你就不能弄得很可愛的字體啊，就譬如殺人案某某人被殺了、某某人發現一個屍體了，標題就不能弄一個娃娃體的字型去包裝。新聞種類不同的時候，還是有一個基本的判斷標準。」

而有多年新聞主播經驗的受訪者E則指出，除了新聞類別的差異之外，新聞包裝受到新聞臺整體風格的影響也很大：「例如：我覺得中天新聞比較是屬於保守型的，保守型就是說，它會在文字上面的運用，或是在訊息上面的取材上面，會比較屬於保守而中道的。那麼在三立的話，可能比較走向社會新聞的取向，這個取向是他們的一個觀眾的屬性，然後他們所營造的一個新聞資訊化的方式，跟這個方式已經吸收到的觀眾的走向，去刺激他們的收視率的一個現象。」

電視新聞特重形式的結果之一，就是造成觀眾思維的「卡通化」。受訪者E認爲，「現在觀眾的思考從線性變成非線性。爲什麼日本人在地鐵站看的都是漫畫，或是現在很多電影的手法變得有很多的卡通化在裡頭，就是因爲大家資訊很焦慮，需要大量的東西，但是大家的時間又都很有限，所以簡單而易懂的東西變成一種趨勢。」

（四）新聞模擬化或動畫化

在電視新聞愈來愈追求形式包裝的趨勢下，新聞模擬或新聞動畫的方式就應運而生。

> 「其實觀眾他只是想要一分多鐘看懂這條新聞，你當然用愈多輔助他可以瞭解的東西，他就愈吸收得快，他就愈對這條新聞印象深刻。有一些電視新聞可能沒有畫面，像一些社會案子，比如一個捉姦在床或仙人跳的社會案件，你根本就拍不到畫面，事情已經發生過，根本就沒有現場畫面，那原則上我們就會模擬這個」（受訪者I）

> 「沒有當時的畫面，又要說明當時的狀況，當然就要用圖表，或者用電腦動畫來呈現」（受訪者D）

「然後我就去做一個電腦動畫，輔助主播，讓主播能夠更瞭解，然後讓觀眾更瞭解這則新聞呈現出來的東西是什麼。觀眾一看，就算還沒有看到新聞的內容，主播在唸稿子的時候，他看著旁邊的鏡面上的動畫就知道，這個新聞是在講什麼。」（受訪者C）

第五節　小結

綜合本章的研究結果，臺灣電視新聞工作者對於「感官主義」的圖像，在新聞主題方面的認知，非常接近「新聞娛樂化」與「新聞八卦化」的概念，而在新聞形式方面的認知，則是「刺激閱聽人收看新聞的慾望或趣味」。換句話說，新聞工作者對電視新聞感官主義的圖像，與傳播學界的看法，並沒有太大的歧異。

然而，電視新聞工作者對感官主義已經操縱當前電視新聞工作的場域，成爲普遍的工作邏輯與常規，則傾向歸因於市場需求，也就是「閱聽人的需求」，創造出這個電視新聞感官主義的市場與現象。他們認爲從消息來源端開始，也就是新聞中的新聞人物，都感受到閱聽眾感官刺激的需求，因此支配著新聞人物的表演慾望，當然也影響了新聞後續的處理，造成感官主義盛行的結果。

換句話說，對感官主義圖像的認知，電視新聞工作者與傳播學界的看法趨同。然而對感官主義的成因，兩者看法則截然不同。電視新聞工作者認爲是閱聽眾的需求所致，而傳播學界的看法則多認爲是電視新聞頻道經營者在市場驅力之下，創造出閱聽眾對感官新聞的需求，並進而成爲其追求利潤的利器。

而在這個實務界與學術界相當一致的「感官主義」定義下，造就了電視新聞的「畫面優先」、「情緒至上」、「形式重於實質」以及「新聞模擬化或動畫化」等產製邏輯。電視新聞工作者一方面宣稱，這是應閱聽眾的需求而發展的新聞產製風格；另一方面也不否認，這將造成閱聽眾認知的「卡通化」，僅能消化簡單易懂且圖像化的新聞。至於「簡單易懂且圖像化」的新聞，能否帶給閱聽眾眞正的資訊，已經不是商業電視臺新聞產製的主要考量。

參考文獻

一、中文部分

陸燕玲（2003）。〈從「名門正派」到明教教徒？－臺灣《壹週刊》新聞工作者的調適與認同〉，《臺灣社會研究季刊》，**50**：171-216。

王怡文（2007）。《《蘋果日報》爆料新聞之守門研究》。國立政治大學新聞研究所碩士論文。

何旭初（2007）。〈市場導向新聞學之思維與運作：《蘋果日報》個案分析〉，《中華傳播學刊》，**11**：243-273。

二、英文部分

Engel, M. (1996). *Tickle the public : one hundred years of the popular press*. London : V. Gollancz.

Rhoufari, M. M. (2000). Talking about the tabloids: Journalists' views. In C. Sparks & J. Tulloch (Eds.), *Tabloid tales: Global debates over media standards* (pp. 163-176). New York: Rowman & Littlefield Publishers.

附錄　訪談名單

姓名（代號）	現任	經歷
A	公廣集團新聞部主管	超視新聞記者、主播、臺視新聞主播
B	前華視新聞部經理／副總	英文新聞媒體主管
C	中天晚間新聞主編	其他有線電視臺編輯、主編
D	TVBS新聞部製作組組長	其他有線電視臺新聞部製作主管
E	壹電視主播	前TVBS、中天主播、三立主播
F	出國進修	前TVBS週末晚間新聞主播、TVBS政治線記者
G	離開新聞界	前TVBS主播、氣象主播
H	民視醫療記者、週末時段主播	民視記者
I	年代生活線資深記者	前中天生活線資深記者
J	自由撰述	前星報記者
K	中時電子報主管、部落格作家	中國時報記者

商業主義如何影響全球電視新聞感官主義

第一節　全球觀點的在地感官新聞研究

第二節　如何定義跨國性研究中的「感官主義」？

第三節　為何要以全球觀點進行感官主義研究？

第四節　市場導向新聞學下的感官主義

第五節　媒體系統

第六節　研究方法

第七節　資料分析與解釋

第八節　小結

參考文獻

第一節　全球觀點的在地感官新聞研究

商業導向如何影響電視新聞的品質，以及利益導向如何驅使新聞業者藉由感官化或小報化新聞以吸引觀眾，已經成爲近年來研究電視新聞的焦點之一。感官主義源自於小報文化，雖然是一個長期的現象，但近幾年來愈發成爲全球電視新聞主流趨勢之一。

輿論經常將市場競爭視爲新聞感官化趨勢的頭號推手（楊瑪利，2002；林照眞，2009；Vettehen et al., 2005; De Swert, 2008; Curran et al., 2009）。不過，近年來出現在許多國家的電視新聞感官化趨勢的成因究竟爲何，迄今仍缺乏跨國性的實證研究印證。

過去新聞感官化研究所專注的面向，較著重探究在單一國家中，電視新聞採用何種形式呈現感官主義（Grabe et al., 2000, 2001; Bek, 2004; Vettehen et al., 2005）；或是探究感官化的電視新聞對閱聽人造成何種影響（Grabe et.al., 2003；Wang & Cohen, 2009）。然而，近來許多新聞學者投入全球新聞學的研究，主張全球新聞在全球化的趨勢下，一方面出現新聞產製結構與標準的同質化，另一方面也因爲各國不同的新聞文化環境而出現在地殊異性，因此主張應該進行更多「全球觀點的跨國在地新聞研究」，以深化新聞學理論論述（Loffelholz & Weaver, 2008）。

本章呼應上述全球新聞學的觀點，關注感官新聞的主題與呈現形式，是否有跨越國界的「全球化」趨勢出現？在此趨勢中，又出現哪些在地殊異性？而向來是指控造成新聞感官化趨勢的商業主義，與新聞感官化之間的關聯，能否透過實證研究加以印證？這些都是全球化年代中，國際新聞值得更進一步探究的主題。

因此，本研究以十四個國家的電視新聞爲樣本，首先進行內容分析，以瞭解跨國電視新聞感官主義發展的趨勢。之後再對此十四個國家的媒體研究人員進行調查研究，以探究新聞競爭、記者專業與電視新聞感官化的關係。研究者期望能以全球性的觀點，較爲完整描繪電視新聞感官主義的全球化發展趨勢，並釐清新聞競爭、新聞專業與感官主義之間的關係，嘗試解答長久以來對感官主義與形成原因的種種臆測。

第二節　如何定義跨國性研究中的「感官主義」？

本章從跨國性研究，討論電視新聞感官主義的呈現。延續第二章對感官主義的定義，將電視新聞感官主義的定義，區分爲兩個面向：新聞主題內容、新聞形式，至於新聞敘事，因爲參與國家使用的語言差異考量，並未納入本次研究的範圍。

在內容面向方面，本章將感官主義定義爲「迎合人們本能與基本需要的新聞內容」（Adams, 1978; Knight, 1989; Slattery & Hakanen, 1994）。在形式面向上，則將感官主義定義爲「以新鮮與充滿視覺變化的呈現形式，引發觀眾不由自主的注意力與涉入感」（Grabe et al., 2000, 2001, 2003; Vettehen et al., 2005）。

本章另外納入感官主義定義的新面向爲「新聞演員」。傳統上，新聞中意見被引述的對象視爲消息來源，但在電視新聞媒體近年愈來愈戲劇化的傾向下，新聞來源也被視爲某一種「新聞演員」（News Actors）。所謂新聞演員就是泛指出現在電視新聞內容中，將新聞個人化或戲劇化的消息來源（Bek, 2004; De Swert, 2008；Wang & Cohen, 2009）。

歐洲的相關研究指出，有關「演員」構面的考量。在感官新聞中發聲的演員，長期以來並不受到研究重視（Bek, 2004; De Swert, 2008）。研究者指出，雖然新聞主題（即新聞中的「What」）和新聞形式（即新聞中的「How」）在過去的感官主義研究中已見探討，然而新聞演員（即新聞中的「Who」）卻備受忽略。在感官新聞中，常見的「演員」是誰？這類演員是名人、專家、政治人物、平民百姓、抑或是其他身分的人物？這些人物究竟代表個體？或某些團體，如國家、商業機構、社會團體等。

由於電視新聞研究中，新聞演員構面的測量尚未發展成熟，故本章試圖納入新聞演員的面向，以探索新聞演員和各國電視新聞感官化之間的關係。

第三節 爲何要以全球觀點進行感官主義研究？

Sparks 與 Tulloch（2000）認爲，包括美國、英國、德國和斯堪地納維亞在內的許多國家，新聞市場導向的主要因素肇因於媒體利益，其結果是競爭日趨激烈、媒體水準降低。Davis與McLeod（2003）進一步指出，感官新聞會在時間與空間上延展，成爲一種長期性且全球普遍的現象。雖然還沒有實證研究佐證此論點，然而根據過往單一國家的研究成果，可推測新聞感官化在許多國家的媒體環境中，確實出現某些共同性（Grabe et al., 2000, 2001, 2003; Vettenhen et al., 2005）。

例如：在歐洲的瑞典和德國，因爲新聞市場的競爭日漸劇烈，爲鞏固忠實收視群，迫使業者增加感官主義新聞的製播（Hvitfelt, 1994; Pfetsch, 1996）。在荷蘭，近期研究則指出，商業電視臺的新聞節目之感官主義顯著高過公共電視臺（Vettehen et al., 2005）。

至於亞洲方面，日本商業電視臺的新聞業者以動漫或戲劇性的副標題，作爲產製新聞方式之一，這些形式原本僅出現在綜藝節目。雖然娛樂導向的新聞呈現確實達到吸引觀眾的效果，但很可能降低了新聞可信度和客觀性（Kawabata, 2005）。在臺灣，有線電視頻道在90年代的管制放寬後，隨之而來的是一個全新的媒體系統，總計共有六到十家之間新聞臺，24小時全天候運作，只爲2,300萬觀眾播報新聞，電視臺之間競爭的激烈程度也就不言而喻了。

媒體開放導致市場激烈競爭的結果，也同樣在美國、加拿大以及一些歐洲國家獲得印證。多位學者指出，不論是訴求基本需要和本能的新聞內容，或是以創新變化帶動觀眾迴響的小報化包裝形式，都能廣泛地引起觀眾注意（Sparks & Tulloch, 2000; Davis & McLeod, 2003）。有鑑於這些論點，本研究認爲，感官新聞的研究目前應開始重視感官主義的全球面貌，以檢驗感官主義如何在跨國的電視新聞中呈現。

第四節　市場導向新聞學下的感官主義

80年代，Postman聲稱，收視率競爭是造成感官新聞內容發展的主因之一。McManus（1994）則將新聞競爭概念化，定名爲「市場導向新聞學」。愈來愈多國家由民營企業製播電視新聞，宗旨是尋求最大投資報酬率，如報紙、電視臺，甚至網路均已釋出給私人集團經營。因此，與其宣稱讀者或閱聽眾是公民，倒不如形容他們爲顧客。因爲新聞在媒體企業主眼中儼然是一種商品，商業邏輯滲透到新聞編輯部的每個環節中，新聞成爲因應市場而生的產業。

市場新聞學的核心是市場邏輯，人們前來買賣商品及服務。假如市場運作得宜，新聞內容必然不同凡響。消費者理應認同那些提供優質新聞內容的電視臺，並且成爲忠實觀眾；而最受消費者青睞的電視臺，得以將廣告時段出售給廣告主，並掌控最高價格。擁有廣大收視群的電視臺應該將影響力擴及消息來源，例如：政商人士，或是其他想要進入公共領域的人物。在市場導向的新聞模式之下，電視新聞爲適合閱聽大眾的需求，內容變得更輕薄短小，形式則出現更多感官要素（McManus, 1994）。

市場導向新聞學的現象出現後，新聞取向愈來愈市場導向，並運用原本用在娛樂節目的戲劇性、快節奏、膚淺演出與過分簡化解釋形式等種種特色，形成電視新聞強調人格特質、個人關係、身體外貌，和特異風格等報導，極盡可能的吸引收視群眾（Esposito, 1996）。

另一項荷蘭研究也指出，從1992至2001年，順應愈演愈烈的競爭環境，感官主義以媒體策略的形態在新聞時事節目中嶄露頭角（Vettehen et al., 2006）。此研究斷言，「新聞競爭」是當代電視新聞發展重要的關鍵，相當程度解釋了當代新聞節目內容爲何會呈現感官主義的特徵（Vettehen et al., 2006）。

商業電視臺的蓬勃發展，不僅是管制鬆綁、頻道放寬的結果，也是新聞感官化的發展關鍵。因此本章假設，若媒體系統以公共服務爲其模式，會使得公共事務備受各方關切，因此電視臺將會視提供公眾資訊爲其新聞傳播的主要責任；至於市場導向模式下的商業電視臺則會因爲商業競爭，更加彰顯感官新聞報導的比例與特色。

另一個相關議題是新聞品質的日益降低，因爲感官主義往往被認爲是媒體水準下降的指標之一（Sparks & Tulloch, 2000）。就新聞的概念而言，「媒體水準」更精確的概念應該是指「新聞專業」。新聞專業意指新聞記者是一群爲民服務、獨立且專業的人士，這個專業團體有一套既定且達成共識的準則，使得新聞記者在工作中得以建立或依循所應具備的價值觀念、道德標準、以及規章典範（So & Chan, 2006）。所謂共通的價值觀或規範，通常包括客觀、準確、中立、公正，或合乎時宜（Lo et al., 2004）。雖然某些價值，如客觀或中立，曾被許多學者質疑（Reese, 1989; Tuchman, 1972），但專業仍然是各派新聞學課題之核心價值。雖然輿論經常批評新聞專業水準每況愈下的情形，是感官主義趨勢所致，然而相關的實證研究其實非常有限。

新聞專業可能影響感官新聞的呈現，這可能不受限於單一地區，而早已是全球性的新聞媒體趨勢之一。本章因此預計以十四個國家新聞專業的調查數據爲依據，試圖釐清長期以來新聞競爭與新聞感官化，以及新聞專業與新聞感官化之間的關係。

第五節　媒體系統

80年代以降，私有電視頻道興起、商業廣播節目管制放寬、收視群被瓜分、公共廣播機構影響力縮減等，種種趨勢造成全球許多地區的新聞媒體愈來愈以市場化和娛樂化爲導向。Hallin與Mancini（2004）認爲，由於媒體商業化帶動全球化媒體文化的發展，國際之間媒體系統的差異會逐漸縮小；不過國家政治制度之間的差異仍會是限制要素，例如：政黨和選舉制度的分歧將是影響媒體同質性的可能因素，媒體系統全球匯流的可能性與各國政治情勢密不可分。本文因此認爲，除了討論市場導向新聞學的全球趨勢之外，進一步探究全球的媒體系統也有其必要。

Hallin與Mancini（2004）以十八個國家爲樣本，以自由主義（Liberal theory）、社會責任論（Social responsibility）、獨裁論（Authoritarian theory）及馬克思主義（Marxist theory）等四個新聞報業理論爲框架，發展出三種媒體系統的模式。第一類是地中海國家的極化多元模型（Polarized Pluralist or Mediterranean Model），包括法國、希臘、義大利、葡萄牙和西班牙等國；第二類是北歐國家的民主資本企業模型（Democratic Corporatist or Northern European Model），包括奧地利、比利時、丹麥、芬蘭、德國、荷蘭、挪威、瑞典和瑞士；第三類則是北大西洋國家的自由市場模式（Liberal or North Atlantic Model），包括英國、美國、加拿大和愛爾蘭。

Hallin與Mancini（2004）表示，雖然每個媒體系統下的國家都有明確的共同元素，然而個別國家仍可能呈現不同特性。例如：法國與希臘、義大利、葡萄牙和西班牙屬於同一模式，但更細微地判斷，法國其實介於極化多元和民主資本企業模式；同樣地，同屬自由模式的美國和英國也有重大差異；美國是純粹的自由體系，而英國體系所包含的中央集權保守主義、自由主義、社會民主主義等成分則相對較多（Hallin & Mancini, 2004）。

另外一種區分各國媒體系統的模式，是由Curran、Iyengar、Lund與Salovaara-Moring（2009）所提出，認爲藉由媒體系統的分析，可深入闡述媒體市場化及娛樂化的意涵。他們以美國模式爲基準，比照其他民主國家，將媒體系統分爲公共系統、公共商業並行系統、以及商業系統等三類。

Curran 等人（2009）跨國觀點下的三個媒體系統，第一個是市場模式爲特色的美國，即以最大市場力量爲導向，最少國家干預爲原則的系統。控管廣播電視的聯邦通訊委員會（FCC），對於商業廣播的規範逐年放寬，這意味著美國媒體基本上是業者努力滿足消費需求的生態環境。

第二，是以芬蘭或丹麥的媒體公共服務之特色爲模式，公共系統的核心論點是，由於公民有參與公共事務的權利，因此必須充分暴露於公共事務訊息中。這一論點使得公共廣播系統得以獲取大量的政府資助，並有利於鞏固大量觀眾群。

第三個媒體系統，是同時具有市場和公共服務模式特色的商業公共並存系統，英國就是其中一例。總體而言，兩者並行的媒體系統，與首重消費需求的美國模式仍有顯著的對比，但也不全然以傳達公共事務訊息爲優先考量，其宗旨與公共媒體系統仍有一段差距，英國的商業公共並行系統，在程度上是介於兩者之間的（Curran et al., 2009），此觀點與Hallin及Mancini（2004）所指，屬於同一系統下的各國因爲個別特徵不同，而產生與模式偏離的情況，相當類似。

Curran 等人（2009）的跨國研究結果證明，商業系統下的美國電視新聞，國內新聞內容的呈現明顯呼應了其市場與娛樂導向的商業媒體系統。從閱聽眾調查結果可得知，與歐洲相比，美國民眾較不瞭解國際公共事務和國內硬性新聞。

本章認爲，上述跨國研究比較的都是民主國家的媒體系統，並未將共產國家或獨裁政體的媒體系統納入討論。共產或獨裁政體的運作，須植基傳播媒體，透過大眾傳播鞏固其政治強制性權力，因此，政府對媒體勢必有足夠的感染力和控制力，媒體系統有其獨特運作的系統。

共產國家媒體系統的運作，亞洲國家如緬甸、北韓、越南和中國等，媒體受政治嚴格控管。國營媒體系統爲了保全政治的利益和政黨的生存，以專制權力限制了媒體自由追求發展議程。舉中國爲例，中國媒體的獨立性處處受到政治上的限制，思維全然關注在國家中心。無論是國家電視臺或報紙等媒體、政治新聞和資訊等訊息，都受到當局密切地監督和管理，因此，聽命於政黨的媒體系統其實是「穩定」社會的代理，加強共產黨的權威，維護社會與政治的秩序（Rawnsley, 2007）。

不過隨著市場導向的媒體發展趨勢，共產國家的媒體運作也出現變化。王毓莉（1998）認爲，中共自1978年底實施改革開放政策後，廣電政策法令隨之改變，電視事業的經營趨向市場導向，因此非新聞性節目出現較多自主經營的空間，但對於新聞性節目仍維持較高的掌控。電視新聞節目，在改革開放前，新聞目的只爲政令宣導，偏重領導人的談話與會議新聞，新聞量少、時效性不高，不重視經濟消息的報導。不但少有固定的節目，且電視新聞的表現較缺乏深度，更不可能有批評或評論的報導出現。而改革開放後的新聞節目，新聞功能較多樣化，新聞量與時效性均提高，加強經濟新聞報導，節目有固定播出時段，並推出深度報導，也出現電視批評和評論的報導。

雖然中共實施改革政策，然而對輿論監督的定義，並非西方國家將新聞媒體視爲獨立的第四權。中國的新聞監督是針對社會風氣、法紀、政策執行情況、經濟現象、及廉政問題等進行監督。然而政治問題，特別是立法和高層政治決策過程，仍不在新聞輿論監督的範圍（王毓莉，1998）。

至於以新加坡爲例的獨裁政權，其電視媒體號稱民營實則國營。其中緣故與新加坡表面上號稱民主國家，但實際上施行社會主義制度的國情有關。新加坡執政黨永續執政，反對黨勢力相對薄弱，政治制度連帶影響媒體系統。長年以來，廣播電視節目製作系統均隸屬政府部門，2001年，新加坡電視臺（Television Corporation Singapore, TCS）所擁有的英語第五頻道及中文第八頻道，已全然發揮國家電視臺的功用。雖然政府一度改變政策，允許新加坡報業控股（Singapore Press Holdings, SPH）涉入廣播節目，並建立新加坡第二個電視臺：MediaWorks，暫時停止電視媒體壟斷。然而，爲了遏止虧損，在2004年兩家電視臺決定合併爲新傳媒電視控股（MediaCorp），雖然名義上爲私人商業集團，但最大股份仍由政府掌控（Ang, 2007）。

Rawnsley（2006）指出，新加坡採用國家主義意識型態的方式制定常規，透過媒體和教育向人民傳播這套體現亞洲價值的思想，此意識型態是用以杜絕來自發展國家的不良思想。例如：同該國內政部公共事務長C. Rozzario在1999年曾公開呼籲，新加坡融合多元的種族與宗教，不可貿然破壞長年建立的種族和諧、公共秩序、和平與安全之意義。爲了避免多元訊息傳入，擾亂國家發展計畫及文化事業，新加坡的傳播機構亦肩負抵制文化帝國主義的責任。

本文認爲，商業化與全球化雖帶動全球媒體系統趨於同質，然而不同政治制度下所形塑的媒體環境仍存有本質上的差異。以本文的研究目的而言，電視新聞感官主義研究，需以商業主義與媒體系統分類爲兩大研究架構，以分析在市場導向新聞學的全球趨勢之下，各國電視新聞在感官主義所呈現上的差異與媒介系統論之間的關係究竟爲何？

由於中國與新加坡的媒體系統，難以歸類於Hallin與Mancini（2004）或者Curran 等人（2009）的三種媒體系統，本章因此另外提出第四種媒體系統「國營媒體」，考量本章共取自十四個國家的新聞樣本與調查結果，將媒體系統分成國營、公共、商業公共並行、商業等四個媒體系統，藉以釐清媒體系統與電視新聞感官化趨勢發展之間的關係。

第六節　研究方法

一、研究問題與假設

綜合以上文獻論述，本章試圖回答以下研究問題：

研究問題一：在新聞主題方面，國營、公共、商業公共並行、與商業媒體系統的電視新聞感官化程度有何差異？感官新聞究竟有些什麼內容？

研究問題二：在新聞形式方面，國營、公共、商業公共並行、與商業等各媒體系統的電視新聞感官化程度有何差異？

研究問題三：在新聞演員方面，國營、公共、商業公共並行、與商業等各媒體系統的電視新聞感官化程度有何差異？

此外，本章試圖檢驗兩個研究假設：

假設一：電視新聞的競爭程度與新聞感官化程度呈現正相關：競爭程度愈高，新聞感官化程度也就愈高。

假設二：電視新聞的記者專業程度與新聞感官化程度呈現負相關：新聞記者專業程度愈高，新聞感官化的程度愈低。

二、研究方法

本章使用內容分析法和專業調查研究技術，描繪三大媒體系統電視新聞感官主義國際性的視野，研究範圍涵蓋新聞主題、新聞形式以及新聞演員。參與本章的國家包括（按地區排列）：中國、香港、臺灣、新加坡、以色列（亞洲地區），比利時、義大利、德國、波蘭和瑞士（歐洲地區），加拿大、美國和智利（美洲地區）。其次，參與國家之間所進行的專家調查，目的在於衡量電視新聞感官主義和新聞競爭之間的關係，以及感官主義和新聞專業程度之間的關係。

內容分析部分，本章抽樣的時間定在2008年1至3月，抽樣方式採用每周混合抽樣（composite week sampling techniques），母群體是經由個別國家鑑定，評分最高的公共和商業電視臺新聞，各國抽取總計二十八天（四週）之樣本。分析的單位是一則完整的電視新聞報導。

本章的內容分析可分爲幾個部分：基本的新聞資訊，如新聞臺名稱、日期、排列順序等。新聞主題包括第一、第二、第三個主題和關鍵字描述。新聞形式包括視覺音質等特徵、感官特色；新聞範圍包括時間、事件發生的地理範圍、以及影響等；最後則是新聞演員，包括新聞中的演員角色、演員性別、引用情況等。

本章將新聞主題重新編碼成三類，分別是感官、軟性以及硬性新聞。關於犯罪、恐怖主義、戰爭、暴力、衝突、意外、災害、人情趣味、知名人士等新聞主題重新編碼爲感官新聞；體育、文化、時尚、旅遊、王室等主題編碼爲軟性新聞。國內／國際政治、軍事、經濟以及其他較偏向公共事務的議題，則編碼爲硬性新聞。

至於感官新聞形式如何呈現？本章以下列形式呈現的手法，試圖建構感官主義指數，如圖像或圖形的呈現、動漫的呈現、背景音樂、慢動作、加速動作、重複相同的視覺效果、血腥畫面、柔焦、顏色變化、數位化、扭曲人聲和極端情緒。

過去的感官主義研究較側重新聞主題和新聞形式，而新聞演員的討論並相對少見。本章假定，在新聞中相較於政府官員或其他高階權威，平民大眾和知名人士會有更高傾向去表現個性化或戲劇化的一面。因此，本章將新聞演員重新編碼，審視國際之間，以及電視臺之間是否有所差異。重新編碼後，新聞演員共有三個類目：凡是公民、消費者、工人、囚犯、員工、旅客、體育的支持者、藝文活動的觀眾、宗教信徒等，編入平民大眾；運動員、影視娛樂從業人員、及王室貴族等，編入知名人士；而專家、政治人物、公務員、為民喉舌的代表等，則編入政府官員或高階權威等類目。

內容分析部分，十四個參與國家以一致的編碼程序和抽樣方式進行。接著，舉辦參與國媒體學者的專家調查。該項問卷調查一部分以面訪方式完成，一部分以電子郵件訪談方式進行。量化問卷用以瞭解各國的媒體系統，包括同一競爭市場有多少新聞頻道，電視新聞記者的平均教育水準，以及各國電視新聞記者和其他與媒體組織相關項目之整體評價。記者的平均教育程度及專業總體評價，則是衡量電視新聞記者的指標。問卷題項是五分李克特量表呈現，稍後分析階段再重新編碼為高、中、低三個等級。

第七節　資料分析與解釋

研究問題一試圖探討：在新聞主題方面，四類媒體系統的感官化程度差異。附錄表11-1顯示四種媒體系統所呈現的新聞主題之比例分配。由分析結果得知，各媒體系統的感官化的新聞主題差異，十分顯著（$X^2 = 120.126, df = 6, p < .001$）。

感官新聞所占比例最高的是商業公共並行的媒體系統（35.0%），其次是商業系統（28.1%）、公共系統（27.2%），最後為國營系統（22.4%）。

至於分屬不同媒體系統下各國之間的比較，觀察附錄表11-2可知，中國與新加坡組成的國營系統中，中國有較高的感官新聞比例（23.8%）。公共系統中，瑞士的感官新聞比例（27.5%）較德國（26.6%）高。而商業公共並行媒體系統，其感官新聞部分屬以色列最高（41.5%），其次是加拿大（38.5%）與義大利（35.8%）。最後是商業媒體系統，感官新聞部分，屬香港所占最高（38.3%），其次是巴西（34.1%）與臺灣（25.9%）。

若合併第一、第二和第三個新聞主題，如附錄表11-3所示，商業公共並行的電視系統產製的感官新聞比例最高（57.51%），其次是公共電視系統（54.86%）及商業電視（45.29%）。

至於不同媒體系統中的國家相互比較，結果如附錄表11-4所示，在國營系統中，感官新聞主題加總的結果，比起中國，新加坡占有較高的比例。公共系統的感官新聞比例，則以德國（56.4%）較瑞士（54.1%）爲高。商業公共並行媒體系統，其感官新聞部分，所占比例最高是加拿大（69.7%），其次是以色列（67.9%）與波蘭（51.9%）。而商業媒體系統方面，感官新聞部分，屬巴西所占比例最高（57.6%），其次是香港（57.5%）與美國（46.4%）。

若將各類新聞主題的細目，依照出現頻率排列順序，如附錄表11-5 所示，在感官新聞中，前三名爲「謀殺」（6.6%）、「犯罪調查」（6.4%）和「車禍」（6.1%）。至於軟性新聞比例較高的，則是「體育競賽」（13.1%）、「個別運動員／教練／團隊」（9.4%）、及「一般氣象報導（如最寒冷的冬天）」（6.8%）。

研究問題二所探討的是，在新聞形式方面，四種媒體系統的感官化程度差異。以新聞形式而言，不同媒體系統的感官化程度確實出現差異。

整體看來，雖然感官形式的呈現比例似乎不高，但仍可辨別其中較常出現的幾種感官新聞形式，如圖像的使用，以公共媒體系統最爲常見（17.6%），商業系統次之（15.7%）。又如電腦動畫，商業媒體系統最爲常見（12.0%），其次是公共系統（11.2%）。背景音樂則以國營媒體系統的電視臺最爲常見（9.3%）。

同樣的，比較各國也有經常使用的特定新聞形式，如附錄表11-7所示，在國營系統中，比起中國，新加坡較常用各項新聞形式。而公共媒體系統中各種新聞形式的使用，除了血腥畫面與顏色轉換，其餘所有的新聞形式項目，德國都比瑞士有較高的使用頻率。

至於商業公共並行媒體系統中，波蘭比其他國家較常使用圖像、動畫、柔焦效果、數位化和變聲處理；以色列較常使用背景音樂；加拿大使用慢動作、快動作、重複、血腥畫面及顏色變化的頻率較高；而情緒化表現，最常出現在義大利的新聞中。

最後是商業媒體系統，美國比其他國家較常使用圖像、動畫及快動作等形式特徵；巴西較常使用背景音樂和數位化；智利的慢動作、重複、血腥畫面、柔焦效果、顏色變化、情緒化表現等新聞形式使用頻率較其他國家高；而變聲處理則是以臺灣的使用頻率相對較高。

研究問題三所探討的，在新聞演員方面，四種媒體系統的感官化程度差異。附錄表11-8顯示四個媒體系統新聞內容所呈現的新聞演員之比例，差異十分顯著（$X^2 = 236.595, df = 6, p < .001$）。

整體看來，新聞演員中29.4%是平民大眾，11.9%是知名人士，58.7%是政府官員或其他高階權威。

在新聞演員中，平民大眾在商業公共並行的媒體系統中最爲常見（33.3%），其次是出現在商業系統（31.1%）及公共系統（23.5），國營系統（15.7%）最少；至於知名人士部分，也同樣在商業公共並行系統中最爲常見（13.8%），商業電視（11.9%）及公共系統（12.1%）緊接在後，國營系統最少（4.2%）。

至於不同媒體系統下各國之間的比較，從附錄表11-9可知，在國營系統中，中國的電視新聞比新加坡出現較多平民大眾（23.7%）以及政府官員或其他高階權威（73.9%）；新加坡則比中國出現較多知名人士（5.2%）。

而公共系統中的德國和瑞士，德國的新聞演員以平民大眾（27.1%）和知名人士（15.5%）出現的比例較瑞士高；而瑞士的新聞演員，則比德國有較高比例的政府官員或其他高階權威（67.4%）。

而在商業公共並行媒體系統中，出現較多平民大眾的是加拿大（40.6%）、以色列（36.6%）、波蘭（37.7%）；出現較多知名人士的是比利時（22.6%）、波蘭（9.2%）、加拿大（9.1%）；出現較多政府官員或其他高階權威的，則是義大利（67.5%）、以色列（54.5%）、波蘭（53.2%）。

最後是商業媒體系統內的比較，出現較多平民大眾新聞演員的是臺灣（38.4%）、巴西（35.2%）、智利（32.3%）；出現較多知名人士的是智利（23.6%）、巴西（11.2%）、臺灣（9.9%）；而出現較多政府官員或其他高階權威的，則是美國（78.8%）、香港（72.5%）、臺灣（51.7%）。

那麼，各國新聞競爭程度和新聞感官化程度又是如何呢？研究結果顯示，若市場競爭程度高，新聞中的感官新聞比例就愈高（Correlation Coefficient

= .047, p < .01）。相對於中等競爭市場（26.5%）和低競爭市場（19.6%），高競爭市場所播出的感官新聞比例最高（28.1%）（$\chi^2 = 344.121$, $df = 4$, p < .001）。研究假設一獲得支持。

研究結果也發現，新聞記者專業程度與新聞感官程度呈現正比的關係。以感官新聞而言，記者的專業程度與產製感官新聞的比例上，並沒有明顯的不同。但是，若是以廣義的感官新聞而言，在軟性新聞部分，事後比較分析結果顯示，專業程度愈高，反而製播愈多軟性新聞（23.9%），其次爲中度專業（12.6%）、低度專業（8.6%）的記者，反而製播最少的軟性新聞內容。因此，研究假設二不成立。

第八節　小結

根據初步分析結果，本研究發現各國的感官主義新聞主題主要聚焦於犯罪、意外事故和災難報導。「流血新聞」似乎仍是黃金時段電視新聞的頭條首選內容。軟性新聞的高比例出現，也顯示了電視新聞正轉變成兼具資訊及娛樂的媒體內容（infotainment) 的趨勢，確實出現在許多國家的媒體環境。

Hallin與Mancini（2004）認爲，商業化的傳播模式轉變了印刷和電子媒體。1980年的西歐只有三十六個國家頻道以及三個私人頻道。2005年，這個數目攀升到一千七百家。文獻指出東歐以及如中國的共產主義國家，可能受到媒體商業化集團的影響受，例如：聯合泛歐通訊集團（United Pan-Europe Communications）播放體育賽事或實境節目，形成一股新聞資訊娛樂化的趨勢（Gulyas, 2000; Thussu, 2007: 76-77）。

本章研究結果支持以上論點，波蘭和中國目前的電視節目，比從前呈現更多的軟性新聞。如同Thussu（2007）表示，導致中歐與東歐新聞感官化趨勢的可能原因之一，是電視臺播放許多源於美國的資訊娛樂新聞式節目。至於新聞內容的形式，雖然許多國家的電視新聞不全然使用本章所預期的新聞形式，不過其中如圖像或動畫等形式，美國、香港等地的電視新聞感官形式使用頻率確實較高。本章推測，這可能和數位傳播科技、媒體多角化經營的技術支援，以及媒體系統影響下的電視新聞文化有關。數位傳播科技愈高度發展、媒體集團內娛樂部門的影響力，以及愈傾向商業系統運作的電視臺，使用感官化的電視新聞形式也似乎愈高。

新聞演員方面，雖然許多國家電視新聞目前仍以政府官員及其他高階權威爲主要新聞演員，不過本研究發現一種趨勢，那就是知名人士和一般大眾也漸漸在新聞中成爲重要演員，且表現出個性化的一面。

至於造成電視新聞感官化在許多國家盛行的原因爲何？本章研究分析結果證實，新聞競爭和新聞專業程度確實是造成新聞娛樂化在許多國家媒體盛行的原因。雖然本章研究結果證實，新聞競爭與新聞感官化程度呈現正向關係，新聞環境愈競爭，新聞感官化程度愈高。然而耐人尋味的是，新聞記者的專業程度與新聞感官之間的關係。在市場導向新聞學的趨勢發展下，愈高度專業的記者，不但未見產製較少的感官新聞，反而報導最多的軟性新聞。軟性新聞在許多國際新聞小報化的研究中，其實被歸類於廣義的感官新聞（Sparks, 2000; Bek, 2004）。因此，本研究的發現，某種程度上似乎顛覆了傳統新聞學對新聞記者專業的定義。新聞記者程度的高低，與其選擇報導主題的公眾性，已經沒有必然的關係。

以名人新聞爲例。如同Barkin（2003）所言，目前是一個「名人新聞學」（celebrity journalism）的時代。黃金時段報導有關富豪或公眾人物的新聞，其比例之高已是史無前例，許多新聞臺目前仰仗播報名人的新聞、側寫和醜聞內容來支撐收視率。

另一方面，當商業主義明顯影響電視新聞感官化時，感官新聞的比例在商業媒體的系統中，並沒有比商業與公共系統並行的系統更高。進一步的分析顯示，在雙軌系統中，加拿大、以色列和義大利的商業電視臺有超過40%的新聞是感官主題，而公共電視臺則有35%是感官主題。然而細究之下，在商業系統中，超過30%的新聞時段報導感官主題，而公共電視臺只有23%的時段投入感官主題報導。因此雙方的差異主要出在雙軌並行系統中的公共電視臺有較高的感官新聞報導，而商業系統中的商業電視臺的感官新聞報導，則不如想像中那麼高。

而雙軌並行系統中的公共電視臺有較高比例的感官新聞報導，推究其原因，或許是與某些國家公共電視臺環境的整體轉變有關。近年來，大多數的歐洲國家歷經廣電系統的去管制化，以及必須與商業系統競爭收視觀眾的壓力。甚至電視節目提供公共事務資訊時也面臨了日益艱鉅的競爭，因爲雙軌系統的公共電視臺業者，比起私有商業電視臺遭遇到更大的經營困境，因爲他們需要同時維持新聞節目的資訊教育性，但也不能不兼顧娛樂效果（Losifidis, 2007）。

有研究指出，雙軌並行制的瑞典確實有電視新聞感官化的趨勢出現（Hvitfelt, 1994），丹麥（Hjarvard, 2000）和荷蘭（Vettehen et al., 2005）也出現公共電視新聞轉向感官化的結果（Vettehen et al., 2006）。本章的研究結果，呼應這些研究的觀點，認爲雙軌並行系統中公共電視臺新聞內容的轉變，導致感官新聞報導的內容要比預期中還要來得多。

關於商業系統中，商業電視臺爲何反而出現較低的感官新聞比例，值得注意的是，本研究進行期間，美國正值總統大選初選，臺灣也在舉行總統大選。可以合理的推斷是，這段時間的政治新聞比例比平日來得高，這很可能是商業系統電視新聞節目中，感官報導比平日少的原因。

至於新聞形式，雖然整體而言各國電視新聞報導的感官新聞形式，似乎不如預期得多，但是部分新聞形式例如圖片或動畫，在某些國家普遍應用在報導當中。推測這應該是與成熟的數位傳播技術以及媒體集團的技術支持，促成這些形式成爲電視新聞產製的常規。

過去研究曾指出，電視新聞過分強調感官形式的報導，以至於忽略了新聞實質內容的報導（Grabe et al., 2003; Wang & Cohen, 2009）。本章則發現，以跨國比較的資料顯示，新聞感官形式的呈現並未掩蓋新聞實質內容的呈現，但每一個國家似乎都有自己喜歡的電視新聞報導形式，推測這也與各國不同的電視新聞報導文化有關。

至於研究限制，本研究受限於幾個樣本潛在的問題。首先，感官主義不一定完全產自於收視率最高的商業電視頻道。舉例來說，美國地方電視新聞就遠比全國聯播的電視新聞有更高的感官程度（Slattery & Hakanen, 1994; Barkin, 2003）。1998 年卓越計畫研究顯示，15%的美國電視新聞是軟性及感官新聞，十年後再度進行樣本檢測，結果卻幾乎維持不變，與實際狀況出入甚大。本研究推測，這樣的結果，與本研究的樣本問題可能類似，都是未能將地方電視新聞內容納入樣本考量所導致。

以臺灣爲例子，臺灣總共有六個商業新聞頻道，全天候播報新聞。雖然TVBS是有線電視新聞頻道中平均收視率最高的頻道，感官程度卻是其中最低的（Wang & Cohen, 2009）。而公共電視在臺灣的影響力和收視率其實非常有限。換句話說，由於考慮樣本的可比較性，本研究樣本來源，是各國在其商業及公共電視臺中各選其一，以檢視各國媒體系統所產製之新聞；然而，一般被視爲主要產製感官新聞的商業新聞頻道或地方電視新聞，卻沒有被列入樣本之中。又如 Hardy 等人（2010）試圖探究市場導向新聞學是否影響電視新聞感官化，內容分析十一個歐洲國家的電視新聞的結果顯示，感官主義確實有引導市場導向新聞的傾向，商業電視臺更頻繁以感官形式的手法產製新聞；然而新聞競爭對主題選擇、概念的生動化（vividness，意指以人物及場景呈現新聞故事），並沒有特別明顯的影響。Hardy 等人（2010）的研究結論與本研究不盡相同，故本研究建議，後續研究可以進一步納入24小時新聞頻道或地方電視臺的新聞內容，以呈現更貼近實際狀況的電視新聞感官化內容的呈現、新聞形式以及新聞演員。

另一個研究限制，可能是本研究缺乏媒介系統影響的進一步調查。近期一項跨國研究，探究了媒體系統對公民公共事務意識的影響（Curran et al., 2009）。此研究發現以市場爲導向的商業電視，軟性新聞相對較多，造成一般民眾對國際公共事務和國內硬性新聞報導的知識顯著較低。本研究的後續閱聽眾研究發現，電視新聞感官化的程度對於各國閱聽眾的新聞興趣，產生莫大的影響。電視新聞感官程度愈高的國家，其電視新聞閱聽眾對感官新聞的興趣也愈高。雖然調查研究僅能顯示新聞感官化與閱聽眾新聞興趣之間的相關性，無法證實其因果關係，但足以令人關切，新聞感官化對閱聽眾潛移默化的可能影響。這項跨國性調查結果同時也顯示，臺灣在參與調查的十個國家當中，其新聞競爭程度最高，新聞感官化趨勢明顯，而閱聽眾對國內的公眾事務的興趣則最低（M = 3.06），對國際事務的興趣也相當低（M = 2.99）。

那麼，爲何臺灣民眾會與國外閱聽眾產生如此差異，對國內公眾事務新聞以及國際新聞的興趣低，但對感官新聞卻興致高昂呢？此現象可從鄰近性影響作探討。雖然國外研究指出，鄰近性原則在新聞感官主義上呈現相反的研究結果，高度感官的國際新聞會產生最大的負向反應（Kononova, Bailey, Bolls, Yegiyan, & Jeong, 2009）。但在臺灣似乎出現反向效果，高感官化的國內新聞較受到重視，臺灣媒體也較常關注鄰近國家的動態與發展。例如：2013年5月9日發生的廣大興案，是臺灣媒體關注，而此事件受到關注最主要的原因也在於，臺灣是新聞事件的主角。此外，相較於中東戰爭，南北韓的緊張情勢較受臺灣媒體關注。不過，與國外情況雷同的是，死傷人數與損失似乎是影響臺灣媒體是否報導國際新聞的因素之一（Kononova et al., 2009）。

此外，新媒體所帶來的影響，可能是使得民眾愈來愈常習慣較爲感官式新聞的原因之一。有研究針對新媒體「蘋果動新聞」的使用動機作調查（Au & Sung, 2012），研究發現在蘋果動新聞的使用以及信度上，用途性（affordance）是強力的預測因子。當動畫與多媒體成爲閱聽眾的使用動機時，閱聽眾的使用滿足是屬於過程導向，而新媒體的用途性（affordance）品質，也會影響閱聽眾的信賴度。

另一方面，網路的傳播特質以及偏好的八卦主題，恰好與新聞八卦化的傾向趨同。網路通道的八卦特質包括：一對多的傳遞、難以追蹤掌控謠言來源、複製容易，傳遞速度非常快、資訊時代造成訊息爆炸、網路匿名性。娛樂八卦議題原爲網路傳播的主流訊息，在媒體匯流趨勢下，所有訊息匯流到網路上傳播，八卦文化又有新的樣貌。當閱聽眾愈來愈習慣網路上發生在生活周遭的感官式新聞主題時，對於生硬的公眾議題以及遠在他方的國際新聞自然較不關注。

當一個民主國家的民眾對公眾事務新聞的興趣創新低，而對感官新聞或小報新聞則相對表現較高的興趣，這對其公眾事務知識的影響究竟爲何？對其民主生活的影響又爲何？這些課題，都將是未來跨國新聞感官化研究的焦點。

注解

註1. 本研究在2009年11月到2010年3月之間，在各國陸續進行閱聽眾的電話研究，以進一步瞭解各國閱聽眾的新聞興趣與收視行為差異。新聞興趣以李克特五分量表測量，1分表示很少有興趣，5分表示高度興趣。此處引用的數據不包括以下四個國家：比利時、巴西未參與調查研究；義大利的調查研究結果尚未出爐；美國的調查研究以網路調查法進行，考量研究方法的一致性因而未納入。

參考文獻

一、中文部分

王毓莉（1998）。〈中共改革開放政策對電視事業經營之影響〉，《新聞學研究》，第57期，頁27-49。

林照眞（2009）。《收視率新聞學：臺灣電視新聞商品化》。臺北：聯經。

楊瑪利（2002）。〈弱智媒體，大家一起來誤國 〉，《天下雜誌》，第251期，頁110-125。

二、英文部分

Adams, W. C. (1978). Local public affairs content of TV news. *Journalism Quarterly, 55*(4), 690-695.

Ang, P. H. (2007). *Singapore Media.* Paper presented at Hans Bedrow Media Institute, Germany.

Au, K. & Sung, N. (2012, May). *Sensationalism in the Information Age: Affordance as a New Gratification in Apple Action News*. Paper presented at the annual meeting of the International Communication Association, Sheraton Phoenix Downtown, Phoenix.

Barkin, S. M. (2003). American Television News: *The media marketplace and the public interest.* Armonk, N.Y. : M.E. Sharpe.

Bek, M. G. (2004). Tabloidization of news media. An analysis of television news in turkey. *European Journal of Communication, 19*(3), 371-386.

Curran, J., Iyengar, S., Lund, A. B., & Salovaara-Moring, I. (2009). Media system, public knowledge, and democracy: A comparative perspective. *European Journal of Communication, 24*(1), 5-26.

Davis, H., & McLeod, S. L. (2003). Why humans value sensational news: An evolutionary perspective. *Evolution and Human Behavior, 24*, 208-216.

De Swert, K. (2008, July). *Sensationalism in a television news context: toward an index for comparative research*. Paper presented at the conference of the International Association for Media and Communication Research, Sweden.

Esposito, S. A. (1996). Presumed innocent? A comparative analysis of network news', primetime news magazines', and tabloid TV's pretrial coverage of the O.J. Simpson criminal case. *Communications and the Law, 18*(4), 49-72.

Grabe, M. E., Zhou, S. H., Lang, A., & Bolls, P. D. (2000). Packaging television news: the effects of tabloid on information processing and evaluative responses. *Journal of Broadcasting and Electric Media, 44*(4), 581-598.

Grabe, M. E., Zhou, B. & Barnett, B. (2001). Explication sensationalism in television news: content and the bells and whistles of form. *Journal of Broadcasting and Electronic Media, 45*, 635-655.

Grabe, M. E., Lang, A., & Zhao, X. Q. (2003). News content and form: implications for memory and audience evaluations. *Communication Research, 30*, 387-413.

Gulyas, A. (2000). The development of the tabloid press in Hungary. In C. Sparks & J. Tulloch (Eds.), *Tabloid tales: Global Debates Over Media Standards* (pp.111-128). ML: Rowman Littlefield Publishers, Inc.

Hallin, D. C., & Mancini, P. (2004). *Comparing media systems: Three models of media and politics*. Cambridge, UK: Cambridge University Press

Hardy, A., De Swert, K., & Sadicaris, D. (2010, July). *Does Market-Driven Journalism Lead to Sensationalism in Television News? Explaining Sensationalism in 11 Countries*. Paper presented at the conference of the International Communication Association, Singapore.

Hvitfelt, H. (1994). The commercialization of the evening news: Changes in narrative technique in Swedish TV news. *Nordicom Review 15*(1), 33-41.

Hjarvard, S. (2000). Proximity, the name of the rating game. *Nordicom Review 21*(2): 63–81.

Kawabata, M. (2005). *Audience reception and visual presentations of TV news programs in Japan*. Paper presented at the Conference of the International Association for Media and Communication Research, Taipei, July.

Knight, G. (1989). Reality effects: Tabloid television news. *Queen's Quarterly, 96*(1), 94-108.

Kononova, A., Bailey, R. L., Bolls, P. D., Yegiyan, N. S., & Jeong, J. (2009). Extremely sensational, relatively close: Cognitive and emotional processing of domestic and foreign sensational television news about natural disasters and accidents. Paper presented at the annual meeting of the International Communication Association, Chicago, IL

Lo, V. H. et al. (2004). *The changing Mainland, Hong Kong and Taiwan journalists*. Taipei: Chuliu (in Chinese).

Loffelholz, M., & Weaver, D. (2008). *Global Journalism Research: Theories, Methods, Findings, Future*. Oxford: Blackwell Publishing Ltd.

Losifidis, P. (2007) . Public television in small European countries: Challenges and strategies. *International Journal of Media and Cultural Politics 3*(1): 65–87.

McManus, J. H. (1994). *Market-driven journalism: Let the citizen beware?* Thousand Oaks, CA: Sage.

Pew Research Center's Project for Excellence in Journalism. (2009). *The state of the news media 2009. An annual report on American journalism.* Retrieved January 24, 2013, from Project for Excellence in Journalism Web site: http://stateofthemedia.org/2009/

Pfetsch, B. (1996). Convergence through privatization? Changing media environments and televised politics in Germany. *European Journal of Communication 11*(4), 427-451.

Postman, N. (1985). *Amusing ourselves to death: Public discourse in the age of show business*. New York: Viking.

Rawnsley, G. D. (2006) *The media, internet and governance in China*. Discussion Paper 12, Nottingham: China Policy Institute.

Rawnsley, G. D. (2007). The media and democracy in China and Taiwan. *Taiwan Journal of Democracy, 3* (1): 63-78.

Reese, S. D. (1989). The news paradigm and the ideology of objectivity: A socialist at the *Wall Street Journal. Critical Studies in Mass Communication, 7*, 390-409.

Slattery, K. L., & Hakanen, E. A. (1994). Sensationalism versus public affairs content of local TV news: Pennsylvania revisited. *Journal of Broadcasting and Electronic Media 38*(2), 205-216.

So, C. Y. K., & Chan, J. M. (2006). Media credibility at all time low; journalists and citizens evaluate differently. *Hong Kong Economic Journal*, p. 13 (in Chinese).

Sparks, C. & Tulloch, J. (2000). *Tabloid tales: Global debates over media standards*. New York: Rowman & Littlefield.

Thussu, D. K. (2007). News as Entertainment. *The Rise of Global Infotainment*. London: Sage.

Tuchman, G. (1972). Objectivity as strategic ritual: An examination of newsmen's notions of objectivity. *American Sociological Review, 77*, 660-679.

Vettehen, P. H., Nuijten, K. & Beentjes, W. J. (2005). News in an age of competition: The case of sensationalism in Dutch television news, 1995-2001. *Journal of Broadcasting and Electronic Media 49*(3), 282-295.

Vettehen, P. H., Nuijten, K., & Beentjes, W. J. (2006). Sensationalism in Dutch current affairs programmes 1992-2001. *European journal of communication, 21*(2), 227-237.

Wang, T. L., & Cohen, A. A. (2009). Factors Affecting Viewers' Perceptions of Sensationalism in Television News: A Survey Study in Taiwan, *Issues and Studies, 45*(2), 125-157.

附錄

表11-1 媒體系統與主要新聞主題

媒體系統	新聞則數	新聞主題		
		感官（%）	軟性（%）	硬性（%）
國營	1,494	22.4	21.7	55.9
公共	1,965	27.2	22.9	49.9
商業公共並行	4,020	35.0	18.5	46.4
商業	4,410	28.1	23.5	48.4
總計	11,880	29.6	21.5	48.9

表11-2 媒體系統與主要新聞主題（各國比較）

媒體系統	新聞則數	新聞主題		
		感官（%）	軟性（%）	硬性（%）
國營				
中國	648	23.8	18.7	57.6
新加坡	846	21.4	24.0	54.6
國營合計	1,494	22.4	21.7	55.9
公共				
德國	672	26.6	21.3	52.1
瑞士	1,284	27.5	23.8	48.8
公共合計	1,956	27.2	22.9	49.9
商業公共並行				
比利時	1,228	30.2	26.2	43.6%
加拿大	667	38.5	14.5	46.9
以色列	1,001	41.5	13.4	45.2
義大利	625	35.8	19.7	44.5
波蘭	499	28.3	13.8	57.9
商業公共並行合計	4,020	35.0	18.5	46.4
商業				
巴西	721	34.1	17.6	48.3
智利	1,451	25.4	45.9	28.7
香港	600	38.3	9.5	52.2

（續）

媒體系統	新聞則數	新聞主題		
		感官（%）	軟性（%）	硬性（%）
臺灣	1,035	25.9	12.9	61.3
美國	603	21.1	8.8	70.1
商業合計	4,410	28.1	23.5	48.4
總計	11,880	29.6	21.5	48.9

$X^2 = 120.126$, $df = 6$, $p < .001$

註：(2) 國營電視包括中國、新加坡；公共電視系統包括德國、瑞士；商業公共並行系統包括比利時、加拿大、以色列、義大利、波蘭；商業電視系統包括巴西、香港、臺灣、智利、美國。

表11-3 媒體系統與所有新聞主題（含主要主題、次要主題、第三主題）

媒體系統	新聞則數	新聞主題		
		感官（%）	軟性（%）	硬性（%）
國營	1,494	36.32	41.45	99.74
公共	1,965	54.86	55.42	123.88
商業公共並行	4,020	57.51	29.69	85.75
商業	4,410	45.29	36.72	82.55
總計	11,880	49.90	38.03	92.59

表11-4 媒體系統與所有新聞主題（各國比較）

媒體系統	新聞則數	新聞主題		
		感官（%）	軟性（%）	硬性（%）
國營				
中國	648	35.5	36.9	97.7
新加坡	846	37.0	44.9	101.3
國營合計	1,494	36.3	41.5	99.7
公共				
德國	672	56.4	52.4	136.9
瑞士	1,284	54.1	57.1	117.1
公共合計	1,956	54.9	55.4	123.9
商業公共並行				
比利時	1,228	49.7	37.3	73.8
加拿大	667	69.7	26.5	90.71
以色列	1,001	67.9	23.1	82.0

（續）

媒體系統	新聞則數	新聞主題		
		感官（%）	軟性（%）	硬性（%）
義大利	625	47.8	29.3	86.6
波蘭	499	51.9	29.3	115.4
商業公共並行合計	4,410	45.3	36.7	82.6
商業				
巴西	721	57.6	31.9	94.0
智利	1,451	43.0	68.3	55.4
香港	600	57.5	18.2	95.3
臺灣	1,035	31.5	18.3	77.8
美國	603	46.4	16.6	128.4
商業合計	4,410	45.3	36.7	82.6
總計	11,880	49.9	38.0	92.6

表11-5 新聞主題的細目

排名	新聞主題					
	感官（%）		軟性（%）		硬性（%）	
1	謀殺	6.6	體育競賽	13.1	選舉	12.5
2	犯罪調查	6.4	個別運動員／教練／團隊	9.4	立法活動（如討論新法案）	6.1
3	車禍	6.1	一般氣象報導（如最寒冷的冬天）	6.8	政治人物發言或活動	7.8
4	天災（其他氣候）	5.8	周年活動	5.2	商業	4.5
5	火災	5.5	健康資訊	5.0	國家經濟	4.4
6	小罪	5.1	電視節目	4.9	行政活動（如總統發表演說）	3.4
7	司法判決	4.7	錦標賽	4.1	罷工	2.4
8	搶劫	4.3	旅遊	4.0	黨際關係	2.0
9	非名人	3.8	氣象預報	3.6	政治任命	1.9
10	傳染性疫情	3.7	節慶競賽	3.3	經濟指標（如國內生產數字）	1.9
11	名人	3.6	新醫療技術或保健	3.1	環境威脅（如汙染）	1.8
12	濫用政權或貪汙	3.0				

表11-6 媒體系統與新聞形式

新聞形式	媒體系統				χ^2
	國營（%）	公共（%）	商業公共並行（%）	商業（%）	*df*=3
圖像	6.4	17.6	4.5	15.7	440.879***
動畫	3.6	11.2	5.1	12.0	223.580***
背景音樂	9.3	7.1	4.0	7.3	78.729***
慢動作	0.5	4.7	1.6	8.6	350.872***
快動作	0.3	0.2	0.1	1.6	90.958***
重複	0.6	1.1	1.2	4.3	153.900***
血腥畫面	0.4	1.1	1.2	1.9	25.408***
柔焦效果	0.5	2.2	1.0	1.5	25.648***
顏色變化	0.4	3.1	0.9	1.7	65.130***
數位化	0.2	2.2	1.2	1.1	33.597***
變聲處理	0.0	0.3	0.4	0.1	12.247(a)**
情緒化表現	0.7	0.6	3.0	3.1	71.074***

註：此表之細格數據係指各項新聞形式使用在各國新聞中的頻率

* $p < .05$,　** $p < .01$,　*** $p < .001$

表11-7 媒體系統與新聞形式（各國比較）

新聞形式	媒體系統													
	國營（%）		公共（%）		商業公共並行（%）					商業（%）				
	中	新	德	瑞士	比	加	以	義	波	巴西	智利	香港	臺	美
圖像	9.1	4.2	22.8	14.8	0.6	9.6	2.3	0.6	16.7	2.7	0.6	38.0	6.8	57.2
動畫	0.9	5.7	13.5	9.9	3.0	5.9	2.3	0.8	20.4	2.2	3.6	10.5	14.5	40.2
背景音樂	4.2	13.4	11.6	4.7	0	6.8	7.8	3.0	3.5	18.0	10.2	1.9	0.6	8.0
慢動作	0	0.8	7.1	3.3	1.5	4.4	0.3	1.3	1.3	2.2	22.4	0.4	0.1	12.4
快動作	0.3	0.3	0.3	0.2	0	0.5	0	0	0	0.3	3.0	0	0.1	4.9
重複	0	1.0	1.9	0.7	0.4	3.9	1.3	0.6	0.2	0.5	11.0	0	3.4	0.8
血腥畫面	0	0.7	0.8	1.3	0.6	2.5	0.9	1.4	1.3	0.1	5.0	0	0.1	2.8
柔焦效果	0.1	0.8	3.9	1.2	0.4	0.4	1.3	1.4	2.2	0.9	2.9	0	0.8	2.4
顏色變化	0	0.7	2.6	3.4	0.1	2.4	0.6	0.3	2.0	2.5	3.9	0.1	0.1	1.4
數位化	0	0	0.8	0.1	0.4	0	0.4	0	1.5	0.8	0	0	0.1	0
變聲處理	0	0	0.1	0	0.3	2.3	0	0.9	2.6	0	0	0	0.9	0.0
情緒化表現	0	1.2	0.7	0.6	2.0	2.5	2.7	5.4	3.9	0.1	6.8	0	3.4	1.7

註：此表之細格數據係指各項新聞形式在各國新聞中的使用頻率

表11-8 媒體系統與新聞演員

媒體系統	個數	新聞演員		
		平民大眾（%）	知名人士（%）	政府官員或其他高階權威（%）
國營	874	15.7	4.2	80.1
公共	1,106	23.5	12.1	64.4
商業公共並行	3,114	33.3	13.8	52.8
商業	3,600	31.1	11.9	56.9
總計	8,694	29.4	11.9	58.7

$X^2 = 236.595$, $df = 6$, $p < .001$

表11-9 媒體系統與新聞演員（各國比較）

媒體系統	個數	新聞演員		
		平民大眾（%）	知名人士（%）	政府官員或其他高階權威（%）
國營				
中國	648	23.7	2.3	73.9
新加坡	846	11.5	5.2	83.3
國營合計	874	15.7	4.2	80.1
公共				
德國	672	27.1	15.5	57.4
瑞士	1,284	21.9	10.6	67.4
公共合計	1,106	23.5	12.1	64.4
商業公共並行				
比利時	1,228	30.8	22.6	46.6
加拿大	667	40.6	9.1	50.3
以色列	1,001	36.6	8.9	54.5
義大利	625	23.6	8.9	67.5
波蘭	499	37.7	9.2	53.2
商業公共並行合計	3,114	33.3	13.8	52.8
商業				
巴西	721	35.2	11.2	53.5
智利	1,451	32.3	23.6	44.2
香港	600	23.7	3.9	72.5

（續）

媒體系統	個數	新聞演員		
		平民大衆（%）	知名人士（%）	政府官員或其他高階權威（%）
臺灣	1,035	38.4	9.9	51.7
美國	603	17.1	4.1	78.8
商業合計	3,600	31.1	11.9	56.9
總計	8,694	29.4	11.9	58.7

表11-10 新聞競爭程度與新聞感官程度之關係

新聞競爭程度	個數	新聞主題		
		感官（%）	軟性（%）	硬性（%）
高	4,778	28.1	16.2	55.7
中	4,365	26.5	26.8	46.6
低	2,651	19.6	14.4	66.0
總計	11,794	25.6	19.7	54.7

$\chi^2 = 344.121$, $df = 4$, $p < .001$
Correlation Coefficient = .047, $p < .01$
註：各國新聞競爭程度以國內之電視臺數量分為三等：0~2家（低）、3~5家（中）、6家以上（高）。新聞競爭程度低度之國家：比利時、加拿大、中國、德國、香港、以色列；新聞競爭程度中度之國家：巴西、波蘭、新加坡、美國；新聞競爭程度高度之國家：智利、義大利、瑞士、臺灣。

表11-11 新聞專業程度與新聞感官程度之關係

記者專業程度	個數	新聞主題		
		感官（%）	軟性（%）	硬性（%）
高	7,287	25.3	23.9	50.8
中	2,136	26.5	12.6	60.9
低	1,024	25.6	8.6	65.8
總計	10,447	25.5	20.1	54.3

$\chi^2 = 240.048$, $df = 4$, $p < .001$
Correlation Coefficient = .075, $p < .01$
註：記者專業程度衡量指標為電視記者整體專業表現及教育程度。
新聞專業程度低度國家：臺灣；新聞專業程度中度國家：中國、以色列、波蘭；新聞專業程度高度國家：比利時、加拿大、智利、德國、香港、新加坡、瑞士、美國。巴西與義大利未加入調查。

結論

一、本書各章重點摘要
二、感官主義的影響
三、臺灣閱聽眾喜愛感官新聞的心理因素
四、對未來研究的建議
五、結論

電視新聞感官主義在全球化發展的背景之下，因爲臺灣特殊的媒體環境，也衍生出在地的感官主義媒體景觀。本結論章將簡要敘述本書各章的發現，並思索這些研究成果對邁向數位多媒體時代的電視新聞發展有何意義。

一、本書各章重點摘要

本書共分十二個章節。首先第一章分析小報文化以及資訊娛樂化如何改變了電視新聞文化，並在臺灣促成了電視新聞感官主義的興起。第二章則建構電視新聞感官主義的理論，包括感官主義如何運作、如何觀察、如何分析、感官主義對閱聽人的可能影響爲何等。以電視新聞的內容而言，「感官主義」可以定義爲「用以促進閱聽人娛樂、感動、驚奇或好奇感覺的新聞內容，訴諸感官刺激或情緒反應甚於理性」。可能刺激閱聽人感官經驗的新聞主題，則包括犯罪或衝突、人爲意外或天災、性與醜聞、名人或娛樂、宗教或神怪、或者消費弱勢族群等。

另外，第二章也提出，有關電視新聞感官主義的定義，無法不納入閱聽人的觀點。根據實證研究的結果，修正早期國外針對平面媒體所提出的感官主義量表，本書提出十項測量指標，用以探究閱聽人如何定義電視新聞的感官主義，這十項指標包括正確性（accuracy）、負責任（responsibility）、重要性（importance）、公信力（credibility）、專業性（professionalism）、刺激性（excitement）、煽動性（agitation）、收視興趣激發程度（arousing viewer interest）、隱私的侵犯（invading of privacy）、八卦閒聊特性等（gossip）。

第三章則藉由畫界理論的分析架構發現，臺灣的電視新聞文化空間從1995到2005年間，在認識論、部門組織、社會功能以及產製方法等四大面向上，都出現重大的變遷發展。臺灣電視新聞與電視娛樂之間的界線已經崩解，電視新聞的社會功能從即時重大消息的告知功能，逐漸轉變到提供生活娛樂資訊的娛樂功能。而之所以造成電視新聞文化空間崩解的主因，就是電視新聞無所不在的「惡靈」——新聞收視率。臺灣擁有全世界密度最高的新聞臺頻道，激烈競爭的收視率是促成電視新聞感官化的主因。資深新聞人也坦言，收視率掛帥的年代，電視臺必須「挑逗觀眾感官」，因爲這是生存之道（劉旭峰，2006）。然而，當所有的新聞頻道都以刺激觀眾感官經驗作為生存策略時，這個生存策略真能奏效，成為唯一的「生存王道」也引發疑問。

此外，電視新聞工作者在文化空間專業界線的詮釋權上，出現了微妙的變化。2000年前，電視新聞與娛樂的界線就開始崩解，然而電視新聞工作者似乎仍然嘗試畫出新聞工作與娛樂工作之間的界線，主張對電視新聞文化空間的畫界權力，並強調電視新聞工作者與平面新聞工作者在認識論與方法論上的異同。然而2000年之後，電視新聞工作者對新聞與娛樂之間的界線快速棄守，並且出現刻意模糊這條界線的傾向，開始強調電視新聞原生於以娛樂起家的電視媒體，兩者之間的界線無需畫明。這種刻意模糊資訊與娛樂的意識型態，也凸顯出電視新聞工作者的文化空間認同，已從「新聞人」往「娛樂人」大量傾斜。

第四章開始從現象面分析電視新聞感官主義的文化，首先分析臺灣的每日時事新聞節目以及新聞深度報導節目。首先，以每日晚間新聞而言，2005年的撤照風波，確實影響了電視新聞的感官化程度。因為東森S臺新聞感官化程度嚴重，導致換照未過，短期間內，似乎對電視新聞產生了某種程度的警示作用，降低了感官新聞的內容比例。不過，對電視新聞形式的感官化，則未有顯著影響。然而本章也質疑，新聞他律無法作為「控管」新聞感官主義的經常性手段。

其次，在新聞深度報導節目方面，以新聞主題以及報導角度而言，東森S臺在撤照風波之前所播出的《社會追緝令》，呈現出「八卦式」電視新聞節目的特色，大量偏重訴諸感官經驗的新聞主題及角度。而「菁英式」或「普羅式」的新聞節目（《民視異言堂》、《華視新聞雜誌》），則以報導訴諸理性經驗的新聞主題及角度為主。

值得注意的是，臺灣電視新聞報導節目中所謂「訴諸理性」或者非感官訴求的新聞主題，並非傳統新聞學中所定義的「硬式新聞」（hard news），也就是促進公民參與民主社會運作的政治、經濟等公眾事務議題。換句話說，臺灣電視媒體，特別是商業媒體，似乎不存在《60分鐘》之類的「菁英式」新聞報導節目，造成不論哪一種新聞深度報導節目皆一致忽略政經類新聞主題的現象。

而第四章以內容分析進行研究，嘗試描繪出感官主義的概略圖像，也無法避免地呈現了橫斷性研究的缺陷。例如：本章第一部分僅針對撤照風波發生前後三個月進行研究，因此僅能推論新聞換照的他律機制對新聞感官化在有限時間之內的影響。至於長期效應，則仍待未來研究進行長期而持續性的研究才能推論。

第五章則以文本分析方式，以 2005年喧騰一時的「鴻妃戀」事件，分析電視新聞媒體如何進行媒體集體偷窺。「鴻妃戀」事件呈現了電視新聞文本如何以聽覺與視覺的雙重文本進行媒體偷窺，又如何持續刺激閱聽人的感官經驗，以激發更多閱聽人偷窺名人隱私生活的欲望。研究發現，從「鴻妃戀」事件之後，電視媒體已經浮現出一套媒體窺視的運作機制，成爲爾後社會集體透過電視新聞媒體進行偷窺的文化現象的轉捩點之一。本章所分析的媒體集體偷窺模式是否能在其他的名人偷窺事件中獲得印證，有待未來研究驗證。

第六章到第九章則呈現一系列的閱聽人研究成果，首先是以資訊處理模式探究感官主義對閱聽人的影響。第六章探究電視新聞感官製作形式、新聞敘事、新聞排序等三個因素對新聞資訊處理、新聞評價及新聞感受的影響。

研究結果發現，以感官製作形式對資訊處理的影響而言，新聞配樂、播報的干擾性旁白、引導性字幕、音效、快慢動作、轉場效果等，常見刺激閱聽感官經驗的製作手法，確實引發閱聽人較高新聞注意力且提高新聞辨識程度；但新聞過度包裝的代價，則是閱聽人對新聞正確回憶程度隨之降低。

至於新聞敘事模式對資訊處理的影響，第六章證實了目前電視新聞媒體偏好採用的故事講述模式較資訊傳遞模式複雜，因此降低了閱聽人對新聞的回憶程度。不過，不同敘事模式對閱聽人新聞注意力與新聞辨識程度並未產生顯著影響，是否意味著閱聽人處理電視新聞資訊的方式愈來愈重視影像元素，導致敘事模式的重要性相對減弱，值得未來進一步檢驗。

新聞排序的影響也出現類似結果。將感官主題新聞提前在新聞前段播出，確實提高閱聽人的新聞注意力，但對新聞辨識程度或回憶程度則沒有幫助。

第六章另外一個值得注意的研究結果是，臺灣地區的閱聽人對於向好萊塢式電影手法看齊的新聞製作手法，似乎相當肯定，這是與國外研究相當不同的研究發現。此現象可從閱聽人在新聞中的「情緒參與經驗」作解釋，相較於傳統新聞，感官新聞透過激發情緒的參與經驗，縮減與閱聽人的距離，「情緒」成爲個人涉入新聞程度的重要因素。新聞工作者可善用閱聽人對感官製作或敘事形式的偏好，以此形式從事較不易被閱聽人注意的、攸關公眾利益的報導，對新聞媒體以及閱聽人而言，都可創造雙贏局面。

至於第六章的研究限制之一，在於預設閱聽人有能力根據自我的意志與能力，在傳播過程中接收、處理以及理解訊息，這也就等於預設閱聽人具有辨別感官新聞與非感官新聞的能力。然而本章並未考量閱聽人的媒介素養差異，這個預設觀點因此可能設限了本章的外在效度。

第七章則以電話調查方式，研究電視新聞媒體感官主義如何影響閱聽人的新聞閱聽感受。過去有關新聞感官化的研究，多偏重新聞內容。第七章探討閱聽眾對電視新聞感官化的認知與感受。研究結果發現，在認知方面，臺灣的電視新聞觀眾多認爲八卦主題的新聞感官化程度最深，其次依序爲犯罪、災難和醜聞報導。國外相關研究指出，犯罪新聞向來被視爲感官新聞最主要的主題與內容，而本章則出現臺灣閱聽眾不同的認知結果。

在閱聽眾對電視新聞感官化的感受方面，電視新聞製作形式對閱聽眾的新聞感官化感受確實產生影響。聽覺特性（如戲劇性的播報語調、新聞配樂）較諸視覺特性（畫面的重複性、新聞剪接節奏等），更容易影響閱聽眾對新聞感官化的感受。不過這個結果有可能與本章新聞感官主義量表的建構方式有關。未來研究應繼續發展更具解釋力的電視新聞感官主義量表，以期能更精準描繪出閱聽眾心中感官主義感受更完整的圖像。

第八章則分析哪些因素影響閱聽眾對感官主義的感受。本章在感官主義理論上最主要的貢獻在於，系統性探究影響閱聽眾對電視新聞感官化感受的影響因素，包括新聞主題、電視新聞製作形式、新聞頻道的選擇、收看電視新聞的動機以及人口變項等。

在電視製作形式方面，我們發現閱聽眾對於感官主義的感受，與電視新聞製作形式間存在正向關係。如果電視新聞中包含愈多的聽覺、視覺和後製製作特性，閱聽眾愈傾向認爲該則新聞的感官化程度較高。進一步的迴歸統計分析可以發現，聽覺特性較視覺和後製剪輯特性具有更強的解釋力。

研究結果顯示，臺灣閱聽眾普遍仍有「眼見爲憑」的視覺迷思，雖然在觀看感觀新聞時，會出現「不認同」感官新聞的作法，但會認同其呈現的價值觀。且臺灣閱聽眾對新聞是採取新聞內容與新聞形式「雙軌分離」的解讀方式，雖不滿意新聞呈現形式以及八卦傳播內容，但仍然認爲形式與內容能帶來閱聽愉悅。

總結來說，在所有的變數當中，聽覺產製特性是預測閱聽眾對電視新聞感官化程度的最有力因素，其他的影響因素依次爲娛樂需求以及社會需求收視動機、年齡和資訊需求收視動機。

値得注意的是，第八章所探討的變數加總起來，約也只有44%的解釋力。未來研究應可嘗試更具前瞻性、更完整的、更能精準捕捉閱聽眾心中感官主義感受的新聞感官化構念。

第九章則以另一種閱聽人研究典範——接收分析模式，探究電視新聞如何建構八卦事件，以及閱聽眾如何以自己的觀點來詮釋解讀八卦新聞。研究結果發現，電視新聞經常以三種意識型態來建構八卦報導，包括「二手報導等同眞相」、「訴諸社會正義與規範」以及「塑造觀看權力」等。

至於赫爾（Hall, 1980）所提出的優勢解讀、協商解讀、對立解讀等三種解讀型態，則無法完全適用於閱聽眾對八卦新聞的解讀。原因是閱聽眾對電視新聞的解讀，因爲電視新聞產製的獨特形式，帶給閱聽眾的閱聽經驗本身就足以創造出許多解讀的可能性，因而浮現一種「雙軌性」的解讀狀態。

簡單而言，電視新聞閱聽眾對八卦新聞內容的解讀，未必與解讀八卦新聞的產製形式，存在一致性。許多閱聽人能夠批判八卦文本的產製形式，但是卻受其文本意識型態的支配。研究訪談結果顯示，雖然最多數的閱聽眾抗拒八卦新聞產製的形式，例如：認爲新聞模擬的形式令人難以接受，或者抗拒電視新聞強迫式的導引標題，但是對其新聞內容所再現的意識型態，例如：強調社會正義與規範、塑造觀看就是力量的權威感等，卻顯現出高度的認同。換句話說，許多閱聽人能夠倒讀或逆讀電視八卦新聞的產製形式，但卻很少閱聽人能夠倒讀或逆讀八卦新聞文本的意識型態。

在研究限制方面，第九章在執行閱聽人訪談的過程中發現，性別和年齡的的考量不難達成，但是如何劃分不同的職業類別，使「社會位置」具備最大程度的差異性，相當困難。這也是未來電視新聞接收分析研究，頗值得突破的地方。

第十章實地訪問新聞從業人員，包括傳播科技專家，以瞭解實務界對感官主義的看法，釐清學界與實務界對感官主義的歧見，並討論有無縮減歧見的可能。

第十章的研究結果指出，臺灣電視新聞工作者對於「感官主義」的圖像，在新聞主題方面的認知，非常接近「新聞娛樂化」與「新聞八卦化」的概念，而在新聞形式方面的認知，則是「刺激閱聽人收看新聞的慾望」。換句話說，新聞工作者對電視新聞感官主義的圖像，與傳播學界的看法，並沒有太大的歧異。

然而，電視新聞工作者對感官主義已經操縱當前電視新聞工作的場域，成爲普遍的工作邏輯與常規，則傾向歸因於市場需求，也就是「閱聽人需求」創造出這個電視新聞感官主義的市場與現象。他們認爲從消息來源端開始，也就是新聞中的新聞人物，都感受到閱聽眾感官刺激的需求，因此支配著新聞人物的表演慾望，當然也影響新聞後續的處理，造成感官主義盛行的結果。

換句話說，對感官主義圖像的認知，電視新聞工作者與傳播學界的看法趨同。然而對感官主義的成因，兩者看法則截然不同。電視新聞工作者認爲是閱聽眾的需求所致，而傳播學界的看法則多認爲是電視新聞頻道經營者在市場驅力之下，創造出閱聽眾對感官新聞的需求，並進而成爲其追求利潤的利器。

第十一章是電視新聞感官主義的跨國性研究。從參與研究的十四個國家的電視新聞內容與專家調查的資料中，本研究發現，各國的感官新聞主題主要仍聚焦於犯罪、意外事故和災難報導。「流血新聞」似乎不分國際界線，成爲許多國家黃金時段電視新聞的頭條首選內容。而軟性新聞在各國的高比例出現，也顯示電視新聞正在轉變成兼具資訊及娛樂的媒體內容（infotainment）。至於造成電視新聞感官化在許多國家盛行的原因，專家調查的結果也證實，新聞競爭和新聞專業程度確實是造成新聞娛樂化在許多國家媒體盛行的原因。新聞競爭與新聞感官化程度呈現正向關係，新聞環境愈競爭，新聞感官化程度愈高。然而耐人尋味的是，新聞記者的專業程度與新聞感官之間的關係。在市場導向新聞學的趨勢發展下，愈高度專業的記者，不但未見產製較少的感官新聞，反而報導最多的軟性新聞。因此，本研究發現，新聞記者專業程度的高低，與其選擇報導主題的公眾性，並不存在必然的關係。

本章也指出臺灣閱聽眾與國外閱聽眾對感官新聞認知的差異。雖然國外研究指出，鄰近性原則在新聞感官主義上呈現相反的研究結果，高度感官化的國際新聞會產生最大的負向反應，但是，在臺灣似乎出現反向效果，高度感官化的國內新聞較受到重視，臺灣媒體也較常關注鄰近國家的動態與發展。但與國外情況近似的是，死傷人數與損失似乎也成爲臺灣媒體是否報導國際新聞的因素之一。

此外，第十一章的另一個重大意義，在於驗證本書提出的電視新聞感官主義的三個研究架構：新聞主題、新聞形式以及新聞演員，能夠適用於不同媒體系統的國家。各國所發現的感官新聞主題以及新聞演員有其共同特徵，新聞競爭也證實與新聞感官化之間有正向關係，這些發現顯示了新聞感官化的某些面向，是具有全球性的。然而感官新聞形式則出現殊異，這與不同媒體系統國家的電視新聞文化有何關聯性，則有待未來研究再行探究。

二、感官主義的影響

本書研究結果證實，電視新聞感官主義已經成爲電視新聞產業極大化利潤的利器。而另一方面，電視新聞感官主義已經內化爲新聞工作者的工作常規，正當化了新聞資訊的感官化以及娛樂化的一切手段。由於近年來電視新聞工作者的文化空間認同，從新聞人往娛樂人大量傾斜，造成新聞記者的社會形象急速惡化。過去有著「無冕王」稱譽的記者，如今在許多民眾的眼中成了缺乏倫理素養的「狗仔」，或者做秀的「藝人」。

記者社會形象的惡化，讓原本對於新聞工作滿懷理想的莘莘學子，進入新聞傳播相關科系後，對自己的職業志向與生涯規劃感到困惑、疑懼，不知如何面對畢業後的新聞環境。新進的電視記者滿腔的熱情往往在進入職場後就迅速地幻滅，甚至離職；惡性循環的結果，造成電視新聞產業培養資深優秀的新聞工作者，更加艱難。

因此，縱然在現今電視新聞文化空間中，新聞、娛樂無法截然二分，但新聞工作者也絕難等同於娛樂工作者。如果未來電視新聞文化空間繼續萎縮下去，新聞媒體經營者全然棄守電視新聞在文化空間裡的專業界線，只將新聞作爲商品以求獲利，那麼媒體的公共性蕩然無存，電視新聞產業最終等同於其他一般產業，永續發展難以實現。

在閱聽人的面向上，臺灣閱聽眾對電視新聞感官化的文化，一方面批判其八卦形式，另一方面卻又深受八卦文化意識型態的影響。一方面認爲八卦主題是最刺激感官的新聞主題，卻又同時顯示出對好萊塢式的電視新聞製作方式的鍾愛。所有這些看似矛盾的接收形態，格外凸顯出八卦年代中媒體識讀教育的重要性。

就因爲這是個八卦年代，閱聽人更需要透析八卦文化的閱聽功力。未來，如何讓閱聽大眾對八卦新聞的論述，有更深一層的理解？如何看清八卦新聞的背後，對新聞人物與事件永無止盡的偷窺與消費，是如何獲得報導的可看性而犧牲新聞的理想性？如何讓閱聽大眾更加洞悉八卦新聞背後的商業利益動機？

在網路時代，我們勢必需要進一步結合網路的力量，進行新一波媒體識讀的社會運動。在社群文化發展迅速的今天，部分部落客已經在網路上集結成監督媒體的專責部落客，對記者形成另一種監督方式，學者稱之爲「第五權部落客」（Bloggers as the fifth estate）（Cooper, 2006）。

目前部落客監督的新聞媒體內容，根據Cooper（2006）的初探研究，約略可分爲四類，分別是新聞事實的查證、新聞框架的爭議、新聞議題設定的質疑以及新聞採訪寫作整體表現的批評。未來，媒體識讀如能持續透過網路力量，號召更多部落客，投入監督新聞媒體的感官化。以新聞框架而言，媒體識讀部落客可以質疑新聞報導對新聞議題感官化框架的設定，使原新聞報導呈現截然不同的樣貌。以新聞議題設定的質疑而言，媒體識讀部落客可以質疑媒體過多感官化議題的設定，並嘗試提出其他公眾議題的設定。以新聞報導寫作常規的監督而言，媒體識讀部落客可以針對新聞記者在提問問題與新聞寫作或編輯過程中，爲了刺激閱聽眾而採用的感官化報導手法，提出質疑。

而網路對電視新聞感官主義的另一重大影響，來自影音網站的崛起。劉蕙苓（2012）探討電視新聞如何引用網路影音素材，發現商業電視臺引用網路影音爲素材的新聞天天都有，中視占6.7%、東森占19.5%、TVBS占19.4%，但公共電視卻只有兩則。因此，網路影音新聞對公共電視而言並非必要的素材來源，也似乎沒能在公共性上扮演重要角色。但對商業電視臺來說，卻是新的素材來源。而且其中使用最多的內容，分別是「影劇名人」及「人情趣味」新聞。整體而言，電視新聞引用網路影音新聞內容中超過一半爲軟性素材。這個結果和市場導向新聞及小報化趨勢相符，也就是網路影音可增進新聞公共性的可能性很低，但增強市場需求作爲收視利器的可能性較大。

林照眞（2012）也指出，電視臺必須使用網路新聞作爲補充，是造成網路新聞大量出現的主因，而其中以社會、影劇八卦與犯罪新聞的採用比例最高。因此傳統媒體採用新媒體訊息作爲消息來源時，幾乎都是呈現對公共性有負面影響的狀態。國內新聞臺使用網路影音素材時，常常將網路內容直接轉成新聞，網路媒體成了電視新聞的「免費午餐」，只要找網路影片、找PPT、或網友爆料，就可以做出一則眞假難辨的新聞，更加深電視新聞的八卦化趨勢（林照眞，2012）。

因此，在Web2.0的時代，網路新媒體崛起，因爲電視新聞媒體依賴免費的網路影音素材，又偏愛感官與八卦題材，使得網路的公共性並未能延伸到傳統電視媒體，反而成爲感官新聞文化的推手之一。

三、臺灣閱聽衆喜愛感官新聞的心理因素

2013年，臺灣社會出現許多具爭議性且戲劇化的新聞案件，如媽媽嘴命案、醃頭命案、廣大興案等，而臺灣的新聞感官主義可謂發揮至極致。誠如先前閱聽眾對電視八卦新聞的詮釋結果，雖然臺灣的閱聽眾對八卦新聞產製、八卦新聞的數量以及強迫性導讀的標題，會產生負向的抗拒性解讀，且認爲

製作形式過於刺激感官經驗，但對於新聞內容呈現的意識型態卻無法作出逆性解讀。也就是說，臺灣閱聽眾在觀看所謂「重口味」的感官新聞時，會出現「不認同」感官新聞的作法，但認同其呈現的價值觀。這個現象可解釋近來臺灣社會出現各類型的感官新聞，雖然民眾可能不認同電視媒體過度操作，甚至「模擬辦案」的作法，但可能會普遍認同由電視媒體操作的觀點，進而一味譴責犯罪人。

此現象可從目前的臺灣閱聽眾普遍仍有「眼見爲憑」的視覺迷思。在與生活安全經驗有關的報導中，他們在乎的是這種新聞的警惕作用。當記者將新聞議題框架爲善惡兩元的對立框架時，閱聽眾比較容易被說服接受，同時也強化了閱聽眾對文本的順從。

雖然國外研究指出，多樣的戲劇化新聞故事可能會使得閱聽眾對新聞產生負面態度，且高度的感官新聞也可能引發觀眾轉臺的行爲（Vettehen, Nuijten, & Peeters, 2008）。但這樣的研究結果是否適用於臺灣觀眾呢？即使產生負面態度，臺灣觀眾是否會有轉臺的動作，還是邊看邊罵呢？從混合型協商解讀的模式來探討，臺灣閱聽眾對新聞是採取新聞內容與新聞形式「雙軌分離」的解讀方式，也就是雖不滿意新聞呈現形式，但認爲內容提供觀賞愉悅；雖不滿意八卦傳播內容，但認爲形式能夠帶來閱聽愉悅；或者不管八卦新聞內容如何，新聞產製形式確實能讓閱聽眾感到愉悅。

年齡層較輕的閱聽眾傾向認同八卦新聞的產製形式，年長閱聽人傾向抗拒。在轉臺行爲的研究中，學者指出雖然年輕閱聽眾是成長於節奏較快的社會，對於高度情緒激發的情境較容易放鬆，但是愈年長的閱聽眾因爲有較高的情緒激發，而較容易出現轉臺的動作（Vettehen, Nuijten, & Peeters, 2008）。不過，在本研究中，年齡或社經地位的差異，似乎並未影響閱聽眾對八卦新聞內容意識型態的解讀。同樣深受眼見爲憑的迷思。而性別因素確實影響閱聽眾對八卦新聞題材的解讀，女性對名人八卦新聞的接收比男性更容易產生愉悅。

此外，臺灣閱聽眾喜歡重口味的感官新聞的原因，也可從觀眾與受害者文本間的「認同（Identification）」概念來理解。一則精彩的感官形式受害者故事，不僅提供閱聽眾一個觀者的位置，還提供可涉入的空間。藉著新聞播出的短時間內，觀眾與受害者可進入一種同情或同理心的關係之中，新聞記者透過安排新聞故事情節的順序與重點，建構受害者故事，也建立觀眾對新聞故事的認同。

無論是何種感官新聞所引起的心理感受，閱聽眾的「情緒」是對感官新聞最直接的反應。從社會學的概念探討情緒對新聞閱聽眾的影響，打破過往心理學的定義，有學者認爲情緒其實創造一種閱聽眾在新聞中的「參與經驗」（experience of involvement)（Peters, 2011）。例如：當閱聽眾觀看重口味的新聞事件時，其情緒可能隨之高漲，閱聽眾也可能開始出現認知上或是行爲上的反應，感官新聞的情緒激發，使閱聽眾在不自覺中「參與經驗」新聞事件。

情緒涉入新聞事件的高低程度，事實上與新聞事件提供的「距離」有關，與感官新聞相比，傳統新聞提供的訊息與閱聽眾間的距離較大，閱聽眾較不容易有參與經驗，這種現象也被定義爲客觀。但是，這種客觀的距離在無法提升觀眾參與意願的條件下，降低此種距離成爲新聞工作者主要的任務。此外，此種情緒性的參與經驗其實是「個人化」（personalization）的延伸，在數位媒體潮流下，追求個人化成爲一種渴望（a desire to personalize），例如：表情符號的運用，就是在被媒體隔絕的情況下，人們想複製「眞實」的情緒互動（Connor, 2007；引用自Peters, 2011）。在新聞領域中，「個人化新聞」被視爲可讓閱聽眾涉入程度變高的方式，而「情緒」成爲掌握閱聽人參與的重要因素。

仔細觀看情緒的影響會發現，情緒只會作用在特定的脈絡與意義下，尤其是當我們將其置放在與自身相關聯的人、事、物上時（Peters, 2011），情緒起伏自然會比較大。例如：羞愧感只有在我們認可社會行爲規範時產生；而憤怒是沒有意義的，除非我們有一個需要憤怒的對象或事件。同樣地，感官新聞中的情緒表現也需要一個「目標」，而這個目標就是閱聽眾的參與經驗。從這個角度來看，臺灣電視新聞閱聽眾喜愛感官新聞的現象顯示，臺灣閱聽眾較偏好與自身距離感較近，較能引發參與情緒的新聞節目。

其他相關的感官新聞接收心理機制，娛樂性或戲劇性節目的相關閱聽眾研究，或者提供了部分的解答。Raney 與 Bryant（2002）針對犯罪節目提供的娛樂性，提出了一個整合模式（Integrated model of enjoyment for crime drama），認為社會環境所形塑的「道德感」，在閱聽眾觀看娛樂媒介文本的過程中扮演重要角色。在整合模式中，閱聽眾的「情感」（affect）以及「認知」（cognition），會分別對戲劇節目中的「角色」（character）以及「正義情結」（justice sequence）產生覺知（perceptions）以及評估（evaluations）。在評估後，對於角色以及正義情節發展出評論（judgments），而對於兩者評論的交集點就形成「娛樂」（entertainment）。此外，若角色評論以及道德判斷兩者能有效地產生交互作用，那麼「娛樂」也會被極大化。

根據上述的論點，戲劇性節目中的基本情節「正派」與「反派」角色，在某種程度上會引起閱聽眾的「道德感」，並在其中尋找自身所支持的角色或是情感認同的基點，而用來判斷正反角色以及建立情感認同的依據，大多是來自其所處社會文化的道德觀念所影響。

由於道德觀念成為人們在價值判斷上的認知基模，因此，當我們在觀看任何影像與故事時，會受到這種「隱性知識」（subconscious knowledge）的影響（Bryant & Davies, 2006；引用自Weber, Tamborini, Lee, & Stipp, 2008），認同符合我們價值判斷的角色（Weber, Tamborini, Lee, & Stipp, 2008）。就臺灣社會而言，「好人」（正派）與「壞人」（反派）或許可被視為是常見且根深蒂固的價值判斷。因此，當故事情節愈聳動、愈不道德時，正反角色的距離拉大，故事的正反立場愈顯鮮明，此時，閱聽眾在「擁護好人角色」的道德認同下，就會產生強烈的情感認同。

因此，若從道德上的觀看心理來探究，不難理解為何「重口味」的感官新聞在臺灣如此受到青睞。例如：感官新聞即運用不同素材，像是透過照片、影像或是聲音，呈現或誇飾新聞事件中的正反角色，此時，閱聽人的道德認知（cognition）啓動，開始將新聞事件中的角色與觀點分類為「正」與「反」，並投入情感（affect）認同。而兩者所衍生而來的評斷（judgments），會進而引起閱聽眾對事件角色發展「喜愛」、「厭惡」、「擔心」等各種正向或負向反應，甚或對事件發展的期望與臆測，可能讓閱聽眾不自覺地「身陷其中」。

此外，另一影響閱聽眾偏好感官或軟性新聞的原因，可從「情緒管理理論」（Mood Management Theory）來作解釋。情緒管理理論的主要論述爲，個體會尋求能改善他們情緒的媒介內容（Knobloch-Westerwick, 2006；Zillmann, 1988）。學者Zillmann（1988）認爲，個人爲了終結負向情緒，會讓自己暴露在能誘發高度沉迷的訊息中（highly absorbing messages）；相反地，若不想終結自身情緒者，就會降低消費這些會誘發高度沉迷的訊息。以臺灣電視媒體近年來大量減少政治新聞的比重爲例，很可能就是因爲國內政局長期陷入政黨惡鬥甚或執政失能，閱聽眾爲了平衡自身的情緒感受，便傾向較容易帶來正面情緒的資訊（如軟性新聞），而避免負面情緒的資訊（如政治或公眾新聞）。

另外，閱聽眾觀看感官新聞的經驗，也同時滿足其「窺視」（voyeurism）的心理。有研究發現，有愈高窺視傾向的閱聽眾，愈會看電視實境節目秀（Baruh, 2009），而攝影機「fly on the wall」的視角，則讓閱聽眾成爲在暗處、不會被發現、有點距離的窺視者。此種引起或是滿足窺視的心理很常見於八卦或是情色新聞中，它不只是滿足閱聽眾想探知他人私密生活的欲望，也同時爲閱聽眾在平凡無奇的生活中，增添刺激感（Baruh, 2009）。另外，英國研究也發現過去所定義的感官新聞，已不再容易引發閱聽眾的情緒反應，只有在犯罪新聞以及某些特定的政治新聞議題，會出現較多引導閱聽眾情緒的現象（Uribe & Gunter, 2007）。

從臺灣閱聽眾喜愛感官新聞的趨勢來看，新聞似已成爲一種娛樂，成爲滿足各種欲望或是煽動情緒的工具。在此「重口味新聞」的使用與產製迴圈中，新聞工作者需要注意的是，這個現象對社會大眾長遠的影響是什麼，是正向還是負向？從臺菲漁船事件衍生一連串的社會事件中，需要思考的是「感官新聞」背後，所衍生的社會效應。

臺菲漁船事件經媒體報導後，臺灣民間透過網路向菲律賓發起「鍵盤戰」。最剛開始的鍵盤戰是由臺灣駭客入侵菲國網站表達抗議，隨著臺菲爭議日益擴大，網路也開始出現不賣便當給菲律賓人的抵制消息。其中以在Facebook上流傳的文章「便當店老闆拒賣便當給菲律賓人」最爲轟動，新聞也加以大篇幅地報導。但是，在新聞報導後，該文卻在網路上出現許多不同版本，開始被網友質疑是造假消息。而後經過檢方調查發現，整起新聞事件，從一開始網路上流傳的文章到撰文人「董小姐」所提供給記者的證詞，都被證實是由董小姐所杜撰（中央通訊社，2013.05.22）。但是，這則假新聞卻已被菲律賓媒體引用並大幅報導，塑造臺灣欺凌菲律賓人的印象，損害臺灣國際形象。另外，同時間國外媒體輿論對臺灣並不友善，網友遂發起第二波的鍵盤行動，製作「多國語言」的懶人包，還原事件眞相，並向美國白宮發起連署，希望喚起國際注意。

在此一連串的社會事件中，最值得注意的社會現象是，「拒賣便當」的假新聞事件。此事件其實就是整體新聞感官文化的產物，但較過去事件不同之處在於，此事件的杜撰者並非新聞從業人員，而是一般閱聽眾。這個現象所隱含的意義是，在新聞媒體重感官的報導文化下，臺灣的新聞閱聽眾很可能已受到媒體涵化的影響，開始懂得如何吸引或是操作媒體，製造新聞議題。從新媒體傳播的影響來看，當閱聽眾成爲主動的內容產製者，並成爲新聞記者的消息來源時，此文章造假事件反映的是，「感官新聞」型態可能已成爲一種深植於臺灣民眾的認知系統當中的新聞敘事文化。

在使用者產製的時代，當感官主義延伸至閱聽者端時，新聞記者所仰賴的網路消息來源，其資訊的眞實性與客觀性也會受到挑戰。若新聞記者一味追逐富有戲劇化或是具高度感官化的新聞時，又要如何從已經被高度感官化的消息來源中辨認眞相呢？新聞從業人員應作把關的動作，以維持事件眞實與感官主義的平衡。此假便當文事件所揭示的是，當社會大眾開始學習與效仿時，媒體更應當擔負起社會責任，深思感官新聞潮流下對社會的影響以及整體社會所需付出的代價。

四、對未來研究的建議

本書提出感官主義理論的雛形，包括感官主義如何定義、如何運作、如何觀察、如何分析以及對閱聽眾的可能影響。然而本書未能納入觀察面向的是，鉅觀層次的政治社會結構面分析。

臺灣在2000年第一次政黨輪替後，政治與社會都經歷劇變。在政治方面，由於藍綠壁壘分明，政爭紛擾不斷，許多民眾出現政治冷感症候群，電視新聞媒體也大幅減少對政治新聞的報導。此後新聞媒體大量增加的民生生活與八卦感官報導，以及民眾對八卦文化的胃納與心理需求，與臺灣整體政治社會文化變遷之間的關聯性究竟爲何？在資訊愈來愈民主化的年代，八卦集體參與的過程是否在某種程度上取代或補償了參與政治的不滿足感？建議未來感官主義的研究能從政治社會結構面切入，將能更完整勾勒出新聞感官文化的時代背景與脈絡發展。

而在微觀層次的研究面向，本書較欠缺心理學觀點的分析。本書的初步研究發現，臺灣閱聽眾基於偷窺心理、「眼見爲憑」的視覺迷思、追求社會正義的迷思、進行「社會比較」等心理因素，喜愛接收電視感官新聞。

然而如果從閱聽人心理需求的社會根源來分析，人們爲什麼喜歡收看八卦新聞？感官新聞眞有所謂的集體效應嗎？所謂的「群眾心理學」或者「同調行動」，是否影響了感官新聞的集體收視效應？又或者與個人層面的感官追求（sensation-seeking）人格更爲相關？近年來研究娛樂性或戲劇性節目閱聽眾的心理機制的相關理論，包括閱聽眾如何在八卦新聞中尋求情感或角色認同，形成其價值判斷的樂趣等疑問，都在本書探索新聞感官化現象的過程中，逐步浮現但尚未能觸及的研究議題。建議未來結合心理學研究，深入探究八卦文化的傳播心理學。

另外一個本書未能探究的面向，在於閱聽眾收視感官新聞是否迫於別無選擇。臺灣電視新聞媒體生態之所以趨向感官化的主因，在於廣電媒體自由開放後，引發的過度惡性競爭現象。從90年代末期開始，臺灣有線電視頻道同時間平均有六到八臺全天候播放電視新聞。以新聞密度而言，堪稱世界之最。若加上無線電視臺及其他綜合頻道，每天晚上六點至八點的黃金時段，至少有十四臺在播放新聞。

但是臺灣的廣告量，根本無法應付這麼多的媒體，同一塊市場大餅分下來變少了，於是電視媒體多半爲小本經營。在人少、卻要產量高，加上競爭又激烈的情況下，使得多數電視臺只能短線經營。各家電視臺爲了爭取收視率，聳動的感官新聞成爲票房靈藥。

長年擔任電視臺主管的趙怡分析，臺灣社會呈金字塔，在上階層較為理性、有分辨思考複雜問題的人占少數，相對而言，低層的人數眾多。像美國的社會是屬於啤酒桶型，中產階級較多，非常有錢及非常貧窮的人較少，所以他們是以中產階級為社會主流。然而在臺灣多數民意的匯聚，卻往往是來自金字塔的底端。如果大眾媒體想投大眾之所好而行之，從收視率或任何一種社會調查方法得來收視模式的參考，恐怕都是以較為「低俗趣味」的品味，才符合社會主流，也能讓媒體經營者創造業績（趙怡，2007）。

然而，收視率調查只能調查觀察在現有節目下的選擇，但未必真能反映觀眾的喜好與需要。收視率高只意味著裝設收視率調查儀器家庭的閱聽眾支持，收視率高也不代表專業。

尤其臺灣「多頻道」不但稀釋了收視率數字，各節目差異甚至小於統計誤差。然而，事實上，收視率高低不等於觀眾對於節目的社會評價，甚至於廣告收益。因此學者建議，只有讓廣告購買機制與收視率的關係解套，才能使得電視新聞內容製作擺脫收視率的牽制（林照真，2009）。

新聞頻道開放超過二十年來，收視率已被公認是造成電視新聞感官化的主因。然而弔詭的是，當閱聽眾對電視新聞的抱怨與不信任愈嚴重時，花在媒體的時間上卻也愈來愈多。以充滿負面報導的電視新聞為例，大多數的閱聽眾在觀看後焦慮不安，但卻又樂此不疲地收看。最被大家厭倦的新聞節目，也是收視率最高的節目（楊瑪利，2002：110-125）。這究竟是因為在收視率惡靈的操控下，各頻道新聞內容大同小異，閱聽眾繼續收看感官化的新聞內容，是出於別無選擇嗎？然而網路時代中，愈來愈多閱聽眾收看電視新聞的平臺已經轉到網路平臺，早已不再是電視媒體，特別是年輕族群以及具高消費力的族群。那麼為什麼廣告商依然堅持讓收視率決定廣告購買機制？未來電視新聞接收平臺愈趨數位化，收視率對新聞感官化的影響，還會繼續如過去般牢不可破嗎？這些問題都有待未來感官新聞研究繼續觀察與探究。

另外，本書未能觸及的議題，還包括臺灣新聞媒體他律和自律機制，對新聞感官化趨勢的影響。

在他律機制方面，2009年底衛星頻道換照，國家通訊傳播委員會

（NCC）根據「衛星廣播電視法修正案」，要求業者應建置倫理委員會，以發揮媒體自律的精神（林睿康，2009年7月22日）。而 NCC屢次對社會、司法、犯罪、災難及意外等感官新聞開罰，並列爲各電視臺換照參考。

例如：NCC發言人魏學文曾表示，中天與壹電視走路工新聞過多，使用標題與文字和涉己事件應有冷靜、客觀尺度，業者應本著自律精神落實倫理委員會建議，NCC未來在評鑑與換照上，將審酌各電視臺倫理委員會運作狀況（林上祚，2012年8月23日）。

從近來幾個新聞案例，可以看出NCC重罰對感官新聞的影響。2012年Makiyo毆打計程車司機一案爆發，電視臺連日以極大篇幅報導，NCC傳播內容處處長何吉森表示，接獲超過二十件民眾投訴，因此除要求電視臺業者自律外，東森新聞臺「關鍵時刻」模擬Ma案暴力情節，被以妨害兒童或少年身心健康之嫌罰款60萬元（林上祚，2012年2月10日）。

同時，2012年引起軒然大波的李宗瑞案件，中天電視臺在報導時，雖然臉部以外部分已經馬賽克處理，仍能辨認報導播出圖片爲性行爲相關內容，被罰30萬元（王鼎鈞，2012年10月18日）。

在自律機制方面，新聞自律委員會主委陳依玫表示，這一年以來重大新聞現場，包括劃出採訪區域動線、維護採訪秩序與權益、執行自律協議、處理突發狀況，已經建立一套有效模式，自律達成率非常高，如前總統陳水扁戒護就醫、採訪林書豪家人。從最近的案例可以看出，電視新聞「該馬賽克的馬了，不該馬的也馬了」，過度操作羶色腥的行爲已經很少，像是日前網友殺害國中生女友弟弟的不幸事件，媒體不須提醒都謹愼報導、小心使用畫面（陳依玫，2012年4月2日）。

而新聞自律委員會成立六年多來，一開始屬於同業互相約束提醒不去衝撞或遊走法律的低標，並且建立個案協商機制。爲了維護保障弱勢權益，對災難新聞、受害者、兒童青少年等特定對象，以及校園、醫院等特定場域加以保護，增訂補充相關自律規範，違反新聞自律綱要案例經過自律委員會議討論後並公告。近來更針對新聞報導來源取材自網路增訂自律規範注意事項，試圖將觀念落實在自律之中，像是性別平等、考量受訪者同理心等，並且在跨頻道協調事宜，共識度頗高。因此陳依玫認爲，六年來各家電視臺逐漸能配合新聞自律委員會的協調與共識，應是NCC針對新聞不當內容罰鍰之外，另一個造成感官新聞比率下降的原因（陳依玫，2012年12月21日）。

根據NCC（2012）的核處資料，自2010年開始至2012年間，針對感官新聞開罰的件數分別是十九、十二、十筆新聞，電視新聞臺的罰金平均將近200萬元。

因此，在NCC大動作開鍘與換照壓力，以及新聞自律組織的努力之下，電視臺的感官新聞近年來似乎出現下降的趨勢。

不過，截至目前爲止，極少學術研究專題探討新聞他律或自律機制對新聞感官化的影響。本書第四章第一節探究東森S臺撤照風波對新聞感官化的影響，是探討新聞他律機制對感官新聞影響的一個起點，尚待未來更多感官新聞研究投入這個層面。

此外，臺灣新聞談話性節目近年來的綜藝化傾向，是繼電視新聞感官化之後，另一個電子媒體感官主義盛行的場域。2012年發生的臺鐵車廂性愛趴事件、Makyio毆打計程車司機事件、旺中走路工事件，以及李宗瑞迷姦案等，新聞談話性節目一再選擇此類高度感官性的新聞議題，來進行密集報導與討論。

2013年臺灣近來陸續發生重大社會事件，更能夠觀察到臺灣新聞談話性節目感官文化的顯著趨勢。從八里雙屍案、臺菲漁船事件到洪仲丘案，談話性節目早已脫離單純「談論」時事，而走向模擬劇情，將事件現場搬到攝影棚來「演出」。以八里雙屍案爲例，中天電視臺的新聞談話節目「新聞龍捲風」主持人與名嘴，甚至將攝影棚延伸到命案現場，直接在命案現場模擬案情，甚至模擬運屍過程，受到外界嚴厲批判。

從新聞談話性節目的演變來看，早期談話性節目如「大話新聞」以及「2100全民開講」，都是以針砭時事爲主，而後興起的同時段節目「關鍵時刻」，應可被視爲新聞談話性節目綜藝化的起點。「關鍵時刻」探討的議題除了臺灣或國際新聞外，也包括事件內幕追擊、歷史祕辛、奇聞、科技、政經、軍事等，而外星人與太空科學的主題是顚覆傳統新聞談話性節目所討論的範疇。「關鍵時刻」最爲不同之處，是在於主持人劉寶傑與訪談來賓的風格，在談話性節目進行時，主持人與來賓多以快節奏與誇張及帶有情緒性的字詞，針對事件作描述或評析。雖然劉寶傑誇張的主持風格被網友戲稱「從黃帝講到光緒，從外太空講到內子宮」，其收視率卻是逐年上升。在2012年的Makyio事件報導，關鍵時刻主持人更是在節目中模擬情境、激動演出，炒高收視率（《蘋果日報》，2012.02.11），雖然此舉已被NCC仲裁，但其高收視率的表現，卻使得各電視新聞臺紛紛模仿此類綜藝式的新聞談話節目。其中又以中天的「新聞龍捲風」與「關鍵時刻」的主持風格與議題內容最受矚目。

其他電視臺如三立新聞臺的「新臺灣加油」與「54新觀點」，也逐漸朝綜藝式的談話節目發展，尤其是在洪仲丘案時特別顯著。（《自由時報》，2013.7.17）。而年代新聞臺的「新聞面對面」，雖然較無誇張與情緒性的主持風格，但是其運用記者群集體「演繹新聞」的方式，也達到綜藝化的效果。

表12-1 各新聞電視臺新聞談話性節目與播出時段

頻道	時段	節目名稱
50年代新聞臺	2000-2200	新聞面對面
51東森新聞臺	2200-0000	關鍵時刻
52中天新聞臺	2100-2300	新聞龍捲風
53民視新聞臺	2100-2200	挑戰新聞
54三立新聞臺	2100-2300	新臺灣加油
54三立新聞臺	2300-0000	54新觀點

因此，綜觀臺灣電視新聞報導近五年來的感官新聞比例或有逐漸下降的趨勢，但另一方面新聞談話性節目的感官化程度則是呈現快速上升的趨勢。因新聞談話性節目的定位模糊，目前衛星同業公會的新聞自律公約，並沒有針對新聞談話性節目進行規範，形成三不管地帶。當新聞談話性節目綜藝化，其代表的是，新聞媒體可能缺乏客觀性、爲了節目而扭曲事件原意、會有造謠、造神的嫌疑、甚至是煽動輿論，形成媒體公審的現象。

未來感官主義研究，也建議針對新聞談話性節目的文化變遷進行探究。主持人與名嘴（punditocracy）是新聞談話節目的要角，特別是名嘴文化，已經成爲臺灣電視新聞感官文化中，另一值得關注的現象。

五、結論

加拿大學者De Kerckhove在其著作「*The Skin of Culture*」《文化肌膚》一書中，提出「Psycho-Technology」（心理科技）的概念。他認爲當代媒體科技，包括電視、攝影機、衛星電視、網路、行動通訊等媒體的重要特質，在於科技與人們（或使用主體）互相形塑的關係，也就是媒體科技如何將人們的心智予以模擬、延伸、與放大的種種形式與作用（De Kerckhove, 1995）。

事實上，在「心理科技」的概念下，來探究今日電視新聞媒體「感官主義」的深層意涵，格外有意義。De Kerckhove（1995）指出，電子科技媒介替我們感知外部的環境或訊息，它所感受到的就如同我們所感受到的一般，作爲我們肌膚的一部分，因而稱爲「文化肌膚」。

因此，在數位電視文化的帶領下，人們勢必愈來愈將媒體延伸爲自我認同及身體、心理感知的一部分。 換句話說，依賴各種新媒體來延伸各種閱聽感官經驗，是未來多媒體時代的必然發展。雖然新媒體的發展也讓傳播科技日益普及，造就公民記者的可能性。網路上各種影音分享網站，也讓閱聽眾有機會接觸未經主流媒體中介，「原汁原味」的新聞事件。然而網路資訊爆炸，造成閱聽人的資訊超載。多數閱聽人或許不會，也沒有時間在浩瀚的網路資訊當中，逐一自行選擇過濾新聞資訊，客製「我的電視新聞」或「我的報紙」。因而截至目前爲止，透過電視、報紙等主流媒體中介，或者透過網路轉載主流媒體的報導，仍是臺灣多數閱聽人閱聽新聞的主要經驗。

由此觀之，未來電視新聞的影響力不會消失，甚至將透過各種新媒體的傳播，加強資訊傳遞的速度與廣度。因此，電視新聞感官主義的影響仍將持續，甚至繼續加深。

2009年底發生的「動新聞」風波，可謂感官新聞發展的另一個里程碑。壹傳媒在2009年11月16日正式在臺灣推出《動新聞》，用動畫、攝影、口白、配樂等手法，剪輯成一則則「擬眞新聞」，放在網路上供網友自由點閱。由於報導取材常爲社會新聞，性侵、暴力、凶殺等驚悚的動畫內容，縱使不是眞實影像，卻足以令許多閱聽人難以接受。2009年11月26日，動新聞播出不超過十天，婦女、兒福團體就集結在壹傳媒的大門口抗議，發起「拒看動新聞」行動。

同日，臺北市政府也依照兒少法開罰《動新聞》50萬元，並表示會每天監看，若有煽情聳動等不當畫面，會持續開罰，直到《動新聞》做好分級爲止。壹傳媒便在隔日做出了分級措施。但是，來自學者、公民團體的批評卻仍不絕於耳。

壹傳媒向國家通訊委員會申請了新聞臺、資訊綜合臺、體育臺、娛樂臺及電影臺五張執照。2009年底，NCC發言人陳正倉表示，「那些內容看到了會嚇死人」（劉力仁等，2009年11月26日），想要過關是不可能的事情。時任NCC主委的彭芸更直言，在她的界定中，「動新聞不算新聞。」（劉力仁等，2009年11月26日）。

2009年12月15日，NCC以「不符通訊傳播基本法精神、踐踏人性尊嚴」爲由，全體一致否決壹傳媒申請的壹電視新聞臺及資訊綜合臺兩頻道的申請案。因爲，NCC認爲，動畫新聞不是新聞，而是類戲劇，「既是類戲劇就不可申請新聞頻道」（蔡惠萍，2009年12月10日）。

不過，2010年壹傳媒補件再審，7月底已經通過電影臺以及體育臺的申請，新聞、資訊以及戲劇臺繼續審查。搶在拿到新聞臺執照之前，壹電視已在2010年7月30日在網路先行開播。也因此，動新聞帶動的新一波感官新聞趨勢，也提早在網路以及手機等新媒體登場。

動新聞引發的爭議，事實上也是新媒體時代影音新聞難以逃避的課題。從電視新聞演化而來的影音新聞，在數位傳播科技的推波助瀾下，以追求更多感官經驗的動畫圖像，企圖滿足多頻道時代閱聽人對影音資訊的需求。然而，已經有研究指出，圖像比文字更不能容忍模糊的意義。新聞工作者不要「如實」報導，不要填補許多視覺要素，包括空間位置、動作及背景細節等。但是在目前新聞產製流程及時間壓力下，記者不可能細究每個新聞事件細節。究竟閱聽人可以容忍動畫「新聞」的視覺細節與實際有多大的出入（江靜之，2010）？這個出入是否也爲新聞學定義下的「新聞」文類所能接受？

未來，在數位傳播科技更加普及的的年代，即使壹電視已經易主，動新聞所帶來的衝擊，不會停止。過去，動新聞因爲內容的色情和暴力，引發軒然大波。然而，動新聞引發的議題，絕非僅止於在內容層面的道德爭議。從播放平臺到製作過程，動新聞產製的每一個環節，都牽動未來數位媒體面臨的革新議題。2009年一項調查指出，未來以網路與手機爲平臺的動新聞，將持續威脅報紙媒體，也可能會影響未來網路新聞製作的方向（中央社通訊，2009年12月3日）。

用影像詮釋新聞，是未來網路影音新聞走向小眾化、個人化以及社群化的趨勢所在。以影音新聞的產製面而言，感官主義已儼然成爲一種新編碼策略；透過這種策略，影音新聞媒體與閱聽人建立了一種新關係。Sparks（1992）曾宣稱，小報媒體報導直接訴諸個人經驗來詮釋新聞事件。這種過度強調個人化的現象，將使讀者難以識別社會整體權力關係的結構，也難以確定要用什麼樣的方式來抗拒這些權利關係。

本書的關注焦點在電視新聞，綜觀全書的研究結果，印證了Sparks（1992）在90年代初對小報文化對閱聽眾可能影響的憂慮。臺灣的電視新聞，在感官主義的趨勢之下，透過刺激閱聽眾感官經驗、製造影像眞實、以及塑造無數非官方的個人信任主體（believing subjects)（Stuart, 2004），爲閱聽人營造一種假象，似乎顚覆了傳統的官方新聞報導方式，就能夠對抗權力集團所生產的霸權知識，對無法掌控的社會眞相，擁有某種「知情」與「控制」的感覺。事實上，就算能夠把閱聽感官化的電視新聞當作一種樂趣，能夠發出「懷疑的笑聲」（Bird, 1992），能夠衍生愉悅感，也與實際上擁有對事實眞相的控制權是兩回事。因此，感官化的電視新聞媒體與閱聽人建立的新關係，並非媒體所宣稱的，以感官主義新編碼策略，讓閱聽人更加瞭解新聞眞實。事實上，這種新關係，只是讓閱聽眾在似乎擁有更多權力接近眞實的同時，反而離眞實更遠。

當然，本書的結論，並非在全然否定感官主義可能爲電視新聞帶來的新契機。數位電視文化下，人們勢必愈來愈依賴影像經驗，作爲自我認同及身體、心理感知的一部分。然而影像經驗數位化所衍生的新聞編碼策略的改變，已經是不可逆的趨勢。

因此，本書初版之際，感官主義的爭議，已經不再是「假造」與「眞實」、或「情緒刺激」與「冷靜紀錄」、或「影像氾濫」與「口語詮釋」（Hartley, 1996）等，各種二元對立概念所能釐清的議題。新媒體時代的新聞工作者，已經無法在「感官」與「非感官」的二元對立概念中，以選邊站的方式繼續產製新聞。唯有同時瞭解兩種新聞價值，並不斷在其間拉扯妥協，永遠在新聞報導與娛樂價值之間，爲新聞專業守住最後那條平衡的細線，才是新聞產業賴以永續發展的關鍵所在。

如今，本書再版之際，臺灣電視媒體已經進入高度集中於少數財團，且難以擺脫政治因素介入的時代。新聞感官文化在未來新聞文化，將扮演什麼樣的角色？壹傳媒帶來的狗仔文化將會持續下去，但「扒糞」或爆料文化，範圍將限縮於影劇社會名人？對政治人物與公眾事務的監督不再？或者難以做到如同過去港資單獨經營的壹傳媒，相對獨立於臺灣或中國政治經濟力量，因而較能善盡媒體監督的責任？

因此，電視新聞感官主義的議題，已經不僅僅在於過去環繞在新聞專業與道德層次的爭議。未來，電視新聞感官文化能否保留其八卦化中，揭發政治人物醜聞或政府弊案等受到閱聽眾肯定的部分，將成爲未來網路影音時代中，電視新聞能否持續保有社會影響力，能否在公民生活中發揮功能的關鍵所在。

未來新聞媒體的挑戰，在於思索如何轉化感官新聞文化中的正面能量。如何將民主社會中媒體一定要傳達的政治與公眾新聞，以符合閱聽眾接收心理機制的方式來產製，並減少閱聽眾「避免」公眾新聞的心理機制，增加閱聽眾對公眾新聞的參與經驗、拉近距離感，並增加其情緒涉入的程度、同時努力建立閱聽眾對公眾新聞的情感認同，這些都是傳播學界與新聞工作者所必須共同面對的課題。

參考文獻

一、中文部分

〈123傳播自由周：反財團壟斷、要媒體改革傳播領域教師聯合課程與共同聲明〉（2012年12月13日）。上網日期：2013年1月14日，取自媒體改造學社網頁http://www.twmedia.org/modules/news/article.php?storyid=704

〈七成三民眾指新聞臺有負面影響〉（2005年7月7日）《大紀元新聞》。上網日期：2009年9月14日，取自http://hk.epochtimes.com/5/7/7/4461.htm

〈中華民國電視學會新聞自律公約〉（2008年9月25日）。上網日期：2013年1月14日，取自國家通訊傳播委員會http://www.ncc.gov.tw/chinese/files/11090/2713_21616_110902_1.pdf

〈反對壹傳媒交易案　紐約臺灣人社團發聲明挺學生〉（2012年11月30日）。《自由電子報》。上網日期：2013年1月14日，取自http://iservice.libertytimes.com.tw/liveNews/news.php?no=731047&type=%E7%94%9F%E6%B4%BB

〈臺灣蘋果日報編輯室公約〉（2012　11月17日）。取自蘋果日報工會臉書https://www.facebook.com/Appleunion/posts/371458156277412

〈改革新聞頻道亂象重建廣電新秩序〉（2005年6月29日）。上網日期：2013年1月24日，取自新臺灣新聞週刊網 http://www.newtaiwan.com.tw/bulletinview.jsp?bulletinid=22237

〈防止媒體壟斷，馬總統責無旁貸！〉（2012）。上網日期：2013年1月14日，取自臺灣守護民主平臺網頁http://www.twdem.org/

〈捍衛民主多元 守護新聞自由　貫徹公平競爭〉（2012）。上網日期：2013年1月14日，取自901反媒體壟斷聯盟網頁http://protecttruth.blogspot.tw/p/blog-page.html

〈核處資料〉（2012）。取自國家通訊傳播委員會網頁 http://www.ncc.gov.tw/chinese/broadcasting_gradation.aspx?site_content_sn=2635&is_history=0

〈健全專業及保障權益　新聞產、職業工會上路〉（2012 10月30日）。上網日期：2013年1月14日，取自臺灣記者新聞協會編輯室http://atj.twbbs.org/tai-wan-xin-wen-ji-zhe-xie-hui-da-shi-ji/ji-xie-gong-gao2012

〈陳傳岳：永社宗旨，促進臺灣民主憲政法治之永續發展〉（2012年1月7日）。上網日期：2013年1月14日，取自臺灣永社網頁http://taiwanforever2012.blogspot.tw/2013/01/blog-post.html

〈換照決審七頻道未過〉（2005年8月）。《動腦雜誌》，**352**。上網日期：2013年1月24日，取自 http://blog.yam.com/oshum33333/article/16677860

〈新聞局：從1/1起全國有線電視，頻道重新劃分〉（2004年12月30日）。上網日期：2010年9月20日，取自臺灣商會聯合資訊網http://www.tcoc.org.tw/IS/Dotnet/ShowArticle.aspx?ID=7196&AspxAutoDetectCookieSupport=1

〈腳尾飯造假王育誠等判賠325萬〉（2006年8月11日）。《大紀元新聞》。上網日期：2009年9月16日，取自http://www.epochtimes.com/b5/6/8/11/n1417729.htm

〈學生怒吼反媒體壟斷　高唱「自由花」〉（2012年11月29日）。《蘋果日報》。上網日期：2013年1月14日，取自http://www.appledaily.com.tw/realtimenews/article/life/20121129/154365/

《維基百科》（無日期）。取自http://zh.wikipedia.org/wiki/%E7%8E%8B%E8%82%B2%E8%AA%A0 C.[2000] .*Voyeur Nation: media, privacy, and peering in modern culture.* NY: Westview Press.）

牛姵葳（2008年11月20日）。〈新聞追蹤／腳尾飯事件關臺關鍵〉，《自由電子報》，上網日期：2009年9月11日，取自http://www.libertytimes.com.tw/2008/new/nov/20/today-p4-2.htm

王怡文（2007）。《《蘋果日報》爆料新聞之守門研究》。國立政治大學新聞研究所。

王泰俐（2003）。（當模仿秀成爲「政治嗎啡」—臺灣政治模仿秀的「反」涵化效果），《廣播與電視》，**22**：1-24。

王泰俐（2004a）。〈電視新聞節目「感官主義」之初探研究〉。《新聞學研究》，**81**： 1-41。

王泰俐（2004b）。《電視新聞「感官主義」之初探研究》。（國科會專題研究計畫成果報告，NSC92-2412-H-004-024）。臺北：政治大學新聞系。

王泰俐（2006a）。〈電視新聞「感官主義」對閱聽人接收新聞的影響〉，《新聞學研究》，**86**：91-133。

王泰俐（2006b）。〈電視新聞文化空間的遷徙〉。「2006中華傳播學會研討會」，臺北：臺灣大學。

王毓莉（1998）。〈中共改革開放政策對電視事業經營之影響〉，《新聞學研究》，第57期，頁27-49。

王鼎鈞（2012年10月18日）。〈中天播李宗瑞馬賽克交媾圖遭罰30萬 NCC：可辨識件行爲〉。《今日新聞網》。上網日期：2013年1月16日，取自http://www.nownews.com/2012/10/18/11490-2864228.htm

中央社訊息服務（2009年12月3日）http://www.cna.com.tw/postwrite/Detail/45023.aspx

世新大學民意調查中心（2012）。【2012媒體風雲排行榜】。未出版之統計數據。取自http://cce-online.shu.edu.tw/index.php/2012-03-09-18-00-59/304-cuc

石世豪（2002）。〈偷拍性愛光碟案有如雪球愈滾愈大－媒體競爭下的隱私權保障及其漏洞〉，《月旦法學雜誌》，**81**：167-177。

朱立熙（2004）。〈資訊娛樂化的概念詮釋研究〉，國科會專題計畫訪談資料。

朱全斌（1999）。（有線電視新聞頻道觀眾接收分析），《廣播與電視》，**13**：41-61。

江靜之（2010）。〈動不動有關係：從媒材看動（畫）新聞爭議〉，「2010年中華傳播學會年會學術研討會論文」，臺灣：嘉義縣國立中正大學。

位明宇（2005）。《臺灣電視新聞鏡面設計改變之研究1962-2005》。國立政治大學傳播學院碩士在職專班碩士論文。

何旭初（2007）。〈市場導向新聞學之思維與運作：《蘋果日報》個案分析〉，《中華傳播學刊》，**11**：243-273。

呂愛麗（2008）。《電視新聞字幕對閱聽人處理新聞資訊的影響》。政治大學新聞所碩士論文。
李美華（2003）。〈臺灣電視媒體國際新聞之內容分析與產製研究〉，《傳播文化》，第10期，頁1-29。
李鴻典（2005）。〈新聞局嚴格把關改善媒體跨大步〉，《新臺灣新聞週刊》，**489**。上網日期：2009 年9月10日，取自 http://www.newtaiwan.com.tw/bulletinview.jsp?bulletinid=22439
周慶祥、方怡文（2003）。《新聞採訪寫作》。臺北：風雲論壇。
孟祥森譯（1994）。《人類破壞性的剖析》。臺北：水牛圖書出版事業有限公司。
林上祚（2012年2月10日）。〈電視模擬過肩摔畫面　遊走法律邊緣〉。《中時電子報》。網日期：2013年1月16日，取自http://showbiz.chinatimes.com/showbiz/110511/112012021000005.html
林上祚（2012年8月23日）。〈報導走路工多過中天　壹電視遭調查〉。《中時電子報》。上網日期：2013年1月16日，取自http://news.chinatimes.com/society/11050301/112012082300141.html
林元輝（2004）。〈本土學術史的「新聞」概念流變〉，翁秀琪（編），《臺灣傳播學的想像》，頁55-81。臺北：巨流。
林育卉（2005年7月8日）。〈臺灣人的樣貌〉，《新臺灣新聞週刊網》。上網日期：2013年1月24日，取自 http://www.newtaiwan.com.tw/bulletinview.jsp?bulletinid=22296
林芳玫（1996）。〈閱聽人研究：不同研究典範的比較），《女性與媒體再現》。臺北：巨流。
林思平（2008）。《通俗新聞：文化研究的觀點》。臺北：五南。
林惠琪、陳雅汝譯（2003）。《偷窺狂的國家》。臺北：商周。（原書Calvert C.[2000] .*Voyeur Nation: media, privacy, and peering in modern culture*. NY: Westview Press. ）
林照眞 (2004)。〈調查的迷思II：解讀市場機制誰在扼殺電視品質？〉，《天下》，**309**：100-104。
林照眞（2009）。〈電視新聞就是收視率商品—對「每分鐘收視率」的批判性解讀〉，《新聞學研究》，**99**：79-117。
林照真（2009）。《收視率新聞學：臺灣電視新聞商品化》。臺北：聯經。
林照真（2012年7月）。〈為什麼聚合？：有關臺灣電視新聞轉借新媒體訊息之現象分析與批判〉，「2012中華傳播學會年會」，臺中：靜宜大學。
林靖堂（2012年10月19日）。〈黎智英將帶走狗仔文化？學者謹慎看待〉，《新頭殼》。上網日期：2013 年1月17日，取自http://newtalk.tw/news_read.php?oid=30268
林靖堂（2012 10月16日）。〈財團接手　壹傳媒窮追猛打精神將不再？〉，《新頭殼》。上網日期：2013年1月14日，取自http://newtalk.tw/news read.php?oid=30161
林睿康（2009年7月22日）。〈衛星廣電業者設置倫理委員會　NCC：列營運計畫評鑑項目〉。《今日新聞網》。上網日期：2013年1月15日，取自http://www.nownews.com/2009/07/22/11490-2482178.htm
南方朔（1997）。〈在這個非常八卦的時代，八卦日益走紅起來〉，《新新聞》，**524**：98-99。
南方朔（2009）。〈八卦文化　醜聞經濟　表演政治〉，《天下》。上網日期：2013年1月24日，取自http://www.cw.com.tw/article/article.action?id=5006908&page=1
姚人多（2005年6月2日）。〈娛樂致死的臺灣〉，《南方快報》。上網日期：2010年8月19日，取自http://www.southnews.com.tw/specil_coul/Yao/Yao_00/0025.htm
施曉光、王貝林、申慧媛（2005年8月7日）。〈橘營放話拒審新聞局預算〉，《自由電子報》。上網日期：2009年9月10日，取自 http://www.libertytimes.com.tw/2005/new/aug/7/today-p2.htm
胡蕙寧（2003年4月15日）。〈偷窺Live秀　風行歐洲〉，《自由電子報》。上網日期：2013年1月21日，取自http://www.libertytimes.com.tw/2003/new/apr/15/today-world1.htm
修淑芬（2005年7月6日）。〈新聞臺帶壞社會〉，《中時晚報》。上網日期：2009 年9月11日，取自「臺灣海外網——臺灣永續發展文摘專欄」。

凌全（2009年1月2日）。〈政論性節目愈「蘋果化」收視率愈高〉，《今日導報》。上網日期：2013年1月21日，取自http://www.herald-today.com/content.php?sn=178

孫曼蘋（2005）。〈蘋果日報對臺灣主流報業的影響〉，馮建三（編），《自反縮不縮？新聞系七十年》，頁244-252。臺北：巨流。

徐宗國（1996）。〈紮根理論研究法：淵源、原則、技術與涵義〉，胡幼慧（編），《質性研究－理論、方法及本土女性研究實例》，頁47-74。臺北：巨流。

馬維敏（2012年10月17日）。〈老總手記：《蘋果》的滋味〉，《蘋果日報》。上網日期：2013 年1月17日，取自http://www.appledaily.com.tw/appledaily/article/headline/20121017/34579193/

張春興（1991）。《現代心理學》。臺北：正大印書館。

張釔泠（2005年8月1日）。〈衛星電視換照東森新聞S臺中箭落馬〉，《自由電子報》。上網日期：2009年9月10日，取自 http://www.libertytimes.com.tw/2005/new/aug/1/today-p10.htm

張錦華（1994）。《媒介文化、意識型態與女性—理論與實例）。臺北：正中書局。

梁欣如（1993）。《電視新聞神話的解讀》。臺北：三民書局。

郭石城（2012年8月16日）。〈腥羶媒體殃及無辜　學者：新聞暴力〉，《中時電子報》。上網日期：2013年1月21日，取自http://showbiz.chinatimes.com/showbiz/100102/112012081600002.html

郭至楨、黃哲斌（2005年8月5日）。〈換照砍電視44%民眾贊成〉，《中時電子報民調中心——電視臺換照腰斬大調查》。上網日期：2009年9月10日，取自http://forums.chinatimes.com/survey/9408a/Htm/01.htm

陳之馨（2012年11月15日）。〈蔡衍明啃蘋果　學者憂只剩羶色腥〉，《新頭殼》。上網日期：2013 年1月17日，取自http://newtalk.tw/news_read.php?oid=31088

陳尹宗、陳珮伶 （2010年9月8日）。〈補教人生歹戲拖棚　陳子璇哭鬧劇于美人護航〉，《自由電子報》。上網日期：2010 年10月1日，取自

http://www.libertytimes.com.tw/2010/new/sep/8/today-show5.htm
陳依玫（2012年12月21日）。〈強化新聞頻道集體自律具體措施建議案〉。中華民國衛星廣播電視事業商業同業公會新聞評議委員會記錄。
陳依玫（2012年4月2日）。〈STBA六週年　自律機制應與時俱進〉，《目擊者電子報》。上網日期：2013年1月17日，取自http://mediawatchtaiwan.blogspot.tw/2012/04/stba.html
陳依玫（2012年8月14日）。〈新聞自律事宜（關於富少宗瑞事件後續提醒）〉。上網日期：2013年1月15日，取自http://www.stba.org.tw/index.php?option=com_content&task=view&id=338&Itemid=68
陳彥琳（2005年1月4日）。〈電視頻道大風吹　觀眾習慣大變動〉，《華夏報導》。上網日期：2009年9月11日，取自http://epaper.pccu.edu.tw/FriendlyPrint.asp?NewsNo=6323
陸燕玲（2003）。〈從「名門正派」到明教教徒？－臺灣《壹週刊》新聞工作者的調適與認同〉，《臺灣社會研究季刊》，**50**：171-216。
彭冉齡、張必隱（2000）。《認知心理學》。臺北：東華書局。
舒嘉興（2001）。《新聞卸妝－布爾迪厄新聞場域理論》。臺北：桂冠。
黃光玉、陳佳蓓、何瑞芳（2001）。〈「太陽花」網站留言裡的收視回應：收視分析的觀點〉，「2001年中華傳播學會年會論文」，香港：中文大學。
黃新生（1994）。《電視新聞》。臺北：遠流出版社。
黃筱珮（2005年1月22日）。〈廣電基金公布2004十大烏龍新聞〉，《中國時報》，D1版。
新聞局（2004年12月30日）。〈從1/1起全國有線電視，頻道重新劃分〉，《臺灣商會聯合資訊網》。上網日期：2009年9月11日，取自http://www.tcoc.org.tw/IS/Dotnet/ShowArticle.aspx?ID=7196
楊兆中（2012年10月22日）。〈從黎智英撤出臺灣說起〉，《蘋果日報》。上網日期：2013 年1月17日，取自http://www.appledaily.com.tw/appledaily/article/headline/20121022/34590022/
葉立斌（2012年10月17日）。〈壹傳媒變業配臺？蘋果工會：盼簽署公約、減少採編干涉〉，《今日新聞網》。上網日期：2013年1月15日，取自http://www.nownews.com/2012/10/17/91-2863956.htm
葉宜欣（2003年10月24日）。〈搜查線=金雞蛋　華視不想喊卡〉，《聯合報》，頁D2。
葉頌壽譯（1993）。《精神分析引論，精神分析新論》。臺北：志文出版社。
趙怡（2007）。〈公共政策論壇——人文關懷系列：新聞亂象與省思〉，《公共政策白皮書》。臺北：國立政治大學。
熊移山（2002）。《電視新聞攝影－從新聞現場談攝影》。臺北：五南出版社。碩士論文。
褚瑞婷（2005）。《電視新聞產製數位化之研究－以新聞動畫爲例》。財團法人國家政策研究基金會。
褚瑞婷（2006年1月10日）。〈新聞自由不可箝制，人民期待不可違背——2005年臺灣新聞傳媒議題回顧〉，《國家政策研究基金會——國政分析》。上網日期：2009年9月11日，取自http://www.npf.org.tw/post/3/3241
劉力仁、黃忠榮（2012 10月16日）。〈金控集團背景恐影響監督公共議題力道〉，《自由電子報》。上網日期：2013年1月14日，取自http://www.libertytimes.com.tw/2012/new/oct/16/today-life4-2.htm
劉力仁、謝文華、胡清暉、王憶紅（2009年11月26日）。〈NCC：壹電視新聞臺執照難過關〉，《自由電子報》。上網日期：2010年3月11日，取自http://n.yam.com/tlt/life/200911/20091126205317.html
劉立行（2005）。《影視理論與批評》。臺北：五南。
劉艾蕾（2007）。《《蘋果日報》讀者閱報動機與人格特質之研究－以臺北市爲例》。世新大學新聞學研究所碩士論文。
劉曉霞（2007年5月15日）。〈近年國內外媒體擺烏龍一覽〉，《聯合新聞網》。上網日期：2009年9月11日，取自http://mag.udn.com/mag/news/storypage.jsp?f_ART_ID=62576&pno=3
劉蕙苓（2012年7月）。〈爲公共？爲方便？電視新聞使用網路影音之研究〉，「2012中華傳播學會年會」，臺中：靜宜大學。
蔡惠萍（2009年12月10日）。〈動畫新聞「踐踏人性」 NCC凍壹電視〉，《聯合新聞網》，A7版。
鄭方行（2012年10月21日）。〈這一天，辜仲諒成了英雄〉，《新頭殼》。上網日期：上網日期：2013年1月16日，取自http://newtalk.tw/news_read.php?oid=30304
蕭博樹、郭宜均、黃緒生（2012年11月15日）。〈「要蘋果不要黑手」壹案立院將召開公聽會〉，《自立晚報》。上網日期：2013年1月14日，取自http://www.idn-news.com/news/news_content.php?catid=1&catsid=2&catdid=0&artid=20121115abcd011
謝蕙蓮（2005年4月2日b）。〈大社會〉，《聯合晚報》，第4版。
藍珮瑜（2012年10月17日）。〈買壹傳媒　傳辜仲諒允諾「壹」切照舊〉。《壹電視》。上網日期：2013年1月15日，取自http://www.nexttv.com.tw/news/realtime/lifestyle/10458547/
魏玓（2005年7月29日）。〈新聞頻道減半，電視環境復活〉，《媒體觀察電子報》。上網日期：2009年9月10日，取自http://enews.url.com.tw/enews/34518
蘇蘅（2000）。《報紙新聞「小報化」的趨勢分析》。（國科會專題研究計畫成果報告，NSC 89-2412-H-004-031）。臺北：政治大學新聞系。
鐘惠玲（2012 10月17日）。〈彭芸：設定議題能力　媒體應自省〉，《中時電子報》。上網日期：2013年1月14日，取自http://news.chinatimes.com/focus/501012142/112012101700076.html

二、英文部分

Abbott, A. (1988). *The system of professions*. Chicago: University of Chicago Press.
Adams, W. C. (1978). Local public affairs content of TV news. *Journalism Quarterly, 55*(4), 690-695.
Adoni, H., & Mane, S. (1984). Media and the social construction of reality: Toward an integration of theory and research. *Communication Research, 11*, 323-340.

Altheide, D. L. (1976). *Creating reality: how TV news distorts event*. Beverly Hills: Sage.

Ang, P. H. (2007). *Singapore Media.* Paper presented at Hans Bedrow Media Institute, Germany.

Austin, W. E., & Dong, Q. (1994). Source vs. content effects on judgments of news believability. *Journalism & Mass Communication Quarterly*, *71*(4), 973-983.

Atkinson, J. (2003). Tabloid Journalism. In Donald H. Johnson, (Eds.), *Encyclopedia of International Media and Communications, 4*, 317-327. Amsterdam: Academic Press, 2003.

Au, K. & Sung, N. (2012, May). *Sensationalism in the Information Age: Affordance as a New Gratification in Apple Action News*. Paper presented at the annual meeting of the International Communication Association, Sheraton Phoenix Downtown, Phoenix.

Batkin, M., & Gurevitch, M. (1982). Out of work and on the air: Television news of unemployment. *Critical Studies in Mass Communication*, *4*, 1-20.

Barkin, S. M. (2002). *American Television News: The Media Marketplace and the Public Interest*. Armonk, N.Y.: M. E. Sharpe.

Barkin, S. M. (2003). *American Television News: The media marketplace and the public interest.* Armonk, N.Y. : M. E. Sharpe.

Baruh, L. (2009). Publicized intimacies on reality television: An analysis of voyeuristic content and its contribution to the appeal of reality programming. *Journal of Broadcasting & Electronic Media*, *53*(2), 190-210.

Bek, M. G. (2004). Tabloidization of news media. An analysis of television news in Turkey. *European Journal of Communication, 19*(3), 371-386.

Beloff, H. (1983). Social Interaction in Photographing. *Leonardo, 16*(3), 165-171.

Bird, S. E. (1992). *For enquiring minds: A cultural study of supermarket tabloids.* Knoxville: University of Tennessee Press.

Bird, S. E. (2000). Audience demands in a murderous market: tabloidization in U.S. Television News. In C. Sparks & J. Tulloch (Eds.), *Tabloid tales: global de-*

bates over media standards (pp. 213-228). ML: Rowman Littlefield Publishers, Inc.

Bird, S. E., & Dardenne, R. W. (1988). Myth, chronicle, and story: Exploring the narrative qualities of news. In J. W. Carey (Eds.), *Media, myths, and narratives*, (pp. 67-87). Beverly Hills, CA: Sage.

Bucy, E. P. (2003). Media credibility reconsidered: Synergy effects between on-air and online news. *Journalism and Mass Communication Quarterly, 80*(2), 247-264.

Burgoon, J. K. (1978). Attributes of the newscaster's voice as predictors of his credibility. *Journalism Quarterly*, 55(2), 276-281.

Broholm, J. B. (1995). Electronic media reviewers: Media Circus. *Journalism History, 21*(4), 179-193.

Brosius, H. B. (1993). The effects of emotional pictures in television news. *Communication Research*, *20*, 105-124.

Calvert, C. (2000). *Voyeur Nation*. NY: Westview Press.

Carey, J. W. (1975). A cultural approach to communication. *Communication, 2*(1), 1-22.

Chang, B. (2005, July 18). Poor quality news media is isolating the country. *Taipei Times,* p. 8.

Collins, C., & Clark, J. (1992). A structural narrative analysis of Nightline's 'This week in the Holy Land. *Critical Studies in Mass Communication, 9,* 25-43.

Craik, F. I. M., & Lockart, R. S. (1972). Levels of processing: A framework for memory research. *Journal of Verbal Learning and Verbal Behaviour*, *11*, 671-684.

Cremedas, M. E., & Chew, F. (1994). *The influence of tabloid style TV news on viewers recall, interest and perception of importance.* Paper presented at the annual meeting of the Association for Education in Journalism and Mass Communication, Atlanta, GA.

Crigler, A. N., Just, M., & Neumann, W. R. (1994). Interpreting visual versus audio messages in television news. *Journal of Communication*, *44*(4), 132-150.

Curran, J., Iyengar, S., Lund, A. B., & Salovaara-Moring, I. (2009). Media system, public knowledge, and democracy: A comparative perspective. *European Journal of Communication, 24*(1), 5-26.

Dahlgren, P. (1992). Introduction. In P. Dahlgren & C. Sparks (Eds.), *Journalism and Popular Culture,* (pp.1-23). London: Sage.

Danielson, W. A, etc. (1958). *Sensationalism and the life of magazines: a preliminary Study*. Dittoed report, School of Journalism, University of Wisconsin.

Davis, D. K., & Robinson, J. P. (1986). News attributes and comprehension. In J. P. Robinson & M. R. Levy (Eds.). *The main source: Learning from television news,* (pp. 179-210). Thousands Oaks, CA: Sage Publications Inc.

Davis, H., & McLeod, S. L. (2003). Why humans value sensational news: An evolutionary perspective. *Evolution and Human Behavior*, *24*(3), 208-216.

De Kerckhove, D. (1995). *The Skin of Culture: Investigating the New Electronic Reality*. Toronto: Somerville.

De Swert, K. (2008, July). *Sensationalism in a television news context: toward an index for comparative research*. Paper presented at the conference of the International Association for Media and Communication Research, Sweden.

Dominick, J. R., Wurtzel, A., & Lometti, G. (1975). Television journalism vs. show business: A content analysis of eyewitness news. *Journalism Qurаterly*, *59*(2), 213-218.

Drew, D., & Reeves, B. (1980). Learning from a television news story. *Communication Research*, *7*, 121-135.

Ekstrom, M. (2000). Information, storytelling and attractions: TV journalism in three modes of communication. *Media, Culture & Society*, (22), 465-492.

Ekstrom, M. (2002). Epistemologies of TV journalism: A theoretical framework. *Journalism, 3*(3), 259-282.

Ehrlich, M. C. (1996). The journalism of outrageousness: Tabloid television news vs. investigative new. *Journalism and Mass Communication Monographs, 155*,

1-26.

Engel, M. (1996). *Tickle the public : one hundred years of the popular press*. London : V. Gollancz.

Esposito, S. A. (1996). Presumed innocent? A comparative analysis of network news', prime-time newsmagazines', and tabloid TV's pretrial coverage of the O. J. Simpson criminal case. *Communication and Law*, *73*, 48-72.

Ewen, S. (1988). *All Consuming Images: The Politics of Style in Contemporary Culture*. NY: Basic Books.

Fiske, J. (1992). *Popularity and the Politics of Information.* In P. Dahlgren & C. Sparks, (Eds.), *Journalism and Popular Culture* (pp. 45-63). Newbury Park: Sage.

Fox, J. R., Lang, A., Chung, Y., Lee, S., Schwartz, N., & Potter, D. (2004). Picture This: Effects of Graphics on the Processing of Television News. *Journal of Broadcasting & Electronic Media*, *48*(4), 646-674.

Franklin, B. (1997). *Newszak and News Media*. London: Arnold.

Frosh, P. (2001). The public eye and the citizen-voyeur: photography as a performance of power. *Social Semiotics*, *11*(1), 43-59.

Gaines, W. (1998). *Investigative reporting for print and broadcast*. Belmont, CA: Wadsworth/Thomson Learning.

Gibbs, G. R. (2002). *Qualitative Data Analysis: Explorations with NVivo*. Buckingham: Open University Press.

Gieryn, T. F., George, M. B., & Stephen, C. Z. (1985). Professionalization of American Scientists: Public Science in the Creation/Evolution Trials. *American Sociological Review, 50*(3), 392-409.

Grabe, M. E. (1996). The South African broadcasting corporation's coverage of the 1987 and 1989 elections: the matter of visual bias. *Journal of Broadcasting & Electronic Media*, *40,* 153-179.

Grabe, M. E. (2000). Packaging television news: The effects of tabloid on information processing and evaluative responses. *Journal of Broadcasting and Elec-*

tronic Media, 44(4), 581-598.

Grabe, M. E. (2001). Explication sensationalism in television news: Content and the bells and whistles of form. *Journal of Broadcasting and Electronic Media, 45*(4), 635-655.

Grabe, M. E., & Kamhawi, R. (2006). Hard wired for negative news? Gender differences in processing broadcast news. *Communication Research*, 33(5), 346-369.

Grabe, M. E., Lang, A., & Zhao, X. Q. (2003). News content and form: implications for memory and audience evaluations. *Communication Research, 30*, 387-413.

Grabe, M. E., & Zhou, S. (1998). *The effects of tabloid and standard television news on viewers evaluations, memory and arousal*. Paper presented in the Theory and Methodology Division at AEJMC, Baltimore, MD, August, 1998.

Grabe, M. E., Zhou, S. H., Lang, A., & Bolls, P. D. (2000). Packaging television news: The effects of tabloid on information processing and evaluative responses. *Journal of Broadcasting and Electric Media, 44*(4), 581-598.

Grabe, M. E., Zhou, B. & Barnett, B. (2001). Explication sensationalism in television news: content and the bells and whistles of form. " *Journal of Broadcasting and Electronic Media, 45*, 635-655.

Graber, D. A. (1988). *Processing the news: How people tame the information tide.* New York: Longman Inc.

Graber, D.A. (1994). The infotainment quotient in routine television news: A director's perspective. *Discourse in Society*, *5*(4), 483-508.

Gulyas, A. (2000). The development of the tabloid press in Hungary. In C. Sparks & J. Tulloch (Eds.), *Tabloid tales: Global Debates Over Media Standards* (pp.111-128). ML: Rowman Littlefield Publishers, Inc.

Gunter, B. (1987). *Poor reception: misunderstanding and forgetting broadcast news*. Hillsdale, NJ: Lawrence Erlbaum Associates.

Hall, S. (1980). Encoding/decoding. In Hall, S. et al. (Eds), *Culture, media, and language* (pp. 128-139). London:Sage.

Hallin, D.C. (2000a). La Nota Roja: Popular journalism and the transition to democracy in Mexico. In C. Sparks & J. Tulloch (Eds.), *Tabloid tales: global debates over media standard* (pp. 267-284). ML: Rowman Littlefield Publishers Inc.

Hallin, D. C. (2000b). Commercialism and professionalism in the American news Media. In James Curran & Michael Gurevitch (Eds), *Mass Media and Society* (pp. 218-237). London: Hodder Arnold Publisher.

Hallin, D. C., & Mancini, P. (2004). *Comparing media systems: Three models of media and politics*. Cambridge, UK: Cambridge University Press.

Hamilton, J. (2003). *All the News That's Fit to Sell: How the Market Transforms Information into News.* Princeton: Princeton University Press.

Hardy, A., De Swert, K., & Sadicaris, D. (2010, July). *Does Market-Driven Journalism Lead to Sensationalism in Television News? Explaining Sensationalism in 11 Countries*. Paper presented at the conference of the International Communication Association, Singapore.

Hartley, J. (1996). *Popular reality: Journalism, modernity, popular culture.* London: Arnold.

Hofstetter, C. R., & Dozier, D. M. (1986). Useful news, sensational news: Quality, sensationalism and local TV news. *Journalism Quarterly, 63*(4), 815-820.

Hvitfelt, H. (1994). The commercialization of the evening news: Changes in narrative technique in Swedish TV news. *Nordicom Review, 15*(1), 33-41.

Hjarvard, S. (2000). Proximity, the name of the rating game. *Nordicom Review 21*(2): 63-81.

Ibelema, M., & Powell L. (2001). Cable Television News Viewed as Most Credible. *Newspaper Research Journal, 22*(1), 41-52.

Iggers, J. (1998). *Good News, Bad News: Journalism Ethics and the Public Interest,* (pp. 46-47). Boulder: Westview Press.

Jensen, K. B. (1988). News as social resource: A qualitative empirical study of the reception of Danish television news. *European Journal of Communication, 3*, 275-301.

Jensen, K. B., & Rosengren, K. E. (1990). Five traditions in search of the audience. *European Journal of Communication, 5,* 187-206.

Kamp, D. (1999, Feb). The Tabloid Decade. *Vanity Fair,* 64-75.

Kawabata, M. (2005). *Audience reception and visual presentations of TV news programs in Japan.* Paper presented at the 2005 conference of International Association for Media and Communication Research, Taipei.

Kavoori, A. P. (1999). Discursive texts, reflexive audiences: global trends in television news texts and audience reception. *Journal of Broadcasting & Electronic Media*, *43*(3), 386-398.

Kellner, D. (2003). *Media Spectacle*. London and New York: Routledge.

Kepplinger, H. M. (1982). Visual biases in television campaign coverage. *Communication Research*, *9*(3), 432-446.

Kervin, D. (1985). Reality according to television news: pictures from El Salvador. *Wide Angle*, *7*(4), 61-70.

Knight, G. (1989). Reality effects: tabloid television news. *Queen's Quarterly, 96*(1), 94-108.

Knobloch-Westerwick, S. (2006). Mood management: Theory, evidence, and advancements. *Psychology of entertainment*, 239-254.

Kononova, A., Bailey, R. L., Bolls, P. D., Yegiyan, N. S., & Jeong, J. (2009). *Extremely sensational, relatively close: Cognitive and emotional processing of domestic and foreign sensational television news about natural disasters and accidents*. Paper presented at the annual meeting of the International Communication Association, Chicago, IL

Lang, A. (1994). *Measuring psychological responses to media*. Hillsdale, NJ: Lawrence Erlbaum.

Lang, A., Bolls, P., Potter, R., & Kawahara, K. (1999). The effects of production pacing and arousing content on the information processing of television messages. *Journal of Broadcasting and Electronic Media*, *20*(5), 451-475.

Lang, A., Dhillon, K., & Dong, Q. (1995). The effects of emotional arousal and valence on television viewers' cognitive capacity and memory. *Journal of Broadcasting and Electronic Media*, *39*(3), 313-327.

Lang, A., Newhagen, J. & Reeves, B. (1996). Negative video as structure: Emotion, attention, capacity, and memory. *Journal of Broadcasting and Electronic Media*, *40*(4), 460-477.

Lang, A., Zhou, S., Schwartz, N., Bolls, P., & Potter, R. (2000). The effects of edits on arousal, attention and memory for television messages: When an edit is an edit? Can an edit be too much? *Journal of Broadcasting and Electronic Media*, *44*(1), 94-109.

Lai takes his leave. (2012). Retrieved from The Economist http://www.economist.com/news/business/21567385-sale-islands-most-popular-daily-causes-outcry-lai-takes-his-leave

Liebes, T., & Katz, E. (1996). Notes on the struggle to define involvement in television viewing, In J. Hay, L. Grossberg & E. Wartella (Eds.), *The Audience and Its Landscape* (pp.177-186). Boulder, CO:Westview.

Loffelholz, M., & Weaver, D. (2008). *Global Journalism Research: Theories, Methods, Findings, Future*. Oxford: Blackwell Publishing Ltd.

Lombard, M., Ditton, T. B., Grabe, M. E., & Reich, R. D. (1997). The role of screen size on viewer responses. *Communication Reports*, *10*(1), 95-106.

Lo, V. H. et al. (2004). *The changing Mainland, Hong Kong and Taiwan journalists*. Taipei: Chuliu (in Chinese).

Loffelholz, M., & Weaver, D. (2008). *Global Journalism Research: Theories, Methods, Findings, Future*. Oxford: Blackwell Publishing Ltd.

MacDonald, M. (2000). Retaking personalization in current affairs journalism. In C. Sparks & J. Tulloch (Eds.), *Tabloid tables: Global debates over media standers* (pp. 251-266). Oxford, ML: Rowman & Littlefield Publishers, Inc.

McChesney, R. W. (2004). *The Problem of the Media.* New York: Monthly Review Press.

McClellan, S., & Kerschbaumer, K. (2001). Tickers and bugs: has TV gotten way too graphic? *Broadcasting & Cable*, *131*(50), 16-20.

McManus, J. H. (1994). *Market-driven journalism: Let the citizen beware?* Thousand Oaks, CA: Sage.

McLuhan, M. (1964). *Understanding media: The extensions of man*. NY: McGraw-Hill Book.

McLuhan, M. (1967). *The Medium is the Massage: An Inventory of Effects*. New York: Bantam Books.

McQuail, D. (1977). The influence and effects of mass media. In J. Curran, M. Gurevitch & J. Woollacott (Eds.), *Mass communication and society* (pp.70-94). London: Edward Arnold.

Metallinos, N. (1996). *Television aesthetics: Perceptual, cognitive, and compositional bases*. NJ: Lawrence Erlbaum.

Metzl, J. M. (2004). From scopophilia to Survivor, A brief history of voyeurism. *Textual Practice*, *18*(3), 415-434.

Meyer, T., & Hinchman, L. (2002). *Media Democracy. How the Media Colonize Politics.* Oxford: Polity.

Morley, D. (1980). *The 'Nationwide' Audience*. London: British Film Institute.

Morse, M. (1986). The television news personality and credibility. In Tania Modleski(Eds.). *Studies in entertainment* (pp. 55-79). Bloomington: Indiana University Press.

Mundorf, N., Drew, D., Zillmann, D., & Weaver, J. (1990). Effects of disturbing news on recall of subsequently presented news. *Communication Research, 17*(5), 601-615.

Neuman, W. R., Just, M. R., & Crigler, A. N. (1992). *Common knowledge: News and the construction of political meaning*. Chicago: University of Chicago Press.

Newhagen, J. E. (1998). TV news, images that induce anger, fear, and disgust: Effects on approach-avoidance and memory. *Journal of Broadcasting and Electronic Media*, *42*(2), 265-276.

Newhagen, J. E., & Nass, C. (1989). Differential criteria for evaluating credibility of newspapers and TV news. *Journalism Quarterly*, *66*(2), 277-284.

Newhagen, J. E., & Reeves, B. (1992). The evening's bad news: Effects of compellinh negative television news images on Memory. *Journal of Communication, 42*(2), 25-42.

Norman, K. D. (1995). *The Cinematic Society*. London: Sage Publications.

Paletz, D. L. (1998). *The media in American politics.* New York: Longman.

Parker, D. M. (1971). A psychophysical test for motion sickness susceptibility. *Journal of General Psychology*, (85), 87-92.

Pasadeos, Y. (1984). Application of Measures of Sensationalism to a Murdoch-Owned Daily in the San Antonio Market. *Newspaper Research Journal*, *5*(2), 9-17.

Peters, C. (2011). Emotion aside or emotional side? Crafting an 'experience of involvement' in the news. *Journalism 12* (3): 297-316.

Perry, D. K. (2002). Perceptions of sensationalism among U.S. and Mexican news Audiences. *Newspaper Research Journal*, *23* (1), 82-87.

Pew Research Center (1998). Internet news take off, Retrieved January 24, 2013, from Pew Research Center. http://www.people-press.org/1998/06/08/internet-news-takes-off/

Pew Research Center (2007). Public blame media for too much celebrity coverage, Retrieved September 14, 2009, from Pew Research Center. http://people-press.org/report/346/public-blames-media-for-too-much-celebrity-coverage

Pew Research Center's Project for Excellence in Journalism. (2009). *The state of the news media 2009. An annual report on American journalism.* Retrieved January 24, 2013, from Project for Excellence in Journalism Web site: http://stateofthemedia.org/2009/

Pfetsch, B. (1996). Convergence Through Privatization? Changing Media Environments and Televised Politics in Germany. *European Journal of Communication*, *11*(4), 427-451.

Porter, M. E. (1980). *Competitive Strategy: Techniques for Analyzing Industries and Competitors.* New York: Free Press.

Postman, N. (1985). *Amusing ourselves to death.* New York: Viking.

Raney, A. A., & Bryant, J.（2002）. Moral judgment and crime drama: An integrated theory of enjoyment. *Journal of Communication*, *52*(2), 402-415.

Rawnsley G. D. (2006) *The media, internet and governance in China*. Discussion Paper 12, Nottingham: China Policy Institute.

Rawnsley, G. D. (2007). The media and democracy in China and Taiwan. *Taiwan Journal of Democracy, 3* (1): 63-78.

Reese, S. D. (1989). The news paradigm and the ideology of objectivity: A socialist at the *Wall Street Journal. Critical Studies in Mass Communication, 7*, 390-409.

Reporters Without Borders. *Authorities abruptly close down cable TV news station* (2005, August 25). Retrieved September 10, 2009, from Reporters Without Borders. http://www.rsf.org/Authorities-abruptly-close-down.html

Rhoufari, M. M. (2000). Talking about the tabloids: Journalists' views. In C. Sparks & J. Tulloch (Eds.), *Tabloid tales: Global debates over media standards* (pp. 163-176). New York: Rowman & Littlefield Publishers.

Robinson, M. J., & Kohut, A.(1988). Believability and thc Press. *Public Opinion Quarterly*, 52 (summer), 174-89.

Salomon, G. (1979). *Interaction of media, cognition, and learning*. San Francisco: Jossey-Bass Publishers.

Sardar, Z. (2000). The rise of the voyeur. *News Stateman*, *13*(630), 25-27.

Schwartz, S. (1975). Individual differences in cognition: Some relationships between personality and memory. *Journal of Research in Personality*, *9,* 217-225.

Scourfield, J., Stevens, D. E., & Merikangas, K. R. (1996). Substance abuse, comorbility, and sensation seeking: Gender differences. *Comprehensive Psychiatry*, *37*, 384-392.

Shepard, L. (1973). *The History of Street Literature.* Newton Abbott: David and Charles.

Shoemaker, P. J. (1996). Hardwired for news: Using biological and cultural evolution to explain the surveillance function. *Journal of Communication, 46*(3), 32-47.

Shoemaker, P. J., Schooler, C., & Danielson, W. A. (1989). Involvement with the media: Recall versus recognition of election information. *Communication Research*, *16*, 78-103.

Slattery, K. L., & Hakanen, E. A. (1994). Sensationalism versus public affairs content of local TV news: Pennsylvania revisited. *Journal of Broadcasting and Electronic Media 38*(2), 205-216.

Smith, D. L. (1991). *Video communication*. Belmont, CA: Wadsworth.

Sui, C. (2012, November 29). Next Media's Taiwan sale raises fears about media freedom. *BBC News.* Retrieved from http://www.bbc.co.uk/news/business-20536846.

So, C. Y. K., & Chan, J. M. (2006). Media credibility at all time low; journalists and citizens evaluate differently. *Hong Kong Economic Journal*, p. 13 (in Chinese).

So, C. Y. K., & Chan, J. M. (2007). Professionalism, politics and market force: survey studies of Hong Kong Journalists 1996_2006. *Asian Journal of Communication, 17* (2), pp. 148-158.

Sparks, C. (1992). Popular journalism: Theories and practice. In P. Dahlgren & C. Sparks (Eds), *Journalism and Popular Culture,* (pp.24-44). CA: Sage.

Sparks, C. (2000). Introduction: The Panic over Tabloid News. In C. Sparks & J. Tulloch (Eds.), *Tabloid tales: global debates over media Standards* (pp. 1-40). ML: Rowman Littlefield Publishers, Inc.

Sparks, C. & Tulloch, J. (2000). *Tabloid tales: Global debates over media standards*. New York: Rowman & Littlefield.

Tannenbaum, P. H., & Lynch, M. D (1960). Sensationalism: The concept and its measurement. *Journalism Quarterly*, *37*(2), 381-392.

Tannenbaum, P. H., & Lynch, M. D (1962). Sensationalism: Some objective message Correlates. *Journalism Quarterly*, *39*(2), 317-323.

Thussu, D. K. (2003). Live TV and bloodless deaths: war, infotainment and 24/7 news. In D. K. Thussu, & D. Freedman, (Eds.), *War and the media* (pp.117-132), London: Sage.

Thussu, D. K. (2007). News as Entertainment. *The Rise of Global Infotainment*. London: Sage.

Tiemens, R. K. (1978). Television's portrayal of the 1976 presidential debates: An analysis of visual content. *Communication Monograph*, *45*(4), 362-370.

Tuchman, G. (1972). Objectivity as strategic ritual: An examination of newsmen's notions of objectivity. *American Sociological Review, 77*, 660-679.

Uribe, R., & Gunter, B. (2007). Are Sensational' News Stories More Likely to Trigger Viewers' Emotions than Non-Sensational News Stories? A Content Analysis of British TV News. *European Journal of Communication*, *22*(2), 207-228.

Vettehen, P. H., Nuijten, K. & Beentjes, W. J. (2005). News in an age of competition: The case of sensationalism in Dutch television news, 1995-2001. *Journal of Broadcasting and Electronic Media 49*(3), 282-295.

Vettehen, P. H., Nuijten, K., & Beentjes, W. J. (2006). Sensationalism in Dutch current affairs programmes 1992-2001. *European journal of communication, 21*(2), 227-237.

Vettehen, P. H., Nuijten, K. & Peeters, A. (2008). Explaining effects of sensationalism on liking of television news stories the role of emotional arousal.*Communication Research*, *35*(3), 319-338.

Vincent, R. C., & Basil, M. D. (1997). College students' news gratifications, media use and current events knowledge. *Journal of Broadcasting & Electronic Media*, *41* (3), 380-393.

Wang, T. (2006). *The shifting cultural space of television news*. Paper presented in the annual conference of Chinese Communication Association, Taipei, National Taiwan University.

Wang, T. L., & Cohen, A. A. (2009). Factors Affecting Viewers' Perceptions of Sensationalism in Television News: A Survey Study in Taiwan, *Issues and Studies, 45*(2), 125-157.

Weber, R., Tamborini, R., Lee, H. E., & Stipp, H. (2008). Soap opera exposure and enjoyment: a longitudinal test of disposition theory. *Media Psychology, 11*, 462-487.

Winch, S. P. (1997). *Mapping the Cultural Space of Journalism: How Journalist Distinguish News from Entertainment*. London: Westport.

Woodall, W. G. (1986). Information-processing theory and television news. In J. P. Robinson, & M. R. Levy (Eds.), *The main source: Learning from television news* (pp.133-158). Thousands Oaks, CA: SAGE Publications, Inc.

Yiu, C. (2004, September 29). CTV redefines what it considers "news ". *Taipei Times,* p 4.

Zettl, H. (1991). *Television aesthetics*. New York: Praeger.

Zettl, H. (1999). *Sight, sound, motion: Applied media aesthetics*. Belmont, CA: Wadsworth.

Zillmann, D.(1988). Mood management through communication choices. *American Behavioral Scientist*.

Zuckerman, M. (1979). *Sensation seeking: Beyond the optimal level of arousal*. NJ: Erlbaum.

國家圖書館出版品預行編目資料

電視新聞感官主義／王泰俐著. ——三版.——臺北市：五南，2015.02
面； 公分
ISBN 978-957-11-7852-3（平裝）
1.電視新聞 2.新聞報導
897.5 103019084

1ZC9

電視新聞感官主義

作　　者— 王泰俐(15.2)
發 行 人— 楊榮川
總 編 輯— 王翠華
主　　編— 陳念祖
責任編輯— 李敏華
封面設計— 童安安
出 版 者— 五南圖書出版股份有限公司
地　　址：106台北市大安區和平東路二段339號4樓
電　　話：(02)2705-5066　　傳　　真：(02)2706-6100
網　　址：http://www.wunan.com.tw
電子郵件：wunan@wunan.com.tw
劃撥帳號：01068953
戶　　名：五南圖書出版股份有限公司
台中市駐區辦公室/台中市中區中山路6號
電　　話：(04)2223-0891　　傳　　真：(04)2223-3549
高雄市駐區辦公室/高雄市新興區中山一路290號
電　　話：(07)2358-702　　傳　　真：(07)2350-236
法律顧問　林勝安律師事務所　林勝安律師
出版日期　2011年 2 月初版一刷
　　　　　2013年 2 月二版一刷
　　　　　2015年 2 月三版一刷
定　　價　新臺幣420元

凝煉知識品味閱讀